BASTEI
LÜBBE
TASCHENBUCH

Georgina Brown

DIE YACHT

Erotischer Roman

Aus dem Englischen von
Sandra Green

BASTEI
LÜBBE
TASCHENBUCH

BASTEI LÜBBE TASCHENBUCH
Band 16 711

1. Auflage: August 2012

Dieser Titel ist auch als E-Book erschienen

Vollständige Taschenbuchausgabe

Bastei Lübbe Taschenbuch in der Bastei Lübbe GmbH & Co. KG

Deutsche Erstausgabe

Titel der englischen Originalausgabe: »Eye of the Storm«
Published by Arrangement with Virgin Books LTD.,
London, England
Dieses Werk wurde vermittelt durch die Literarische Agentur
Thomas Schlück GmbH; 30827 Garbsen

Titelillustration: shutterstock/Daniel M. Nagy
Umschlaggestaltung: Tanja Østlyngen
Satz: Urban SatzKonzept, Düsseldorf
Gesetzt aus der Palatino
Druck und Verarbeitung: CPI – Ebner & Spiegel, Ulm
Printed in Germany
ISBN 978-3-404-16711-1

Erstes Kapitel

»Und jetzt ab ins Bett«, sagte er, seine Lippen warm an ihrem Ohr.

Sie antwortete nicht – nicht mit Worten. Sie murmelte nur etwas vor sich hin, als seine Finger in den burgundroten Samt ihres kurzen Kleids griffen, dicht über ihrem festen Po. Heute Abend hatte sie kein Höschen an, denn sie hoffte, dass der schwache Duft ihrer nackten Scham seine Fantasie beflügeln würde. Aber zu ihrer Frustration schien er das gar nicht zu bemerken.

Sie rieb ihren Körper gegen seinen, aber er blieb entschlossen, fast so, als hätte sie von ihm nichts zu erwarten.

Sie schluckte ihre Enttäuschung hinunter. Sie würde noch zulegen und ihr brennendes Fleisch härter gegen seinen Körper reiben müssen; sie konnte ihn mit ihrer Körpersprache bombardieren. Erst dann würde er reagieren und sie nehmen. Aber immer auf seine Weise, nie auf ihre.

Ihr Körper glühte, und vertraute Sensationen lösten Tumulte in ihr aus. Mächtige Triebe drohten sie zu überwältigen, aber noch konnte sie sie kontrollieren – was er auch von ihr erwartete. Es war schade, denn obwohl sie Julian seit sechs Monaten kannte, hatte er ihr wahres Potenzial noch nicht abrufen können.

»Danke für den Abend«, sagte sie zu ihm. Sie lächelte mit Wärme und Sehnsucht und dämpfte seine Reaktion mit ihren Lippen. Sie nahm sich vor, dass sie ihn nicht mehr sehen wollte, aber das hatte sie sich schon seit einiger Zeit vorgenommen. Sie brauchte schon den richtigen Moment, um ihn aus ihrem Leben zu verbannen. Da es nichts Erotischeres in ihrem Leben gab, war er zur Gewohnheit geworden.

Sie musste für viele Dinge dankbar sein. Für die Wohnung, die sie mit ihm teilte – wenn er denn mal zu Hause war. Sie war eine große Verbesserung im Gegensatz zu dem einen möblierten Zimmer, denn etwas anderes konnte sie sich nicht erlauben, als sie zuerst nach London gekommen war. Sie musste an die Bequemlichkeit denken, wenn sie über ihn nachdachte, obwohl materielle Dinge ihr nicht viel bedeuteten.

Sie verdrängte ihre Zweifel wie auch schon zuvor, schob ihre Schuhe zur Seite, stellte sich auf die Zehenspitzen und küsste ihn. Sie labte sich am Moment der Nähe und der sich langsam anhebenden Leidenschaft. Seine Lippen schmeckten nach Wein und Essen. Sein Schaft lag noch schlaff zwischen ihnen, aber sie würde ihn noch etwas mehr bearbeiten, wenn er ihr die Zeit ließ. Doch die Zeit ihrer Beziehung rann langsam davon, was sie für verdammt schade hielt.

»Ich habe dir doch gesagt, dass sie gutes Essen servieren. Aber der Wein war vielleicht ein bisschen warm«, sagte er zwischen den Küssen. Ein Hauch seines teuren Rasierwassers und der Duft seiner Männlichkeit attackierten ihre Nasenflügel. In diesem Moment glaubte sie, ihn ganz verschlingen zu können.

Wie fad, dachte sie, wie trivial, in diesem Moment vom Essen zu sprechen. Aber sie sagte nichts. Essen und trinken standen nicht auf ihrem Programm – sie wollte seinen Körper.

»Das passt zu dir, dass dir das auffällt.« Ihre Stimme hörte sich an wie sämiger Brandy. Sie knabberte an seinem fleischigen Ohrläppchen und fuhr dann mit der Zunge über die Konturen des Ohrs, und als wollte sie ihm andeuten, wie sie penetriert werden wollte, stieß sie mit der Zungenspitze ins Ohr. Zuerst stöhnte er, dann redete er.

»Hast du das denn nicht bemerkt?«

»Natürlich nicht.« Mit einem Seufzer fügte sie hinzu: »Ich war viel zu sehr damit beschäftigt, dich zu bemerken, dich anzusehen.« Ihre sanften Worte und die halb geschlossenen Augen überzeugten ihn. Sie fragte sich, ob sie sich selbst überzeugen wollte, aber diesen Gedanken verdrängte sie. Sie würde warten. Aber wozu eigentlich?

Dem warmen Streicheln seiner Hände über ihren Po und dem plötzlichen Anschwellen der Beule nach zu urteilen, hatten ihre Komplimente gefruchtet. Innerlich gratulierte sie sich.

Der Penis wurde härter und begann sich aus seinem Haarnest zu erheben. Mit ihren langen Fingern brachte sie ihn noch mehr auf Touren. Ja, sie wollte ihn mit jedem kleinen Trick, der ihr einfiel, zu neuer Größe heranbilden, das wäre herrlich für sie und für ihn zu akzeptieren.

Von seinen Schultern ließ sie die Hände über seinen Brustkorb streicheln. Selbst durch sein Hemd konnte sie die festen Konturen seiner Muskulatur spüren. Sie rutschte tiefer mit den Händen und spürte, wie sich sein Bauch unter ihren Berührungen zusammenzog. Lässig, aber durchaus zweckorientiert griff sie weiter nach unten, bis die Hände auf der harten Beule ruhten, die gegen seinen Reißverschluss pochte.

Sie schluckte tiefe Stöhnlaute der Ekstase und schloss die Augen. Die dunklen Wimpern streichelten ihre Wange. Bald würde sie ihn besitzen. Bald – vielleicht schon zu bald – würde sie ihn in sich spüren.

Lippen, Zähne, dann wieder Lippen berührten sich in rascher Folge, sein Atem, ihr Atem, dazwischen das hastige Schnappen nach Luft. Ihre Küsse strahlten Hitze aus, ihre Umarmungen auch, und dann erst ihre Körper!

Dann zog er sich zurück, wie er das schon viele Male getan hatte. Toni wollte schreien. Stattdessen lächelte sie süß. Der Zucker ihres Lächelns versteckte die Frustration. Instinktiv wusste sie, was kam, und sie stellte sich wieder die Frage, die sie sich schon so oft gestellt hatte.

Wie konnte jemand, der so gut aussah wie er, so kontrolliert sein, ein Sklave seiner Routine. Sie ahnte schon, was er sagen würde, noch bevor sein Mund sich öffnete.

»Gemütlichkeit, mein Liebling Antonia. Lass es uns gemütlich machen.«

Ihre Blicke trafen sich, und sie nickte zustimmend, obwohl das Funkeln in ihren Augen ihre Begierde verriet. Egal. Sie konnte es nicht ändern. Musste es wieder das Bett sein? Warum nicht das Sofa oder der Teppich, vielleicht sogar der Küchentisch. Sie würde für ihn die Beine auch am Herd breit machen, oder zur Abwechslung auch mal an der Spüle.

Aber Julian war in allen Dingen korrekt. Und er bestand darauf, sie Antonia zu nennen, obwohl sonst niemand sie so nannte, nicht einmal ihre Mutter, und sie hatte den Namen ausgesucht.

Sie beherrschte sich und ließ ihren Seufzer nicht hören, denn sie wollte Julian nicht verärgern. Ganz selten hatte er sich vom vorgegebenen Muster entfernt – dieselbe Position, dasselbe verdammte Bett. Wenn es denn mal geschah, dass der Akt anders ausgeführt wurde, dann immer auf ihren Vorschlag hin, und auch dann nur knurrend. Wann hatte das mit ihm angefangen? Aber sie kannte die Antwort – er war immer so gewesen. Sie war nur geblendet von seinem guten Aussehen gewesen, von seiner männlichen Schönheit.

Sie hatte ihn auf einer Party in einem luxuriösen Apartment in Kensington oder Knightsbridge kennengelernt; die Gäste waren offenbar wegen ihres fantastischen Aussehens und ihrer ausstrahlenden Sexualität ausgewählt worden. Schöne Körper hatten sich mit schönen Kleidern gepaart.

Sie erinnerte sich, damals ein grünes Seidenkleid getragen zu haben, und das war alles, was sie anhatte, abgesehen von den Schuhen. Das Kleid hatte sie nicht nur bedeckt, es hatte ihren Körper auch gestreichelt. Ihre Haut war damals gebräunter gewesen als jetzt, und ihre Haare waren wie von der Sonne geküsstes Quecksilber bis zur Taille gefallen. Grün stand ihr gut; es passte zu ihrer Augenfarbe und auch zu den Haaren.

Im Zimmer war es warm gewesen, und jemand hatte die Doppeltüren zum breiten Balkon geöffnet. Draußen hatte sie ihn ganz allein vorgefunden. Er hatte sich die Lichter der Stadt angesehen; das war ihm lieber als die zuckenden Blitze auf der Party. Irgendwas hatte sie zu ihm hingezogen, seine Einsamkeit vielleicht. Außerdem sah er wahnsinnig gut aus.

Er war ganz Mann, tierisch begehrenswert. Er hatte dunkle Haare, aber an den Schläfen hatten sich die ersten grauen Strähnen gezeigt. Sein Gesicht schien etwas zerfurcht zu sein. Samten seine Augen. Sein Kinn war mit einem tiefen Grübchen gespalten – wie ein reifer Pfirsich.

Wenn sie nicht seine Haut berührt und festgestellt hätte, dass sie warm und lebendig war, hätte man meinen können, dass sein fester Nacken und der harte Körper aus Marmor geschnitzt wären. Nicht weißer Marmor – kalt, unnachgiebig, immer ein bisschen an das Britische Museum erinnernd –, sondern golden und wogend mit leichten Beigetönen, in der Art, in der die Fußböden in einer florentinischen Villa verlegt sind.

Aus den Lenden der wunderbaren Körperstruktur erhob sich sein Schaft, stark, stolz und verlangend, als hätte er ein Recht darauf. Und sie gab nach. Von Anfang an hatte sie sich ihm hingegeben.

Das Seidenkleid fiel von ihr und bildete einen weichen Hügel zu ihren Füßen. Die cremefarbene Wäsche (ohne das Höschen), die durchsichtigen Strümpfe und der mit Rüschchen besetzte Strapsgürtel folgten, bevor sie zwischen die kühlen Laken des Betts glitt.

Nur das dünne Laken bedeckte ihre Nacktheit, aber die Umrisse ihrer Kurven waren deutlich zu sehen, während sie ihm zuschaute. Ihre Beine rieben aneinander, als wollte sie die warme Feuchte bewahren, die sich in ihr gebildet hatte. Ihr Lächeln war wie eingefroren und sollte die Frustration verdecken und die Worte der Ungeduld schlucken, die wie ein Kloß in ihrer Kehle klebten.

Während er jedes einzelne Kleidungsstück vorsichtig auszog und auf einen Hänger drapierte, wobei er einen Knopf seines Jacketts schloss und mit der flachen Hand mögliche Flusen wegwischte, bevor er den Hänger an seinen Platz im Kleiderschrank einhakte.

Sie hielt ihre Verärgerung zurück. Als sie sich kennengelernt hatten, war seine anspruchsvolle Ordnungsliebe eher ein Quell heimlicher Belustigung für sie gewesen. Jetzt wurde sie von seiner peniblen Art nur noch irritiert. Begann sie sich bei ihm zu langweilen? Hatte ihre Beziehung das Verfallsdatum überschritten? Noch nicht ganz, sagte sie sich, jedenfalls noch nicht heute Abend.

Ihren Blick fixierte sie auf das Büschel seiner pechschwarzen Schamhaare, aus dem seine Erektion wie der Stab eines Tambourmajors zuckte.

Sie lächelte hinter der vorgehaltenen Hand. Er stand vor dem Spiegel und betrachtete sich von der Seite. Das Ritual lief wie am Schnürchen ab. Wollte er sich selbst überzeugen, oder wollte er sie beeindrucken? Das hatte sie nie herausgefunden.

Er zog die Arme an und hob die Fäuste über den Kopf. Eine

klassische Pose. Er ließ seine Bizeps spielen. Er konnte ihr nichts vormachen. Mit halb gesenkten Lidern sah sie, dass sein Blick auf den pulsierenden Penis gerichtet war. Julian war stolz auf seinen Körper. Manchmal hatte sie das Gefühl, dass er seinen eigenen Körper mehr liebte als ihren. Man lag richtig, wenn man vermutete, dass er lieber mit sich selbst Liebe machen würde als mit ihr.

Sie warf den Kopf zurück, als wollte sie ihre kritischen Gedanken abschütteln, aber ganz gelang ihr das nicht. Sie waren noch da und stapelten sich im Hinterkopf, wo sie sich neu formierten. Bald würden sie sich durchsetzen. Ihre Geduld wurde auch diesmal auf eine harte Probe gestellt.

»Kommst du ins Bett, Darling?«, murmelte sie mit lockender Stimme. »Ich bin nass und bereit für dich. Ich will dich in mir fühlen.«

Am liebsten hätte sie hinzugefügt: Du brauchst dich nicht länger zu bewundern, warum zeigst du mir nicht, wie du mit dem Ding umgehst?

Aber Humor dieser Art war bei Julian nicht gefragt. Die Wirkung war, dass er abschlaffte, und dieses Ende eines schönen Abends wollte sie nicht riskieren. Wie seine Kleider waren sein persönliches Erscheinungsbild und seine Hygiene eine exakte Wissenschaft für sich, und er sorgte dafür, dass er den eigenen Vorgaben in der einmal festgelegten richtigen Reihenfolge treu blieb.

»Ich bin gleich fertig, Darling«, antwortete er und strich mit der rechten Hand über seinen Schaft mit den purpurnen Adern, und der reagierte mit einem kleinen Spritzer salzigen Safts, der aus der pochenden Eichel sprühte.

Endlich zog er das Betttuch zurück und legte sich neben sie.

Trotz der vertrauten Routine begann sie sich zu bewegen, als die Wärme seines Körpers ihrer eigenen begegnete. Sie konnte nicht anders, als darauf zu reagieren. Seine Haut fühlte sich heiß an im Vergleich zu den kühlen Betttüchern aus Baumwolle. Sie spürte die aufkommende Erregung.

Sie murmelte vor Lust, als seine Hände über ihre Brüste strichen. Seine Finger neckten ihre Nippel, sie zogen sie lang, während seine Lippen an ihren Ohren knabberten, über ihren Hals strichen und über die Kehle. Ihr Bauch wurde hart, als sie das heftige Pochen seines Penis spürte, heiß und ein bisschen klebrig von den ersten Säften.

Sie hob ein Bein, dann glitt eine Hand von seinen Rippen über den Bauch. Ihre Finger legten sich um die samtene Zartheit seiner pulsierenden Erektion. Er hielt hörbar die Luft an, als sie das tat, und sie stöhnte auf und stieß ihm ihr Becken entgegen. Es gab so viel, was sie damit anstellen könnte, wenn er sie nur ließe. Aber das tat er nicht.

Mit Julian gab es nur Berühren, kein Schmecken. Er billigte keinen oralen Sex. Sie hatte es einmal versucht, hatte den Mund über ihn gestülpt und ihn so festgehalten, dass er sich nicht dagegen wehren konnte. Danach war er wütend geworden und gegangen, ohne ein Wort zu sagen. Er hatte sie weder zum Abschied geküsst und auch nicht hinterlassen, wann er zurückkäme. Wenn es das war, was er wollte, dann würde es auch nur das sein, was er bekam.

»Darling«, murmelte er an ihrem Ohr. Ein voraussehbares Signal. Wie immer. Sie seufzte und zog eine Grimasse. Ein Lächeln war es nicht. Er ignorierte das.

Sie versuchte, sich nicht missbraucht zu fühlen, als sie sich wie eine dressierte Hündin auf den Rücken legte. Sie zog ihre feuchten Lippen zurück und führte ihn hinein.

Trotz ihrer Gefühle der Frustration musste sie ein lautes, entzücktes Quietschen ausstoßen, als ihre inneren Muskeln den eisenharten Eindringling umspannten. Ihre Hüften begannen sich rhythmisch zu bewegen, sie wurden langsamer, wenn sein Tempo nachließ, und sie ruckten schneller, wenn er schneller wurde.

Sie schloss die Augen und konzentrierte sich auf ihre Bewegungen, hob sich an, um ihm im richtigen Moment zu begegnen, in dem Moment, als sein Hüftknochen gegen ihre schmerzende Klitoris stieß, wodurch ihre Entschlossenheit gestärkt wurde, ihren Orgasmus zu erlangen und nicht unbefriedigt zurückzubleiben.

Im ausgestoßenen Atem ließ sie ihn ihre finale Erleichterung wissen. Ihre Fingernägel gruben sich nur wenig in seine Schultern.

»Bitte, Toni ...«

»Tut mir leid, Darling.«

Sie war hinter Atem, aber durch seinen Hinweis auf die scharfen Nägel schien ihre Ekstase fast abgewürgt zu sein. Sie zog die Finger zurück. Julian mochte keinen Makel auf seiner Haut. Julian achtete auf solche Dinge.

Er erhob sich von ihr. Auch so ein Signal. Sie knirschte mit den Zähnen, drehte sich auf die Seite und ging auf die Knie. Sie strich mit den Händen über ihren Bauch und zwischen den Beinen, dann führte sie ihn wieder ein.

Er stieß hart zu, und seine Hoden klatschten gegen ihre inneren Schenkel. Ihre Brüste schwangen vor und zurück wie halb volle Bohnensäcke, als er noch härter in sie hineinstieß. Seine Nägel gruben sich in ihre runden Pobacken, und seine Daumen rieben die Kerbe hinauf und herunter.

Sie schob die Finger ihrer Hände ineinander, denn sie wusste, dass er das Tempo noch einmal erhöhen würde. Im Spiegel an der Wand neben dem Bett sah sie, welches Bild sie abgaben. Sie lag auf allen vieren, er fuhr ein und aus, grabschte hart in ihr Fleisch, den Kopf zurückgeworfen, den Mund weit aufgerissen, und brüllte bei den letzten Stößen wie ein Mann, der Schmerzen leidet.

Nacheinander gingen sie ins Bad. Sie wuschen sich beide, bevor sie sich wieder ins Bett legten.

Eigentlich unnötig, dachte sie, denn sie liebte die glitschige Wärme und den Geruch von Sex, der an ihr haftete. Aber Julian sah das nicht wie sie; er war nicht nur gründlich, er war peinlich penibel.

Er legte einen Arm um sie, und sie kuschelte sich zum Schlafen an ihn. Sie sollte dankbar sein, sagte sie sich. Sie hatte einen guten Job, eine schöne Wohnung und einen netten Kerl, der auch noch die Hälfte ihrer Miete zahlte. Was konnte sie sonst noch erwarten?

Sie verdrängte die Frage, presste ihre Pobacken gegen das weiche Nest aus Haaren, aber sie konnte nicht einschlafen. Sie hatte eine Frage und wollte eine Antwort hören. »Wann sehe ich dich wieder?«

Er zögerte, als müsste er sein mentales Tagebuch erst abfragen.

»Am siebzehnten, glaube ich.«

Zweieinhalb Wochen, dachte sie, und plötzlich fühlte sie eine große Leere. Zweieinhalb Wochen des Wartens. Wie ein Vogel, der in einem gut gepolsterten Käfig sitzt.

»Sie halten dich auf Trab«, murmelte sie und biss sich auf die Lippe, um nicht zu schreien, denn genau danach war ihr jetzt.

»Ja, das kannst du ruhig laut sagen. Ich habe kaum Zeit für mich. Außer, wenn ich bei dir bin, Darling.«

Er küsste ihre Schulter, und sie stöhnte lustvoll. Mit diesem einen Akt hatte er ihre Ängste und Zweifel ausgeräumt. Ja, sie hatte eine Menge, wofür sie dankbar sein musste. Sie hatte seine Zuneigung, auch wenn ihr Sexleben zu selten vorkam. Sie sollte zufrieden sein mit ihrem Sex und ihrem Leben, aber wenn sie ehrlich zu sich war, spürte sie den Mangel. Irgendwo da draußen konnte sie auf höhere

Plateaus geführt werden, aber sie kannte dieses Irgendwo nicht.

Am Morgen war er weg. Sie war den ganzen Tag auf der Arbeit. Ein ganzer Tag, und dann konnte sie sich auf einen einsamen Abend freuen. Danach würden weitere folgen. Zweieinhalb Wochen lang. Ihr Leben glitt an ihr vorbei.

Auf Treue hatte Julian nicht bestanden, also hatte sie sich ab und zu die Gelegenheit gegönnt, zu verführen oder verführt zu werden. Es hatte viele Liebhaber gegeben, aber trotzdem fehlte immer etwas. Ich suche das Abenteuer, sagte sie sich eines Abends, nachdem der junge schwarze Mann, den sie verführt hatte, gegangen war. Abenteuer – daran fehlte es ihr. Doch Abenteuer würden warten müssen. Sie war noch mit Julian zusammen, und die alten Gewohnheiten waren schwer zu brechen.

Die Arbeit war noch langweiliger als ihr Privatleben. Sie war sogar viel langweiliger.

»Was hast du denn heute Abend vor?«, fragte Audrey, leitende Angestellte in der Rechtsabteilung.

»Schmale Küche, Singlehaushalt. Julian wird erst in zwei Wochen zurück sein.« Sie dachte an den Sechzehn-Zentimeter-Dildo, den sie in einem Sexshop in der Stadt gekauft hatte, aber sie sagte Audrey nicht, dass er für die Unterhaltung des Abends sorgen würde.

»Du musst dir einen anderen Kerl suchen.«

»Leichter gesagt, als getan«, gab Toni mit einem Seufzer zurück.

Und da stand sie nun, sie starrte auf die kalte rotweiße Packung und von dort auf die offene Klappe der Mikrowelle. War sie dumm, oder war sie dumm? Sie war dumm, dumm und sexhungrig.

Dann klingelte es.

Die Frau, die vor der Tür stand, war eine Fremde. Sie hielt die Hände fest zusammen und hatte einen anklagenden Blick in den Augen.

»Ja?«

Die Frau blinzelte nervös.

»Ich suche eine Miss Yardley.«

Instinktiv wusste Toni, dass etwas passiert war. Wer war diese Frau mit dunklen Haaren, das an den Schläfen grau zu werden begann?

Befangen hob Toni eine Hand und strich damit über die eigenen Haare, die rot waren und bis zur Taille reichten.

»Kann ich Ihnen helfen?«, fragte sie. Offenbar suchte die Frau jemanden und hatte bei ihr geklingelt, um die richtige Adresse zu erfahren. Aber das konnte nicht mehr zutreffen, denn die Frau hatte ihren Nachnamen genannt.

Etwas im Ausdruck der Frau ließ einen Knoten in Tonis Bauch wachsen. Vielleicht lag das am anklagenden Blick der braunen Augen oder auch daran, dass sie nervös am Verschluss der Handtasche fingerte.

»Ich bin hier, um Ihnen zu sagen, Sie sollen die Hände von meinem Ehemann lassen.«

»Was?«

»Sie haben sich meinen Mann geangelt«, fuhr die Frau fort. »Ich bin hier, um Sie zu warnen.« Ihre Stimme klang fest, wenn auch monoton. Es hörte sich so an, als hätte sie die Sätze auswendig gelernt oder als hätte sie gleich lautende Warnungen schon anderen Frauen gegenüber geäußert.

Toni lachte nervös. »Das muss ein Missverständnis sein.«

»Julian«, sagte die Frau. »Julian Bartholomew. Ich habe Beweise dafür.«

Mit zitternden Fingern öffnete sie den Bügel der Handtasche. Toni starrte die Frau offenen Mundes an, als sie etwas herauszog, das wie eine Hotelrechnung und die Kopie der Kreditkartenabrechnung aussah. Sie wedelte die Papiere vor Tonis Gesicht.

Sie erkannte den Namen des Hotels und erinnerte sich an den Anlass. Es war ein besonderes Geburtstagsgeschenk für sie, erinnerte sie sich. Eine Nacht in einem Luxushotel. Mehr Zeit hatte er nicht für sie, hatte er gesagt; er war mit seiner Arbeit verheiratet. Nicht mit einer Frau – das hatte sie wenigstens geglaubt.

Zögernd griff sie nach den beiden Papieren. »Das hat er mir nie gesagt.« Ihre Stimme brach ab, als sie die bekannten Details las. Sie spürte, wie ihre Beine zu zittern begannen.

Die Frau seufzte. »Das sagt er nie.«

»Hören Sie«, sagte Toni, und ihre Stimme wurde brüchig von den Emotionen, »vielleicht wollen Sie hereinkommen und darüber reden.«

Sie trat von der Tür zurück. Ihre Beine fühlten sich wie Pudding an. Die Frau schüttelte den Kopf. »Nein. Ich muss zu meinen Kindern zurück. Sie wissen ja, wie das ist. Jugendklub, Sport und solche Dinge.«

Toni wusste nicht, wie das war. Sie hatte keine Erfahrung damit. Sie kannte nur Julians Körper. Die Frau, die sich unangemeldet bei ihr vorstellte, gab ihr das Gefühl, als stünde sie unter einer Dusche und hätte aus Versehen den Hahn für das kalte Wasser aufgedreht. Sie atmete tief ein.

»Haben Sie ihm gesagt, dass Sie Bescheid wissen?«

»Noch nicht. Er wird nächste Woche von der Plattform zurück sein, aber wie ich seine Routine kenne, wird er zuerst zu Ihnen kommen. Vielleicht können Sie es ihm sagen.«

»Plattform?«, fragte Toni und hob die Augenbrauen. Ihr Leben und ihr Mann brachen weg, und sie sagte sich immer wieder, sie hätte es wissen müssen.

»Ölplattform«, erklärte die Frau. »Da arbeitet er.« Sie hielt inne, und eine Sanftheit trat in ihre Augen. »Ach, Sie Arme, das hat er Ihnen auch nicht gesagt, was?« Sie schüttelte den Kopf.

Toni fühlte sich kalt wie Eis. Sie kam sich wie eine Närrin vor. Diese Frau mit den dunklen, angegrauten Haaren hatte Mitleid mit ihr!

»Also gut, ich werde es Ihnen sagen«, fuhr die Frau fort. »Er ist ein Inspektionsmanager und überprüft die verschiedenen Plattformen in der Nordsee. Er wird gut bezahlt, deshalb kann er sich Sie ja auch erlauben. Aber ich nehme Ihnen das nicht übel. Sie sind nicht die Erste, und Sie werden auch nicht die Letzte sein. Mein Mann hat die Schwäche, dass er Frauen braucht, die ihn bewundern. Ich bin es gewohnt, hinter ihm herzustapfen und seinen Freundinnen die wahre Situation zu schildern. Es ist fast sogar Routine geworden. Welchen Beruf hat er Ihnen gegenüber denn angegeben?«

Toni schluckte ein paarmal. Sie war verlegen, aber sie konnte nicht lügen. »Flugzeugpilot.«

»Das hilft ihm natürlich.« Die Frau seufzte wieder und schüttelte auch wieder den Kopf. »Ich kann es Ihnen nicht verübeln, meine Liebe. Sie konnten es nicht wissen. Er ist nicht wirklich ein großer Fang – weder im Bett noch sonst. Das wird Ihnen ja auch aufgefallen sein. Ich hätte ihn schon längst verlassen, aber wegen der Kinder ...«

Als die Frau gegangen war, dachte Toni über das nach, was sie von der Frau erfahren hatte. »Schwein! Schwein! Schwein!«, schrie sie, dann schloss sie die Augen und zählte bis zehn. Aber bis zwanzig wäre besser gewesen.

Sie hatte einen Vorwand gebraucht, um diese Beziehung zu beenden, aber was sie an diesem Abend gehört hatte, wäre ihr nie in den Sinn gekommen. Es war ein Schock, und sie würde lange daran zu knabbern haben, ihn zu überwinden.

Sie brauchte jemanden, der sie tröstete, aber es gab keinen. Sie war allein. Trotzdem, vielleicht brauchte sie ein bisschen Entspannung, um ihr über das Entsetzen hinwegzuhelfen.

Sie zog ihre Kleider aus, legte sich nackt aufs Bett, und während sie die Hände über ihren Körper wandern ließ, stellte sie sich vor, sie würde ihn mit einem jungen Liebhaber betrügen. Das war es, was sie wollte – untreu sein, sie selbst sein und Sex in allen Schattierungen genießen, ohne den Ärger in einer ohnehin bröckelnden Beziehung aushalten zu müssen. Gut, dass sie der jetzigen entfloh.

Ihre eigenen Manipulationen taten ihr besser als seine. Sie rieb die Hände über ihre Nippel, zog sie in die Länge und quetschte sie zwischen Daumen und Zeigefinger. Sie fühlte die samtene Weichheit und die Seide ihrer Haut.

Sie stöhnte, verloren in der eigenen Lust, wie sie es schon an vielen einsamen Abenden getan hatte. Ihre Beine glitten auseinander, als sie mit einer Hand über den Bauch streichelte, und sie gestattete den Fingern, die feuchte Passage zu teilen, durch die goldenen Härchen hindurch und zwischen ihre Schamlippen. Ihre Finger wanderten weiter, und ihre Klitoris floh aus ihrem Versteck, sie erhob sich, um den Fingern zu begegnen.

Mit den Fingerspitzen neckte sie die prächtige Knospe, die zu einer herrlichen Blume barst. Sie stöhnte wieder, und die Hüften bewegten sich träge, während die Beine sich über ihre eigene Hand legten. Ihre Finger tauchten in die Lache mit den heißen Säften, die aus ihrem Körper rannen.

Während ihr Verlangen stieg, griff sie nach dem sechzehn Zentimeter langen Vibrator und schaltete ihn ein.

Ihre Zunge leckte über die Spitze, als wäre sie aus echtem, warmem Fleisch und Blut geschaffen und nicht aus hartem Latex. Sie umspielte die Spitze und ließ ihre Zunge in die winzige Öffnung eindringen, aus der später ein salziger Nektar sprühen würde, als wäre er das Original. Aber dies war Gummi; er war groß und hart, aber echt war er nicht.

Mit den Händen ließ sie den Vibrator wandern. Die Spitze küsste ihre Brüste, kreiste um die Nippel herum und glitt dann tiefer, zum Bauch und von dort zum Nabel.

Sie strich mit ihm über den warmen Schlitz, verharrte bei der Klitoris und fuhr dann weiter zur schmerzenden Vagina.

Langsam drückte sie ihn hinein und labte sich an jedem Zentimeter, den er im feuchten Kanal zurücklegte. Die Vibrationen schickten zitternde Zuckungen der Lust durch ihren Körper.

Mit der freien Hand zwickte sie die Nippel, mit der anderen schob sie den gefühlten Penis tief hinein, damit sich die Sensationen verbreiten konnten. Ihr Körper schüttelte sich in Ekstase.

Sie ließ ihn seine Arbeit tun. Die Außenwände wirbelten in sanften Wellen gegen ihre Knospe der Leidenschaft und hinunter in den empfindsamen Damm.

Beide Hände kosten und massierten die Brüste. Ihre Nippel standen stolz aufrecht; sie lechzten nach den Berührungen eines Mannes, doch sie musste mit ihren eigenen vorliebnehmen. Aber es war gut. Sie stöhnte lauter, als ihre Lust anschwoll. Julian war aus ihren Gedanken verschwunden. Dies war ihr Liebhaber, ihr ganz persönlicher Liebhaber, der sich um sie bemühte, wenn sonst niemand da war.

Ihr Körper bewegte sich jetzt schneller, auf dem Weg zum Orgasmus. Ihr Rücken krümmte sich, und die Hüften bäumten sich auf, als wäre es ein Mann, den sie genoss, und nicht nur ein Spielzeug.

Es dauerte keine Minute mehr, da schrie sie ihren Orgasmus heraus. Die wogenden Wellen der Vibrationen schüttelten ihren Körper durch, und ihre Hüften ruckten im Takt des Vibrators, der so tief in ihr steckte.

Für den Moment war sie gesättigt, aber morgen, schwor sie sich, würde sie das Ding wegwerfen. Von dann an wollte sie nur das Original haben, denn sie hatte das Recht, Sex zu genießen. Sie hatte den Fuß von der Bremse genommen und wollte ihre Vollgasabenteuer erleben.

Am nächsten Morgen machte sie Müll aus seinen Anzügen. Eine gezackte Schneiderschere hinterließ ihre beste Wirkung an seinen Seidenhemden, deren lange Ärmel zu kurzen wurden. Seine Schuhe erwiesen sich als größere Herausforderung, aber auch mit ihnen wurde sie fertig. Vorsichtig und fast liebevoll klebte sie sie Sohle an Sohle mit einem Sekundenkleber zusammen. Krönender Abschluss bildete eine Regenbogenforelle, die sie gestern gekauft hatte und heute in das Fach seiner Unterwäsche legte – zusammen mit dem Inhalt von drei Dosen gebackenen Bohnen in Tomatensauce.

Laut seiner Frau würde er zuerst zu seiner Geliebten gehen. Sie ging von Zimmer zu Zimmer und betrachtete ihr Tagwerk; das Loch im Fernsehgerät, das er vergangenes Jahr gekauft hatte, die zerschmetterten Kristallgläser, deren Scherben sie in die dicken Teppiche getrampelt hatte, der Schaumstoff, der aus den geschlitzten Stühlen quoll, und dann die lebensgroße Zeichnung auf dem Schlafzimmerspiegel – der inkonsequente Umriss eines Mannes mit einem noch inkonsequenteren Anhängsel.

Sie nahm ihren Koffer, warf den Schlüssel auf den Tisch – die Wohnung war auf seinen Namen gemietet – und schloss die Tür hinter sich.

Von der Bushaltestelle führte sie zwei Telefongespräche. Das erste verband sie mit Dodmans, Dearing und Pratt, der Anwaltskanzlei, und dort sagte sie, wohin sie sich ihren Job stecken könnten.

Sie kaufte sich ein Jachtmagazin und eine Tasse Kaffee, dann setzte sie sich in einen roten Plastiksessel des Cafés.

Sie schlug in der Zeitschrift die Kleinanzeigen auf und fand die Überschrift BESATZUNG GESUCHT – KEINE ERFAHRUNG ERFORDERLICH

Ihr Herz hüpfte in ihrer Brust. Das war genau das, was sie suchte. Sie verfügte über Erfahrung, allerdings war sie seit drei Jahren nicht mehr auf einem Segelboot gewesen. Segeln und eine Seebrise, dachte sie, würden vielleicht die Scham und die Wut hinwegfegen, die sie zu verschlingen drohten.

Einen Moment lang war sie abgelenkt, als ein kleiner Junge einen knallroten Rennwagen im Vorbeigehen über ihren Tisch spurten ließ. Der Junge schaute sie mit seinen großen blauen Augen an.

Sie klemmte sich die Zeitschrift unter den Arm, hob ihren Koffer auf und schleppte ihn in die erstbeste Telefonzelle.

Die Stimme am anderen Ende der Leitung klang höflich und präzise, wenn auch ein wenig distanziert. Er wollte ihren Namen wissen, ihr Alter und welche Erfahrungen sie hatte. Sie sagte ihm alles, was er wissen wollte.

Er legte eine Pause ein, und sie glaubte schon, dass die Leitung zusammengeklappt war. »Antonia«, sagte er, »was für ein Zufall.«

Er fragte sie nach seinem Aussehen.

»Ich bin groß, fast ein Meter siebzig. Man sagt, dass ich gut aussehe. Ich habe rote Haare und grüne Augen.« Sie zwang sich, zuversichtlich zu klingen. Ihre Beschreibung war echt. Männer hatten ihr oft genug gesagt, dass sie gut aussah, und einige Frauen auch. Also musste es wahr sein.

»Rote Haare und grüne Augen. Warten Sie.« Seine Stimme hörte sich plötzlich anders an, dann nahm sie andere Stimmen gedämpft wahr. Offenbar redete er mit jemandem. Als er sich wieder meldete, klang seine Stimme dunkelbraun und wärmer. Er schien mehr Interesse zu haben.

»Das freut mich zu hören«, sagte er. »Tragen Sie Ihre Haare offen?«

»Sehr offen«, antwortete sie und fragte sich, was ihr Aussehen mit dem Segeln einer Jacht zu tun hatte.

»Das ist gut«, sagte die Stimme, »sehr gut.« Er hörte sich so an, als wäre er dabei, sie sich bildlich vorzustellen. »Das klingt so, als wären Sie genau das, was wir suchen. Ihr Aussehen und Ihr Name sind zusätzliche Pluspunkte. Sagen Sie mir noch«, fügte er nach einem nervösen Räuspern hinzu, »was Sie suchen. Was erwarten Sie von so einem Job?«

Toni zögerte. Ja, was war es, wonach sie suchte? »Abenteuer. Ich suche hemmungslose Abenteuer«, rief sie mit einer Begeisterung, die sie selbst überraschte.

»Haben Sie Erfahrungen?«

»Ja.«

»Bleiben Sie einen Moment am Apparat, ja?«

Sie versuchte herauszufinden, was am Ende der Leitung genuschelt wurde. Aber sie konnte nichts verstehen.

»Haben Sie Geld bei sich? Ein Scheckbuch oder eine Kreditkarte?«, fragte die Stimme dann.

»Ja.«

»Gut. Madame Salvatore gewährt Ihnen ein Interview. Wenn Sie einen Flug nach Rom buchen, wird einer unserer Kuriere Sie dort abholen. Bringen Sie die Quittung für den Flug mit, damit wir Ihnen den Betrag erstatten können. Sollten Sie für die Position, die wir besetzen wollen, nicht in Frage kommen, werden wir Ihnen den Rückflug bezahlen.«

»Rom?«, flüsterte sie. Stirnrunzelnd blickte sie noch einmal auf die Anzeige, die sie eingekreist hatte.

»Ja«, antwortete die Stimme. »Rom. Einer unserer Kuriere wird Sie dort erwarten. Dann werden Sie in den Privatjet von

Madame Salvatore steigen und auf unsere Insel gebracht. Dort ankert auch unsere Jacht. Sollten Sie akzeptiert werden, wird sie Ihr Arbeitsplatz sein, solange Sie bei Madame Salvatore angestellt sind. Haben Sie alles verstanden?«

»Ja«, flüsterte sie. »Rom. Wann soll ich denn fliegen?«

»Jetzt. Sie hören sich so an, als entsprächen Sie genau den Vorstellungen von Madame Salvatore. Sie braucht Sie so schnell wie möglich.«

Etwas an der Art, wie er das sagte, ließ sie zögern, bevor sie antwortete. Aus dem ›wir‹ war eine ›Sie‹ geworden, und ihre Leistungen sollten wohl eher persönlich sein. Waren ihre Fähigkeiten als Seglerin überhaupt nicht gefragt? Trotzdem hatte sich Toni rasch entschieden.

»Fein, ich fliege nach Rom. Woran werde ich den Kurier erkennen?«

»Sagen Sie mir Ihren Namen.«

»Antonia Yardley.«

»Buchen Sie jetzt gleich den Flug, dann rufen Sie mich zurück und nennen mir die Flugnummer und die Ankunftszeit.«

»Ja, kein Problem.« Sie konnte ihr Glück nicht fassen.

Er gab ihr seine Telefonnummer durch, und sie kritzelte sie auf die Titelseite der Zeitschrift, die sie noch in der Hand hielt. »Ich warte jetzt auf Ihren Rückruf, Miss Yardley. Noch einen schönen Tag wünsche ich.«

»Auch Ihnen einen schönen Tag«, sagte Toni und legte auf. Sie ging das Gespräch noch einmal durch und klopfte mit der flachen Hand gegen die Stirn. Er musste sie für verrückt gehalten haben, und sie kam sich auch verrückt vor. Sie hatte nie die Absicht gehabt, das Land zu verlassen. Sie hatte ein paar schöne freie Tage an der englischen Südküste verbringen wollen, entweder dort oder in der Bretagne. Und jetzt würde es wohl das Mittelmeer sein. Aber wieso hatte sie sich so täuschen lassen?

Sie schlug wieder die Seite mit den Kleinanzeigen auf, fand das Inserat und die eingekreiste Telefonnummer. Dann drückte sie eine Hand vor den Mund. Sie hatte das richtige Inserat angekreuzt, aber die falsche Telefonnummer eingekreist.

BESETZUNG GESUCHT, stand da, aber dann ging es weiter: ERFAHRENE MANNSCHAFT FÜR PRIVATYACHT GESUCHT. WIR GEBEN PRIVATPARTYS. EIGNER IST PERSÖNLICH AN BORD. BEWERBER MÜSSEN ROTHAARIG MIT GRÜNEN AUGEN SEIN.

Die Finger vor ihrem Mund lösten sich, und ihr Herzschlag setzte für einen Moment aus. Mittelmeer. Sonne, Meer und alles, was dazugehört. Ohne es zu wollen, hatte sie wohl die richtige Wahl getroffen. Nach außen lächelte sie, aber innerlich dankte sie dem kleinen Jungen, der sie mit seinem roten Flitzer für einen Moment abgelenkt hatte, deshalb hatte sie die falsche Telefonnummer eingekreist.

Nun, sie wollte Abenteuer erleben, und Abenteuer würde sie wohl auch erleben.

Wer war der Mann?, fragte sie sich. Dieser Privatmann mit seiner Privatjacht, von dem in der Anzeige die Rede war? Und wer war Madame Salvatore, von der ihr Telefongesprächspartner gesprochen hatte?

Es hatte keinen Sinn, Fragen zu stellen, die sie nicht beantworten konnte. Sie hatte sich entschieden. Sie wollte nach Rom fliegen.

Sie musste noch den Flug buchen.

Es dauerte nicht lange, bis sie den Charterflug nach Rom in der Tasche hatte. Zwei Stunden vor dem Abflug rief sie den Mann an, mit dem sie vorher gesprochen hatte. Sie nannte ihm Flugnummer und Ankunftszeit.

Teufel, was hatte sie schon zu verlieren?

Zweites Kapitel

»Hast du gestern Abend wieder von ihr geträumt?«

Philippe Salvatore öffnete die Augen und traf den Blick der blondhaarigen Andrea. Sie kniete zwischen seinen nackten Schenkeln. Ihre eingeölten Schultern glänzten im Sonnenlicht und rieben sich an seinen Oberschenkeln. Wenn er nach unten schaute, konnte er den nackten, gebräunten Po sehen, der ebenso glänzte wie ihre Schultern.

Sie hielt ihren Blick auf ihn gerichtet, während sie auf seine Antwort wartete. Ihre Zunge leckte köstlich seinen weichen Hodensack. Daraufhin begann sein Penis zu zucken und klopfte leicht gegen ihre Stirn.

»Ich habe letzte Nacht gut geschlafen«, sagte er schließlich.

Ja, er hatte gut geschlafen, aber er hatte auch geträumt. Aus irgendeinem Grund wollte er ihr das nicht sagen. Es war sein Traum, sein stetes Entzücken.

Bevor er die Augen schloss, wandte er den Kopf und schaute durch eine Lücke in den schwankenden Palmen und den hellen purpurfarbenen Bougainvillaea, die die breite Sonnenterrasse umgaben. Er nahm sie kaum wahr. Durch die zusammengezogenen Augen und die dunklen Wimpern starrte er auf eine andere Lücke, durch die er einen Teilausschnitt des Meeres sehen konnte, dessen Blau sich zu einem Jadegrün verändert hatte.

Als er die Augen schloss, waren es ihre Augen, die er sah – das Mädchen in seinen Träumen hatte Augen wie die Farben der See und Haare so rot wie die untergehende Sonne.

Es waren eher seine Fantasien als Andreas Fertigkeiten zwischen seinen Schenkeln, die seinen Körper mit einer köstlichen Erregung prickeln ließen. Eine Erregung beinahe nicht von dieser Welt.

In seinem Traum taten sie alles; er für sie und sie für ihn.

Sie war groß, geschmeidig und lieblich. Welche Hemmungen auch immer sie früher mal gehabt haben mochte, hatte sie verloren wie ein lästiges Gepäckstück.

Aber zu seinem Traum gehörte auch ein Albtraum. Gestern Abend erst hatte er in den Tiefen seines Bewusstseins einen geheimen Schrank geöffnet, und darin befand sie sich jetzt, denn er hatte sie dort zurückgelassen. Statt Anzüge und Jacketts, die an der Metallschiene hingen, war nur sie da. Sie lag auf dem Schrankboden, Arme und Beine nach oben gestreckt. Ketten fesselten ihre Hand- und Fußgelenke. Ihr schlanker Körper lag flach, ihre Glieder wurden zur Metallschiene über ihrem Kopf gereckt.

Zitternd beugte er sich zu ihr. Sie konnte ihn nicht sehen, dafür sorgte ihre Kapuze. Sie bestand aus Leder und hatte nur eine Öffnung für ihre Nase. Jeweils ein Metallniet hielt die Augenschlitze geschlossen, und dann hatte die Kapuze noch einen Reißverschluss für den Mund.

Er sah sie zittern vom Luftzug, der durch die offene Tür drang. Obwohl sie ihn weder sehen noch hören konnte, wusste sie, dass er da war.

Er wollte sie befreien und denjenigen töten, der ihr das angetan hatte.

Er versuchte ihr das zu sagen, aber sie schien nicht interessiert zu sein. Das konnte er nicht begreifen. Er musste sie berühren, musste sich verständlich machen.

Sie zitterte wieder, als seine Hände sich um ihre Brüste

legten. Unter den Handflächen spürte er, wie die Haut warm wurde und die Nippel sich erregten.

»Ich wollte nicht, dass dir dies zugefügt wird«, sagte er ihr. »Das geht auf Conways Kappe, nicht auf meine. Ich hätte das niemals gewollt.«

Aber sie antwortete nicht. Träge bewegte sich ihr Körper wie eine Welle.

Dann realisierte er plötzlich, dass sie genoss, was mit ihr geschah, und das störte ihn. Conway war dafür verantwortlich, und wie er selbst konnte auch Conway nicht widerstehen.

In seinem Traum ließ er eine Hand auf einer Brust liegen, während er mit der anderen Hand über ihren Bauch strich und durch das goldene Nest ihrer Härchen zwischen ihren Schenkeln fuhr. Sein Finger tauchte tiefer hinab, und er fühlte die zunehmende Feuchtigkeit und das Gewebe, das sich um die Mitte ihrer Leidenschaft wie Blütenblätter rankte. Sein Finger wanderte tiefer, bis er das verborgene Portal gefunden hatte, feucht und warm und auf ihn wartend.

Er stieß den Finger in die schwüle Öffnung hinein und labte sich an seiner Macht und an dem Entzücken, dass er sie genießen konnte – und dass sie es auch genoss.

Jetzt geriet sein Eifer außer Kontrolle. Fleisch schmiegte sich um sein Fleisch, die warmen Lippen saugten, und ihre Zunge verlangte, dass er seine Essenz überlaufen ließ. Sie setzte seine Sinne in Flammen. Er spürte, wie sein Samen hochstieg wie heiße Lava.

Aber wie konnte sie das tun?, fragte er sich. Der Reißverschluss über ihrem Mund war fest verschlossen. Wie also hätte sie ihn derart saugen können?

Das Aufwachen besiegte seinen Traum. Er durchlebte ihn nur noch einmal, und wenn er einen Traum wiederholte, konnte er seinen Ablauf bestimmen und Fantasien mit der Wahrheit vermengen.

In seinem Traum schaute er in ihr Gesicht. Die Maske war nicht mehr da. Ihre roten Haare lagen wie ein strahlender Heiligenschein um ihren Kopf, und ihre Augen waren so tief wie das Meer. Ihr Mund, warm und breit und sinnlich, hatte seinen pochenden Schaft fest umschlossen.

Ekstatische Schreie durchstießen die Stille, als er sich in den willigen Mund Andreas ergoss, die immer noch zwischen seinen Schenkeln kniete.

Andrea hatte goldene Haare, keine roten, rief er sich in Erinnerung. Und ihre Augen waren blau und nicht grün. Erst als er sich damit abgefunden hatte, öffnete er die Augen.

»Dank dir, meine Liebe. Säubere mich jetzt.«

Er sagte ihr nicht, dass er einen Essenstermin hatte, zu dem er erfrischt und pünktlich sein wollte. Sie brauchte das nicht zu wissen. Ihre Aufgabe war zu gehorchen.

»Aber was ist mit mir?«, fragte sie mit fast kindlichem Trotz. »Was ist mit meiner Befriedigung?«

Sie stand jetzt aufrecht zwischen seinen Beinen, nackt und schön gleichmäßig gebräunt. Die blonden Haare, die ihren Kopf schmückten und wie ein Pfeil zwischen die Schenkel zeigten, waren fast weiß. Sie hatte die Hände um ihre Brüste gelegt, während die Daumen leicht über die Nippel glitten. Dann strich sie mit einer Hand über den Bauch und zwischen die geöffneten Beine.

Philippe seufzte. Er hatte nicht die Absicht, ihr irgendeinen Gefallen zu erweisen. Obwohl er gerade erst seinen Höhepunkt erlebt hatte, hingen die Gedanken seinem Traum nach.

»Unterhalte mich«, befahl er. »Zeige mir, wie du es dir selbst besorgst.« Er legte sich auf die blaugoldenen Kissen des Liegestuhls. »Stell dich dahin.« Er zeigte auf das Kopfteil der Liege.

Lächelnd und wie immer bereit, ihm zu Willen zu sein,

befolgte Andrea seine Anweisungen. Sie stieß das Becken vor, sodass ihr Schamhügel gerade mal eine Handbreit von Philippes Gesicht entfernt war.

Er stützte den Kopf mit einer Hand und schaute zu, wie Andrea die Fingerspitzen über den herausgestreckten Hügel und um die pulsierende Klitoris tanzen ließ. Mit der anderen Hand umfasste sie eine schöne runde Brust. Lächelnd manipulierte sie den Nippel zwischen Finger und Daumen.

Zwischen den kurz geschorenen Schamhaaren konnte Philippe die rot lackierten Fingernägel sehen, die langsam in die Spalte eintauchten. Pink und glänzend ließ sich die Klitoris zwischen den Labien sehen.

Philippe genoss die private Schau, völlig hemmungslos ausgeführt, nur für ihn gedacht. Während sie die Hüften schwenkte und von den eigenen Behandlungen zu stöhnen begann, konzentrierte er seine Blicke auf die seidig glänzenden Schenkel und den Spalt dazwischen. Auf der bronzenen Haut waren die roten Fingernägel der einzige Farbpunkt, abgesehen von der pinkfarbenen Öffnung.

Ihre Finger verschwanden. Nur der Daumennagel blieb in Philippes Blickfeld.

Ihr Stöhnen wurde lauter, als die eigenen Finger in die Vagina eindrangen. Das Schwenken ihrer Hüften verstärkte sich, während der Daumen im gleichen Tempo über die geschwollene Klitoris strich.

Er schaute nicht auf die Hand, die ihre Brust umschmeichelte. Stattdessen war er fasziniert von den Rucken, die ihren Körper in Schwingungen versetzten. Ihre Bewegungen verdoppelten sich und wurden von lang gezogenen Stöhnlauten begleitet, dann kamen Lust und Vorstellung zum unvermeidbaren Ende.

»Hat dir das gefallen?«, fragte sie ihn, bückte sich und küsste ihn auf die Stirn, auf Nase und Mund. Ihre Haare fielen wie ein dichter Vorhang über beide Gesichter. Ihre Brüste pendelten einladend vor seinem Mund, aber sie blieben ungeküsst und unberührt, und Andrea sah enttäuscht aus.

»Es war eine löbliche Darbietung, meine Liebe. Aber jetzt willst du mich säubern, bitte.«

Scheinbar dankbar für das Lob, lächelte sie. Auf hochhackigen Sandalen aus Kork und Wildleder in der Farbe gestoßener Erdbeeren ging sie hinüber zu einem Halbkreis aus blauen Delfter Fliesen. Man konnte glauben, dass dort ein Brunnen stand, aber in Wirklichkeit war es ein nützlicher Wasseranschluss unter freiem Himmel.

Die ganze Anlage war wie ein Brunnen aufgebaut. Glänzende grüne Blätter hingen an den Ästen, die sich zum Halbkreis bogen, und in der Mitte standen zwei Delfine aus Bronze beinahe auf den Köpfen.

Andrea ging nicht in die Hocke, sondern bückte sich tief hinunter, damit Philippe die blonden Härchen zwischen ihren Schenkeln sehen konnte. Sie drückte auf einer der Delfine, und ein Schwall Wasser füllte die blaue Porzellanschüssel, die sie darunterhielt. Die Schüssel strahlte in einem sehr dunklen Blau, und die Zitrone, die durchs Wasser flutete, war sehr gelb.

Wie zuvor schon kniete sie sich erneut zwischen seine geöffneten Schenkel. Sie stellte die Schüssel vor sich auf den Boden, dann bückte sie sich, diesmal noch tiefer, und saugte den Mund voll Wasser. In den Händen hielt sie ein Badetuch.

Sie richtete sich auf und stülpte den Mund über seinen Penis. Ein wenig Wasser tröpfelte in seine Schamhaare und über die Hoden. Sie trocknete ihn ab, dann wiederholte sie die Prozedur noch zweimal. Erst als der ganze Bereich nass genug war, wusch sie ihn mit der Seife.

Sie arbeitete mit träger Präzision, schäumte das jetzt erschlaffte Glied ein, rieb den herb-süßlichen Duft des Schaums in seine Schamhaare, über den runzligen Hodensack und in die Falten seiner Lenden.

Mit großer Konzentration ging sie vor. Ihr Atem kam schneller, während sie hoffte, dass er wenigstens einmal seine frühere Härte wiedergewann, dann konnte er sie in jeder nur erdenklichen Position vornehmen, wenn sie nur sein Organ wieder in ihrem Körper spüren könnte, egal, in welcher Öffnung, solange es nicht wieder ihr Mund war.

Dieses Mal hielt er die Augen offen. Er schaute ihr zu, vielleicht mit einem Anflug von Ungeduld. Er wollte, dass sie mit der Waschung endlich fertig wurde, damit er gehen konnte. Sein Terminplan hatte natürlich nichts mit ihr zu tun, aber er wusste, dass es sie verlangte, mehr Raum in seinem Leben einzunehmen, vielleicht sogar in seinen Träumen.

Sie wiederholte den Vorgang, den Mund voll Wasser zu saugen, aber diesmal benutzte sie das Wasser, um den Schaum wegzuwaschen. Mit dem Badetuch komplettierte sie den Auftrag. Liebevoll und mit unheiliger Verehrung tupfte sie das ruhende Glied ab, den schweren Beutel darunter und die dunklen kurzen Haare, die seine Männlichkeit wie ein dichter Wald umgaben.

Schließlich war ihre Arbeit beendet. Philippe erhob sich aus seiner legeren Position, in der er seit dem Frühstück gelegen hatte. Sie nahm die Gelegenheit wahr, ihre Neugier zu stillen.

»Du hast meine Frage noch nicht beantwortet, Philippe«, sagte sie so süß sie konnte.

Er streckte die Arme über den Kopf und schaute Andrea von der Seite an. Die Haare unter seinen Armen waren so dunkel wie die auf seinem Kopf. Gespannte Muskeln bebten unter der gebräunten Haut, als er sich streckte. Er hatte kein überflüssiges Fett. Und auch keine Zeit für überflüssige Fragen.

»Wegen meines Traums?«

»Ja. Du träumst immer den gleichen Traum, hast du mir mal gesagt.«

»Warum fragst du mich überhaupt, wenn du die Antwort schon kennst?«

»Ich wollte es nur wissen. Ich wollte dir helfen, sie zu vergessen. Das kann ich. Du weißt, dass ich es kann.« Sie warf sich vor seine Füße, drückte die Hände auf seine Schenkel und küsste zart die rote Eichel.

Philippe blickte auf sie hinab. Andrea weigerte sich, die Verachtung in seinen Augen zu sehen, und sie weigerte sich auch zu glauben, dass ein Mann wie er sich von einem Traum tyrannisieren ließ.

Sein Gesicht entspannte sich, aber freundlicher wurde es nicht. »Sie muss aus meinen Gedanken geprügelt werden, aus meiner Seele.« Er zog an ihren Haaren und lächelte. Seine Finger griffen fester zu.

»Willst du mir helfen, sie aus meinen Gedanken zu prügeln, Andrea?«

»Ja«, flüsterte sie. Sie schaute bewundernd zu ihm auf, obwohl sein Griff in ihre Haare Tränen in ihre Augen brachte. »Ja, das will ich, das will ich!«

Philippe lächelte boshaft und schaute hinaus aufs Meer, bevor er den Blick auf den weißen Stein der Brüstung richtete. »Beuge dich über die Mauer – genau an dieser Stelle«, sagte er und zeigte auf eine Lücke im Laubwerk, die den Blick auf die blauen und grünen Wellen der See freigab.

Sie wollte sich aufrichten, aber seine Hand hielt sie fest. »Ich will nicht, dass du hingehst. Ich will, dass du kriechst.«

Sie zögerte nur kurz. Andrea würde alles für diesen Mann tun, auch wenn sie nur die zweite Geige neben einer Frau aus seinem Traum spielen konnte. Diese Frau war real, auch wenn sie nicht real war. Es hatte sie schon in der Vergangenheit gegeben und jetzt auch in der Gegenwart.

Sie gehorchte. Ihre Brüste schwangen leicht, als sie auf allen vieren über die warmen Fliesen der Terrasse kroch. Als sie die Brüstung erreichte, erhob sie sich und beugte sich über das raue Mauerwerk. Ihr Po war hoch erhoben, der Torso hing tief. Der weiche Bauch wurde gegen den scheuernden, warmen weißen Stein gedrückt. Ihre Brüste hingen auf der anderen Seite nach unten, und ihre Hände hielten sich darunter an schroffen Steinen fest.

»Öffne deine Beine etwas weiter.«

Sie befolgte seine Anweisung. Die Sonne brannte auf ihren Po. Auch ihr Gesicht war warm, aber die Haare schützten es wie eine Gardine.

Philippes Stirn legte sich in Falten, als er den runden, von der Sonne gebräunten Po sah, der sich so schön in die Luft reckte – nur zu seiner Lust. In der Vergangenheit, die noch gar nicht so lange zurücklag, hätte er die Begierde gespürt, diese birnenförmigen Rundungen zu teilen und seinen Schaft in ihre engste Öffnung zu stecken. Zuerst hätte er ihn in ihrer Pussy getränkt. Aber danach war ihm nicht zumute, und nicht nur wegen des Orgasmus, der noch nicht lange vorbei war. Potenz war nicht das Problem. Was er fühlte, war Verdruss. Und aus diesem Verdruss war das Verlangen erwachsen, zu erniedrigen. Und dafür war Andrea ein williges Opfer.

»Halt deine Backen auseinander. Ich will die kleine Öffnung sehen.«

Sie musste mit dem Bauch über der Brüstung balancieren, denn nun konnte sie sich nicht mehr mit den Händen festhalten. Andrea griff hinter sich und befolgte seine Anweisung. Ihre langen roten Nägel schabten über ihre Haut, als sie die Backen auseinanderzog. Die runzlige Öffnung ihres Anus war deutlich zu sehen, braun und pink.

Ihre Bauchmuskeln spannten sich, ihre Pobacken auch. Würde er sie da nehmen wollen? Schon der Gedanke ließ sie vor freudiger Erwartung zittern, auch wenn sie ein bisschen Angst davor hatte. Trotzdem, sie sehnte sich danach, dass er sie auf diese Weise nahm. Alles, nur nicht mehr mit dem Mund.

Sie hörte, wie neben ihr ein Zweig abgebrochen wurde.

Philippe stand hinter ihr und entlaubte den gertenähnlichen Zweig, er ließ nur am oberen Ende drei oder vier Blätter übrig. Er besah sich die Gerte zufrieden und befühlte die lederartige Weichheit der Blätter. Dann wandte er sich an Andrea.

»Noch ein bisschen weiter.«

Andrea zog die Pobacken so weit auseinander, wie sie konnte.

»Das ist besser.« Philippe strich mit den Blättern in die Kerbe und löste einen Kitzel bei ihr aus. Instinktiv zogen sich die Backen zusammen. »Halte sie auseinander«, forderte er und strich mit der Gerte nacheinander über die Backen.

Sie biss sich auf die Lippen, denn die Hitze in ihrer Pussy war jetzt so intensiv wie die Hitze ihres Gesichts. Aber sie gehorchte; sie war für alles bereit, was er ihr zugedacht hatte.

Sie hörte das Schwirren der biegsamen Gerte, bevor sie auf ihrem Fleisch landete. Als er sie traf, schrie sie auf. Er hatte auf ihre kleine Öffnung gezielt und auch getroffen. Das Brennen hielt einige Sekunden an. Sie spürte, wie ihre Säfte aus der Vagina rannen; kleine silbrige Perlen, die sich in ihren blonden Härchen verfingen.

Er bedachte sie noch mit drei weiteren Schlägen, bis sie halb schluchzte, halb stöhnte vor Ekstase. Ihre verengten Augen blickten hinaus auf die grüne Weite des Meeres. Sie nahm die Hände von ihrem Po und hielt sich wieder an den schroffen Steinen der Brüstung fest, denn sie hatte Angst, dass sie kopfüber fallen würde.

»Was für eine heiße, enge Kerbe«, sagte Philippe und strich mit den Händen über den Po, als wollte er das Resultat seiner Behandlung ertasten. »Und nun«, fügte er hinzu, »werde ich dich noch ein bisschen heißer machen. Dein Hintern wird so rot sein, dass er einem Sonnenuntergang gleichkommt, jener wunderbare Augenblick, wenn die Sonne blutrot im Meer versinkt.«

Andrea stützte sich ab. Der erste Schlag traf beide Backen. Die Gerte war lang genug dafür. Ihr Po brannte zuerst, dann ging das Brennen in ein Prickeln über – der Schmerz war zuerst da, dann folgte die Lust.

Als die Intensität und die Hitze auf ihrem Po zunahmen, veränderte Andrea ihre Position; ihr Po bewegte sich unter den herabregnenden Hieben. Auf diese Weise verteilten sich die Schläge auch auf die Stellen, die bisher noch nicht das Brennen und Prickeln gespürt hatten, und die Stellen, die bisher die meisten Hiebe hatten einstecken müssen, wurden geschont.

Die Schläge hörten auf, und Andrea lockerte den Druck ihrer Zähne auf den Lippen. Ihr Po stand in Flammen, dachte sie, und doch tat er kaum weh. Es gab keine Verletzungen der Haut. Es prickelte nur noch, und jetzt wartete sie voller Hoffnung auf das, was nun kommen würde.

Philippe strich mit einer Hand über die heißen Backen.

»Jetzt«, sagte er, mehr zu sich als zu ihr, »ist es eine schöne Farbe geworden. Köstlich rot, so rot, wie das Meer grün ist.«

Beim Berühren ihrer Hand stöhnte sie lustvoll auf und schwenkte den Po noch ein bisschen mehr. Vielleicht, dachte sie, wenn der Winkel ideal ist, würde er sie nehmen – welche Öffnung, war ihr egal.

Philippes Blicke wanderten von ihrem roten Po zum grünen Meer. Er blieb schweigsam, denn der Traum schwirrte ihm noch im Kopf herum.

Andrea begriff sein Schweigen als Zeichen einer wiederkehrenden Erregung, und ohne seine Erlaubnis drehte sie sich um. Sie lag jetzt mit dem Rücken auf der Brüstung, die Arme hinter sich, die Beine weit gespreizt. »Philippe, begehrenswerter Philippe, nimm mich jetzt. Ich bin nass und bereit für dich. Bitte.«

Etwas in seinem Blick ließ sie aufhören mit dem Betteln. Er starrte auf ihre blonde Scham, dann sah er an ihrem Körper hoch und schaute ihr zuletzt ins Gesicht. Sein Ausdruck zeigte Verwunderung. Er hatte den Mund leicht geöffnet, und seine Augen sahen sie verständnislos an, als hätte er mit ihrer Anwesenheit nicht gerechnet, als erwartete er einen anderen Menschen.

»Philippe?«

Sie schwenkte die Hüften.

Philippe warf die Gerte auf den Boden. »Ich muss gehen«, sagte er mit leiser, tiefer Stimme. »Ich muss mich um Geschäfte kümmern.«

Mit rotem Gesicht erhob sich Andrea. Sie starrte ihm offenen Mundes nach. Ihre Bewunderung wich einem dunklen Zorn.

»Verdammt«, knurrte sie. »Verdammt seist du und deine grünäugige rote Hexe. Aber das sollst du mir büßen, Philippe Salvatore!«

Er hörte sie nicht, aber Emira hörte sie. Andrea war sich der Träume Philippes vielleicht bewusst, aber sie kannte nicht den Grund dafür. Emira kannte seine Qualen, sie wusste, warum und weshalb, das ganze Szenario. Das konnte Andrea nicht wissen, sie fühlte nur ihre Eifersucht, und diese Eifersucht, dachte Emira, passte vielleicht nicht in die Pläne anderer.

Emira hielt sich nicht länger damit auf. Philippes Mutter, Venetia Salvatore, hatte angeordnet, dass jemand am römischen Flughafen einen Gast abholte. Vielleicht hatte das Schicksal ein Einsehen und schickte Hilfe.

Es war eine Bauchentscheidung, die Antonia Yardley dazu gebracht hatte, ihre Dienste anzubieten. Ein neues, attraktives Mitglied der Crew war jederzeit willkommen, und wenn die Beschreibung der Frau identisch war mit der aus Philippes Träumen, dann umso besser.

Doch Emira hatte sie noch nicht gesehen. Wenn ihre Beschreibung passte, würde die fremde Frau sofort zur Insel gebracht und von dort zu Philippes Jacht. Wenn nicht, würde man ihr den Rückflug bezahlen und ihr sagen, dass die Stelle schon besetzt worden wäre.

Antonia Yardley, hoffte Emira, würde Philippe Salavtores wiederkehrende Träume in eine traumhafte Wirklichkeit verwandeln.

Drittes Kapitel

In Rom war der Himmel grau, und der Regen trommelte gegen die beschlagenen Fenster der Ankunftshalle im Flughafen von Rom. Heute hätte Italien warm und einladend sein sollen, stattdessen war es schwül, düster und sehr laut.

Durch die Doppeltüren, die sich zwischen ihr und der Ewigen Stadt öffneten und schlossen, attackierten Benzinschwaden ihre Nüstern, und sie hörte die Hupen von tausend Autos sowie die aufgeregten Schreie von Gepäckträgern, Taxifahrern und gestressten Mammas mit kreischenden Kindern. Rom bot ihr keine Attraktion, dachte Toni. Zu gehetzt, zu laut und sehr, sehr nass.

Als sie ihr Gepäck sicher neben sich hatte, sah sie sich in der Menge nach dem versprochenen Kurier um. Es schien eine fast unmögliche Aufgabe zu sein, wenn man bedachte, dass er nur ihren Namen kannte. Gut, sie hatte eine vage Beschreibung von sich am Telefon gegeben. Und sie hatte überhaupt keinen Anhaltspunkt, nach wem sie suchen sollte.

Die Tatsache, dass sie offenbar auf jemanden wartete und sich umschaute, zog die Blicke derjenigen Menschen an, die glaubten, dass sie verloren und allein war und deshalb leichte Beute sein würde. Das hinderte aber einige Leute nicht, sie mit ihren Blicken zu verschlingen.

Aber sie wartete geduldig weiter und vertrieb sich die Zeit mit Gedanken an Julian, sein gutes Aussehen und seine Frau. Sie dachte auch an seine Hemmungen; er hatte immer sofort die Missionarsstellung eingenommen, und es musste immer im Bett stattfinden.

Das lag nicht an ihren Hemmungen, da war sie sich sicher. Sosehr sie ihn auch geliebt hatte, hatte sie doch nach mehr Variation im Sex gelechzt, nach anderen Stellungen und aufregenderen Plätzen.

Alles, was geschehen war, wie zum Beispiel der überraschende Besuch seiner Frau, hatte einen versteckten Sinn gehabt, davon war sie überzeugt. Und dass sie jetzt hier in Rom war, musste der Beweis dafür sein.

Sie dachte über Abenteuer nach. Dies war der erste Schritt in ein neues Leben, und sie würde nicht zulassen, dass man es ihr verdarb – auch nicht durch bedauerliche Erinnerungen.

Ihr Nachdenken sorgte dafür, dass die Zeit wie im Flug verging. Irgendwann hörte sie eine Nachricht über Lautsprecher. Ihr Name wurde genannt, dann wurde sie gebeten, zum Schalter der Inlandflüge zu gehen. Sie hatte ihren Mantel über einen Arm geworfen, und die andere Hand trug den Koffer, als sie zum angegebenen Schalter ging.

Unter dem Schild der Inlandflüge stand eine sehr große Frau, die eine schnittige Marineuniform trug. Sie war schlank, hatte breite Schultern und schmale Hüften. Ihre Haut war so braun wie eine Kastanie, während Haare und Augen dunkel glänzten. Sie war schön auf eine exotische Weise, die Nase gerade, die Wangenknochen hoch angesetzt, als wären sie aus Mahagoni geschnitzt. Volle, sinnliche Lippen, wie man sie bei afrikanischen Skulpturen sieht, lächelten Toni an. Ihre Augen schienen zu tanzen, als hätten sie auf den richtigen Moment gewartet.

Sie streckte eine Hand aus, wobei die Handfläche weiß war. Toni drückte die Hand, sie war kühl, weich und trotzdem auch fest.

»Antonia Yardley? Ich heiße Emira. Ich arbeite für Familie

Salvatore. Ich werde Sie zu Mister Salvatores Privatinsel und zu seiner Jacht, der *Sea Witch*, bringen. Wir fliegen mit dem Privatjet der Salvatores. Dort findet das Bewerbungsgespräch statt. Wir haben jetzt ein Uhr. Darf ich vorschlagen, dass wir gleich loslegen?«

Toni sah die Frau überrascht an. Bei ihrem Telefongespräch, als die Stimme sie nach ihrer Haar- und Augenfarbe befragt hatte, war die Stimme dunkelbraun und in jedem Fall maskulin gewesen. Nicht einen Moment lang hatte sie geglaubt, mit einer Frau am Telefon zu sprechen.

Ihr blieb kaum Zeit zu einem Lächeln und sie konnte nur kurz bestätigen, dass sie in der Tat Antonia Yardley war, die seit ihrem zwölften Lebensjahr segelte. Ohne zu fragen, ob sie Hilfe brauchte, bückte sich Emira nach Tonis Koffer, den sie der anderen Frau aus den schmerzenden Fingern abnahm. Sie trug ihn mit einer Leichtigkeit, die Toni sprachlos machte.

»Kommen Sie, bitte«, sagte sie. »Ich habe schon ein Zeitfenster für den Abflug erhalten, das darf ich nicht verpassen.«

Abrupt wandte sie sich um und marschierte davon. Toni folgte ihr, musste aber immer wieder ein paar Laufschritte einlegen, um Emiras Tempo folgen zu können.

Der Learjet stand bereit. Er war mit einem knallroten S bemalt. Sie stiegen hinauf, und drinnen wies Emira der Besucherin einen Platz zu. »Es macht Ihnen doch nichts aus, am Fenster zu sitzen?« Emira lächelte, aber sie zeigte nicht die Zähne.

»Nein, überhaupt nicht.« Toni verspürte eine wachsende Aufregung. Sie bemerkte auch, dass Emira jetzt viel entspannter war als am Anfang, als ob der Jet inmitten des Lärms und der verregneten Stadt eine Oase der Ruhe für sie wäre.

»Sie können auch hier auf meinem Platz sitzen«, fügte sie hinzu. »Mir ist es egal, wo ich sitze.« Sie lächelte einladend und hoffte, dass ihr Angebot half, sich mit Emira anzufreunden. Einsamkeit war nichts, was Toni noch einmal erleben wollte. In den letzten Monaten war sie oft allein gewesen.

Emira hatte ein Mona-Lisa-Lächeln aufgesetzt, und ihre Augen blitzten amüsiert. »Lieber nicht«, sagte sie. Ihre Stimme klang wie zähflüssiger Honig, und ihre Aussprache wurde von einem leichten Akzent begleitet, den Toni nicht sofort lokalisieren konnte. »Einer muss das verdammte Ding schließlich fliegen.«

»Sie sind der Pilot?« Tonin kam sich wie eine Närrin vor, aber woher hätte sie wissen müssen, dass diese unglaubliche Frau, die sich mit auffälliger Anmut bewegte, auch einen modernen Jet fliegen konnte? »Es tut mir leid, an diese Möglichkeit habe ich gar nicht gedacht.«

»Das muss Ihnen nicht leidtun.«

Während sie sprach, beugte sich Emira über Toni, und die langen Finger überprüften den Sitz des Gurts. Toni nahm verschiedene Düfte wahr, als Emira so nahe kam; einmal von den Haaren, dann auch vom Körper. Toni atmete tief den Wohlgeruch aus den Haaren ein.

Das Parfüm hatte eine besondere Note, die nicht zu verfliegen schien. Sie blieb in Tonis Kopf wie eine kleine Erinnerung und breitete sich zitternd im ganzen Körper aus. Welche Ingredienzien enthielt das Parfum der Frau, dass es Gefühle auslösen konnten, die Toni sonst für Männer reservierte?

Sie spürte, wie sich ihre Bauchmuskulatur anspannte, und im feuchten Tal ihrer Schenkel entstand ein angenehmes Kribbeln. Diese Gefühle verboten jeden Widerstand bei den Dingen, die danach geschahen.

Ganz lässig schoben sich Emiras lange Finger mit den rot lackierten Nägeln vor und zeichneten die Konturen von Tonis Brüsten nach. Toni schaute gebannt und hilflos zu; sie konnte sich nicht dagegen wehren. Die Finger, biegsamer als alles, was Toni bisher kannte, strichen jetzt direkt über die Baumwollbluse. Dies, wusste Toni, war keine zufällige Berührung.

Emiras Lippen bewegten sich, als wäre sie hungrig und überlegte, was sie essen könnte. Dann öffneten sich die Lippen. »Sie haben einen festen Busen. Und die Form ist sehr gut. Ich hätte auch gern so einen Busen. Es ist unfair, dass ich keinen so festen Busen habe.«

Sie sagte es sehr nachdenklich, als wollte sie ihre Brüste mit denen der Passagierin tauschen. Ihre sehr langen, dunklen Wimpern berührten die hohen Wangenknochen. Toni fühlte die Wärme von Emiras Atem, die süße Frische wie vom frühen Morgentau, und dann sog sie wieder diesen speziellen Duft des Parfums ein, das sie mehr anzog als abstieß.

Es war ein eigenartiges Gefühl, Emiras Gesicht zu beobachten, während sie ihre Finger über Tonis Brüste streichelte. In ihren Augen erkannte Toni Bewunderung und sogar Verlangen. Tonis Atem kam schneller, und sie senkte die Lider, bis sie nur noch durch verengte Augen schauen konnte. Ein leises Stöhnen entwich der Kehle, aber sie riss sich zusammen und erinnerte sich daran, dass sie von einer Frau gestreichelt wurde.

»Danke sehr. Das ist sehr freundlich von Ihnen.« Ihre Stimme klang leise.

»Aber wenn ich es Ihnen sage, dann stimmt das auch. Fühlen Sie mal Ihre Brüste und dann meine«, schlug Emira vor.

Ihre Erregung ersetzte jede Hemmung, die Toni zuerst noch empfunden haben mochte. Zuerst fuhr sie mit einer Hand unter ihre Bluse und tastete ihre Brüste wie ein ahnungsloser Alien ab. Doch das Fleisch unter ihren Fingerspitzen empfand ihre Berührungen als sehr erotisch. Wie Seide fühlten sich ihre Brüste an, kühl, fest und perfekt geformt. Jetzt glitt auch Emiras Hand unter die Bluse und berührte Tonis linke Brust.

Sie schaute in Emiras große, dunkle Augen und studierte das kantige, ausdrucksstarke und attraktive Gesicht. Ein schwarzer Lidstrich betonte die Augen, und die Wangen hatte sie mit einem leichten Rouge belegt, während ihre vollen Lippen die Farbe von reifen Pflaumen hatten. Die rosa Zunge schob sich durch die Lippen durch, und ohne es zu wollen, schob sich auch Tonis Zunge zwischen die Lippen.

»Und jetzt«, sagte Emira, »fühlst du mal meine Brust.«

Langsam öffnete Toni ihre Finger, streckte die Hand aus und fühlte Emiras Brust durch den Stoff ihrer Jacke. Die Jacke selbst fühlte sich schon gut an; der Schnitt und der Stil konnten nur von Armani stammen.

Toni hatte ihre linke Hand noch um ihre Brust gefasst, und auch Emira ließ ihre Hand auf Tonis Brust liegen. Es gab einen Kontrast zwischen den Brüsten der beiden Frauen; Tonis fühlten sich fest an, Emiras hatten eine Härte, die sich nicht beschreiben ließ.

Einen Moment lang zögerten Tonis Finger, als wollte sie den Unterschied noch ein wenig länger spüren.

»Was ist denn los?«, fragte Emira. »Hast du noch nie Silikon gefühlt?«

Überrascht von der ehrlichen Erklärung, schaute sie in Emiras Gesicht, dann schüttelte Toni den Kopf. »Nein«, sagte sie und versuchte ein Lächeln. »Das kenne ich nicht.«

Mit einem breiten Lächeln und dem Aufknöpfen der Uniformjacke und der Seidenbluse stieß Emira Tonis Hand gegen die Spitze, die den Busen umspannte.

Toni sog tief die Luft ein, als ihre Fingerspitzen das feste braune Fleisch berührten. Sie zitterte vor Ungeduld, denn sie wollte mehr, nicht nur, weil sie neugierig war, sondern auch erregt.

»Es fühlt sich gut an, sehr gut sogar«, sagte Toni, dann zögerte sie kurz, weil sie die richtigen Worte suchte. »Unglaublich.«

Emiras Lächeln wurde noch intensiver. »Meinst du das ehrlich?«, fragte sie mit ihrer dunklen Stimme.

»Ganz ehrlich«, antwortete Toni. »So etwas habe ich noch nie gefühlt.«

Plötzlich warf Emira den Kopf zurück und lachte laut und lange. Sie hörte erst auf zu lachen, als sie bemerkte, dass Toni auf den Adamsapfel schielte, der aufgeregt auf und ab hüpfte.

Ein wenig verwirrt von Emiras Lachen, konzentrierte sich Toni auf Emiras Busen. Sie spürte, wie sich der Nippel unter ihrer Hand verhärtete, und nahm ihn zwischen Daumen und Zeigefinger. Toni spürte die zunehmende Flüssigkeit zwischen ihren Schenkeln, und alles, was sie hätte sagen wollen, erstickte in ihrer Kehle.

Emiras Hand umfasste wieder die eine Brust, die Toni noch nicht angefasst hatte. Jetzt hielt jede Frau eine ihrer Brüste und eine Brust der anderen Frau.

Emiras Nippel standen purpurn und stolz zwischen den weißen Fingern der Besucherin und zwischen ihren eigenen gebräunten Fingern. Die oberen Knöpfe von Tonis Bluse waren geöffnet, und eine Brustwarze lugte zwischen Tonis Fingern hervor.

»Fühlt sich das gut an?«, fragte Emira.

»Sehr gut«, antwortete Toni.

»Du kannst meine mal schmecken«, sagte Emira. »Fang schon an. Probiere einfach mal.«

Es hörte sich ein wenig wie ein Befehl an, aber es konnte auch nur eine freundliche Einladung sein. Toni war das egal; die Sensationen schossen durch ihren Körper, deshalb war sie gezwungen, der Aufforderung zu folgen.

»Ich habe das noch nie getan«, sagte Toni leise. Aber ihre Blicke hafteten auf Emiras Brüsten, und sie hatte den Mund schon geöffnet und brachte das Gesicht näher.

»Dann ist jetzt die Zeit dazu«, sagte Emira. Ihre Zähne blitzten wie Elfenbein hinter dem Purpur ihrer Lippen.

»Ja, ich will es tun«, murmelte Toni.

Erinnerungen an London fielen in dem Moment von ihr ab, in dem ihre Lippen die rosafarbenen Knöpfe umschlangen. Sie saugte den ersten in den Mund, während sie den anderen Nippel mit einer Hand umfasste.

Während sie saugte und nagte, schwoll ihre eigene Erregung an, die vom Anblick von Emiras Körper und von den zu Kopf steigenden Düften des Parfüms noch verstärkt wurde. Dieser seltsame Mix der exotischen Aromen, die sie nicht alle bestimmen konnte, betörte sie.

Die dunklen Wimpern schlossen sich über ihren grünen Augen. Ihre rote Haare konnten vom schwarzen Haarband nicht mehr gebändigt werden. In ihrem Kopf sah sie Bilder, wie sie fiel, dann flog sie, schwebte allem davon, flog aus Rom und vor sich selbst. Sie betrat ungewisses Territorium, und bisher genoss sie die Erfahrung.

»So ist es richtig, mein Liebling Antonia. Sauge weiter an meinen Brüsten. Spiel mit ihnen, soviel du willst. Ich werde dafür sorgen, dass du dieses Erlebnis nicht mehr vergisst, dein erstes Mal mit einer Frau.«

Versunken in den Gefühlen der Brüste, die sich gegen ihr Gesicht drückten, gegen ihre Hände und gegen ihren Mund, nahm Toni nur vage wahr, dass neugierige Finger ihren Gurt öffneten und den Reißverschluss nach unten zogen. Sie fühlte, wie die langen Finger hineinlangten, unter ihre weiße Spitzenwäsche, und sie fühlte, wie die Nägel durch ihre Schamhaare schabten und weiter unten die Lippen teilten.

Sie spreizte die Schenkel und stöhnte dankbar, dass Emiras Finger über und um die köstliche Klitoris kreisten. Glitschig von ihren Säften, öffnete sich der Eingang zu ihrem Geschlecht noch weiter; jetzt war er kein geheimes Portal mehr. Emiras

Hand kroch hinein, während die andere Hand Tonis Kopf fester gegen ihre harten Brüste drückte.

Toni erstickte fast an den Fleischhügeln und ihren Düften. Ihre Zunge erforschte die seidige Haut, und die Zähne nagten an den harten Nippeln. Ihr eigener Atem blies beinahe hechelnd gegen das dunkle Fleisch der Brüste, und ihre Stöhnlaute verloren sich in der Ekstase, als Emiras Finger sich aus der Vagina zurückzogen, um sich auf die Knospe der geschwollenen Klitoris zu konzentrieren.

Zuerst klopfte sie mit jedem Finger dagegen, doch dann ging sie nur mit einem Finger und dem Daumen vor. Sie rollte, pochte, klopfte, zupfte. Toni konnte sich in der Stellung, in der sie sich befand, nicht bewegen; ihr Kopf wurde noch von Emira gegen die Brust gedrückt. Aber sie wollte ihre Position auch gar nicht verändern. Dies war ihre Ekstase, der Beginn ihres neuen Abenteuers.

Bald begannen ihre Schenkel zu zittern. Ihre Hüften hoben sich an, immer und immer wieder, bis sie hart gegen die kundige Hand Emiras stieß, deren geschickte Finger ihren nächsten Höhepunkt vorbereiteten. Toni hielt Emiras Brust mit dem Mund umschlungen, dann griff sie mit der freien Hand zur anderen Brust, bis die Zuckungen einsetzten und eine Welle nach der anderen über ihren Körper spülte. Dann, als die Wellen abebbten, waren die Zuckungen nur noch Echos, die immer schwächer wurden.

Emira lächelte, als Toni endlich die Augen aufschlug. Sie erwiderte das Lächeln und wusste, dass ihre Augen funkelten. Ein neues Bewusstsein ließ ihre Haut prickeln. Etwas war tief in ihr explodiert; es hatte in ihr geschlafen, aber nun war es erwacht, an die Oberfläche gekommen. Sie begann ein neues Kapitel in ihrem Leben, lebhafter und aufgeschlossener als die Episoden, die sie bisher durchlaufen hatte.

»Das war unglaublich«, sagte sie, immer noch hinter Atem.

Sie schüttelte sich ihre zerzausten Haare aus dem Gesicht. »Ich habe nie gedacht, dass es mit einer Frau so gut sein könnte. Nie zuvor habe ich Ähnliches getan und erlebt.«

Da war ein Anflug von Spott in Emiras Lächeln, den Toni nicht verstehen konnte, deshalb ignorierte sie ihn.

»Nun, jetzt weißt du es, mein Liebling«, sagte Emira, bevor sie Toni auf die Lippen küsste. Sie schmeckten wie Honig. Ihr Geruch dominierte Tonis Sinne. Sie konnte nicht widerstehen. Sie fühlte tiefe Dankbarkeit, und sie spürte den Drang in sich, weiterzuforschen, mehr Abenteuer zu erleben. Seufzend strich sie mit den Händen über Emiras Körper. Zu ihrer Überraschung hielt Emira die Hände auf, bevor sie sich jenseits der Hüften betätigten. »Später«, sagte sie in einem verschwörerischen Ton. »Später haben wir noch mehr Zeit dafür.«

Toni zog die Stirn kraus, weil sie die Kraft in Emiras Händen spürte. Sie ballte die Fäuste und versuchte, nicht kindisch-trotzig zu klingen, als sie sagte: »Ich dachte, du würdest es auch brauchen können.«

»Nicht so sehr wie du«, gab Emira zurück und streichelte über Tonis rote Haare. »Willst du mir davon erzählen?«

Toni hatte sich keine Gedanken um ihre Geschichte gemacht, und sie einem anderen zu erzählen, wäre ihr nie in den Sinn gekommen, bis sie Julian und ihre eigene Naivität verarbeitet hatte. Schließlich war der Schlusspunkt erst ein paar Stunden her. Später würde sie sich nicht mehr so veralbert fühlen.

Aber in Emiras Augen und in der Tiefe der Stimme sah und hörte sie etwas, was ihr Trost und Vertrauen gab, deshalb erzählte sie die ganze Geschichte.

»Was für eine komplette Idiotin ich war«, rief sie, als sie die Story zu Ende erzählt hatte. »Was war ich doch für eine dumme kleine Kuh.«

»Ja«, bestätigte Emira mit einem Lachen. »Ja, das warst du tatsächlich. Aber jetzt« – sie strich wieder die Haare aus Tonis Gesicht – »wird alles anders. Abenteuer liegen vor dir, Antonia Yardley. Bevor deine Zeit vorbei ist, wirst du viele Abenteuer und Erfahrungen erlebt haben.«

Wieder streichelte sie Tonis Haare. Jetzt nahm sie das breite Haarband ab, sodass die Haare auf ihre Schultern fielen. Während sie das Haarband mit einer Hand in eine Tasche der Uniformjacke steckte, schloss sie mit der anderen Hand die Perlmuttknöpfe ihrer weißen Seidenbluse.

»Ich hoffe sehr, dass es so sein wird«, murmelte Toni, und ihre Stimme strahlte wie ihre Augen.

Emira schaute in diese Augen, so grün und so glänzend. Sie streckte die andere Hand aus und fasste die Haare an, feurig rot wie ein Sonnenuntergang. Antonia Yardley war genauso, wie sie sich beschrieben hatte. Und das war mehr als erfreulich.

Emira stand auf und strich mit den Händen über ihre eigenen Brüste, dann beschrieb sie kleine Kreise auf dem Bauch. Sie zeigte einen geheimnisvollen Gesichtsausdruck, als sie eine flache Hand über ihren Schoß strich. Sie murmelte etwas, was Toni nicht verstehen konnte.

Dann ging sie, und schon bald hatten sie das lärmende Treiben auf dem Flughafen und die Autohupen in der Stadt hinter sich gelassen, ebenso den Regen und den grauen Schleier, der sich über der Stadt zusammengezogen hatte. Das Flugzeug brach durch die Wolken.

Der Himmel strahlte in einem klaren Blau. Von ihrem Fenster aus konnte Toni hinaus auf das Meer schauen, in dem sich der Himmel spiegelte. Sonnenlicht küsste ihr Gesicht, als der Privatjet eine leichte Kurve flog und die Privatinsel ansteuerte, die den geheimnisvollen Salvatores gehörte.

Von ihrem Platz aus konnte man erkennen, dass es sich um

eine ganze Gruppe von Inseln handelte, vier oder fünf sogar. Sie waren klein, und zwischen ihnen lagen nie mehr als fünf Meilen. Sie waren gelb, das nur von kleinen oder mittleren grünen Oasen unterbrochen wurde. Ab und zu durchbrach etwas sehr Weißes die Einöde der gelben Farbe; Toni nahm an, dass es sich um verschiedene Anwesen handelte.

Sie schob ihre Brüste wieder in die Bluse zurück, die ursprünglich frisch gebügelt und gestärkt war, aber jetzt war sie ziemlich zerknittert.

Sie strich gedankenverloren über das mit goldenen Haaren gesäumte Geschlecht und berührte nur für einen Moment mit einem Finger die Klitoris. Sie kribbelte noch vom vorhin erlebten Höhepunkt. Bald würde dieses Kribbeln verschwinden, aber Toni selbst würde sich schon jetzt über neue Abenteuer freuen.

Als wäre es ein verborgener Schatz, lächelte sie hinunter zu ihrer Vagina, zog den Reißverschluss hoch und bereitete sich auf die Landung auf der Privatinsel der Salvatores vor.

Viertes Kapitel

Sie landeten auf dem Privatflughafen von Melita, wo ein Auto auf sie wartete. Es war ein schwarzer Wagen, geschmeidig wie ein Panther und so neu wie eine frisch geprägte Münze. Der Schlitten musste eine Menge Moos gekostet haben, dachte Toni.

Schweigsam und wie ein Koloss gebaut, hielt der Chauffeur ihr die Tür auf. Er war ein stämmiger Mann mit breiten Schultern und einem rasierten Kopf, ein Goldring in einem Ohr und eine Narbe auf der anderen Wange. Seine Haut hatte die Farbe von gegossener Bronze. Auch wenn sie vom Schweiß glänzte, sah er trotzdem so aus, als wäre er aus Metall geformt.

Toni war fasziniert und betrachtete ihn ungeniert. Wie Emira, war er auch ein ungewöhnlicher Mensch; ein Exot. Sie bedankte sich bei ihm, bevor sie auf die Rückbank glitt, dabei blickte sie von seinem unbewegten Gesicht nach unten, über den breiten Brustkorb bis zu den dicken Schenkeln.

Der ganze Körper schien gegen die Einzwängung seines weißen Jacketts und der Leinenhose mit den messerscharfen Bügelfalten zu protestieren. Ihre Blicke waren provozierend; das war ihr bewusst, und es gab ihr einen köstlichen Kick, dass sie ihn ungestraft so anschauen konnte.

Julian hätte das nicht gutgeheißen. Aber Julian lag weit hinter ihr. Sie befand sich an einem anderen Ort, und wenn sie Glück hatte, würde sie bald einen neuen Job haben, was nach den jüngsten Ereignissen immer wahrscheinlicher wurde.

Der Mann ließ nicht erkennen, dass er ihren Dank gehört oder ihre frechen Blicke gesehen hatte. Er blinzelte nicht. Er bewegte sich nicht. Für einen Moment wünschte sich Toni, dass er ihr in die Augen sah. Ihre Blicke begegneten sich tatsächlich kurz, und sie glaubte, ein Aufblitzen in seinen Augen gesehen zu haben. Und eine Beule in der Hose. Aber beides schwand sofort, als Emira in sein Blickfeld trat.

Die Sonne stand jetzt höher, und es wurde richtig heiß. Das Auto roch nach warmem Leder, und sie konnte die Wärme durch ihre Kleider spüren.

Emiras Schatten kühlte ihren Körper ab, als sie ebenfalls auf die Rückbank rutschte.

»Willkommen auf Melita.«

In Emiras Stimme klang eine echte Wärme durch, erst recht, als sie Toni auf die Wange küsste. Ihr Lächeln war breit und einladend.

Toni reagierte mit ebensolcher Wärme und mit einem aufgeregten Lächeln. »Ich bin froh, hier zu sein. Sehr froh.« Sie meinte es ehrlich. Sie drückte aus, was sie wirklich fühlte. »Ich saß in der Falle, und jetzt bin ich frei.« Sie füllte ihre Lungen mit frischer Meeresluft, die im Wagen waberte, und schaute hinaus auf das Weiß und Gelb der vorbeirauschenden Landschaft. Ab und zu kam ein Flecken Grün hinzu, und sie sah schwarz gekleidete Männer, die auf den Feldern arbeiteten. Ihre Haare wehten ihr ums Gesicht. »Ich werde nie wieder in eine Falle tappen«, sagte sie in einer Stimme, kaum lauter als ein Flüstern. »Niemals.«

Weil sie aus dem Fenster schaute, konnte sie Emiras gerunzelte Stirn nicht sehen. Sie konnte auch nicht wissen, dass Emira nachvollziehen wollte, was Toni unter einer ›Falle‹ verstand. Toni hatte nur Augen für die Bilder, die sie von draußen aufnahm, für den blauen Himmel und die Schatten der viereckigen Häuser und der konisch zulaufenden Bäume.

Emira war interessiert an der jungen Frau, nicht nur, weil sie schön war, sondern auch wegen dem, was sie vielleicht erreichen würde.

Sie streckte einen Arm aus und legte ihn sanft auf Tonis Schulter. »Lass mich deine Brüste noch einmal sehen.«

Toni wurde aus ihren Tagträumereien und dem Betrachten der Landschaftsbilder geholt und sah Emira überrascht an. Die Begegnung ihrer Blicke reichte schon aus, um an die gewaltigen Sensationen erinnert zu werden, die sie eben erst erlebt hatte. Was war dran an Emiras Aussehen, an ihrer Präsenz und an diesem raffinierten Duft, den sie neben dem herrlichen Parfüm verströmte?

Einen Moment lang antwortete Toni nicht, auch wenn sie die Lippen halb geöffnet hatte. Ihr Atem wurde schneller, als ihre Gedanken und ihr Körper reagierten. Das, was sie bei Emira erahnte, nahm Besitz von ihr. Langsam, und wirklich ohne zu wissen, warum sie es tat, begann sie die oberen Knöpfe ihrer Bluse zu öffnen.

Ohne auf eine weitere Einladung zu warten, glitten Emiras Finger unter Tonis Bluse. Toni spürte, wie sich in ihrem Hals ein Kloß bildete. Ihre Augen funkelten durch die halb geschlossenen Lider; sie stöhnte auf, lehnte sich ins Polster zurück und genoss die Wärme ihres Sitzes.

Wie eine ertrinkende Frau, nahm sie eine vage Benommenheit wahr, die ihre Hemmungen auslöschte, die sie vielleicht noch empfunden haben könnte, als sie fühlte, was die andere Frau mit ihr anstellte. Statt zu protestieren, stöhnte sie lauter und begann zu zittern, als die neugierigen Finger zärtlich über ihre Haut strichen und den unteren Bogen der rechten Brust umfassten.

Ihre Brüste waren fest und richteten sich voller Stolz auf. Es geschah selten, dass sie einen BH trug, und selbst wenn, dann eher als hübsche Garnierung und nicht aus Notwendigkeit.

Als Ergebnis von Emiras vorausgegangenen Liebkosungen stießen Tonis Nippel gegen die Baumwolle. Sobald sie völlig entblößt waren, schwollen sie noch stärker an.

Toni bestand nur aus Verlangen; ihr war, als wollte sie in den Berührungen von Emiras Händen ertrinken. Aber ihre Aufmerksamkeit wurde plötzlich zu den schwarzen Augen des Fahrers gelenkt, der sie im Innenspiegel beobachtete. Der Chauffeur hatte natürlich auf die Straße zu achten, aber er schaute ihr auch zu.

»Aber was ist mit ihm?«, fragte Toni und wies mit dem Kopf auf den breitschultrigen Mann, der auf der anderen Seite der durchsichtigen Trennscheibe saß.

»Ist er ein Problem für dich?«, fragte Emira. Ihre Augenbrauen hoben sich.

Tonis grüne Augen blickten in die Emiras, die sie an die Farbe von Bitterschokolade erinnerten. Auf eine Weise, dachte Toni, waren sie jeweils das Spiegelbild der anderen. Beide Frauen besaßen Augen, die so aussahen, als wären sie schwarz umrandet, als hätte irgendein Künstler auf den Einfall gewartet, wie er sie voneinander unterscheiden konnte.

Solche Augen konnten einen Mann im Traum verfolgen, sie konnten einen durchs ganze Zimmer verfolgen. Aber dann endete die Gleichheit: Emira war die Reflektion in einem dunklen Spiegel und Toni in einem hellen Spiegel.

Toni schaute von Emiras dunklen Augen zu den pechschwarzen des Fahrers. »Nein, er ist kein Problem für mich«, sagte sie lächelnd und zog ihre Bluse von den Brüsten zurück. Um ihn noch ein bisschen mehr zu reizen, wölbte sie den Rücken, damit ihre Brüste sich noch mehr nach vorn streckten, bevor Emiras Hände sie bedeckten.

»Lass ihn ruhig zuschauen«, keuchte Toni, die grünen Augen halb geschlossen, der Atem hechelnd. »Er soll sehen, was er nicht haben kann.«

Sie wand sich und stöhnte und schloss die Augen ganz, als Emiras Finger ihre Nippel drückten und anzapften. Zuerst bedeckte sie die Brüste mit den Händen, dann legte sie ihre Hände darunter, als wollte sie sie abschöpfen.

Die ganze Zeit gewahrte sie den zuschauenden Fahrer, auch wenn sie die Augen geschlossen hielt. Sein Gesicht war fast bewegungslos, nur die Augen schossen hin und her wie die eines Panthers. Das gefiel ihr, weil ihr die Macht gefiel, die sie dadurch erhielt, die Macht zu quälen, zu necken.

Toni hatte das Gefühl, in einer Szene wie aus einer anderen Welt mitzuspielen, beinahe so, als stünde sie fernab, und die forschenden Finger waren kühl und erregend auf dem Körper einer anderen Frau, nicht auf ihrem eigenen. Es war, als wäre sie nur eine Zuschauerin, aber im Gegensatz zum Chauffeur konnte sie den sexuellen Kick spüren, der von diesen kundigen Fingern ausging.

Emira küsste nacheinander die geschwollenen Nippel, bevor sie das Gesicht ganz nah an Tonis brachte. Ihr Atem vermischte sich mit Tonis, heiß und intensiv.

»Gefällt dir das, mein Liebling? Gefällt dir, was ich mit dir anstelle? Gefällt dir, dass Emilio sieht, was ich mit dir mache?«

»Jaaa.« Ihre Antwort war ein langes Zischen eines in die Läge gezogenen Seufzens, halb ausgesprochen, wie ihre Augen jetzt wieder halb geschlossen waren. Wie die Augen, gewahrte auch Toni selbst nur Fetzen der Welt da draußen, aber dafür war sie Sklavin der inneren Welt.

Die langen Finger, die ihre Brüste gekost hatten, legten sich nun um ihr Gesicht. Trotz der Hitze fühlten sich Emiras Finger kühl und geschmeidig, aber auch kräftig an.

Der Abstand ihrer Lippen verringerte sich, ihr Atem vermischte sich nun auf Dauer, und zwischen ihnen lag ein süßer, würziger Duft. Ihre Blicke begegneten sich. Emiras

Lippen trafen auf ihre, und die warme Nässe ihrer Zunge stieß verspielt gegen Tonis Zähne.

Sie konnte nicht widerstehen und gewährte der Zunge Einlass; sie saugte daran und hob die eigene Zunge, die sich mit Emiras duellierte. Emira nahm Tonis Hände in ihre, sie hob sie und breitete die Arme über den Rücken des Autositzes. Emiras Finger schlossen sich fester um Tonis Handgelenke, und ihre Lippen pressten sich entschlossener auf Tonis Mund.

Dann zog Emira ihre Lippen zurück, aber ihr Gesicht blieb nah, der Atem immer noch süß. Sie lächelte und ließ ihre weißen Zähne blitzen.

»Meine Liebe«, sagte sie mit ihrer Stimme, die wie aus der Tiefsee klang. »Du hast gesagt, du willst Abenteuer erleben, und im Dienst von Madame Salvatore und mit deinen Aufgaben für ihren Sohn, wirst du genau diese Abenteuer erleben können. Dies«, sagte sie und wies mit dem Kopf zum Chauffeur, »ist dein erstes Abenteuer, und von dort werden sich noch viele weitere erschließen. Betrete Land, auf das du nie einen Fuß gesetzt hast, meine liebe Antonia, genieße, was du noch nie geschmeckt hast. Die süßen Früchte deiner eigenen Sexualität werden verdorren, wenn du sie am Baum hängen lässt. Pflücke deine Sexualität. Lecke daran, knabbere an ihnen und beiße hinein; iss sie ganz, bis du gesättigt bist, bis dein Appetit sich laben kann an den vielen verschiedenen Geschmacksrichtungen.«

»Jaaa.« Tonis Antwort verlor sich in ihrem Atem wie schon zuvor. Ihre Augen glänzten wie Jade, und die Welt und ihre Umgebung schienen zu verschwinden, als sie in Emiras Augen schaute. In diesen Augen fühlte sie sich schmelzen.

Lag es am Geruch dieser seltsamen Frau oder lag es an ihren süßen Worten, dass Toni sich plötzlich so fühlte, als schwimme sie im warmen Wasser und könne endlos durchhalten? Ihr war, als könnte sie alles glauben, was die Frau ihr sagte.

Sie fand keine Antworten auf ihre Fragen, aber die Hitze der Erregung floss heiß in ihren Venen, und doch kribbelte sie, als hätte jemand ihren Körper mit Trockeneis eingerieben.

Feuer brannte in ihren Lenden. Ihre Beine öffneten sich unwillkürlich. Sie konnte nur gehorchen. Nein, nicht gehorchen – sie ließ sich treiben, dem Abenteuer entgegen.

Sie hatte längst die Beherrschung verloren; ihre Brüste hoben und senkten sich, als ihre Leidenschaft zunahm und der Atem schneller wurde. Ihr Fleisch prickelte als Reaktion auf die forschenden Finger. Emiras Berührungen waren voller Sehnsucht, die Finger sanft und kühl.

Toni schaute in die Augen des Fahrers. Er starrte immer noch intensiv auf die Szene auf der Rückbank. Seine Augen glänzten vor Erregung. In diesem kurzen Moment fühlte sie Begierde und Macht als energiegeladenes Bündel. Sie wollte, dass dieser Mann, der die Reaktionen ihres Körpers verfolgte, sie nicht aus den Augen ließ, aber er sollte sie nicht berühren.

Sie wollte, dass er nach ihr lechzte; er sollte das Hochschnellen seines Herzschlags spüren, und sie hoffte, dass sein Schwanz hart wurde, während er fuhr und guckte – sie aber nicht haben durfte. Wie Emira gesagt hatte, sie hatte ihr erstes Abenteuer begonnen. Der erste Biss in den Apfel. Sie genoss ihn, und der Mann schaute lüstern zu.

Und wie delikat Emira mit ihren Brüsten spielte! Die Pfade ihrer Finger hinterließen ein Kribbeln auf der Haut und eine Spannung in ihren Gedanken.

Toni schloss die Augen und labte sich an der Wonne, an der schieren Ekstase ihrer Sensationen. Als sie die Augen wieder aufschlug, starrte Emira auf die Brüste, die sie mit ihren weichen Handflächen knetete.

Ihr Verlangen legte ihr Wörter in den Mund, auf die Zunge. »Küss sie«, bettelte sie. »Bitte, küss sie.«

Emira sah ihr in die Augen, bevor sie sich über die vollen Lippen strich, den Mund öffnete und den Kopf senkte.

Toni stöhnte lange und tief. Sie schloss die Augen, um die Wirkung der langen Zunge besser genießen zu können, die abwechselnd über die harten Nippel fuhr. Das lustvolle Stöhnen hielt an, als Emira das Lecken einstellte und die Nippel in ihren Mund saugte. Toni spannte die Finger und wollte Emira an sich drücken, aber ihre Handgelenke wurden fest gegen die Rückbank gepresst. Emira übte die Kontrolle aus, und Toni genoss jeden Moment.

Dunkle Haare wischten über ihr Schlüsselbein; Toni sog den süßen Duft ein und fühlte die langen Haare, so schwarz und weich wie Samt. Aber es waren die warmen Lippen und die Zunge, die Toni stöhnen ließen. Ihre Nippel streckten sich, dass sie fast zu schmerzen begannen, als Emira sie wieder in den Mund saugte. Mit den Zähnen hielt sie sie dort; sie nagte an der Spitze und an der Wurzel, während die Zunge immer wieder über die in die Länge gezogenen Nippel strich. Toni meinte, jeden Augenblick schreien zu müssen.

Die ganze Zeit über nutzte der Mann, dessen Haut metallisch glänzte, jede Gelegenheit, die der Straßenverkehr zuließ, um die Szene auf der Rückbank im Innenspiegel zu verfolgen. Aber er war längst vergessen. Die Lust gehörte Toni allein. Ihre Brüste schmerzten von Emiras Lecken und Saugen. Toni spürte ihr feuchtes Geschlecht, aber diesmal sollte es keine Befriedigung für sie geben.

Das Auto hielt an, und Emira küsste noch einmal beide Brüste; ein letztes Mal, bevor sie sich erhob und auch Tonis Handgelenke wieder freigab.

»Wir sind da«, sagte sie kurz und knapp und langte zum Türgriff.

»Das ist aber schade. Ein wenig länger wäre sehr nützlich gewesen«, sagte Toni, während sie die Bluse zuknöpfte. Emira legte eine Hand auf ihre. »Abenteuer, Toni. Vergiss nicht, du bist wegen der Abenteuer hier. Beiß in die Passionsfrucht. Du hast noch genug Zeit für neue Erfahrungen und viele neue Abenteuer.«

Die Sonne stand leuchtend gelb inmitten eines klaren blauen Himmels. Die Luft war warm, und das Gefühl der Wärme auf ihrem Körper gebar Sensationen, die Toni nicht beschreiben konnte. Sie war glücklich, und das genügte.

Erfüllt von einem neuen Selbstvertrauen, rutschte sie vom Sitz. Der Chauffeur hielt ihr die Tür auf, und beim Aussteigen sah sie in sein Gesicht.

Er erwiderte ihren Blick nicht. Er sah über sie hinweg, auf irgendeinen Punkt oberhalb ihres Kopfes, vielleicht auf die felsige Landspitze, wo weiß schäumende Wellen gegen gezackte Felsen krachten. Toni lächelte vor sich hin. Das, fand sie, hatte Spaß gebracht. Endlich einmal hatte sie sich auf Kosten eines Mannes amüsiert. Das war was sehr, sehr Neues.

Die Sonne traf ihren Körper und die Augen. Obwohl erst Frühjahr, gab ihr die Wärme einen Vorgeschmack auf das, was noch kommen würde. Blinzelnd sah sie sich um. Sie standen auf der Privatanlegestelle, an der Mister Salvatore seine Jacht vertäut hatte. Vom Kai führten weiße Marmorstufen auf eine ausladende Sonnenterrasse, auf der sie die Spitzen der sich biegenden Palmen sehen konnte, Tischbeine und Sonnenliegen.

Die Düfte der Frühlingsblumen vermischten sich mit den Gerüchen des Meeres. Toni hörte das Klatschen des Wassers, als jemand in einen Pool sprang, und gleich darauf das Klirren von Eiswürfeln in einem Glas. Jenseits der Terrasse befanden sich die weißen Balkone und die Fassade des Haupthauses, eine Villa im echten mediterranen Stil, die in der Sonne weiß wie eine Hochzeitstorte glänzte. Die Jalousien waren auf den Balkonen heruntergelassen, und alle Balkone hatten Meerblick. Toni drehte sich um und schaute ebenfalls zum Meer.

Das Wasser leckte sacht gegen den Anker und warf bewegendes Sonnenlicht gegen die weiße Jacht. Das war das Schiff, zu dessen Besatzung sie gehören sollte. Die herrliche Symmetrie von Design und Eleganz raubten ihr fast den Atem. Toni konnte nichts anderes, als tief beeindruckt sein.

Sea Witch war ein Zweimaster und von Bug bis Heck achtzig Fuß lang. Das Weiß glänzte wie Glas in der aufsteigenden Wärme, und die Takelage klingelte wie Glöckchen in der sanften Brise, die aus der Sahara herüberwehte.

»Komm, du musst dich frisch machen und ausruhen, bevor du zu deinem Bewerbungsgespräch zu Madame Salvatore gehen kannst.«

»Habe ich genug Zeit dafür?«, fragte sie nach einem Blick auf die Armbanduhr. Es war fast drei, und sie fühlte sich ungeduldig. »Wann treffe ich Mister Salvatore?«

»Dein Gespräch wirst du noch früh genug erleben. Vorher werde ich dich bewerten. Nur wenn ich überzeugt bin, dass du geeignet bist, wirst du Madame Salvatore treffen, und erst wenn sie einverstanden ist, wirst du ihren Sohn kennenlernen.«

Es war Toni egal, mit wem sie das Bewerbungsgespräch führte. Sie war hier, die Sonne schien, und nichts, aber auch gar nichts konnte sie aufhalten.

Sie folgte Emira auf die Jacht.

Das gleißende Weiß des Rumpfs blendete sie. Als sie nach oben schaute, schien der hohe Hauptmast fast das herrliche Blau des Himmels zu ritzen.

Mit einer schwitzenden Handfläche griff sie nach der Reling und setzte einen Fuß auf die mit einem grünen Teppich ausgelegte Gangway. Nach diesem ersten Schritt fielen ihr die nächsten nicht mehr so schwer.

»Was ist mit meinem Gepäck?«, rief sie und drehte sich zum Kai um. Ihr Blick fiel auf den Mann, der sie vom Flughafen an diesen Ort gefahren hatte. Der Chauffeur stand mit dem Rücken zu ihr auf dem Kai und gab ihr Gepäck an zwei junge Männer mit blonden Haaren weiter. Sie waren tief gebräunt und trugen weiße Uniformen, schick und akkurat.

Höflich und gut aufeinander eingespielt, wandten sie sich ihr zu und lächelten beide. »Das Gepäck folgt Ihnen«, sagte einer von ihnen.

Sie dankte ihnen, erwiderte das Lächeln und sah die Bewunderung in ihren Augen.

Die beiden jungen Männer waren nicht nur einen zweiten Blick wert, und die Art ihrer Kleidung ließ Toni ein bisschen länger hinsehen, als nötig gewesen wäre, und im nächsten Moment war sie über die Ankerkette gestolpert. Nur Emiras rasches Eingreifen bewahrte Toni vor einem Fall. Emira besaß kräftige Hände. Ihr Lächeln fiel spöttisch aus.

»Du musst vorsichtiger sein, meine liebe Antonia«, sagte sie mit einem wissenden Blick auf die gebräunten Körper der jungen Männer. »Du musst deinen Appetit zügeln, auch wenn es schwerfällt. Ein Biss nach dem anderen, meine süße Lady, ein Biss nach dem anderen.«

Es fiel auf, dass Emiras Stimme jetzt tiefer klang als zuvor, obwohl sie auch da schon tief gewesen war. Etwas an der Stimme passte zu dem Geruch, den Toni so faszinierend fand, als sie sich das erste Mal getroffen hatten. Wie eine schwache Erinnerung oder ein halb vergessener Ton drehte sie sich in Tonis Kopf. Aber sie konnte sich nicht wirklich erinnern.

An Bord drehte sich Emira um und wartete, bis Toni und die beiden jungen Männer aufgeschlossen hatten.

»Antonia, das ist Mark. Und das ist Martin.«

Die Männer nickten lächelnd. »Nett, dich kennenzulernen«, sagten sie. »Willkommen an Bord.«

Tonis Brüste hoben sich mit einem Seufzer der Lust, und ihre Haare verfingen sich in der Brise. »Es ist schön, hier zu sein«, sagte sie, und das meinte sie ehrlich.

»Bringt Antonia zu ihrer Kabine. Sie hat noch einiges nachzuholen«, sagte Emira. Sie verzog die vollen Lippen zu einem viel sagenden Lächeln. »Kümmert euch um sie, aber übertreibt es nicht«, mahnte Emira.

Was Emira andeutete, ließ verschiedene Interpretationen zu, dachte Toni. Konnte sie wirklich hoffen, dass die beiden zu bestimmten Dienstleistungen eingeteilt waren?

Die jungen Männer, die Tonis Mantel und den überquellenden Koffer trugen, salutierten grinsend.

Während Emira fortfuhr, die Pflichten der Männer aufzulisten, nachdem sie sich um Toni ›gekümmert‹ hatten, blieb ihr Zeit, sich ihre Besatzungskollegen genauer anzusehen.

Sie lächelten breit und ließen ihre weißen Zähne blitzen, ein schöner Kontrast zur bronzenen Haut. Die blonden Haare fielen über die steifen Kragen ihrer weißen Hemden. Toni war nicht sicher, ob es sich bei der Kleidung wirklich um eine Uniform handelte, aber da sie sich auf einem Segelschiff befanden, wurde die Muskelkraft der Männer gebraucht, deshalb waren die weißen Hosen aus einem Stretchmaterial gefertigt, das die Muskeln von Oberschenkeln und Waden besonders betonte.

Betont wurden auch die wachsenden Beulen, die gegen die viereckigen Klappen drückten, die zu den Hosen gehörten wie sonst ein normaler Schlitz. Auch die Deckschuhe waren weiß. Die einzigen farblichen Abwechslungen boten das rote geschlängelte ›S‹ auf den Epauletten der Hemden sowie die goldenen Streifen daneben und die Messingknöpfe bis zu den golddurchwirkten Gürteln.

Das Weiß der Uniformen und die braune Gesundheit der Haut wurden auch noch durch goldene Armbänder und passende Halsbänder unterbrochen. Ein paar Anhänger waren an den Halsbändern befestigt; sie schmiegten sich an die Grübchen ihrer Kehlen. Auch an den Armbändern trugen sie kleine Anhänger, die wie ein Lachen klirrten, wenn sie sich bewegten.

Man sah dem Schmuck an, woraus er gemacht war – das konnte nur Gold sein.

»Und dies«, fuhr Emira fort, »ist Marie. Marie ist Französin.«

Marie hatte blaue Augen und hellbraune Haare. Sie trug ebenfalls eine Uniform wie die beiden Männer.

Marie begrüßte Toni, auch wenn sie weniger herzlich schien. Sie hatte typische Schmolllippen und ein herzförmiges Gesicht. Wie ihre Lippen wölbten sich auch ihre Brüste vor, die unter der gestärkten Baumwollbluse zwei perfekte Halbkugeln bildeten. Toni bemerkte, dass die junge Frau einen Blick auf ihre Brüste warf, die Emira so sehr bewundert hatte. Es war nur ein kurzer Blick, und das folgende Lächeln des Willkommens schien eher Emira zu gelten und nicht ihr.

»Emira. Willkommen zurück.«

Emira küsste die Frau. Toni hätte nie damit gerechnet, dass sie in einer solchen Situation eifersüchtig sein könnte, aber sie war es. Sie sagte sich zwar, dass dafür kein Grund bestand. Emira war die erste Person, die sie in ihrer neuen Umgebung kennengelernt hatte, aber sie konnte nicht leugnen, dass die große, dunkle Afrikanerin einen gewaltigen Eindruck auf sie gemacht hatte. Doch sie würde noch andere Menschen kennenlernen, deshalb sollte ihre Eifersucht nicht von Dauer sein.

»Ich bin froh, wieder da zu sein, aber ich bin sehr müde, meine Lieblinge«, sagte Emira. »Ich werde jetzt ein Bad nehmen und mich dann eine Weile hinlegen. Ich sehe euch später.«

Marie lächelte sie ergeben an. »Ja, Emira, ruh dich aus. Ich sehe dich später.«

Ihr Lächeln war verflogen, als sie sich wieder an Toni wandte. Der kurze Anflug von Eifersucht, den Toni erlebt hatte, als Emira die französische Frau küsste, war nichts im Vergleich zu dem, was sie jetzt in Maries Augen sah. Diesem Blick nach zu urteilen, war Maries Eifersucht erheblich intensiver und auch tödlicher als ihre eigene.

Sie war erst seit Minuten an Bord, aber sie wusste, dass sie sich schon eine Feindin eingefangen hatte.

»Folge mir«, blaffte Marie.

Schweigend ging Toni ihr nach.

Auf dem Unterdeck war es kühl und dunkel im Vergleich zum gleißenden Sonnenlicht draußen. Einen Moment lang hatte sie Mühe, überhaupt etwas sehen zu können, aber dann hatten sich die Augen an die Dunkelheit gewöhnt.

Sie folgte Marie, deren Körper ebenfalls gebräunt war, und deren Pobacken wie saftige Mangos sanft zusammenklatschten. Die weiße Hose war den Hosen der Männer ähnlich, und auch bei ihr ließ der knappe Sitz keinen Raum für Spekulationen.

»Dies ist deine Kabine«, sagte sie dann, als sie neben einer Tür stehen blieb.

»Und mit wem teile ich sie?«, fragte Toni. Sie war gewohnt, dass man auf engem Raum mit jemandem die Kabine teilen musste.

»Mit niemandem. Es sei denn, du willst sie mit jemandem teilen. Oder jemand will sie mit dir teilen. Mark und Martin werden sich um dich kümmern.«

Marie drehte sich um und stakste davon. Toni öffnete die Tür, und Mark und Martin folgten ihr in die Kabine.

Deren Anwesenheit und was sie ihr anzubieten hatten, vertrieb rasch die Unsicherheit, die Maries harsche Art in ihr ausgelöst hatte. Was Mark und Martin mit ihr anstellen würden, schwirrte durch Tonis Kopf.

Noch bevor sie sich den Männern zugewandt hatte, wurde die ganze Kabine von einem verlockenden maskulinen Geruch erfüllt. Es war eine berauschende Mischung, die sie an Seeluft und herrliche Jugendlichkeit erinnerte.

Mark setzte den Koffer ab.

»Mach dir keine Sorgen wegen Marie«, sagte der blauäugige Martin. »Sie ist ein Luder und kann nichts dafür.«

»So kommt sie mir vor.«

»Willkommen an Bord der *Sea Witch*«, sagte Mark, der braune Augen hatte. Er behielt sein Lächeln bei, und seine Zähne blitzten so weiß wie die Uniform. Sie sahen beide gut aus, und der eine hätte das Spiegelbild des anderen sein können, abgesehen von der Augenfarbe.

Toni schaute von Mark zu Martin. Sie kam sich wie ein Kind in einem Bonbonladen vor. Manna oder Sahnetoffee, was für eine Auswahl!

»Brauchst du Hilfe beim Auspacken?«

Martin fragte auf eine Art, die Toni zögern ließ. Sie lächelte den beiden zu. »Nun, drei Paar Hände sind besser als ein Paar.«

Martin schien sich über die Antwort zu freuen. Mark auch. Sie tauschten einen Blick, dann schauten sie Toni wieder an. Man sah den Schelm in ihren Augen, die Sinnlichkeit ihrer Lippen. »Wir hofften, dass du das sagen würdest.«

Wie sie Tonis Körper mit den Blicken abtasteten, verriet ihr genug von den Absichten der jungen Männer. Sie war gespannt und wusste, dass sie die Absichten richtig gedeutet hatte.

»Noch einen Moment«, sagte sie und hob eine Hand, um sie noch auf Abstand zu halten. Sie wollte sicher sein, was die beiden planten, und sie spürte jetzt schon die dringende Not zwischen ihren Schenkeln. »Wenn ich es richtig verstanden habe, sollt ihr euch um mich kümmern. Ist das korrekt?«

Die braunen Augen schauten zu den blauen und dann wieder auf sie. Ihre Münder lächelten, die Zähne strahlten. »Das ist sehr korrekt«, sagte Mark.

»Exakt«, echote Martin.

»Aber zuerst helfen wir dir beim Auspacken«, sagte Mark.

»Sehr gern.«

Die Tür war geschlossen, und Martin öffnete das Bullauge. Eine leichte Brise trug einen leichten Geruch von Salz und Fisch heran, und die Schreie der Möwen waren deutlicher zu hören.

Sie begaben sich sofort ans Auspacken, obwohl Martin und Mark sich Zeit ließen und die schönen Büstenhalter, Höschen, Strümpfe und Strapse ausgiebig befingerten, bevor sie sie in die Schränke einräumten.

Toni ließ ihren Seidenmantel aufs Bett fallen, wo er wie eine dunkelblaue Welle wirkte. »Ich möchte zuerst duschen«, verkündete sie und begann mit dem Aufknöpfen der Bluse.

»Dabei möchten wir dir gern helfen.«

Allein schon der Klang ihrer Stimmen und die Blicke ihrer Augen ließen ihre Haut prickeln. Sie wollte etwas sagen, aber nur leise zuckende Geräusche entwichen ihrem Mund. Sie versuchte, sie zu Worten zu formen.

»Das habe ich mir gedacht«, sagte sie lächelnd.

Sie knöpfte weiter die Bluse auf, dann konnten ihre Brüste wieder die frische Luft atmen. Sie ließ die Bluse auf den Boden fallen und warf die ungebändigten Haare zurück. Sie hielt den Kopf nach hinten geneigt, um die Haare auf ihrem

Rücken zu spüren. Sie fuhr sich über die Lippen, bis sie glänzten, dann verengte sie die Augen.

Ihr ganzer Körper kribbelte, als sie sah, wie sich das Kinn der Männer spannte, wie die Funken in ihren Augen sprühten und die Beulen in den Hosen wuchsen. Langsam, zur Lust der Männer und ihrer eigenen, legte sie die Hände unter die Brüste und drückte mit den Fingern und Daumen ihre dunkelroten Nippel.

Martin und Mark warteten nicht darauf, dass Toni noch etwas sagte. Martin streckte seine Hände aus und begann ihre verwaschene Jeans zu öffnen. Mark trat hinter sie und half, sie bis hinunter zu den Füßen zu ziehen.

Sie strichen mit den Händen über ihre Hüften, die Knie und die Waden.

Toni stand über ihnen und stöhnte. Sie drückte ihre Hände auf die Köpfe der vor und hinter ihr hockenden Männer.

»Wir werden dir zu Diensten sein«, sagte Martin. »Du weißt doch, dass wir uns um dich kümmern werden. Lege deine Hände auf deinen Kopf und entspanne dich.«

»Du kannst alles uns überlassen«, sagte Mark.

Zögernd folgte Toni ihren Anweisungen. Zitternd nagte die Lust in ihr. An der gegenüberliegenden Wand konnte sie in einen Spiegel schauen. Die Hände auf dem Kopf, reckten sich die Brüste stolz hervor. Ihre Augen strahlten, der Mund war leicht geöffnet, und Atem und Puls wurden immer schneller.

Wie ein üppiger roter Schleier rahmten die Haare ihre cremige Haut ein. Sie war eine Schönheit, eine Verkörperung des Herbstes, eine Feuergöttin, deren Haare wie Flammen leuchteten und deren Augen aus Smaragden gemacht schienen. Klassisch griechisch, musste sie denken.

Aber fast die ganze Zeit konnte sie ihr Herz schlagen hören, als die kräftigen Männerhände über ihre nackten Schenkel strichen. Sie zogen die Hose von ihren Füßen, und die zierlichen Sandalen gleich mit.

Sie blinzelte, sah im Spiegel ihr gerötetes Gesicht, und Finger, die nicht ihre eigenen waren, schoben sich in das Band ihres Höschens und zogen es behutsam über die Hüften.

Wie ein Blumenbouquet öffneten sich die Schamhaare und boten sich den Blicken dar.

Sie fühlte, wie Hände ihren Po streichelten und die festen Backen zu kneten begannen, bevor sie auseinandergezogen wurden und Finger in die Kerbe glitten.

Im Spiegel beobachtete sie, wie Martins Daumen mit ihren Schamhaaren spielten. Seine Finger zogen das Höschen weiter hinunter. Wie von selbst öffneten sich ihre Schenkel, dann stöhnte sie wieder voll Entzücken, als die Daumen ihre Labien lustvoll öffneten. Sie hörte Martins Seufzer, als er die knospende Klitoris entdeckte.

Es geschah genau das, was sie gehofft hatte – um genau zu sein, sie hatte es sich schon so lange von Julian gewünscht: Martin ging auf die Knie und presste den Mund gegen ihre Pussy.

Seine Lippen waren fest und fordernd, und seine nasse, kräftige Zunge tat ihr gut. Er leckte und nagte, teilte die bereitwilligen Lippen und saugte an der wachsenden Knospe, als könnte es für ihn nichts Schöneres geben. Toni bewegte sich ein wenig. Ihre Schenkel öffneten sich weiter, um ihm etwas mehr Platz zu geben, damit er die Zunge leichter durch ihre seidigen Härchen und durch die Falten der Labien ziehen konnte.

So leicht und zart waren seine Berührungen, dass sie ihre Knospe nur zu gern gegen seine Zunge drückte.

Stöhnend ließ sie das Becken kreisen. Seine Nase stieß in das Nest ihrer Härchen. Sie spürte, wie Mark hinter ihr die Pobacken weiter auseinanderzog, wie seine kräftigen Finger in die Kerbe drangen, und dann spürte sie eine weitere Zunge, die genussvoll durch die Ritze pflügte.

Das Spiegelbild lockte ihre Blicke an, damit ihr nicht entging, wie ihr geschah. Im verschwommenen Dunst konnte sie sich mit den beiden blonden Männern sehen, einer vor ihr, einer hinter ihr, und beide verwöhnten sie mit Lippen und Zungen.

Es war, als stünde sie breitbeinig inmitten von Wellen. Ihr Körper glänzte und bebte vor Lust. Ihre Hüften wiegten sich dem Mann vor ihr entgegen, und bei der Rückwärtsbewegung öffnete sie sich dem Mann hinter ihr. Es fiel ihr schwer, nicht die ganze Zeit aufzustöhnen und nicht viel stärker auf die Lust zu reagieren, die sie ihr bescherten.

Es dauerte nicht lange, bis das hinwegfegende Crescendo des Orgasmus sie verschlingen würde. Sie wartete darauf. Sie nahm an, dass die Männer sie mit ihren harten Schäften durchdringen würden.

Ihr Orgasmus legte ihr keine Beschränkungen auf und spülte wie eine gewaltige Welle über sie hinweg. Jetzt stöhnte sie, sie wand sich auf den beiden Zungen, die diesen Höhepunkt aus ihr herausgekitzelt hatten. Durch halb geschlossene Augen sah sie sich beim Kommen zu. Sie ruckte wild und unbeherrscht gegen ihre beiden Verehrer und hob und senkte sich, als würde sie von Wellen getragen.

Sie hatte die Hände noch auf dem Kopf. Sie bewegte sich wie ein junger Baum im Sturm, und als der Sturm vorüber war, klang auch ihr Orgasmus ab. Die jungen Männer erhoben sich und standen wieder vor und hinter ihr.

»Jetzt wird es Zeit für deine Dusche«, sagte Martin. Zärtlich küsste er sie auf die Wange.

Mark küsste die andere Wange, dann ging er und stellte das Wasser in der Duschkabine an.

Toni stand mit angehaltenem Atem da und starrte auf Martins Schoß. Sie suchte nach Zeichen seiner übermächtigen Beule, die sich unter der weißen Hose erheben sollte. Aber da war keine Beule zu sehen.

Wie konnte er so beherrscht sein?

Sie wollte eine Antwort auf ihre Frage. »Was ist mit euch?«, fragte sie. »Wollt ihr nicht auch kommen?«

Martin lächelte sie an, als wäre sie ein kleines Kind. »Das steht heute nicht auf meinem Tagesplan.«

Mark kam wieder zu ihnen und schüttelte traurig den Kopf. »Auf meinem auch nicht.«

Toni wusste, dass ihre Wangen sich röteten, während sie von einem zum anderen schaute. Hatte sie das richtig verstanden? »Wollt ihr mir sagen, dass man euch aufgetragen hat, das mit mir zu spielen? Ihr sollt mir zu einem Orgasmus verhelfen, dürft aber selbst keinen erleben?«

Sie versuchten erst gar nicht, ihr die Röte zu ersparen. Mark antwortete: »Ja, so ist es. Aber es war ein sehr schöner Auftrag, muss ich sagen.«

»Wir sollten nur feststellen, ob du geeignet bist für die Abenteuer, die auf dich warten. Emira hat uns diesen Auftrag gegeben. Manche Frauen meinen, sie sind geeignet, aber dann muss man feststellen, dass sie es nicht sind. Aber bei dir sehen wir, dass du für jedes Abenteuer zu haben bist.«

Toni war sprachlos und immer noch so rotgesichtig wie vorher. Sie hatte den Mund leicht geöffnet, während sie nachdachte. Wenn das Geschehen mit Emira im Auto das erste Abenteuer war und die Begegnung mit den beiden Matrosen das zweite, welche weiteren konnte sie dann noch erwarten? Und würden sie alle so angenehm und aufregend sein?

Es war Mark, der sich jetzt an sie richtete und Anweisungen gab, ohne irgendwas zu verraten. »Später wird man nach dir schicken«, sagte er. »Madame Salvatore will dich kennenlernen. Sie möchte dir auch die Regeln erklären. Emira wird zu dir kommen. Sie wird dir sagen, was du anziehen sollst und was du zu erwarten hast.«

»Aber ich dachte, ich müsste erst Emiras Bewertung hinter mich bringen«, wandte Toni ein.

Mark hob die Schultern. Ein Lächeln spielte um seine Lippen, fast so, als wollte er sich über sie lustig machen. »Davon weiß ich nichts. Du kannst Emira danach fragen. Emira kennt alle kleinen und großen Geheimnisse hier bei uns.«

Toni zuckte die Achseln. Vielleicht erzählte Emira nicht jedem alles.

»Deine Dusche ist jetzt bereit«, sagte Martin. »Du hast nicht mehr viel Zeit. In Kürze legen wir ab. Oben an Deck würden wir uns über deine Hilfe freuen. Für den Augenblick kannst du noch deine eigenen Kleider tragen, bis deine Einstellung perfekt ist.«

»Ja, gut.« Ihre Stimme konnte ihre Enttäuschung nicht verhehlen, während die Männer die Tür öffneten und gingen.

Sie ließen sie allein zurück, obwohl sie damit gerechnet hatte, dass sie blieben und bei ihrer Dusche und dem Trockenrubbeln zur Hand gingen. Aber die Tür schloss sich hinter ihnen, und die Dusche war schon aufgedreht. Wasser war ein kostbarer Rohstoff auf jedem Schiff, deshalb wollte sie es nicht unnötig verschwenden.

Das Wasser wusch den Geruch von Sex und männlichen Körpern weg, aber es half nicht, ihre Neugier zu stillen. Und auch nicht, das sexuelle Verlangen in ihren Lenden zu zähmen. Obwohl sie eben erst befriedigt worden war, glühte sie wie ein schlafender Vulkan, der bei der richtigen Gelegenheit zum nächsten Ausbruch bereit war.

Andrea war gerade noch rechtzeitig aus dem Pool gestiegen, um zu sehen, wie die kleine Prozession an Bord von Philippes ganzem Stolz ging. Die *Sea Witch* war sein Lieblingsspielzeug; sie war wie eine Frau für ihn, eine Liebesaffäre, von der er sich nie ganz lösen mochte, auch wenn sie manchmal grausam und streitsüchtig sein konnte.

Andrea hatte sich mal heftig mit ihm über seine Besessenheit mit dem Segelboot gestritten und ihm vorgeworfen, dass er dem Schiff mehr Beachtung schenkte als ihr.

Damals hatte er ihr alles über die Frau erzählt, nach der er das Schiff benannt hatte. Die Frau, die ihn immer noch in den Träumen verfolgte und die einen Keil zwischen ihn und seinen Bruder getrieben hatte.

Seine Besessenheit rührte vielleicht daher, dass er bis heute nicht wusste, ob die Frau in Wirklichkeit existierte oder nicht. Manchmal glaubte er, sie gesehen zu haben, zum Beispiel für einen kurzen Moment in einer Menge auf der Straße, aber meistens auf dem Meer.

Er sah ihre Augen im Wasser, hatte er Andrea erzählt, sah ihre Haare im glühenden Rot der untergehenden Sonne. Bisher hatte er sie noch nicht gefunden, auch keine andere Frau, die ihr ähnelte. Dafür musste sie dankbar sein, dachte Andrea. Es hatte nichts mit ihr zu tun, dass die Erinnerung an diese Frau die Brüder immer noch entzweite. Wenn es nach ihr ging, dann sollte alles unverändert bleiben.

Sie hatte sich ein Badetuch um den nackten Körper geschlungen und griff mit einer Hand nach dem geeisten Limonenwasser, das jemand vom Personal für sie bereitgestellt hatte. Sie nippte daran. Das Eis kühlte ihre Lippen, und die Flüssigkeit war erfrischend. Ihr ganzer Körper kribbelte; sie strahlte Gesundheit und Sexualität aus.

Dann sah sie die Neuankömmlinge aus der Nähe. Ihre Finger verkrampften sich ums Glas. Der Eiswürfel blieb in ihrer

Kehle hängen, und von der Kühle war nichts mehr zu spüren. Sie wurde rot vor Ärger. Und sie hatte auch Angst.

Verdammt seist du, Emira. Und du auch, Venetia Salvatore!

Fünftes Kapitel

Als Toni auf Deck ging, hatten sie die Enge des Inselhafens und den Kai schon hinter sich gelassen. Der Motor, der sie sicher vom Ufer ins offene Meer gebracht hatte, wurde abgestellt. Breite weiße Segel knallten über ihnen wie Peitschen, als sie den Wind aufnahmen.

Toni lächelte den Segeln zu, als wären sie gute alte Freunde. Sie sog den salzigen Geruch ein, den das Segeltuch abgab. Mit einer Hand über den Augen schaute sie hoch zu den weißen Silhouetten der Möwen, die den Hauptmast umkreisten. Der Bug der *Sea Witch* schnitt durch das Grün und Blau der Wellen, auf denen weiße Gischt tanzte.

»Antonia!«

Sie drehte sich um. Emira hatte gerufen. Sie stand neben Mark – oder war es Martin? Aus der Distanz war das kaum zu entscheiden, denn sie konnte die Augenfarbe nicht erkennen, und sie war der einzige Unterschied der beiden, der ihr bisher aufgefallen war.

Aber sie achtete nicht länger auf den jungen Mann, der sie zusammen mit seinem Bruder so zärtlich in der Enge ihrer Kabine verwöhnt hatte.

Diesmal war es Emira, die ihr fast den Atem raubte.

Emira trug eine Tunika und eine Hose aus pflaumenfarbener Seide. Die Kleidung wirkte orientalisch; man könnte sie eher bei Männern in Delhi oder Bombay erwarten, dann aber nur in Weiß. Ihre Sandalen waren goldfarben wie das Metallband, das ihre Haare zu einem Pferdeschwanz zusammenfasste, die von dort wie eine Kaskade aus schwarzem Regen auf ihre Schultern fielen. Toni fiel auch auf, dass Emira goldene Armbänder und ein goldenes Halsband trug.

In Emiras Gesellschaft fühlte sich Toni ungepflegt. Himmel, selbst die Nägel der schwarzen Frau waren makellos, knallig rot lackiert. Wie schaffte sie das nur?

Toni strich sich mit den Händen über ihr marineblaues T-Shirt und die weißen Shorts, von denen sie vorher geglaubt hatte, dass sie seemännisch genug aussahen. Jetzt kamen sie ihr verstaubt vor, als hätte sie sie aus der untersten Schublade hervorgeholt.

»Mark«, sagte Emira, »lass Antonia ans Ruder.«

Er nickte kurz und trat mit einem Lächeln beiseite, dann wies Emira ihn an, zu Martin zu gehen und ihm zu helfen. Nicht, dass Martin so aussah, als bräuchte er Hilfe. Auf der *Sea Witch* gab es keine Winden, die mit der Hand gedreht werden mussten. Alle Segel konnten automatisch betätigt werden. Toni nahm an, dass Emira allein mit ihr sprechen wollte.

Toni hatte nichts dagegen. Sie war dankbar, dass sie sich aufs Ruder konzentrieren konnte statt auf ihr Aussehen. Mit Eifer und echter Bewunderung griff sie ans Steuer. Es bestand aus Holz und hätte gut zu einer uralten Brigg gepasst. Das Holz lag ihr warm in der Hand.

Sie schaute auf den Windanzeiger, beschrieb eine kurze Drehung des Steuers, um den Wind aus den Segeln zu nehmen, dann drehte sie das Steuer zurück, nahm den Wind wieder auf und erhöhte die Geschwindigkeit. Sie ignorierte den Tiefenmesser. Ein Blick aufs Wasser genügte ihr, um zu sehen, dass sie weit genug vom Land entfernt waren.

Nachdem sie ihre Position und den Kompass noch einmal überprüft hatte, wandte sie sich Emira zu. »Wie du siehst, bin ich firm im Umgang mit diesem Boot. Ich bin sicher, dass ich für diesen Job geeignet bin.«

Der Wind blies direkt in Emiras Gesicht. Sie verengte die Augen gegen den Wind und die fliegende Gischt.

»Es kommt nicht nur auf deine seemännischen Qualitäten an. Da gibt es noch einige andere Dinge. Spezielle Dinge, die manch einer hat und von denen andere nichts wissen wollen.«

Toni schüttelte die Haare aus dem Gesicht und dachte über Emiras Antwort nach. Sie musste auch an die Szene auf dem Unterdeck denken und wie spontan sie auf Mark und Martin reagiert hatte. Auch als sie ihr danach gestanden hatten, dass sie dem Auftrag folgten, sie zu befriedigen, hatte dies nichts von der Lust genommen, die sie erlebt hatte.

Jetzt war sie neugierig auf die ›speziellen Dinge‹, die von ihr erwartet wurden. »Ich dachte, es sollte noch ein Bewerbungsgespräch stattfinden.«

Die Segel krachten, und Emira duckte sich, als der Baum herumschwang. »Das wird auch noch stattfinden, meine liebe Antonia«, sagte sie mit ihrer dunklen Stimme, bevor sie sich wieder aufrichtete.

Toni wollte es genauer wissen. »Ich dachte, es sollte noch am Nachmittag stattfinden.«

»Ja, bald, sehr bald.«

Emira kam näher auf sie zu. »Das hier ist eine vorbereitende Überprüfung«, sagte sie und legte eine dunkle Hand auf Tonis. Ihre Zähne blitzten, als sie lächelte. »Ja«, sagte sie, »eine vorbereitende Überprüfung.«

Toni leckte sich die Lippen, aber sie sagte nichts. Emiras Finger streichelten über Tonis Knöchel und streckten ihre Finger.

»Du hast kräftige Hände«, sagte sie.

Toni schaute zu ihr hoch und sah etwas in den Augen, das sie normalerweise nur in den Augen eines Mannes sehen konnte. Wieder nahm sie den ungewöhnlichen Geruch von

Parfum und eines noch verlockenderen Aromas wahr. Sie fühlte das Kribbeln an ihrem Körper und brauchte noch eine Weile, bevor sie sich zu sprechen traute. Als sie redete, klang ihre Stimme so beruhigend wie der Wellengang.

»Ich brauche auch kräftige Hände«, sagte Toni. »Der Wind und die See haben keinen Respekt vor Schwächen. Und sie verzeihen keine Fehler.«

Emira kam noch ein bisschen näher. Toni schluckte, als sie Emiras warmen Atem am Hals spürte und die Finger auf ihrem Arm. Jetzt drang der einzigartige, exquisite Geruch, den nur Emira an sich zu haben schien, in ihre Nase und den Kopf.

Der Geruch verwirrte und verängstigte sie sogar ein wenig. Trotz der Figur und der Kleidung dieser Frau reagierte Tonis Körper, als wäre Emira ein Mann. Zwischen ihren Schenkeln hatte sich ein Schwall Feuchtigkeit gebildet, der sich nun immer mehr ausbreitete.

Emiras Lippen küssten ihre Haut. Ihre Zunge leckte provozierend an den Ohrläppchen.

Fragen schwirrten in Tonis Kopf herum, und ihre Knöchel wurden weiß, als sie darum kämpfte, den Kurs beizubehalten. Sie wollte sich weder von der wogenden See noch von Emiras geschickten Ablenkungsmanövern stören lassen.

Wie kann das geschehen?, fragte sie sich, aber sie hatte keine Antwort parat. Ihre Brüste hoben und senkten sich mit dem Spiel der Wellen und von dem herrlichen Streicheln von Emiras langen Fingern und ihrer forschenden Zunge. Wie nass und warm ihre Zunge war, wie süß ihre Nähe.

Als Emira sprach, schien ihre Stimme durch Tonis Kopf zu schweben und durch ihren Körper zu dringen. »Das verstehe ich«, sagte sie. »Ich verstehe auch, dass es wichtiger als alles andere ist, dich auf dein seemännisches Können zu konzentrieren.« Emira legte eine Pause ein, und Toni blickte zur Seite und sah die großen dunklen Augen, die sie nachdenklich anschauten. Die breiten Lippen waren zu einem Lächeln verzogen, aber diesmal zeigte sie dabei ihre Zähne nicht.

»Ja, das ist richtig«, war alles, was sie sagen konnte. Trotz der kühlen Brise fühlte sich ihr Körper heiß an, und ihre Pussy war noch heißer. Sie war stark erregt, und sie nahm an, dass es Emira ähnlich erging.

Aber die Finger glitten weiter über ihre nackten Arme. Süß und tief klang Emiras Stimme, als sie ihr ins Ohr sagte: »Wie stark ist denn deine Konzentration, meine süße Antonia? Stark genug, um der gefährlichsten Ablenkung zu widerstehen? Dem mächtigsten Trieb überhaupt?«

Während sie sprach, schmiegte sich Emiras Körper an ihren, und die Schenkel der dunklen Frau bogen sich um Tonis Hüften. Emira hob ein Bein und beugte das Knie ein wenig, bis es gegen das ›V‹ von Tonis Schenkeln rieb.

Toni keuchte, aber sie achtete auf den Kurs und hielt auch den Blick auf den Horizont gerichtet. Es fiel ihr schwer, die richtigen Worte zu finden, aber dann öffnete sie den Mund.

»Nein, das geschieht nicht.« Mehr brachte sie auch diesmal nicht heraus. Was immer sie noch hatte sagen wollen, blieb in ihrer Kehle hängen.

Emira veränderte ihre Position. Sie stand jetzt hinter Toni, ihr Körper dicht an ihr und warm. Ihre Brüste rieben sich an Tonis Rücken. Toni keuchte, als Emiras feuchter Atem ihren Nacken streichelte. Ihre Haut prickelte allein schon durch die Nähe dieser Person – sie mochte sie nicht mehr eine Frau nennen; sie war eine Person, ein begehrenswerte Körper, ganz egal, welches Geschlecht er hatte. Langsam strichen die Finger, die bisher ihre Arme gestreichelt hatten, über ihren Rücken; die Daumen folgten dem Rückgrat, die Finger pressten gegen ihre Muskeln. Toni zitterte und wölbte den Rücken.

Konzentriere dich, mahnte sie sich und spannte das Kinn an. Konzentriere dich!

Sie widerstand dem Drang, die Augen zu schließen, stöhnte leise und ließ sich von den Sensationen überfluten. Ihre Hände und Arme spannten sich an, als Emiras Hände von Tonis Rücken zu den Rippen wanderten und dann höher hinauf zu den Brüsten. Sie keuchte, und ihre eigenen Hände hielten das Steuer umklammert, während Emiras Finger köstliche Dinge mit ihren Brustwarzen anstellten. Sie ließen sich nicht länger von Toni kontrollieren und richteten sich mit rebellischer Leidenschaft auf. Es war unglaublich, es überhaupt zu denken, aber sie hatte den verrückten Gedanken, dass ihr Körper in unterschiedliche Sektionen brach; der eine Teil gab sich den Gefühlen hin, der andere kontrollierte das Schiff.

Sie hatte eine innere Schlacht auszutragen. In ihr wütete ein Sturm, und als sie gerade befürchtete, dass sie nicht länger standhalten würde, klang ein Lachen auf.

»Du machst das sehr gut, mein Liebling Antonia«, sagte Emira. »Besser, als ich je vermutet hätte. Jedenfalls hoffe ich, dass es so ist. Ich hoffe, dass ich dir mehr Lust bereitet habe, als du je für möglich gehalten hast.«

Sofort wusste Toni, was von ihr erwartet wurde. Unabhängigkeit von Körper und Geist – das war ein Abenteuer für sich. Sie fand ihre Stimme wieder und die Kraft, auf Emira zu reagieren.

»Natürlich kann ich das«, sagte sie fest. »Wie sollte es auch anders sein?« Ihre Stimme überschlug sich fast, genau wie ihr Atem. »Deine Aufmerksamkeiten waren köstlich erregend, aber ich darf mich durch nichts ablenken lassen. Trotzdem werde ich sie immer genießen.«

Jetzt war es an Emira, überrascht zu sein. Toni starrte immer noch hinaus, aber sie spürte das Zögern bei Emira, die sich offenbar überlegte, was sie als Nächstes tun sollte.

Emira presste sich noch fester gegen Tonis Rücken. Das allein war schon erregend genug, aber sie würde sich bestimmt darüber hinaus noch etwas einfallen lassen. Tonis Bauchmuskeln spannten sich an, als Emira das T-Shirt aus den Shorts zog. Toni hatte die Arme ausgestreckt, und die Hände hielten das Steuerrad fest umklammert, deshalb konnte sie nichts unternehmen, als Emira die Baumwolle nach oben rollte, über die Brüste. Bald lagen sie frei und wurden von der Brise gekühlt.

Die Brise auf den nackten Brüsten war kaum wahrnehmbar und doch wahnsinnig aufregend. Ihre Haut prickelte, und ihre Nippel wuchsen unter den federleichten Berührungen.

Toni stand noch aufrecht da und hatte den Kurs der Jacht voll im Griff. Sie veränderte ihre Position ein wenig. Zwischen ihren Schenkeln machte sich ein dumpfer Schmerz bemerkbar, eine Erinnerung an die Begegnung mit Mark und Martin, und nun kam ein neuer Schmerz hinzu, als Emiras Hände lustvoll über Tonis Brüste strich.

»Wie fühlt es sich an?«, fragte Emira.

»Sehr gut.« Mehr brachte sie nicht heraus. Es war unglaublich anstrengend, die lange, anmutige Jacht zu führen und gleichzeitig die Sensationen auszukosten, die sich wie ein feuchter Schleier über ihren Körper legten. Aber trotz ihrer Verantwortung für die *Sea Witch* wollte sie diese Gefühle genießen. Das Befolgen strikter Vorschriften war immer Teil ihres Lebens gewesen. Davon würde sie auch jetzt nicht abweichen, doch zugleich hatte sie beschlossen, alles zu genießen, was sich ihr anbot.

Emiras Hände streichelten die Vergangenheit weg, als sie über Tonis Brüste glitten. Dunkle Daumen stießen genüsslich gegen die rosa Nippel.

»Köstlich«, stöhnte Toni. Es tat gut zu beschreiben, was sie empfand, das schien den Druck von ihren betörten Sinnen zu nehmen.

»Und dies?«, fragte Emira.

Tonis Konzentration geriet für einen Moment ins Wanken, als Emira ihre Hände unter die Brüste legte und sanft anhob, dann spreizte sie die Finger und drückte kräftig zu, worauf Toni mit einem leisen Schrei reagierte.

Sie zuckte, und dann zuckte sie wieder, als Daumen und Finger die Nippel quetschten und in die Länge zogen. Aber diesmal schrie sie nicht mehr auf. Und sie verlor auch nicht mehr die Konzentration, obwohl sie das ganze Ausmaß der Sensationen wahrnahm. Sie war immer noch in Kontrolle, wenn auch hochgradig erregt.

»Martin!«, rief Emira plötzlich.

Eifrig ging Martin auf sie zu. Seine Uniform klebte an ihm, weil eine Gischt ihn besprüht hatte. Die nasse Kleidung konnte kaum seine Muskeln und die Beule in seiner Hose verbergen.

Toni konnte ihm nur einen kurzen Blick zuwerfen, aber der genügte schon, um ihren Puls rasen zu lassen. Warum hatte sie von dieser Beule nicht in ihrer Kabine Gebrauch machen können? Der Gedanke, dass ihr dieses beneidenswerte Vergnügen verwehrt worden war, ärgerte sie. Und was sollte er jetzt tun? Es war eine Schande, dass er nicht seinem Trieb folgen konnte – damit würde er auch ihr helfen.

Ihre Erregung, bereits angestachelt durch Emiras Finger, intensivierte sich noch. Vor ihren Augen sah sie, wie Emira einen langen Finger auf Martin richtete. Er erhielt keine Anweisung. Es wurde kein Wort gesprochen.

Martin ging auf die Knie und zwängte sich zwischen Toni und das Steuer.

Sie keuchte überrascht auf, als ihre Shorts geöffnet wurden. Warme, sanfte Hände und geschickte Finger strichen über ihre Schenkel. Von den Brüsten bis zu den Knöcheln war sie nackt. Männerhände packten ihre Pobacken und kneteten sie durch, während seine Lippen ihren nackten Venushügel küssten. Aber sie konnte nicht nach unten schauen, und sie konnte sich nicht bewegen. Sie stand immer noch am Steuer der Jacht, verantwortlich für die Sicherheit der Besatzung und des Segelschiffs selbst.

Sie musste es schaffen! Es waren nicht nur ihr Job und die Angst zu versagen, die ihre Entschlossenheit vertieften, ihren Auftrag zu erfüllen. Es war auch etwas in ihr, das sich der Herausforderung stellte, angesichts der Hitze ihres Körpers die Kühle ihrer Gedanken zu behalten.

Instinktiv spannten sich ihre Muskeln in den Oberschenkeln an, als sie sich auf das vorbereiteten, was kommen würde. Die Jacht legte sich auf die Seite, auf dem Weg zurück zum Hafen. Toni miaute wie ein junges Kätzchen, als Martins Daumen ihre Labien teilten. Er tupfte mit der Zunge gegen ihre geschwollene Klitoris.

Ihre Sinne drehten durch, und einen Moment lang schienen sich ihre Gedanken aufzubäumen wie das Schiff gegen die Wellen. Sie musste kämpfen, um die Kontrolle über die *Sea Witch* zu behalten.

Das war keine leichte Aufgabe. Martin befand sich noch zu ihren Füßen, und Emira schmiegte sich von hinten an sie. Als Martin sie zu lecken begann, zitterten ihre Beine, und Emiras Hände quetschten ihre hochgereckten Brüste, während die Finger an den harten Nippeln zogen.

Mit dem Funkeln der Entschlossenheit in den Augen, benutzte sie jede Unze ihres Selbstvertrauens, um sich auf ihre Aufgabe zu konzentrieren und gleichzeitig das zu genießen, was die beiden mit ihrem Körper anstellten.

Eine faszinierende Elektrizität süßer Sinnlichkeit und ein forderndes Verlangen flossen durch ihre Adern. Sie erlebte das Beste aus beiden Welten, und plötzlich wusste sie, wie sie sich ihrer bedienen konnte.

Sie hielt sich mit beiden Händen am Steuerrad fest, als wäre sie dort in dieser Position angebunden, die Beine leicht gespreizt, die Arme ausgestreckt, die Blicke auf den stummen Horizont gerichtet.

Kurz nahmen ihre Augen die Instrumentenanzeiger wahr, während die Sensationen ihr Blut peitschten. Nein, eine leichte Aufgabe war es nicht. Die meiste Zeit gelang es ihr, den Blick auf die beiden Menschen zu meiden. Als sie einmal hinschaute, sah sie Emiras lange, dunkle Finger, die ihre Brüste walkten und die Nippel in die Länge zogen. Weiter unten konnte sie Martins blonden Schopf sehen. Wenn sie zu oft auf Emiras Finger und auf Martins Mund schaute, würde sie die Hände vom Steuer nehmen, um sich Martin und der Sensation bedingungslos hinzugeben. Aber das durfte sie nicht tun.

Also blieb sie in ihrer Position, gefangen von der Notwendigkeit, Emira zu beweisen, dass sie beides konnte – ihre Pflicht erfüllen und die Früchte ihrer Bemühungen zu ernten.

Nicht ein einziges Mal verirrten sich Martins Finger zu ihrer mehr als willigen Vagina.

Wie schade, dachte sie für sich. Auch jetzt noch spürte sie, wie ihre Falten sich mit dem süßen Honig ihrer Not füllten. Sie stöhnte leise auf, aber ihr Stöhnen übertönte noch die Brise, die vom Meer herüberwehte,

Die Wellen vor ihr glitzerten wie fließende Seide. Sie leuchteten golden, als ihre Hüften gegen Martins Zunge und Nase stießen. Die goldenen Wellen schienen vor ihr zu explodieren. Sonne und Meer vermischten sich zu einem grandiosen schimmernden Schleier, als die Manipulationen von Zunge und Fingern sie zu einer donnernden Ekstase brachten.

Ihre Beine zitterten, und die Arme wurden durchgeschüttelt, aber sie gab ihre Position am Steuerrad nicht auf. Ihre Brüste hoben sich gewaltig, bis die letzten Zuckungen ihres Orgasmus vorüber waren.

Martin und Emira richteten ihre Kleider wieder her.

Martin, wahrscheinlich durch ein vorher arrangiertes Zeichen ins Bild gesetzt, nahm zur Kenntnis, dass seine Mission beendet war, und ging.

»Du hast das ausgezeichnet gemacht, Antonia. Wirklich sehr gut«, sagte Emira. »Das bringt dich in eine gute Position für dein Bewerbungsgespräch.« Liebevoll tätschelte sie Tonis Po. Das kam ihr wie eine sehr männliche Geste vor, aber Toni empfand sie trotzdem als angenehm. Sie fragte sich nur, welcher Art ihr Bewerbungsgespräch sein sollte.

Es blieb keine Zeit für weitere Fragen. Vor ihnen lag eine andere Insel, die sich wie eine Frauenbrust aus dem Meer erhob.

Emira drückte auf einen Knopf, und die mächtigen Segel wurden zurück zum Mast gerollt. Sie drückte auf einen anderen Knopf, und der Motor schaltete sich ein.

»Ich übernehme das Ruder«, sagte Emira und schob Toni behutsam zur Seite. Sie schaute lächelnd auf sie hinab und strich über das flammend rote Haar. »Bereite dich jetzt auf dein Bewerbungsgespräch vor.« Ihr Lächeln schien jetzt fast verträumt zu sein, als müsste sie an etwas denken, das sehr vage oder weit entfernt war, dann kam sie in die Wirklichkeit zurück. »Sobald wir festgemacht haben, komme ich zu dir.«

Sechstes Kapitel

Die *Sea Witch* hatte ihren Liegeplatz erreicht, und die Wellen klatschten leicht gegen die Seiten.

Toni hielt sich noch in ihrer Kabine auf, die kühl und trotz ihrer Enge klug durchdacht mit Schränken und Schubladen versehen war. Die eingebauten Möbel waren aus poliertem Teakholz, sie hatten glänzende Messinggriffe und stabile Scharniere.

Mit einem Gefühl der Selbstsicherheit betrachtete sie sich im Spiegel, der die ganze Schranktür einnahm. Ihr gefiel, was sie sah. Sie glaubte, für das geheimnisvolle Bewerbungsgespräch gewappnet zu sein. Wie bei allen voraufgegangenen Bewerbungsgesprächen trug sie ein unauffälliges Kostüm, schöne, aber zweckmäßige Schuhe und die Haare in einem dicken Zopf zusammengefasst.

Aber Emira, die höflich genug war, vor dem Eintreten anzuklopfen, war nicht beeindruckt. Mit gefurchter Stirn blickte sie an Toni auf und ab.

»Das kannst du nicht tragen«, sagte sie in ihrer abrupten Art, die ihr offenbar zur zweiten Natur geworden war, wenn sie etwas Bestimmtes schnell erreichen wollte. Sie drehte sich um und öffnete verschiedene Schranktüren. »Was hast du denn noch dabei?«

Emiras rot lackierte Fingernägel hetzten an den verschiedenen Hängern vorbei, als sie sich die Kleider, die Toni mitgebracht hatte, besah.

Kleider und Kostüme in den unterschiedlichsten Farben

hingen im Schrank, einige eher für die Stadt im Novembernebel geeignet als für den mediterranen Frühling oder Sommer. Aber Toni war bei ihrer Abreise in Eile gewesen, außerdem verärgert und enttäuscht vom betrügerischen Julian. Und an Tropentemperaturen hatte sie nicht gedacht. Ihr Plan war schließlich gewesen, nach Southampton oder Poole zu gehen, ein paar Tage auf der Isle of Wight auszuspannen und über ihre Zukunft nachzudenken.

Sie stand stumm da und ein wenig verunsichert, während sie der großen dunklen Frau zuschaute, die ihre Kleider überprüfte und schließlich eine Wahl traf.

»Das hier, glaube ich«, sagte Emira und reichte Toni ein schlichtes weißes Kleid mit einem tiefen Ausschnitt und einem schräg geschnittenen Rock. »Zieh das Kostüm aus«, sagte sie im Befehlston.

Toni erstickte ihre Proteste. Das Kleid war alles andere als formell, aber dann dachte sie, dass Emira ihre Gründe für ihre Wahl haben musste. Vielleicht hatte es etwas mit den Fähigkeiten zu tun, die man noch von ihr verlangen würde.

Unter Emiras kritischen Blicken zog Toni das marineblaue Kostüm mit den gelb abgesetzten Revers aus, dann stand sie in Unterwäsche und Strümpfen in der Kabine. Die Spitzenwäsche war ebenfalls marineblau und ausgesprochen chic. Sie hatte Wert auf ihr Aussehen gelegt und auch marineblaue Strümpfe angezogen, die von blauen Strapsen gehalten wurden. Sehr hübsch – unter einem blauen Kostüm, aber ganz sicher ungeeignet unter einem weißen Kleid.

»Ich muss meine Wäsche wechseln, denn das Blau ist unter dem weißen Kleid zu sehen.« Sie öffnete die ersten Schubladen, während sie das sagte, aber sie verharrte reglos, als sie hörte, was Emira darauf erwiderte.

»Unterwäsche ist nicht erforderlich. Dafür haben wir keine Zeit. Zieh die Wäsche aus. Du trägst nur das Kleid.«

Sie hörte die Dringlichkeit in Emiras Stimme und spürte plötzlich eine Hitze in ihrem Körper. Rasch zog sie BH, Höschen, Strumpfhalter und die feinen blauen Strümpfe aus. Sie ließ sie auf den Boden fallen und nahm wahr, dass ihr Atem so gehetzt war wie jede einzelne Bewegung.

Wie würde sie in einem so durchsichtigen Kleid aussehen?, fragte sie sich. Nun, man konnte es sich leicht vorstellen. Atemberaubend, fast nackt. Als wollte sie auf das Bild, das sich in ihrem Kopf bildete, reagieren, ließ sie eine Hand auf das seidige Nest ihrer Schamhaare fallen. Die Finger strichen kurz durch die krausen Härchen. Sie waren feucht, und nicht nur, weil es in der Kabine wärmer wurde.

»Komm, ich helfe dir«, sagte Emira.

Mit einem bedauernden Seufzer hörte Toni auf, die Fingerspitzen über das rosa Fleisch zu streicheln. Gehorsam hob sie die Arme, und Emira ließ ihr das Kleid über den Kopf fallen; das sah wie eine seidige Welle aus. Der Stoff bedeckte ihren Körper wie eine kühle Umarmung, und das eingenähte Mieder neckte ihre Nippel.

»Lass deine Haare offen«, wies Emira sie an. Ihre langen Finger lösten bereits den Zopf auf.

»Ich habe lange gebraucht, um den Zopf zu flechten«, gab Toni mit leichtem Trotz zurück, der aber sofort schwand, als sie in Emiras Gesicht schaute. Was war es, das sie dort sehen konnte? Was hatte die Frau an sich, dass Tonis Puls zu rasen begann und die Pussy feucht werden ließ?

Sie hatte einen gelben Schal um den Hals gelegt, um den Zopf zu halten, und Toni hatte ihn für einen hübschen Farbtupfer gehalten. Aber Emira sah das offenbar nicht so. Sie löste den Schal, und die Haare konnten frei schwingen. Emira hatte wohl genaue Vorstellungen, wie Toni zum Bewerbungsgespräch auftreten sollte.

»Ist das nicht ein bisschen zu offenherzig?« Das war

die Frage, die Toni einfiel, als sie sich im Spiegel betrachtete.

»Ich glaube«, sagte Emira und schob die Hände unter Tonis Haare, sodass sie in roten Kaskaden um ihr Gesicht fielen, »dass du sehr gut aussiehst. Sehr gut sogar. Und jetzt habe ich ein Geschenk für dich.«

Toni hatte die Hülle aus weißem Ziegenleder gesehen, die Emira mit in die Kabine gebracht und dann auf den Nachttisch gelegt hatte, aber dann hatte sie sie aus den Augen verloren. Jetzt öffnete Emira die Hülle und nahm ein goldenes Halsband und goldene Armbänder heraus, wie sie und die anderen sie trugen. »Das sind die äußeren Zeichen, dass du eine von uns bist«, sagte Emira. Ihre tiefroten Lippen öffneten sich, als wollte sie nach Luft schnappen. »Ich zieh sie dir an.«

Emiras Hände waren sanft und wunderbar kühl. Selbst die leichtesten Berührungen der Finger schickten wohlige Schauer über Tonis Rücken. Aber sie ließ sich vergolden und betrachtete sich wieder im Spiegel. Weißes Kleid, rote Haare, grüne Augen und das glänzende Gold um Hals und Handgelenke. Sie spreizte Hände und Finger. Die Anhänger, die an den Armbändern befestigt waren, klangen wie Glöckchen, als wollten sie ihren Eintritt in eine geheime Welt verkünden.

Sie schlüpfte in die hübschen, flachen Schuhe, die sie hatte tragen wollen, aber Emira kramte wieder in ihrem Schrank und holte hochhackige goldene Sandalen mit Riemchen um die Fesseln heraus.

»Die kannst du tragen, bis wir vom Schiff gehen«, sagte Emira, »danach ziehst du diese an.«

»Wenn du es sagst.« Aber Toni hatte ihren Trotz längst abgelegt; sie konnte sich gut vorstellen, welche Sensationen diese Schuhe auslösen würden. Noch bevor sie sie angezogen hatte, sah sie, wie ihre Waden sich spannten, wie ihre Pobacken sich unter dem Kleid reckten, und wie ihre inneren Schenkel gegen ihren verborgenen Busch reiben würden.

Bevor sie die Kabine verließen, warf sie noch einen Blick auf das attraktive Bild, das sie abgab. Ihre Haare waren zerzaust, eine ungezähmte tizianrote Masse, die ihr Gesicht einrahmte. Ihre Augen, grün wie Smaragde und leuchtend vor Aufregung, glänzten sogar noch ein bisschen heller, als sie das Bild sahen, das im Spiegel reflektiert wurde. Sie hatte das Kleid noch nie ohne Unterwäsche getragen.

Durch den fein gewebten Stoff konnte sie die dunklen Warzenhöfe ihrer Brüste erkennen und sehen, wie die aufgerichteten Nippel gegen den Stoff stießen. Man konnte auch genau den flachen Bauch sehen, sogar die leichte Einbuchtung des Nabels. Das Kleid schmiegte sich locker um die Kurve ihrer Hüften und um die schlanken Schenkel. Dazwischen war der leichte Schatten zu sehen, wo das Dreieck ihrer Schamhaare wie blasses Gold durch die feine Seide schimmerte.

Mit klingelnden Armbändern folgte sie Emira aufs Deck. Das Gold um Hals und Handgelenke wog schwer, aber es passte wunderbar zum Teint ihrer Haut und zum Feuer ihrer Haare.

Während sie Emira folgte, summte die Klimaanlage, und die Wellen, die leicht gegen den Rumpf schwappten, klangen in ihren Ohren nach. Die plätschernden Wellen hatten etwas Melodisches an sich, und Toni begann instinktiv, die Hüften zu schwenken. Der Saum ihres Kleides wirbelte um ihre Waden. Hier unten lag alles im Schatten, war alles kühl.

Durch die Rauchglasscheiben sah man das Wasser, in dem sich das Sonnenlicht spiegelte. Die wogenden Muster aus

Sonne und Schatten wurden gegen die Wände und Decken geworfen, als wären sie so flüssig wie das Wasser selbst.

Oben auf Deck sah alles anders aus.

In der Hitze des Nachmittags schien die Welt an Bord und auf der Insel verlassen zu sein. Die Brise hatte sich gelegt, sodass die Luft stand und stickig wurde. Der Himmel strahlte blau, und die gelben Felsen gleißten. Nur die See bewegte sich; man hörte das gedämpfte Lecken des Wassers gegen die uralten Steine des Kais und weiter entfernt gegen den Kiesstrand.

Toni atmete den Geruch von Salz ein; sie konnte die Hitze schmecken und nichts anderes hören als die schäumenden Wellen. Sogar die Möwen ließen sich nicht blicken; der Himmel war still und leer.

Auch Emira war schweigsam geworden, als sie Toni über die heißen, unebenen Steine des Kais führte, der in grauer Vorzeit angelegt worden war, als römische Galeeren den Schutz der Bucht anliefen. Das Wasser war gefangen zwischen zwei Landzungen, die mit dem Kai ein gewaltiges Pferdehufeisen bildeten.

Toni folgte Emira. Ihre flachen gelben Schuhe verursachten keine Geräusche auf den Steinen. Emira trat auch leise auf, aber sie schien mehr Mühe damit zu haben. Ihr Verhalten hatte was von Heimlichtuerei an sich; immer wieder sah sie sich um, und sie schlich fast wie eine Katze über den Kai.

Rechts von ihnen gab es eine halbhohe Mauer, hinter der Zitronenbäume standen. Der frische Duft ihrer Blätter hing wie Nebel in der Luft.

Links befand sich offenes Land, einige Stellen waren mit dem satten Grün eines neuen Rasens bedeckt. Das war ganz normal um diese Jahreszeit; spätestens im September würde er welk und verdorrt geworden sein.

Emira führte sie einen verstaubten Pfad entlang, am Zitronengarten vorbei und hinein in die Schatten hoher, schlanker Zypressen. Unter den Bäumen stand ein Auto, so geschmeidig wie Emiras Körper und so rot wie ihre Fingernägel.

»Steig ein! Schnell!«

Emiras Stimme klang tief und streng. Toni befolgte ihre Anweisung. Obwohl das Auto im Schatten parkte, spürte sie die Hitze der weißen Sitze.

»Autsch!« Ihr Ausruf brachte ihr keine Sympathie ein.

Emira rutschte neben sie auf den Fahrersitz und legte die goldenen Sandalen in Tonis Schoß. »Halte die Hitze aus, meine liebe Antonia. Zieh diese Dinger schon mal an, dann kannst du dich besser an sie gewöhnen.«

Noch bevor sie das letzte Riemchen um den Knöchel gelegt hatte, wurden die Türen geschlossen, und der Wagen fuhr los. Emira stellte die Klimaanlage an. Es ging zuerst geradeaus, dann nahm sie eine enge Kurve. Die Bäume zu beiden Seiten des Wegs warfen abwechselnd Schatten und Sonnenlicht auf die enge Straße. Staub wurde von den Vorderrädern aufgewirbelt und legte sich wie ein Musselinschleier auf die Landschaft hinter ihnen.

Wie fest meine Nippel ausschauen, dachte Toni, als sie an sich hinunter und auf die Brüste sah. Die harten Stöpsel stießen gegen den dünnen Stoff, als wollten sie ausbrechen. Die pinkfarbenen Aureolen legten sich wie Kissen um die Warzen. Einen Moment lang wünschte sich Toni, ihr Kleid hätte rosa Tupfer, statt nur weiß zu sein, dann wäre ihre Nacktheit nicht so offensichtlich, nicht so aufdringlich. Aber das Kleid war nun einmal weiß, und der Stoff war sehr dünn.

Warum, fragte sie sich, hatte Emira darauf bestanden, dass sie sich so anzog? Zum ersten Mal vermischte sich Unsicherheit mit dem Bewusstsein, dass sie gut aussah.

»Wohin fahren wir?«

»Zu deinem Bewerbungsgespräch«, antwortete Emira.

»Zu Mister Salvatore?«

»Nein, zu Madame Salvatore. Sie will dich kennenlernen. Sie will sicher sein, dass du zu ihrem Sohn passt. Wie ich dir schon gesagt habe, braucht es viele Fähigkeiten, die Rolle dieses Jobs auszufüllen. Das Aussehen ist auch wichtig.« Emira sah sie von der Seite an. »Du hast das richtige Aussehen für diesen Job. Lass uns hoffen, dass du auch die Ausdauer hast, die dazu erforderlich ist.«

Toni war verwirrt. Nicht in ihren wildesten Träumen hätte sie sich die Dinge vorstellen können, die sie bisher schon erlebt hatte. Jedenfalls nicht in den Träumen, die sie zugab.

Viele Fragen und Sehnsüchte schwirrten ihr im Kopf herum. Zu den Sehnsüchten gehörte auch, dass sie lieber den geheimnisvollen Mister Salvatore kennenlernen möchte als seine Mutter.

Was mochte an ihm so Besonderes sein? Sah er gut aus? War er sexy? Neugier verwandelte ihre frühere Spannung in Furcht. Was, wenn er ein Monstrum war?

Emira selbst fiel auf, dass ihr Schweigen schon zu lange währte. Sie lachte laut auf, langte nach vorn und griff wieder an die Knöpfe der Klimaanlage. Zuerst war die kalte Luft durch verschiedene Lüftungsschlitze im ganzen Auto verteilt worden. Jetzt kam ein Schwall irgendwo von unten, er blies gegen Tonis Füße, und wie ein Fallschirm öffnete sich der Rock von Tonis Kleid und entblößte ihre Beine und das Geschlecht mit den goldenen Härchen.

»Wow!«, rief sie, und ihre Arme flogen wie Dreschflegel hin und her, um das Kleid wenigstens ein bisschen nach unten zu ziehen.

»Spreize deine Beine«, sagte Emira. »Genieße!« Sie lachte immer noch und hatte nur eine Hand am Lenkrad.

Während Toni noch mit dem Kleid kämpfte, fühlte sie

lange Finger, die zwischen ihre Beine tauchten, das Nest aus den krausen Haaren kitzelte und die Klitoris aus der beschützenden Kapuze lockten. Ihr blieb nichts anderes übrig, als die Beine zu öffnen und die geblasene kalte Luft sowie Emiras geschickte Finger zu genießen.

Je mehr ihre Pussy erregt wurde, desto lauter begann Toni zu stöhnen. Sie ließ das Becken gegen die Finger schwingen. Die Gier ersetzte ihre Versuche, das Kleid zu kontrollieren. Stattdessen legte sie die Hände auf die Schultern und gab sich den lustvollen Zuckungen hin, die Emira bei ihr auslöste.

Ich wüsste mal gern, was jemand denken würde, wenn er jetzt ins Auto schauen und eine Frau entdecken würde, die von den Hüften abwärts nackt ist, die Beine gespreizt und den Kopf unter dem aufgeblähten Rock versteckt. Aber das spielte keine Rolle – auf der Straße war niemand zu sehen, und wahrscheinlich gab es auch sonst niemanden auf der Insel. Was jetzt zählte, waren Emiras Finger, die sie erneut nass und willig werden ließen. Aber auf Finger hatte sie gar keinen Appetit; auch nicht auf einen heißen Mund oder auf eine geübte Zunge.

Wie gern, dachte sie, hätte ich jetzt einen Penis zur Verfügung. Sie brauchte etwas Heißes, Pochendes in sich, keine Finger, keine Zunge – das richtige Ding!

Emira zog ihre Hand zurück und drehte wieder an den Knöpfen der Klimaanlage. Der Rock von Tonis weißem Kleid fiel zusammen und rutschte wieder hinunter zu ihren Beinen.

Toni fühlte sich ein wenig im Stich gelassen. Sie prickelte noch vor Verlangen, und auch die Nässe zwischen ihren Beinen ließ nicht nach. Sie war bereit für eine sexuelle Invasion.

»Ich glaube, das war ein bisschen unfair«, sagte sie und sah ihre Begleiterin von der Seite an.

Emira erwiderte den Blick nicht und schaute auf die Straße, als müsste sie überlegen, welchen Weg sie zu nehmen hatte. Sie lächelte; es war ein geheimnisvolles Lächeln, und Toni wünschte, sie würde das Geheimnis mit ihr teilen.

Seufzend legte sie sich ins Polster zurück und schaute durch die Windschutzscheibe hinaus. Bis jetzt war die Straße von dunklen Zypressen gesäumt gewesen, aber nun ließen sie die schlanken Bäume hinter sich, und vor ihnen breitete sich die Landschaft aus, gelbe Erde und ein wolkenloser blauer Himmel.

Direkt vor ihnen ragte aus der Ebene ein Berg aus rosa und grauen Steinen empor, die vor einer Million Jahren in der Jurazeit in einen See geschüttet worden waren und sich nun stolz aus dem Flachland erhoben.

Auf diesem Meer aus Steinen stand ein quadratisches Gebäude mit vielen kleinen Zinnen. Vielleicht war es mal eine Zitadelle gewesen oder eine Burg.

Ihre Haut prickelte noch von der ungestillten Lust, als Toni sich vorbeugte. Das Gebäude war in Wirklichkeit ein Turm. Er war rot und aus dem Stein des Felsens gebaut. Selbst im grellen goldenen Sonnenlicht des Nachmittags strahlte er tiefrot. Ein Weg führte über die zerklüfteten Felsen, aus denen plötzlich hohe Steinmauern erwuchsen. Emira fuhr diesen Weg entlang.

»Was ist dieses Gebäude?«, fragte Toni und verdrehte den Kopf, um an dem Turm hochzusehen. Er hatte kaum Fenster, aber auf der Spitze gab es mehrere Zitadellen.

»Wir nennen es den Roten Turm«, sagte Emira. »Er ist sehr alt und hatte früher einen anderen Namen, der einer fremden Sprache entstammte. Phönizisch, glaube ich. Aber heute ist es nur der Rote Turm. Komm, wir werden erwartet.«

Es gab kein Fallgatter und keinen Innenhof, um zu parken. Emira ließ das Auto draußen zwischen Turm und einer hohen Mauer stehen. Dort standen auch ein dunkelvioletter Rolls-Royce sowie drei schnittige Sportwagen.

Wie Emira erwartet hatte, schienen die hochhackigen Sandalen wie für Toni gemacht zu sein. Ihre Beine wirkten noch länger, der Bauch war flacher, der Po ragte weiter hinaus. Beim Gehen konnten sie die seidigen Innenseiten ihrer Schenkel spüren, die aneinanderrieben und ihre süßen Lippen küssten.

Auch die Sonne konnte nicht von ihrem Körper lassen. Durch das Kleid spürte sie, wie die versengenden Strahlen auf ihrer Haut brannten. Sie wünschte sich das zärtliche Kosen der Meeresbrise, ihren Geruch und den Geschmack. Aber es blieb windstill. Im Inland gab es nur Hitze und blauen Himmel.

Als sie das Gebäude betraten, wurden Hitze und Helligkeit durch die Kühle der dunklen Steinmauern und des Steinfußbodens ersetzt. Gedämpftes Licht, das in allen Farben des Regenbogens schillerte, fiel durch die hohen bleiverglasten Fenster. Das Innere des Turms hatte Stil, man spürte die stumme Anwesenheit vergangener Jahrhunderte, den ererbten Reichtum und die Gewohnheit der Macht.

Üppige Wandteppiche aus Seide, Baumwolle und Wolle schmückten die hohen roten Wände. Schwere Lampen beträchtlicher Größen und in kunstvollen Designs hingen von den hohen, gewölbten Decken; einige waren aus Bronze, andere aus Eisen, aus Silber oder Messing hergestellt. Alle erinnerten an die vergangene byzantinische Dekadenz arabischer Sinnlichkeit.

Griechische Statuen in klassischen Posen, alle in klassischer Nacktheit, wurden von den Farben, die durch die Fenster fielen, abwechselnd weiß, rot, blau und grün angestrahlt. Toni erkannte auch andere Skulpturen, die aus Indien und China stammten. Sie fielen ihr nicht nur wegen ihrer zeitlosen Schönheit auf, sondern auch wegen den sexuellen Verrenkungen und Perversionen, in die sie verstrickt waren.

Zahlreiche alte, verzierte Rüstungen standen herum, und die Möbelstücke waren aus massivem Holz in dunklen Farben gefertigt. Auf den Möbeln und auf hohen Steinregalen standen silberne Samoware, Schilde, Waffen, verschiedene Wappen sowie riesige türkische Teppiche und flämische Gobelins, alle in lebendigen, glanzvollen Farben.

Der Steinboden glänzte von den vielen Schuhen, Stiefeln und bloßen Füßen, die im Lauf der Jahrhunderte darübergelaufen waren. In der Luft lag der Duft von Sandelholz und von verschiedenen Gewürzen.

Als ihre Schritte anhielten und ihre Echos starben, hörte man kein Geräusch mehr, nur noch den eigenen Atem.

Toni war ergriffen und fast benommen. Sie bekam keinen Ton heraus. Es war ein seltsames Gefühl, und beinahe fürchtete sie, wenn sie doch etwas sagte, würde alles um sie herum zerbrechen, der Turm, die Laternen, die Statuen, sogar sie selbst.

Dann waren es andere Schritte, die die Stille brachen. Ein junger Mann trat lächelnd auf sie zu.

Er begrüßte sie freundlich. Seine Gestalt und das Gesicht passten zu den klassischen Statuen. Er hatte dunkle Haare, die ihm auf die Schultern fielen.

Wie Toni hatte auch er grüne Augen, dazu dunkle Brauen, die sich über der Nasenwurzel trafen. Er hatte einen straffen Körper, kräftig und ein wenig untersetzt. Er war so gut wie nackt, nur sein strotzendes Glied und die Hoden befanden sich in einem malvenfarbenen Beutel aus weichem Ziegenleder.

Toni genoss den Anblick und starrte neugierig auf den fast nackten Mann. Er stand sehr entspannt da, und seine Haut glänzte bronzen.

Ausgeprägte Oberschenkel, muskulöse Waden, kräftige Arme und Schultern. Er hatte eine breite Brust. Er sah gut aus, und Toni fühlte sich an ein Tier erinnert – Stier, Hirsch oder Hengst.

Auch ihn umgab ein Hauch von Dekadenz, dachte Toni, auf die Art, wie Pan, Priapus und Bacchus sowie alles Saturnische dekadent waren.

Aber sosehr sie sich auch für die Einzelheiten seiner Gestalt interessierte, sosehr konzentrierte sich ihr Blick auf den gespannten Lederbeutel. Ich wünschte, ich könnte ihn haben, schoss es ihr durch den Kopf. Der Gedanke regte die Feuchtigkeit zwischen ihren Beinen an.

Emira unterbrach ihre Tagträumerei. »Hierher. Komm, Antonia. Hör mit deinen Fantasien auf. Denk nicht an das, was du haben könntest, sondern konzentriere dich auf das, was du haben wirst.«

Toni riss sich zusammen, aber sie hätte gern gewusst, ob Emira ihre Gedanken gelesen hatte. Sie ging dem Mann nach, den Blick auf die bronzenen Backen gerichtet, und rieb ihre Schenkel aneinander.

Wenn sie allein mit ihm gewesen wäre, hätte sie nach diesen Halbkugeln seines Hinterns gegriffen. Aber wieder war es Emira, die sie daran hinderte.

»Hier hinein«, sagte sie über die Schulter.

Eine Tür öffnete sich, und sie gingen hindurch. Der Raum, den sie betraten, lag in völliger Dunkelheit da. Toni konnte weder den jungen Mann noch Emira sehen. Überrascht und ein wenig verängstigt blieb sie stehen, aber dann fühlte sie eine Hand, die sich auf ihre Schulter legte und nach vorn stieß.

Sie drohte zu stolpern, fing sich aber und zwang sich dazu, dass ihr nervöses Zittern sich in erregtes Schütteln wandelte. Immer noch konnte sie nichts sehen. Sie hörte nur ihren eigenen Atem und den ihrer Begleiter. In der Luft lagen die Düfte teurer Körperöle.

Im Zentrum der Dunkelheit ging plötzlich ein malvenfarbenes Licht an. Mittendrin sah sie einen Sockel, auf dem zwei Steinpfeiler sich erhoben, beide so rot wie der Turm, in dem sie sich befanden. Zwischen den Pfeilern stand ein Steinblock, der in einem noch tieferen Rot leuchtete.

Fast wie ein Altar, dachte Toni. »Was ist das?«, wisperte sie. Bizarre Filme über Menschenopfer und uralte Teufelsverehrung schwirrten ihr im Kopf herum. Sie atmete tief ein und bemühte sich, die Kontrolle zu behalten.

»Pst«, machte Emira, und es klang wie zischende Luft. »Du brauchst keine Angst zu haben. Du musst nur tun, was man dir sagt, dann wird auch der Krampf zwischen deinen Schenkeln vorbeigehen. Du wirst die Penetration erleben, die du dir so sehr wünschst und die du verdient hast.«

Toni wollte sie fragen, wieso sie ihre Gedanken und Sehnsüchte so gut kannte, aber dann erhob sich eine andere Stimme hinter dem Lichtkreis aus der Dunkelheit.

»Bring sie nach vorn.« Eine Frauenstimme. Die Stimme schien keinen Körper zu haben, und der unerwartete Klang verdutzte Toni. Sie starrte in die Dunkelheit, die den Sockel umgab. Dies musste Madame Salvatore sein, dachte Toni, aber sie konnte nichts sehen. Ihr Herz trommelte schneller, und zuerst empfand sie Furcht. Sie bezog einen leichten Trost daraus, dass der junge Mann, der sie hergeführt hatte, irgendwo links vor ihr stand. Er rieb seinen Körper gegen ihren.

Zwischen dem dünnen Stoff ihres sanft fließenden Kleides begann ihr Fleisch von neuem zu vibrieren. Die Berührung und der Geruch des jungen Mannes reichten aus, um ihre Furcht in Erregung zu verwandeln.

Auch als Emiras Hände nach ihr griffen und der junge

Mann sie an den Handgelenken fasste, spürte Toni keine Furcht mehr. Wieder atmete sie das maskuline Aroma ein, das sie an Tiere, Salz und Testosteron erinnerte. Die Anspannung blieb, aber bevor ihr Verlangen die Kontrolle übernehmen konnte, ließ sie sich von den beiden weiter nach vorn führen.

Zwei Stufen führten hinauf auf den Sockel. Voller Stolz schritt sie die Stufen hoch. Sie stand zwischen ihren Begleitern und den Steinsäulen, direkt vor dem Altar.

Sie war aus der Dunkelheit gekommen und stand jetzt im Schimmer des malvenfarbenen Lichts. Wie sehe ich wohl aus?, fragte sie sich, als sie an die durchsichtige Qualität ihres Kleids dachte, an die aufgerichteten Nippel und ihre deutlich sichtbaren Schamhaare. Sie hätte genauso gut nackt sein können.

Ihr stockte der Atem, als eine Hand – es war Emiras Hand – an ihre Brüste fasste und ihre Nippel leicht drückte, bis sie sich noch provozierender durch das Kleid drückten. Die Hände legten sich dann unter die Brüste, als wollten sie der unsichtbaren Stimme ein Geschenk bringen – zwei Geschenke.

»Sie können sehen«, sagte Emira mit einem Anflug von Stolz, »dass sie wunderschöne Brüste hat. Herrliche Nippel. Und sie hat rote Haare und grüne Augen.«

»Danke, Emira. Das sehe ich selbst.« Es war zweifellos die Stimme einer Frau, sie klang sehr selbstsicher und schien genau zu wissen, was sie wollte.

Einen Moment lang entstand ein Schweigen, und Toni nahm an, dass die unsichtbare Frau sie musterte.

Die Stimme aus der Dunkelheit hallte um sie herum. »Hebe ihr Kleid hoch. Lass mich ihren Körper sehen.«

Mit den Händen auf den Seiten gehorchte Emira. Tonis Handgelenke wurden noch festgehalten, aber sie wollte nicht protestieren. Die Atmosphäre, die Dunkelheit und das Licht trugen zu ihren Gefühlen bei. Ihr Blut schoss durch die Adern, und ihre Brüste kribbelten. Es waren die goldenen Sandalen, durch deren Schritte sie fühlte, dass ihr Geschlecht saftig, überschwemmt und bereit war.

Ihr Kleid wurde gehoben, und die goldene Röte ihres Schoßes bot sich den unsichtbaren Augen an.

Emiras Finger strichen sanft über die krausen Härchen im Delta von Tonis Schenkeln.

»Eine echte Rothaarige«, sagte die Stimme. »Du hast gute Arbeit geleistet, Emira. Und ist sie so heiß wie die Farbe ihrer Haare?«

»Ja, Ma'am, das ist sie«, antwortete Emira. »Das Schicksal meint es gut mit uns. Sie ist alles, was Sie verlangt haben.«

»Das musst du mir zeigen.«

Toni fühlte, wie ihre Handgelenke freigelassen wurden. Sie hätte weglaufen können, wenn sie das gewollt hätte. Ihr Herz schlug schwer in ihrer Brust. Aber sie dachte nicht daran, wegzulaufen. Sie wollte bleiben und sehen und hören, wofür sie ausgewählt worden war.

»Würdest du dein Kleid ausziehen?«

Das war Emiras Stimme, und sie klang nach einer Frage, nicht nach Befehl. Trotzdem gehorchte Toni.

Das Kleid flog nach hinten, eine seidene Lache irgendwo in der Dunkelheit. Sie stand nackt da, nackt bis auf das goldene Halsband, die Armbänder und die goldenen Sandalen, die ihre Beine streckten und die Kurven ihres Pos überbetonten.

Im malvenfarbenen Licht schimmerte die Haut ein wenig silbern. Toni stand trotzig da, ihre Augen funkelten, und ihr Fleisch fühlte sich gereizt.

Die Hände, die ihre Handgelenke festgehalten hatten, griffen jetzt wieder nach ihr. Sie brachten die Hände auf den Rücken und hoben sie zum Nacken hoch. Jetzt fand sie auch heraus, welche Bedeutung die an den Armbändern befestigten Anhänger hatten. Sie wurden miteinander verbunden und dann in das goldene Halsband eingehängt.

Wegen des gewölbten Rückens und der hochhackigen Sandalen reckten sich Tonis Brüste vor, als wollten sie sich der Stimme zeigen.

Auch wenn sie nicht die Hände gefesselt hätte, wollte sich Toni von der Stimme nicht einschüchtern lassen. Nein, sie empfand keine Angst und keine Scham. Sie wusste, dass sie einen attraktiven Körper besaß. Andere würden das auch so sehen.

Ihr Stolz rief nicht die Reaktion hervor, die sie sich gewünscht hätte.

»So, du bist also stolz, meine Liebe«, sagte die Stimme. »Das freut mich. Ich will hier kein Mauerblümchen haben, keine Frostbeule. Ich will Feuer. Ich verlange Gehorsam, aber ich erwarte auch einen unstillbaren Durst. Ich will Lebendigkeit, Energie und Beweglichkeit. Ohne diese Eigenschaften gibt es weder Gehorsam noch Unterwerfung. Was hat man davon, jemanden zu unterwerfen, der bereits unterwürfig ist? Gar nichts, sage ich dir.«

»Ich bin nicht unterwürfig«, protestierte Toni. »Ich werde auch nicht unterwürfig sein.«

Die Frau lachte. Es war ein kurzes, trockenes Lachen und gar nicht fröhlich. »Sollte ich deine volle Aufnahme in unser fröhliches Team bewilligen, wird eine deiner Aufgaben sein, die Jacht meines Sohnes zu führen. Du weißt doch, dass man Befehle akzeptieren musst?«

»Ja.«

»Hast du Angst, Befehle entgegenzunehmen?«

»Nein.«

»Warum solltest du dann fürchten, die Kunst der Unterwerfung in einem sexuellen Sinn zu erlernen? Gehört nicht

Ergebenheit dem Geliebten gegenüber zur Lust, die man gern verschenkt? Und stimmt es nicht, dass wir, die wir Lust geben, dafür auch Lust erhalten?«

»Ich fürchte mich nicht«, erwiderte Toni trotzig. Sie hatte den Kopf leicht angehoben, und ihre Augen blickten ungezähmter als vorher. »Und ich weiß, wie ich Lust bereiten kann, und ja, ich liebe es auch, Lust zu erhalten.«

»Ah«, rief die Frau. »Das sagst du so einfach. Lasst uns herausfinden, ob das auch tatsächlich stimmt. Bist du bereit, Anweisungen zu befolgen, damit ich mich davon überzeugen kann, dass du in der Lage bist, dich zu unterwerfen, und zugleich auch darauf reagierst, wenn man dir sagt, dass du deine Lust genießen sollst?«

»Ja.« Ihre erste Reaktion kam zögernd. Aber dann riss sie ihre Gedanken zusammen, während ihr der Geruch des jungen Mannes an ihrer Seite zu Kopf stieg. Flüchtig warf sie ihm einen Blick zu. »Ja«, sagte sie wieder, »ja, ich bin bereit.«

»Gut«, sagte die Stimme. »Lass uns jetzt mal überprüfen, ob das, was Emira mir berichtet hat, den Tatsachen entspricht. Lasst uns sehen, ob Pflicht und Entzücken in dir so kunstvoll verschlungen sind, dass du beides gleichzeitig aushältst und genießt. Carlos!«

Das letzte Wort war ein Befehl.

Der junge Mann, der neben ihr stand und dessen Hintern sie auf dem Weg hierhin mit glühenden Augen gemustert hatte, trat ins Licht.

Er lächelte, und sein Blick wandte sich nicht von ihrem ab, als er das kleine Dreieck löste, das seine Genitalien bedeckt hatte, vor allem den strotzenden Penis. Als er sich auszog, federte sein Glied auf und ab, hart, purpurn und leicht pulsierend. Er trat den knappen Lendenschurz zur Seite und stand stolz und aufrecht neben Toni.

Er betrachtete sie und sah ihr in die grünen Augen. Es war

ihr bewusst, dass sich ihr Atem leicht beschleunigt hatte. Ihr Mund war geöffnet, und ihre Zunge fühlte sich trocken an. Vor ihr stand einer, den sie die ganze Zeit schon begehrt hatte, und nun wurde er – hoffentlich – ihr angeboten.

Carlos lächelte, aber er sagte nichts. Dann drehte er sich um und streckte seine Arme hinter sich aus, als er sich flach auf den dunkelroten Stein niederließ. Sein Hintern lag auf dem Stein, aber die Beine berührten den Boden. Die Knie waren ausgebreitet, die Beine geöffnet.

Der Anblick seines harten Körpers, der vor ihr lag wie ein aztekisches Götteropfer, ließ ihr Herz rasen, und aus ihrem Innern rann ihr Honig. Sein Penis blieb lang und dick und war gegen die Decke gerichtet. Er pulsierte immer wieder mal, offenbar immer dann, wenn Carlos tief Luft holte.

Toni spürte, wie Hände sie nach vorn schoben, bis sie zwischen den gespreizten Beinen auf den Knien lag. Sein Geruch stieg zu ihr auf, feucht und verlockend. Als sie ihn einatmete, spürte sie Emiras Finger in ihren Haaren.

»Leck seinen Beutel«, befahl sie, und als Toni sich tiefer bückte, bis sie auf den Waden hockte, drückte Emira sie noch weiter nach unten.

Ihr kam nicht in den Sinn, sich dem jungen Mann zu verweigern. Mit Emiras helfenden Händen und ihrem eigenen festen Willen wäre sie nie auf den Gedanken gekommen, vor der Aufgabe zurückzuweichen.

Sie streckte die Zunge heraus und leckte über die dünne Linie, die die Länge des warmen, saftigen Hodensacks teilte. Unter ihren Fingerspitzen fühlte sie die Bälle pulsieren; sie wanderten auf eine Seite, als wären sie zwei goldene Barren in einer weichen Samtbörse.

Weil sie die Nase in seine Weichteile presste, nahm ihr Kopf noch mehr von seinem Geruch auf, der so voller Sex steckte, so voller Männlichkeit.

Krause dunkle Härchen rieben sich an ihren Wangen, und der feste Stamm des Penis stieß schwer gegen ihre Stirn.

Es irritierte sie nicht, dass Emiras Hand sie nach oben führte, damit sie sich die Wurzel seines aufrecht ragenden Schafts vornehmen konnte. Auch ohne die Lenkung hätte Tonis Mund den Weg nach oben gefunden. Es war fast wie eine Verehrung, als sie den heißen, harten Penis mit einem lang gezogenen Stöhnen in den Mund nahm. Sie saugte und leckte daran und murmelte um den Schaft herum, als wollte sie ihn in ihre eigene feuchte Grotte einladen.

Die Haare auf seinen Beinen kitzelten ihre Brüste. Sie war sich nur vage bewusst, dass Emiras Hand auf ihren Kopf drückte, während die andere Hand hinunter zu ihrem Po wanderte. Die langen Finger teilten die Kerbe, reizten die kleine Öffnung und strichen weiter bis zur Vagina.

Wärme umgab ihr Gesicht; seine Beine waren warm, sein Skrotum war warm, und auch der Penis, der sich aus dem Nest seiner krausen Haare erhob.

Toni spürte, wie Emiras Finger zwischen die geschwollenen Lippen glitten und dann hinein in ihr glitschiges Fleisch drängten.

Sanft schwangen Tonis Brüste im Rhythmus ihrer saugenden Aktionen. Sie spannte ihre Finger, die sich noch auf dem Rücken befanden, gefesselt am goldenen Halsband. Es war, als wollte sie sich beweisen, dass sie trotz ihrer eingeschränkten Bewegungsfreiheit ihre Aufgabe erfüllen konnte. Ihr Mund verwöhnte dieses Bild von einem Mann, Zunge und Lippen, während lange, dunkle Finger immer mehr Säfte ihrer willigen Vagina entlockten.

Sie leckte noch einmal kurz über die Naht des Skrotums, dann schloss sie die Augen.

»Wie ist sie?«, fragte die helle, sexy klingende Stimme der Frau aus der Dunkelheit.

Emiras Finger stießen ein wenig tiefer in Toni hinein. »Nass, Madame, sehr nass«, antwortete Emira dann, ihre Stimme noch tiefer und heiserer als sonst.

»Glaubst du, dass sie bereit ist?«

»Das ist sie, aber darf ich vorschlagen, dass sie Carlos noch ein wenig bereiter macht?«

»Gute Idee. Kümmere dich darum. Er bereitet mir manchmal großes Vergnügen, und ich will nicht, dass er unter irgendwelchen rauen Behandlungen leidet.«

Emiras Finger griffen in Tonis Haare, dann zog sie den Kopf nach hinten.

»Nimm ihn in den Mund«, befahl sie.

Toni rutschte auf den Knien etwas höher. Ihre Zunge wischte über die geschwollene Eichel. Der ganze Schaft zuckte vor ihr hin und her.

Emira sah, dass Toni Mühe hatte, den pulsierenden Schaft einzufangen, da sie ihre Hände nicht einsetzen konnte, deshalb führte sie das heiße Glied in Tonis Mund.

Es war von einer beträchtlichen Länge und dick im Umfang. Ihre Lippen waren zu einem perfekten ›O‹ gezwungen, als sie den Mund über die Eichel stülpte. Trotzdem zögerte Toni nicht, den Schaft so tief wie es ihr in dieser Position möglich war, in den Mund zu nehmen.

»Speichle ihn ein«, hörte sie Emira sagen. Sosehr sie sich auch mühte, das Objekt ihrer Hingabe war nur bis zur Hälfte nass und glitschig.

Emira schien das Problem erkannt zu haben, denn Toni spürte jetzt, wie die Finger von Emiras anderer Hand in ihre feuchte Quelle griffen und dann den unteren Teil des Schafts mit Tonis eigenem Saft einrieben. Sie wiederholte den Vorgang noch einige Male, bis das ganze Glied nass und glitschig war. Bald konnte Toni die Säfte ihrer eigenen Erregung schmecken.

»Sie sind jetzt beide bereit, Madame«, sagte Emira und wandte sich der Dunkelheit zu.

»Gut«, sagte die Stimme. »Dann lege sie auf ihn.«

Bedauernd ließ Toni den steifen Stamm aus dem Mund fallen, und Emira stellte sie auf die Füße. Fest, aber mit Gefühl zog sie Toni rückwärts und führte sie dabei. Als sie nicht mehr im Weg stand, zog Carlos die Beine ein wenig zusammen. Sein Skrotum war immer noch zu sehen, und der Penis starrte nach wie vor zur Decke.

»Grätsche über ihn«, ordnete Emira an.

Sie brauchte Toni nicht zu drängen. Ihr Geschlecht war nass, und ihr Verlangen, penetriert zu werden, schrie durch ihren ganzen Körper. Mit der Agilität einer jungen, schlanken, willigen Frau spreizte sie die Beine über seine Körpermitte und schwebte einen kurzen Moment über dem reifen Glied. Als sie ihrer Position sicher war, ließ sie sich langsam sinken, damit er sanft in sie eindringen konnte.

Wahrscheinlich hätte sie es mühelos allein geschafft, aber Emira unterstützte sie. Eine Hand auf Tonis Hüfte, griff die andere in die Mitte des starren Penis. Vorsichtig brachte sie die beiden zusammen, ihr Kopf nur eine Handbreit vom Ort der Geschehens entfernt. Tief atmete sie den Geruch der Vereinigung ein, während sie genau zuschaute, wie sich Tonis Lippen teilten, als der zuckende Schwanz eindrang. Einen Moment lang ließ sie den Daumen zusammen mit dem Penis eindringen, dann zog sie ihn zurück.

Toni schloss die Augen und warf ihren Kopf zurück, als sie ihn schließlich tief in sich aufnahm. Ihre inneren Muskeln zogen sich um den starren Schaft zusammen, als wollten sie ihn nie wieder freigeben.

Er füllte ihren Körper und ihren Kopf. Toni fühlte sich schon befriedigt, dass ihr Verlangen für den Moment gestillt war.

Sie fühlte Emiras Nähe hinter sich und ihre Hände auf den Schultern. Die Hände pressten sie fest hinunter auf das imposante Glied. Wie ein Nagel in ein Stück Holz. Ihre Schamhaare begegneten sich. Sie war auf ihm gepfählt. Ihre Klitoris zitterte wie eine Alarmglocke gegen die Härte seines Hüftknochens.

Ohne Drängen von Emira begann Toni den Mann zu reiten. Obwohl sie Emiras Anwesenheit fühlte, sah sie in dem süßen violetten Licht nur Carlos. Bald schon verlor sie sich in ihrer eigenen sexuellen Hingabe.

Während sie ritt, griffen Emiras Hände von hinten an ihre Brüste und spielte auf eine ganz köstliche Weise mit ihren erigierten Nippeln.

Sie stöhnte, und der Mann unter ihr stöhnte auch, als er sah, wie Emira mit Tonis Brüsten spielte. Es sah fast so aus, als wären es Tonis Hände. Sie brauchte die Augen nicht zu öffnen, um zu sehen, was mit ihr geschah. Was mit ihr geschah, gehörte ihr und nur ihr allein. Sie fühlten nichts davon, weder Emira noch die Stimme in der Dunkelheit. Selbst der Mann unter ihr konnte nicht wissen, was sie fühlte, wie wichtig es für sie war, dass sie oben und er unten lag.

Sie hätte diesem Gedanken noch eine Weile nachgehangen, dann hätte sie sich daran erinnert, dass die Stimme doch so großen Wert auf Unterwerfung gelegt hatte. Nun, wenn das Unterwerfung war, dann hatte sie in der Schule nicht aufgepasst.

Irgendwo ertönte ein Klimpern, irgendwo über ihr, und erst als Emira sie nach vorn drückte und etwas an Tonis Halsband befestigte, begriff sie, was geschah.

Sie hockte nun vorwärtsgebeugt über ihm, und ihre Brüste rieben leicht über den harten Brustkorb unter ihr. Sie konnte seine Augen sehen, konnte sie anstarren und die zuckenden Lider erkennen und den raschen Atem hören, der sich mit ihrem eigenen mischte. Da er sie nun in Reichweite hatte, lösten seine Hände Emiras Finger auf ihren Brüsten ab.

Einige Male leckte er sich über seine trockenen Lippen, während seine Finger ihre Nippel drückten. Seine Augen konnten sich an ihren Brüsten nicht sattsehen. Sie waren rund und fest, und wenn er sie in seinen Händen wiegte, waren sie für den Moment wie versteckt.

Ihr Fleisch wurde durchgeschüttelt, als Emiras Hände über ihren Rücken glitten. Die Finger drangen wieder in die dunkle Kerbe ihrer Pobacken ein. Nichts in ihrem Körper, so schien es, würde ausgelassen werden. Toni musste stöhnen, wenn sie daran dachte, und die Feuer ihres Verlangens loderten höher und höher. Sie hatte das herrliche Gefühl, verzehrt zu werden.

»Ist sie schon bereit dafür?«, fragte die Stimme aus der Dunkelheit. Die Stimme hatte plötzlich eine Fülle angenommen, die vorher nicht zu hören gewesen war, und Toni fragte sich, warum, aber ihre Neugier hielt nicht lange an. Sie war viel mehr daran interessiert, was nun mit ihr geschah.

»Ich werde es überprüfen, Madame«, sagte Emira.

Obwohl halb verrückt vor gespannter Erwartung, verkrampfte Toni, als Emiras Finger in ihr nasses Geschlecht tauchte und dann ihren Anus umspielte. Sie konnte nicht verhindern, dass ihre Muskeln sich um den Eindringling mit dem scharfen Nagel schlossen und ihn fest griffen, als wäre es ihr abscheulich, den Finger wieder herzugeben.

»Sie ist sehr eng, Madame.«

Das fremde Gefühl, beide Öffnungen so fest gefüllt zu haben, ließ Toni keine andere Wahl, als auf Emiras Finger zu tanzen, und ohne es zu wollen, murmelte sie etwas davon, wie gut es sich anfühlte.

»Ah, das ist schade«, kam die Stimme aus der Dunkelheit. »Du wirst sie vorbereiten müssen, dass sie sich an die Benutzung des zweiten Eingangs gewöhnt. Fange jetzt mit ihrem Training an. Aber zuerst ein bisschen Disziplin. Nur ein bisschen, damit sie weiß, wie man Lust gibt und empfängt. Du kannst das Trainieren des Anus mit der Disziplin verbinden.«

»Ja. Madame.«

Toni hatte die Augen noch geschlossen, und ihre Hüften hoben und senkten sich weiter auf dem saftigen Penis. Sie hielt den Orgasmus zurück, hielt ihn so lange, bis sie sicher war, dass das Ende der ungewöhnlichen Sex-Session nahte. Seltsamerweise hielt sich auch Carlos zurück.

»Leck und sauge daran«, wies Emira sie an.

Toni schlug die Augen auf. Das Objekt, das Emira in ihren Mund zwang, war etwa zehn Zentimeter lang und bestand aus Marmor oder vielleicht auch Elfenbein.

Sie tat, wie befohlen, und sah Emira in die Augen. Sie nahm einen neuen Blick in diesen Augen wahr, es war ein tieferes, dunkleres Glänzen als vorher. Ihr Parfum waberte durch die Luft, aber es wurde vom stärkeren Geruch des männlichen Moschus überlagert, von dem Carlos mehr als genug zu haben schien.

Das Objekt war hart und doch glatt und so geformt, dass man über den Verwendungszweck nicht lange zu rätseln brauchte. Es lief phallisch zu, war aber kein Penis. Es wirkte aufdringlich, war aber unwiderstehlich. Sie lutschte daran, speichelte es ein und behandelte es, als wäre es lebendig.

Als sie es aus dem Mund nahm, wandte sich Toni wieder den Bewegungen zu, die ihr so viel Lust bereiteten. Sie genoss alles, was ihr widerfuhr.

Sie quietschte vergnügt, als Emiras Hände über ihre Pobacken strichen und sie sanft aber bestimmt auseinanderzogen. Im nächsten Augenblick wusste sie, wofür das zehn Zentimeter lange Gerät gedacht war. Sie fühlte eine gewisse Unsicherheit und Anspannung und hielt die Luft an, bevor sie einen ganzen Schwall des Atems ausstieß. Trotz der gebremsten Gefühle und ihrer Zurückhaltung spürte sie auch eine starke Erregung, gepaart mit Neugier und unverhohlenem Verlangen.

Es blieb keine Zeit, sich auf das vorzubereiten, was dann geschah, es hätte auch keinen Sinn gehabt, denn dabei hätte sie ihre Bewegungen einstellen und den Rhythmus brechen müssen, wodurch sie ihre Lust ruiniert hätte.

Sie ließ ein dünnes Wimmern hören, als das Gerät in die kleinste Öffnung geschoben wurde. Zuerst wurde der Schließmuskel überwunden, dann wurde aus dem leisen Wimmern ein plötzliches Keuchen, das in ein lang gezogenes Stöhnen mündete.

Sie ließ sich beim Tempo ihres Ritts nicht beirren. Als das Gerät fest in ihr etabliert war und Emiras Hände wieder über ihre Brüste streichelten, setzte Toni den Ritt auf Carlos fort. Sie war noch durch die Kette an ihrem Halsband mit ihm verbunden, hockte vorgebeugt auf ihm und bedauerte, dass ihre Hände noch auf dem Rücken gefesselt waren.

Emiras Hände verließen Tonis Brüste.

Es beeinträchtigte sie nicht. Sie war in ihren eigenen Sehnsüchten verloren, hing an der Kette mitten in der Luft, als wäre sie ein fliegender Schwan.

Plötzlich trat Emira in Tonis Blickfeld. Lächelnd stand sie vor ihr. In einer Hand hielt sie einen schwarzen Peitschenstiel, von dem aus mehrere dünne Lederriemen abgingen. Eine neunschwänzige Katze, so nannte man früher solche Peitschen. Obwohl diese vergleichbar war mit denen, die an Bord von Schiffen benutzt wurden, hätte sich Toni eine kleinere Abart gewünscht.

Nun, sie wusste, wohin die Lederriemen zielen würden,

und wappnete sich für die Dinge, die auf sie zukommen würden.

Dies war also die Disziplin, die man ihr angedroht hatte. Instinktiv wusste sie, was von ihr erwartet wurde. Ihre Lust wurde von dem Penis aus Fleisch in ihrer Vagina bewirkt, und der falsche steckte in ihrem Anus. Den einen sollte sie genießen, den anderen aushalten.

Emira ließ die neunschwänzige Katze über Tonis Rücken baumeln und ging an ihr entlang, bis sie auf der Höhe von Tonis ruckendem Po stand. Die Enden der Lederriemen strichen über Tonis Hintern. Emira drückte den Griff gegen das Gerät in Tonis Anus und presste es noch etwas tiefer hinein. Toni stieß einen gellenden Schrei aus.

»Nicht so laut, meine liebe Antonia. Du wirst noch viel mehr Anlässe zum Schreien erleben. Madame möchte dich schreien hören, sie will wissen, dass du nicht nur genießt, sondern auch etwas erträgst. Das ist gut für dich. Gut für das, was du hier tun sollst.«

Die Worte ergaben keinen Sinn, jedenfalls keinen, den Toni erkannt hätte. Sie wusste nicht, was sie hier tun sollte, abgesehen von der Arbeit als Besatzung für die Segeljacht mit dem Namen *Sea Witch*. Was sie aber wusste, war die Tatsache, dass sie weiter diesen Mann benutzen sollte, auch dann, wenn die Peitsche rosa Streifen auf ihrer seidigen Haut hinterließ.

Die Kühle von Emiras Handfläche streichelte die zuckende Rückseite, und gleich darauf hörte Toni das Zischen der neunschwänzigen Katze in der Luft. Bruchteile von Sekunden später fühlte sie, wie ihr Fleisch geküsst wurde.

Sie schrie auf, aber nicht einmal setzte sie mit dem Heben und Senken auf dem Phallus des Mannes aus. Sie ließ sich in ihrem Rhythmus nicht stören.

»So ist es gut, Antonia. Reite ihn«, flüsterte ihr Emira ins Ohr. »Reite ihn, als ginge es um dein Leben. Und schreie, wenn du Schmerzen spürst. Du musst Madame zeigen, dass du die Peitsche fühlst, und du musst ihr auch zeigen, dass deine Leidenschaft sich nicht von den wütenden Küssen der neunschwänzigen Katze beeinträchtigen lässt.«

Toni benötigte diese Empfehlungen nicht. Die Zwillingsspitzen der Ekstase – sein Penis in der Vagina, das Gerät im Anus – waren zu unwiderstehlich, um ignoriert werden zu können.

Ihr Rücken krümmte sich, als ihre Wirbelsäule durchgeschüttelt wurde. Sie schloss ihre Augen, um sich noch mehr auf die Leidenschaft konzentrieren zu können, während ihr halb gefesselter Körper weiter dem endlosen Rhythmus folgte und auf und ab tanzte.

»Reite ihn«, befahl Emira wieder. Wieder und wieder hob sie die Katze und ließ sie auf die Kerbe und das Gerät dazwischen klatschen.

Toni schrie erneut auf, aber diesmal nicht so laut. Es schien, dass die Hitze, die von den Schlägen erzeugt worden war, sich nicht nur in der Kerbe festsetzte, sondern auch in ihrer Pussy.

»Lauter, ich will sie lauter schreien hören«, sagte die Stimme aus der Dunkelheit.

»Es gibt nur eine Möglichkeit, sie lauter schreien zu lassen, Madame«, sagte Emira, und ihre Stimme klang tief und dunkel und auch ein bisschen überrascht.

»Ich weiß«, gab die Stimme zurück. »Tu es.«

Es brannte und prickelte und fühlte sich so an, als wäre ihr Fleisch von den Knochen getrennt, und Toni stöhnte bedauernd, als das Gerät aus ihrem Anus entfernt wurde. Sie schwenkte den Po hin und her, als wollte sie ihre hintere Öffnung wieder anbieten. Die Einwirkung von hinten hatte ihr gefallen, ebenso die Hitze, die sich ausgebreitet hatte, sowie das Brennen der Lederriemen auf ihrer Haut.

»Geduld, meine Liebe«, sagte Emira.

Toni konnte nicht sehen, was hinter ihr geschah. Sie ging davon aus, dass Emira wieder mit dem Finger in sie eindrang, um die Gefühle auszulösen, die sie nun schon kannte.

Es war ein Schock, die heißen, harten Schenkel zu spüren, die sich gegen die Rückseiten ihrer eigenen Schenkel pressten. Im nächsten Moment spürte sie ein Nest rauer krauser Haare, die ihren Po kitzelten.

Bildete sie sich das ein, oder war da ein anderer Mann hinter ihr? Sie riss die Augen weit auf, als sie ein anderes hartes Objekt in ihrem Anus spürte. Aber dieses Objekt schien mit weichem Fleisch bedeckt zu sein.

Doch es gab keinen anderen Mann im Raum. Der einzige Mann war Carlos unter ihr, und außer Emira war sonst niemand da.

Das Parfum, das sie schon so lange hatte deuten wollen, stieg ihr wieder zu Kopf. Und jetzt begriff sie.

»Emira!« Sie schrie den Namen heraus, auch wenn sie wusste, dass dies unmöglich ihr Name sein konnte. Emira war keine Frau. Sie hatte einen Penis, und dieser Penis zwängte sich in ihren Anus, ohne Rücksicht auf sie zu nehmen.

Sie schrie und schrie weiter, und doch verlor sie selbst beim größten Unbehagen weder Tempo noch Rhythmus, als Emira sie bis zum Anschlag von hinten penetrierte und Carlos von vorn, und sie wusste, dass sie jeden Moment einen fantastischen Höhepunkt erleben würde.

Begleitet von lauten, wilden Schreien, die von den Wänden zurückgeworfen wurden, wurde sie vom Orgasmus geschüttelt. Immer und immer wieder hüpfte sie auf ihm, und Emira vollzog jede Bewegung mit, als wären sie eine Einheit. Ihre Klitoris, mit Blut gefüllt, hämmerte gegen Carlos, der in ihr immer heftiger zu pochen begann.

In ihrem Ohr hörte sie Emira tief einatmen, dann stieß sie

lange, tiefe Seufzer aus, als ihr – nein, sein – Orgasmus den Schaft hinaufrauschte und gegen Tonis Muskeln stieß. Sie war außer Atem; ihre Haut glitzerte vom Schweiß, und ihr Geschlecht war so entspannt wie der Mann, der unter ihr lag.

Über ihr schwankte Emira wie der lange Zweig einer Zeder, bevor sie/er sich aus ihr zurückzog.

Carlos rollte zur Seite, aber weil Toni noch mit der feinen, dünnen Kette, die in das Halsband eingehakt war, gefesselt saß, musste sie bleiben, wo sie war. Ihre Brüste schwebten über dem dunkelroten Stein, auf dem auch ihre geöffneten Beine lagen.

Trotzdem war sie zuversichtlich, die eigentümliche Bewerbung bestanden zu haben. Und wenn nicht – nun, sie wäre bereit, es noch einmal zu versuchen.

Sie war heiß, und ihre Haare klebten klamm auf ihrer Stirn. Was kam als Nächstes?

Die Stimme der unsichtbaren Frau beantwortete Tonis stumme Frage. »Mach den Stein nass«, sagte die Stimme.

»Was?«

»Lass dein Wasser laufen«, flüsterte Emira.

Nach ihrer Reise und den bisherigen Erfahrungen war das keine schwierige Aufgabe. Ein goldener Schauer fiel auf den Stein, und irgendwie fühlte sie sich danach entspannter und noch befriedigter, als sie ohnehin schon gewesen war.

»Steck das Gerät wieder an seinen Platz«, ordnete die Stimme an.

Wieder fühlte Toni die Finger Emiras, die das Gerät erneut in ihren Anus steckte.

»Sieh zu, dass es dort bleibt«, sagte Emira. »Es soll nicht aus dir gleiten, sonst wirst du noch einmal die Peitsche von Madame zu spüren bekommen, bevor die Nacht vorbei ist.«

Emira ließ Toni so, wie sie war, zurück zum Auto gehen,

nackt, die Hände im Nacken gefesselt. Emira trug Tonis Kleid über dem Arm. Carlos schritt hinter ihnen. Toni konnte sich nicht nach ihm umdrehen; es schien auch niemand zu erwarten, dass sie ihn dafür lobte, dass sie bei ihm ihre schmerzende Lust gestillt hatte. Er war das Mittel zum Zweck gewesen, mehr nicht.

Die Sonne war untergegangen, und der Abend ließ die Sterne und die Mondsichel strahlen. Vom Meer blies eine kühle Brise; sie zerzauste Tonis Haare und kühlte ihr heißes Geschlecht.

In ihrem Kopf schwirrten so viele Fragen, dass sie nicht wusste, welche sie zuerst stellen sollte. Aber eine war schon beantwortet. Jetzt begriff sie, warum Emiras Geruch sie verstört und erregt hatte. Und dann erklärte sich Emira, bevor Toni die nächsten Fragen stellen konnte.

»Ich ziehe gern Frauenkleider an. Sie haben viel mehr Chic und sind viel schöner. Und ich liebe Parfum, Make-up und schönen Schmuck.«

Emira hieß in Wirklichkeit Emir, wobei Toni nicht wusste, ob es sich dabei um einen Titel handelte. Sie/er war ein Transsexueller, und vermutlich liebte er Sex mit Frauen und mit Männern.

»Und wann lerne ich Madame Salvatore nun wirklich kennen?«, wollte Toni wissen.

»Das ist nicht mehr nötig. Es genügt zu wissen, dass dein Wohlergehen von ihrem Wohlergehen abhängt. Nichts Böses wird dir widerfahren, wenn du ihr gehorchst. Überhaupt nichts Böses. Sie wünscht sich nur Harmonie.«

»Welche Harmonie? Wessen Harmonie?«

»Die Harmonie aller«, sagte Emira, und damit schien das Thema für sie abgehandelt zu sein. »Jetzt höre auf, wie ein Papagei zu schwatzen. Beuge dich über den Kühler des Autos. Ich will sehen, ob das Gerät noch in dir steckt.«

Die Kühlerhaube war noch warm unter ihren Brüsten und dem Bauch. Die Wärme half auch, die Schmerzen in den Armen zu lindern, die schon eine lange Zeit so unnatürlich auf dem Rücken zusammengebunden waren.

Sie wand sich und quietschte, als Emiras Finger in die enge Kerbe drangen. »Halt still«, schimpfte er/sie und klatschte die flache Hand auf beide Pobacken.

Toni wand sich nicht mehr und ließ zu, dass Emira mit der Untersuchung begann.

»Gut«, sagte er, offenbar sehr zufrieden. »Es steckt noch. Spreize jetzt die Beine.«

Toni fragte sich, was jetzt kam, aber sie dachte nicht daran, sich zu widersetzen.

Finger drangen wieder in ihre Vagina ein und gaben erst Ruhe, als sie wieder feucht geworden war.

»Sie ist bereit.«

Es war Emira, die das festgestellt hatte, aber es war Carlos' Penis, der in sie eindrang. Er griff an ihre Hüften und zog sie fester an sich. Seine Stöße pressten sie mit Wucht auf die Kühlerhaube.

Kurze, scharfe Schreie kamen aus ihrem Mund. Die Haube wärmte ihr Gesicht, aber ihre Hüften spürten das heiße, harte Metall.

Es würde kaum etwas bewirken, wenn sie ihn bitten würde, behutsamer vorzugehen und mehr Rücksicht auf ihre Bedürfnisse zu nehmen. Sie wurde von ihm benutzt, wie sie ihn vorhin benutzt hatte. Jetzt war er an der Reihe, und obwohl sie empört sein sollte, fühlte sie eine seltsame Dankbarkeit.

Als sie ihn benutzt hatte, war sie nur auf ihre Befriedigung ausgerichtet; sie hatte sogar vergessen, dass er überhaupt da war. Jetzt revanchierte er sich – fast, aber nicht ganz. Er küsste ihre Schultern und strich mit den Händen über ihren Rücken, bevor sie wieder ihre Hüften griffen.

Schweiß sammelte sich zwischen dem Nest seiner dichten Schamhaare und der Weichheit ihres Hinterns. Die Nässe ihrer vereinten Säfte rann über ihre Backen, durch die Kerbe und schließlich auf die Kühlerhaube.

Tief und langsam stieß er in sie hinein, dann zog er sich bis zur Penisspitze aus ihr zurück, bevor er wieder tief in sie hineinglitt. Dieses Ritual hielt er ziemlich lange durch. Als er das Tempo steigerte, wurden auch die Stöße wilder, deutlich mehr auf seinen Höhepunkt angelegt.

Tonis Brüste wurden auf der Haube gequetscht, und der Atem schien aus ihr herausgepresst zu werden. Als die Stöße noch unbeherrschter, noch schneller wurden, hob Carlos sie bei jedem harten Einfahren von den Füßen. Tiefer und tiefer gruben sich seine Finger in ihre Hüften.

Als sein Moment des Orgasmus einsetzte, zog er sie in einer harten, schnellen Bewegung noch fester an sich, als wäre sie ein neues Kleidungsstück. Er hielt sie von hinten umschlungen, hob den Kopf und schrie seine Befriedigung in das dunkle Indigo des Nachthimmels.

Wenn sie geglaubt hatte, dass es nun vorbei war, hatte sie sich gründlich geirrt.

Emira ersetzte Carlos, und so seltsam es auch klingen mochte – Toni hieß seine Einmischung willkommen. Als sein Penis sich tief in ihre Vagina schob, wurde das Gerät in ihrem Anus noch fester in die enge Öffnung gepresst. Während er sie nahm, labte sie sich an der Wärme seines Körpers, und die Berührung seiner Hände verriet Zuneigung und Rücksicht.

Unter seinen Händen schmolz Toni dahin, fast so wie damals mit Julian, und doch ganz anders. Bei Julian hatte sie sich immer wie ein heißes Gericht auf einem kalten Teller gefühlt. Bei Emira fühlte sie sich wie eine Schachtel mit köstlichen Pralinen. Man musste behutsam vorgehen, wenn man die Schachtel öffnete; man musste den reichhaltigen Inhalt der kostbaren Pralinen studieren, die Füllung und die Ummantelung, erst danach konnte man sie voll genießen.

Emira hatte ganz sicher etwas Maskulines an sich, aber Toni betrachtete sie letztlich als feminin. Vielleicht, überlegte sie, ist sie mit den besten Qualitäten beider Geschlechter gesegnet.

Die Nippel warm und gegen das Metall gepresst, die Klitoris von seinen Fingern verwöhnt, war es für Toni keine Überraschung, dass sie zusammen mit Emira kam. Sie fühlte, wie sich die harten Schenkel gegen ihre spannten, und ahnte die Reise der warmen Flüssigkeit, die nun pochend durch den Stamm schoss, bevor er pochend in ihr zum Höhepunkt gelangte und die Ekstase aus ihm sprühte.

Nachdem Carlos sie mit einem Handtuch gesäubert hatte, überprüfte Emira wieder den Sitz des Geräts, dann befreite er Tonis Arme und Hände.

Sie schaute zu ihm hoch, bewundernd und fasziniert. Sie lächelte ihn an, und er lächelte zurück.

»Kann ich dich immer noch Emira nennen?«, fragte sie. Aber sie glaubte, die Antwort schon zu kennen.

Er schmollte, und das war eine Reaktion, mit der Toni gerechnet hatte. »Ich bin Emira. Ich möchte auch Emira genannt werden«, sagte er, und in einer für ihn ungewöhnlich verunsicherten Art strich er sich über die Haare.

»Ich verstehe«, sagte Toni, und sie verstand ihn tatsächlich. Emira konnte nichts anderes als Emira sein; er mochte von Geburt an männlich sein, aber auf eine seltsame Weise schien er trotzdem die Verkörperung des Weiblichen zu sein.

Er ließ nicht zu, dass Toni das Kleid wieder anzog. Sie war nur mit ihren Sandalen bekleidet.

Auf dem Weg zurück zur Jacht blieben die Autofenster geöffnet, und auf Tonis Armen bildete sich von der kühlen Brise eine Gänsehaut. Der Wind hatte aber auch sein Gutes, er trocknete den Schweiß von ihren vorangegangenen Anstrengungen.

Immer wieder mal schaute er sie von der Seite an und lächelte warmherzig. Sie lächelte zurück und kuschelte sich an ihn, lehnte den Kopf an seine Schulter. Ihr ging es gut. Sie fühlte sich erfüllt, sogar ein bisschen verliebt, auch wenn sie im Moment noch nicht wusste, ob ihr Verliebtsein nur Emira betraf oder das ganze Szenario, in das er sie eingeführt hatte.

Als er sie zurück in ihre Kabine gebracht hatte, bestellte er über die Sprechanlage das Essen: frisch gebackenes Brot, leuchtend gelbe Butter, dünne Scheiben rohen Schinkens, eine ganze Schüssel mit frischen Salaten und dazu süße Kartoffel.

Toni sah ihn an, wollte fragen, wollte wissen ...

Wie schon zuvor schien Emira einen sechsten Sinn zu besitzen. Er begann sich auszuziehen. »Ich weiß, dass du unbedingt wissen willst, ob du es dir nur eingebildet hast ...«

Als er nackt war, konnte sie sehen, dass Emir, der mit Silikoneinlagen der Natur nachgeholfen hatte und lieber Emira genannt wurde, tatsächlich ein Mann war.

Der Penis, der sie penetriert hatte, war schwarz wie Samt und doppelt so schön. Sein Körper war so schmiegsam wie sein Gesicht. Nur die Brüste waren die Zugabe an die feminine Seite seiner Natur. Sie waren rund, schön und perfekt geformt. Toni war fast ein bisschen neidisch und sagte ihm das.

»Sie sind fantastisch«, sagte sie und schaute hinunter auf ihre eigenen Brüste.

»Sei nicht neidisch, meine Liebe«, sagte er in dieser tiefen, heiseren Stimme, während seine Finger um die Konturen seiner Brüste streicheln. »Deine Brüste sind viel schöner als meine, vor allem auch, weil sie natürlich sind.«

Er schürzte die Lippen, sodass sein Mund einer Rosenknospe glich, und hauchte einen Kuss auf ihre Nippel.

Toni öffnete und schloss den Mund und labte sich an der süßen Sanftheit der Lippen, die an ihren Brustwarzen saugten. Diese Lippen, dachte sie, fühlten sich wie plüschiger Samt an; sie waren so großartig, dass man sie nicht beschreiben konnte; sie wollten Lust geben und nicht beschrieben werden.

Als sein Mund sie schließlich freigab, schaute sie hinunter auf ihre Nippel. Sie waren rot wie reife Himbeeren, glitzerten vom Speichel seines Mundes und sahen viel länger aus, als hätte er sie mit der Zunge und den Zähnen gestreckt. Sie sahen so dekadent und unwirklich aus, wie die aufgemalten Nippel auf einigen kretischen Statuen, die sie mal gesehen hatte; Frauen mit großen Brüsten und langen, spitzen Brustwarzen, die einem ein Auge ausstechen konnten.

Emiras Hände berührten ihr Gesicht und strichen über ihre Haare. »Beuge dich vor«, sagte er weich.

Ihre Blicke trafen sich, und sie wusste, dass er ihr noch mehr zu geben hatte. Das Verlangen war noch in ihr, und in seinen dunklen Augen erkannte sie, dass auch er noch nicht genug hatte.

Einen kurzen Moment lang musste sie an Julian denken, als sie auf alle viere in die Hocke ging. Aber der Moment war wirklich kurz, denn Julian und ihr voriges Leben, ihre fast schäbige Existenz, waren meilenweit weg. Jetzt war sie hier mit diesem wunderbaren Mann. Ihm präsentierte sie gern ihre straffen Pobacken.

Sie spürte die Wärme seiner Handflächen auf dem Po, und mit den Daumen schob er die Backen auseinander.

Toni stöhnte vor Lust, als seine Finger sie öffneten, dann seufzte sie bedauernd, dass er das Gerät herauszog, aber ihr Bedauern hielt nicht lange an. Als sein Körper ihren bedeckte, breitete sich die Wärme in ihr aus. Er setzte seinen Penis an die hintere kleine Öffnung, stieß leicht dagegen, dann etwas kräftiger, bis er in ihr steckte.

Ihre Körper waren nun verbunden; eine herrliche Mischung aus dunkler Schokolade und Schlagsahne.

Er drang in sie ein, durchdrang sie bis zum Anschlag, und in diesem Pflügen in ihrer heimlichsten Öffnung fand sie sich selbst und bezog Kraft aus ihrer eigenen Lust.

Als ihre Orgasmusschreie von den warmen, holzverkleideten Wänden der Kabine widerhallten, blieben sie nebeneinander liegen, immer noch durch den Penis verbunden.

Er küsste sie auf die Schulter. Für sie fühlte es sich wie der Zuckerguss auf dem köstlichen Kuchen an. Sie wusste, dass sie nicht nur Emiras Zuneigung hatte, sondern auch seine Leidenschaft.

Seine Stimme klang warm und klamm an ihrem Ohr. »Ich glaube, du brauchst das Gerät nicht mehr.«

»Das glaube ich auch«, sagte sie und griff mit einer Hand nach unten, die sich dann um seinen schlaffen Penis schloss. »Der ist mir viel lieber«, sagte sie und schloss die Augen. In dieser Nacht schliefen sie zusammen.

Durch eines der hohen Fenster, das nicht mehr als ein Schlitz in der uralten roten Mauer war, hatte Venetia Salvatore die dunkle Gestalt Emiras und die hellere Form von Carlos beobachtet, wie sie sich den Reizen der Antonia Yardley hingegeben hatten. Sie lächelte und gratulierte sich selbst.

Emira hatte Recht gehabt; das Mädchen entsprach genau ihren Vorstellungen. Die Hautfarbe stimmte, die Farben von Haaren und Augen, und es schien so, als hätte sie genau die Sinnlichkeit, nach der sie gesucht hatten. Das Mädchen konnte den einen Sohn trösten und den anderen versöhnen.

Venetias Gesicht, auch im Alter noch glatt, zeigte ein breites Lächeln. Sie stand aufrecht da, und die dunkle Intensität ihrer Augen ließ sie strahlen. Die Szene da unten war so stark gewesen, dass sie die Wirkung auf ihre eigene Sinnlichkeit nicht verfehlt hatte.

Trotz der Tatsache, dass ihre Haare dünn und weiß geworden waren wie die schlagenden Flügel einer Möwe und dass sie sich in einem Alter befand, in dem andere Frauen vergaßen, dass sie einmal Leidenschaft erlebt und die Körper von Männern genossen hatten, erinnerte sie sich noch sehr gut daran. Venetia hatte viel Leidenschaft in ihrem Leben erfahren, und sie weigerte sich, nur in den Erinnerungen zu verharren.

Sie war in ihrem sechzigsten Jahr und brauchte sich keine Zurückhaltung mehr aufzuerlegen, weder durch trübe Emotionen noch durch aufdringliche Schuldgefühle oder durch die Unerfahrenheit der Jugend. Heutzutage sprach alles nur für sie. Sex und Sinnlichkeit, wann immer ihr danach war. In welcher Form auch immer.

Lächelnd strich sie mit den Händen über den malvenfarbenen Mantel, der ihren Körper bedeckte, aber kaum etwas verbarg. Wie sie es gewohnt war, hatte ihr Körper auch diesmal auf die Szene da unten reagiert. Sie musste lachen. Wie gut sie doch ihr empfindsames Fleisch kannte, wie schnell ihr bewusst wurde, dass sie auch etwas davon brauchte, was das rothaarige Mädchen erhalten hatte.

Hinter ihr öffnete sich die Tür.

»Madame?«

»Ah, Pietro.« Sie wandte sich langsam vom Fenster ab, sah aber nicht in seine Richtung. Sie legte den Kopf schräg, und ihr Körper schien zu schweben wie ihr Mantel, als sie sich vom Fenster wegbewegte.

Pietro stand da, die Arme auf dem Rücken, die Brustmuskulatur in dieser Position besonders ausgeprägt. Nur die Muskeln seiner Schenkel und der Fleischstab in seinem Lederbeutel verrieten seine Anspannung und Ungeduld.

Von der Hautfarbe her entsprach er Carlos, aber er war größer und schlanker. Und im Gegensatz zu Carlos war er noch unverbraucht, abgesehen von der einen Begegnung früher an diesem Tag. Pietro, ähnlich knapp bekleidet wie Carlos, stand ihr immer zur Verfügung.

Malve war Venetias Lieblingsfarbe. Wie der sanft fließende Umhang, den sie trug, und wie die winzigen Beutel ihrer jungen Männer. Die Chaiselongue in der Mitte des Raums war mit einem malvenfarbenen Samt bezogen. Die schlanken Beine des Möbelstücks endeten in Tierklauen, die golden angestrichen waren. Es gab keine Seitenteile, nur ein Ende war angehoben und gebogen wie ein Schwanenhals.

Sie drapierte sich auf die Chaiselongue, ließ die Falten ihres Mantels auseinanderklaffen und die seidenen Slipper auf den Boden fallen.

»Pietro, ich möchte, dass du mir Lust bereitest. Aber gib mir vorher ein Glas Wein.«

Pietro war gut darauf trainiert, seiner Herrin und Gönnerin Lust zu verschaffen. Er durchquerte den Raum und trat an ein langes Sideboard aus lackiertem Ahorn. Von einer Tischlampe, deren Sockel ein nackter Herkules war, fiel ein schwaches violettes Licht auf die Länge des Sideboards. Die Oberflächen glänzten, als wären sie aus Seide.

Auf einem riesigen Silbertablett mit einem hohen, verzierten Rand standen kristallene Karaffen, einige mit silbernen Deckeln oder Tüllen. Um sie herum waren langstielige Weingläser aufgereiht, ebenfalls alle aus Kristall. Das Licht brach sich in ihnen in allen Farben des Regenbogens.

Pietro schenkte den Wein ein, dann brachte er Madame Salvatore das Glas.

»Ich danke dir, mein lieber Pietro«, sagte Venetia.

Über dem Rand des Glases spiegelte sich das tiefe Rot des Weins in ihren dunklen Augen. Ihr Blick floss wie Wasser über den Körper des jungen Mannes, der vor ihr stand. Welch eine Schönheit er war, dachte sie, wie hart und fest sein jugendlicher Körper, wie stark seine Erektion. Wie Carlos war auch Pietro von ihr ausgewählt worden. Handverlesen, könnte man sagen, dachte sie schmunzelnd. Bei den Bewerbungsgesprächen hatte sie ihre Waffen untersucht, und ihre Finger hatten sie zur vollen Erektion gebracht, damit sie die komplette Länge und den Umfang besser beurteilen konnte.

Ja, sie hatte gute Entscheidungen getroffen. Pietro war ein Bild von einem Mann, und Carlos auch. Darüber hinaus hatten sie ihre Loyalität und ihre Ausdauer bewiesen.

Ihr Ellenbogen ruhte auf dem erhöhten Ende der Chaiselongue, und ihr Kinn stützte sie mit einer Hand. In der anderen Hand hielt sie das Glas. Sie schaute auf den Wein, dann erhob sie die Stimme.

»Keine Oliven, Pietro?« Dabei lächelte sie geheimnisvoll.

»Nein, Madame«, gab ein ebenfalls lächelnder Pietro zurück. »Aber ich habe eine interessante Alternative.«

Seine Finger griffen an die Schnüre seines einzigen Kleidungsstücks, und im nächsten Moment fiel es auf den Boden. Sein Penis sprang auf, hart und stolz und zur vollen Länge ausgefahren.

Immer noch lächelnd, senkte Venetia das Glas und den Blick.

Er nahm den Penis in die Hand, beugte die Knie ein wenig und tauchte seine Männlichkeit in das Glas mit dem roten Wein.

»Was für eine köstliche Idee. Ich habe keinen Zweifel, dass das Bouquet jetzt erst seine wahre Veredelung erfahren hat.« Sie lachte und nickte.

Vorsichtig holte Pietro den Penis wieder aus dem Glas, hielt ihn aber darüber, damit die Tropfen aufgefangen werden konnten.

Rubinrote Tränen hingen an der glänzenden Erektion.

Venetia war absichtlich langsam in ihren Reaktionen. Der Wein würde auf seiner empfindlichen Eichel brennen, vermutete sie. Sie labte sich am Anblick der roten Tröpfchen und musste lachen, als sie hörte, wie Pietro zischend ausatmete. Seine Zähne knirschten. Erst als sie die Zeit für gekommen hielt, öffnete sie den Mund und leckte den Wein von seinem zitternden Stamm.

Sie bezog zusätzliches Vergnügen aus dem Wissen, dass jeder Muskel und jeder Nerv in Pietros Körper bis zum Äußersten gespannt waren, denn das Brennen des Weins und die Berührung ihrer Lippen ergaben einen zu Kopf gehenden Cocktail. Wie zur Bestätigung hörte sie Pietro leise stöhnen.

Wie befriedigend, dachte sie. Dann schloss sie die Augen und saugte langsam und nachdenklich.

Das Mädchen mit den roten Haaren war ihr noch im Kopf, genau wie die Pläne, die sie sich für Antonia überlegt hatte. Aber für den Moment schob sie diese Gedanken beiseite. Dies war ihre Zeit, ihre Lust, und das Mädchen und ihre Söhne hatten damit nichts zu tun.

Der Wein lag schwer und voll auf ihrer Zunge, und es traf zu, was sie scherzhaft gesagt hatte – das Aroma hatte sich durch das Eintauchen eines Männerstolzes erheblich verbessert.

Pietro zog sich aus ihrem Mund zurück, und Venetia, die Augen noch geschlossen, schluckte und leckte sich über die Lippen.

»Wunderbar«, sagte sie. »Ich glaube, es war eine gute Idee, diesen Jahrgang noch etwas liegen zu lassen – alles, was im Liegen passiert, verspricht Vergnügen.«

Pietro lachte über ihr kleines Wortspiel. Ein bisschen witzig, ein bisschen lachen.

»Ich will den Geschmack noch einmal genießen«, sagte sie, legte den Kopf mit den silbrigen Haaren ein wenig zur Seite und hob den Blick.

»Mehr, Madame? Aber gewiss doch. Alles, was Madame sich wünscht.«

Das beißende Brennen des Weins wurde in seinen Augen sichtbar, aber noch deutlicher wurde das Hüpfen des prächtigen Glieds.

Wie süß, dachte sie. Er leidet zwar, aber er will es mir nicht zeigen und erträgt lieber den Schmerz. Dabei weiß ich, dass es eine Lüge ist. Pietro liebt das einzigartige Brennen der Frucht des Weines, aber das würde er nie zugeben, und ich will es auch gar nicht wissen.

Sie suchte sich fast immer einen Wein mit einem erhöhten Anteil an Tannin aus. Es war die Gerbsäure, fand sie, die das Brennen der Eichel verursachte. Aber ihre Jungs ertrugen den Wein und ihre Launen. Ihre Jungs liebten es auch, wenn sie sie in den Mund nahm, aber dies war ein Privileg, das sie nicht oft genießen konnten.

»Das«, sagte sie, »war mehr als köstlich. Jetzt werde ich den Rest des Weins trinken, während du mich verwöhnst.«

Mit einer fast königlichen Bewegung ihrer Hand warf sie den Mantel nach hinten, sodass die untere Hälfte ihres Körpers sowie die Brüste entblößt waren.

In der anderen Hand hielt sie noch das Weinglas. Sie nippte vorsichtig daran. Ihr Blick ruhte auf den festen Backen Pietros, als er wieder hinüber zum Sideboard ging.

Aus einer Schublade nahm er eine Schachtel, die er zu ihr brachte. Er blieb auf der Höhe ihres Kopfs stehen. Er öffnete die Schachtel und hielt sie so tief, damit sie den Inhalt sehen konnte. Sie holte verschiedene Geräte heraus.

Zuerst entschied sie sich für einen doppelten Vibrator, denn er war ihr Lieblingsspielzeug. Lustvoll strich sie mit den Fingern über die gesamte Länge.

»Das soll er sein«, sagte sie mit einem wissenden Lächeln. »Und diese sind für später, denke ich.«

Sie holte zwei Perlenketten heraus, dann gab sie Pietro mit einer knappen Handbewegung zu verstehen, dass sie die Schachtel nicht mehr brauchte. Ohne Scham und in durchschaubarer Absicht öffnete sie die Beine.

Pietro führte – wie der gute, brave Junge, der er war – den größeren Dildo des Doppelgeräts in ihre Vagina, der kleinere war für ihren Anus bestimmt. Sie murmelte leise vor sich hin, während er damit beschäftigt war, dann nahm sie einen kräftigen Schluck Wein, als er zunächst den großen Vibrator einschaltete, dann den kleinen.

»Köstlich«, rief sie.

Durch halb geschlossene Augen sah sie zu, wie Pietro das Spielzeug für seine eigene Befriedigung unter der Chaiselongue hervorholte. Es war eine Kunststoffbox mit einem Loch. Pietro trat näher, als er sein erigiertes Glied in das Loch steckte, dann keuchte er, als er das Gerät einschaltete, das ihn zur Ekstase saugen würde.

Beide ließen sich von ihren eigenen Fantasien davontragen, unterstützt von den summenden Hilfen, die nie klagten und nie müde wurden.

Venetia lag mit gespreizten Beinen da. Die Vibratoren wirbelten, während der gut aussehende junge Mann mit ihren Brüsten spielte und an ihnen saugte, mit den Händen ihren Körper streichelte und immer lauter an ihrem Ohr stöhnte, als seine eigene Erregung wuchs.

Aber sie tat nichts, um seine Erregung zu steigern. Alles war darauf ausgelegt, ihr Lust zu bescheren. Sie lag da, das Kinn auf die Hand gestützt, und nippte am Wein. Sie hatte die Augen wieder geschlossen, als die Dildos sie bearbeiteten und der Junge ihr unermüdlich Freude bereitete. Sie dachte, wie sehr die Kunststoffbox ihre Mühen erleichterte, denn sie brauchte nicht mehr für seine Entspannung zu sorgen, das würde das Gerät für sie übernehmen.

Ah, dachte sie, es ist gut, älter zu sein und befehlen zu können. Ich kann genießen ohne Reue, ohne Schuldgefühle und ohne jede Hemmung.

Philippe und Conway, ihre beiden Söhne, ließen sie nicht wirklich zur Ruhe kommen, deshalb brauchte sie diese kleinen Ablenkungen, sagte sie sich. Ob nun Glück oder Zufall, sie hatte gefunden, was sie gesucht hatte. Der Köder war ausgelegt. Jetzt musste sie ihren Plan ausarbeiten.

Als er kam, war es ein durchrüttelnder Orgasmus. Sowohl für die elegante Frau mit den schlohweißen Haaren wie auch für den dunkelhaarigen jungen Mann, der sie so vorzüglich bedient hatte.

Bevor sie ihn wegschickte, damit er die kleine Plastikbox und die Dildos reinigen konnte, die ihre erfahrene Pussy und den oft benutzten Anus zum Höhepunkt gebracht hatten, hielt sie die Beine gespreizt und wies ihn an, die Liebeskugeln bei ihr einzuführen.

Eine Kette der Perlen war purpurn, die andere malvenfarben. Die eine Kette war für die Vagina bestimmt, die andere für den Anus. Die Kugeln der einen Kette waren größer, obwohl die kleinere Kette auch mit einer doppelt so großen Kugel begann. Venetia erschauerte, als sie daran dachte, wie die Kugeln ihr erogenes Fleisch zum Vibrieren brachten.

Es war ein angenehmes Gefühl, Pietros Finger zu spüren, als er eine Kugel nach der anderen in die Vagina führte. Ihr gefiel besonders, als er zuletzt den Stöpsel anbrachte, etwa so groß wie der Stöpsel einer Badewanne, aber dieser hier war mit Gummidornen ausgestattet, die ihre empfindlichen Zonen berührten und reizten und ihr bestätigten, dass sie immer noch über einen beträchtlichen Sextrieb verfügte und wusste, wie sie ihn ausleben konnte.

Diese Gefühle wiederholten sich, als Pietro die zweite Kette in ihr Rektum schob. Er sorgte dafür, dass jede der Kugeln tief in sie eindrang, denn diese Öffnung war deutlich enger als die andere, die er zuvor bestückt hatte.

»Ahhh«, sagte sie schließlich. »Ich danke dir, Pietro, mein Darling. Das ist fantastisch, einfach fantastisch.«

»Ich verbinde die Kugeln noch miteinander, dann sind Sie bereit fürs Bett, Madame.«

Sie seufzte leise vor sich hin und stöhnte, als er ein breites Satinband zwischen ihre geöffneten Beine brachte. Sie hob sich leicht von der Chaiselongue an, als er einen Satingürtel um ihre Taille spannte.

Das Band befestigte er am Gürtel, sowohl vorn wie hinten. Geduldig spannte sie die Finger und betrachtete ihre Fingernägel, während Pietro die letzten Vorbereitungen traf und die Labien auseinanderzog, um das Band dazwischenzuschieben. Dann teilte er ihre Backen und zog das Band dicht über die hintere Öffnung.

»Jetzt«, sagte Venetia mit einem zufriedenen Seufzer, »bin ich wirklich bettreif.«

Sie schaute auf, als Carlos in den Raum trat, und lächelte ihn an. »Ein guter Job«, sagte sie. »Du siehst aus, als könntest du eine kurze Ruhepause vertragen, mein Schatz. Komm, gehen wir zu Bett.«

Sie folgten ihr zu dem breiten Bett, das hinter langen, mit Fransen versehenen Vorhängen aus malvenfarbenem und silbrigem Musselin stand. Pietro begab sich auf eine Seite des Betts, Carlos auf die andere. Gemeinsam zogen sie die Decke aus Satin zurück, bevor sie ihr den dünnen Mantelumhang auszogen. Nackt glitt Venetia in die Bettmitte.

Pietro und Carlos glitten neben sie.

Als sie Lichter aus waren, wurden die drei Menschen von Dunkelheit umgeben. Nur ein dünnes Licht von der silbernen Mondscheibe fiel ins Zimmer. Bald schon hörte man ihren gleichmäßigen Atem.

Siebtes Kapitel

»Gentlemen, diese Meinungsverschiedenheiten führen zu nichts. Die Stiftung braucht die Unterschriften von Ihnen beiden. Sie müssen beide zustimmen. Es wird sehr schwierig für mich, meine Aufgabe zu erfüllen und die Stiftung erfolgreich zu führen, wenn Sie zu keiner Einigung kommen.«

Rechtsanwalt Guido Desmato wischte sich mit einem weißen, zerknitterten Taschentuch über den schwitzenden Kopf, der hell glänzte und völlig ohne Haare war. Erhitzt von seinen Verhandlungen mit den beiden Männern vor ihm, hatte er den ungewöhnlichen Schritt unternommen, sein Jackett auszuziehen und über seinen Stuhl zu hängen.

Es hatte nicht viel geholfen. Er war erhitzt, und es wurde immer noch heißer. Trotz des offenen Fensters, durch das der Duft der Geranien vom Balkon drang, aber auch der Gestank des Straßenverkehrs vom Merini Piazza da unten, hatten sich Schweißkreise unter beiden Armen gebildet. Sein Kopf glänzte immer noch trotz seines Wischens. Jetzt rieb er sich stattdessen den Nacken.

Er verbarg seine Verärgerung und betrachtete seine Klienten. Die beiden Männer schwiegen und saßen in entgegengesetzten Ecken des Büros, wodurch Guidos Aufgabe noch schwieriger wurde, als sie schon war.

Eine Mutter, zwei verschiedene Väter. Es gab Ähnlichkeiten bei den Männern, aber die Unterschiede waren größer.

Philippe war der Älteste. Vater Italiener. Er hielt den Kopf hoch und starrte an der Adlernase vorbei auf seine Hände.

Sie regten sich so gut wie nicht, aber sie sahen starr aus, als wären sie bereit, den Halbbruder zu zerreißen, wenn sich eine Gelegenheit dazu ergab. Aber Philippe zeigte seinen Ärger nicht; er blieb in ihm verborgen.

Im Gegensatz dazu lag Conway mehr in seinem Sessel. Denn sitzen konnte man das nicht nennen. Seine Augen schienen eine Schmeißfliege zu verfolgen, die durchs offene Fenster geflogen war. Seine Arme lagen auf den Sessellehnen, mit denen er seinen offenbar schlaffen Körper zu stützen schien. Lässig legte er einen Fuß über das Knie des anderen Beins.

Aber Guido Desmato ließ sich nicht täuschen. Er konnte die Spannung zwischen den beiden fühlen, und jeden Moment konnte die Wut bei einem der Brüder ausbrechen.

»Gentlemen«, begann er wieder. »Ihre Mutter möchte, dass Sie in dieser Frage zu einer Einigung gelangen. Das ist wichtig für alle, aber ganz besonders für Ihre Mutter.«

Der Gedanke an Venetia Salvatore, ihre wunderschönen Augen und den immer noch begehrenswerten Körper ließ Guido noch stärker schwitzen. Er musste sich über die Lippen lecken, als er an ihre letzte Begegnung dachte. Wie sie ihre Brüste gegen sein Gesicht gedrückt hatte, einen geschwollenen Nippel in seinen hungrigen Mund. Aber er drängte die Erinnerung zurück. Er musste sich auf das Geschäftliche konzentrieren, auf das Gesetz und die Finanzen.

Es war Conway, der zuerst sprach. »Guido, ich wollte gar nicht erst kommen. Ich will nie hierhin kommen. Warum, zum Teufel, bestehen Sie darauf?« Langsam, aber mit durchschaubarer Absicht schlenderte er zum Fenster, starrte hinunter auf die wogende Menge auf der Piazza. Sie sehen von hier oben wie Ameisen aus, dachte er, wie eine Armee von wütenden Ameisen.

»Ihre Mutter …«, begann Guido wieder.

»Sie versucht zu erreichen, dass wir wieder Freunde werden«, unterbrach Philippe ihn. »Und das ist eine Unmöglichkeit.«

»Aber Ihre Meinungsverschiedenheiten liegen schon so lange zurück ...«

»Das spielt kein Rolle«, sagte Philippe, und seine Stimme klang knapp und präzise, wenn auch mit einem hörbaren italienischen Akzent. »Es hätte auch erst gestern sein können. Nichts hat sich geändert, absolut nichts.«

Am Rande einer Verzweiflung, schaute Guido von einem Bruder zum anderen. Philippe, verbindlich und atemberaubend gut aussehend, hatte die Anziehungskraft einer alten römischen Statue. Dunkle Augen, ein gut strukturiertes Gesicht, volle, sinnliche Lippen. Er sah so aus, als hätten die Götter auf ihn hinabgelächelt. Seine Kleidung spiegelte seinen Reichtum wider, seinen Stammbaum. Guter italienischer Geschmack; Seidenhemd, leichter Anzug, eine Mischung aus Angora und Seide, ebenso wie die Krawatte, und die Schuhe unverkennbar Gucci.

Und dann Conway.

Im Gegensatz zu Philippe fielen seine Haare in langen Locken auf seine Schultern. Seine Augen waren blau, ein Erbe seines australischen Vaters. In einem Ohr steckte ein Ring. Einen Teil des Gesichts versteckte er hinter einem ungepflegten Schnurrbart. Aber auch er sah gut aus, war so gut gebaut wie sein Halbbruder, aber mehr zerknautscht und meistens ungekämmt.

Statt eines Geschäftsanzugs trug Conway Jeans, eine schwarze Weste und Wildlederstiefel. Man sah ihnen an, dass sie teuer gewesen waren. Conways Gesicht erinnerte an ein altes Poster von Che Guevara.

Er stand noch am Fenster, schaute dem Treiben zu und begann plötzlich ein Lied zu pfeifen. Als er die Melodie summte, wiegte er sich vom Absatz zur Spitze seiner Sohlen.

»Gentlemen«, sagte Guido wieder, während er sein Taschentuch wieder wegsteckte. »Bitte, Ihre Mutter hat mich gebeten ...«

Philippe erhob sich jetzt auch. »Guido, wenn ich gewusst hätte, dass... ER hier sein würde, wäre ich nicht gekommen. Schicken Sie die Papiere in mein Hotel. Ich wohne im Palermo, Zimmer 121. Hier habe ich nichts mehr zu tun.«

Entsetzt, aber auch erleichtert, dass sich das Treffen dem Ende zuneigte, nickte Guido. »Ja, ja, ja.«

Venetia hatte sich auf ihn verlassen. Und er hatte sich einen Erfolg erhofft, um wieder ihre Gunst genießen zu dürfen. Vielleicht konnte er sie sogar dazu bringen, sich etwas näher mit seinem immer noch aktiven Penis zu beschäftigen, der jetzt wie eine Viper in einem Nest aus dichten, pelzigen Haaren ruhte.

»Einen guten Tag, Guido«, sagte Philippe. »Zweifellos werden wir uns wiedersehen, wenn meine Mutter Sie erneut darum bittet, so ein sinnloses Treffen einzuberufen.«

»Ciao«, sagte Guido. »Ciao.« Sein Abschiedsgruß verlor sich an der bereits geschlossenen Tür. Er seufzte und fühlte sich plötzlich alt und nutzlos. Er hatte sich auf einen Erfolg gefreut. Mit dem Erfolg hätte Venetia auf ihn gewartet, und mit Venetia hätte er eine der unglaublichsten Nächte verbringen können. Venetia war alles, was er sich immer erträumt hatte, so erfahren und so aufregend. Sie würde immer noch ihre Jungs haben, Carlos und Pietro, während ihm nur die Erinnerungen blieben. Unendlich schade.

»Machen Sie sich nichts draus, altes Haus.« Conway klopfte ihm auf die Schulter. Er lächelte – es schien fast so, als hätte er seinem Bruder eins ausgewischt. Hatte er? Guido wusste es nicht. Sie waren zwar Venetias Söhne, aber sie waren ihm immer ein Geheimnis geblieben. Sie hatten von Mutter und Vater das gute Aussehen geerbt, aber sie nervten ihn, und manchmal hatte er auch Angst vor ihnen. Sie waren vielschichtig und undurchschaubar, und er war ein schlichtes Gemüt. Dafür war er in solchen Situationen dankbar.

»Sagen Sie mir«, begann Guido und schaute in Conways freundliches Gesicht, »was mit Ihnen beiden los ist. Warum können Sie nicht Freunde sein, wie es Ihre Mutter wünscht?«

Conway lachte und schüttelte den Kopf. Seine Haare flogen von einer Seite zur anderen. Wie bei einem Mädchen. Aber Conway hatte nichts Feminines an sich. Er war ganz Mann, ein Frauentyp. Ganz Macho.

Wieder gab es einen Klaps auf Guidos Schulter. »Das würden Sie nicht verstehen, altes Haus. Es ist eine Sache der Ehre und der sauren Trauben, obwohl mein Bruder das wahrscheinlich nicht so sieht. Wie auch immer, es lässt sich nicht ändern.« Er zögerte, als erinnerte er sich an etwas Schönes, Kostbares. »Manchmal wünschte ich mir, dass es sich ändern ließe. Nur um zu sehen, wie es sich anfühlt. Ich glaube, ich weiß, was er fühlt. Und ich glaube auch, dass unsere Mutter nicht genau versteht, wie sehr die Vergangenheit in die Gegenwart hineinwirkt.«

Der Anwalt hustete und murmelte dann, dass er zu alt war, um in Familienfehden zu vermitteln.

Conway lachte nur. »Machen Sie sich keine Gedanken, Guido. Sie haben Ihr Bestes versucht. Ich bin sicher, dass Venetia Sie angemessen honorieren wird. Meine Mutter ist eine großzügige Frau.«

Lachend klopfte er dem älteren Mann wieder auf die Schulter, was dazu führte, dass er noch mehr husten musste.

»Was ist mit den Papieren? Soll ich sie Ihnen zuschicken? Wohnen Sie in einem Hotel?«

»Nein«, sagte Conway, eine Hand schon auf dem Glasgriff der schweren Mahagonitür. »Ich habe einen Liegeplatz im Hafen. Mein Schiff heißt *Enchantress*, wenn Sie das noch nicht gewusst haben.«

»Das weiß ich. Aber für mich ist es immer noch eine große Enttäuschung, dass Sie beide nicht Freunde sein können. Sehr enttäuschend.«

»Ciao, Guido.« Conway hob eine Hand, bevor er ging. Er sah den Anwalt nicht an, der seit vielen Jahren ihre geschäftlichen Angelegenheiten regelte. Das Wiedersehen mit Philippe hatte alte Erinnerungen wachgerufen, alte Leidenschaften, und sie spukten jetzt in seinem Kopf herum.

Conway mischte sich gern unter die Fußgänger; er spazierte über die alten, schmalen Alleen, die von der Piazza hinunter zum Hafen führten, wo seine Jacht lag.

Die *Enchantress* war nicht weiß und nagelneu wie die *Sea Witch*, die Jacht seines Bruders. Sie bestand aus perfekt lackiertem Holz und glänzte im Sonnenlicht. Sie war vor über einem Jahrhundert gebaut worden, aber die klassische Eleganz der Linienführung blieb modern. Sie war auf allen Meeren heimisch, auch wenn die Inneneinrichtung seit einem Jahrhundert nicht verändert worden war.

Er ging an Bord, sah sich aber voller Erwartung um, als er das Geräusch eines Mercedes Diesel hörte, der über die Schotterstraße des Kais ratterte.

Ein Taxi hielt im Schatten eines Lagerhauses an. Er sah sie aussteigen, den Fahrer bezahlen und dann ihr Lächeln, als sie ihm an Bord folgte.

»Andrea. Ich habe dich lange nicht mehr gesehen.«

Ihr Lächeln wurde breiter. Wie eine Katze, dachte er und fragte sich, warum sie gekommen war. Sie hatte ihn am frühen Morgen angerufen und sich selbst eingeladen.

»Conway, Liebling«, sagte sie in ihrer lang gezogenen Aussprache. Sie konnte ihre Herkunft, Südstaaten der USA, nicht verleugnen. Ihre Stimme klang wie eine süße Frucht, allerdings mit einem Hauch von Zitrone.

Sie fasste an seinen Arm und gab ihm einen Kuss auf die Wange.

Er roch ihr Parfum, und verbunden mit neu geweckten Erinnerungen, schoss das Blut durch seine Adern.

»Du siehst gut aus wie immer«, sagte er.

Sie dankte ihm, und er bemerkte, dass sein Kompliment sie aufrechter schreiten und offener lächeln ließ. Andrea war eine Frau, die Komplimente verschlang wie andere Leute Kaviar.

Sie war auch eine Frau, die wusste, dass sie gut aussah, dachte er. Ihre Haare waren auf ihrem Kopf hoch aufgetürmt. Ihr Kleid hatte die Farbe verbrannter Toffees, und ihr Gürtel und die Sandalen blinkten golden und glänzend braun.

»Komm, meine Liebe. Ich möchte, dass du dich wie zu Hause fühlst.«

Er hatte sich lustig über sie machen wollen, aber sie biss nicht zurück.

Seltsam, dachte Conway. Er hatte ihren Akzent imitiert, aber sie nahm es hin. Sehr seltsam.

Das Boot lag verlassen da; nur der loyale Emilio war noch da. Conway hatte ihn gebeten zu bleiben, bis er vom Besuch des Anwalts zurück war. Er war nicht streng mit seinen Leuten. Sie brauchten ihre eigenen Freiräume – genau wie er.

»Du kannst jetzt gehen, Emilio, alter Junge. Wir sehen uns später.«

Emilio musterte Andrea ausgiebig, dann grinste er. »Danke. Bis später.«

»Komm mit nach unten«, sagte Conway zu Andrea.

Er führte sie in sein Büro. Leise schloss sich die Tür hinter ihr. Die Wände waren mit orientalischem Teak verkleidet.

Wandlampen aus Messing, früher vielleicht mal mit Öl gefüttert, wurden jetzt aber vom Generator der Jacht betrieben. Ein goldener Schimmer legte sich über die ganze Einrichtung.

Neben dem Schreibtisch und dem Computer gab es im Büro eine weiße Ledercouch und dazu passende Sessel sowie einen niedrigen Kaffeetisch mitten im Zimmer. Er war in den Fußboden geschraubt.

»Setz dich«, sagte Conway und wies auf die Couch. Seine Stimme forderte ihren Gehorsam heraus; sie klang so tief wie Emiras, und Andrea fand sie unwiderstehlich.

Er setzte sich auf den Drehstuhl.

Conways blaue Augen blickten intensiv. Seine Haare fielen ihm in die Stirn, und im Nacken reichten sie bis auf die Schultern. In einem Ohr glänzte es golden.

Andrea atmete tief ein. Was war so schlimm daran, dass sie einen Bruder nutzte, damit sie weiterhin die Gunst des anderen Bruders erfuhr? Es war überhaupt nicht schlimm, fand sie. Mit langsamer Berechnung schlug sie ein Bein über das andere; sie ließ es so langsam geschehen, dass er bestimmt einen Blick auf ihre nackte Pussy hatte werfen können.

Der hintere Saum ihres Kleids wischte über den Boden. Sie lehnte sich auf der Couch zurück und war sicher, dass sie ihre Pobacken zeigte. Diese Vorstellung gefiel ihr, denn sie hoffte, dass Conway sich von einem solchen Anblick hinreißen ließ.

Obwohl er noch nicht gesprochen hatte, sah sie, dass sich seine Lippen bewegten, als würde er sie schmecken.

»Nun sage mir, womit ich diese Ehre verdient habe«, forderte er sie auf. »Sage bloß nicht, dass du nur gekommen bist, um mir deine Pussy zu zeigen, und ich bin auch ziemlich sicher, dass du nicht im Auftrag meines Bruders hier bist.«

Andrea war zu erfahren und zu sehr auf ihre Mission konzentriert, um zu erröten oder zu stammeln. Sie lächelte, aber dabei teilten sich ihre Lippen nicht. Sie lehnte sich ein wenig nach vorn, stellte die Beine nebeneinander und öffnete sie dann langsam. Immer noch lächelnd, hob sie den Saum ihres Kleids.

»Aber ich höre nicht, dass du etwas gegen meine kleine Schau einzuwenden hast«, sagte sie.

»Wie könnte ich? Du hast gefragt, ob du kommen und mich sprechen kannst. Du hast mir einiges voraus, meine liebe Andrea, denn du weißt, was du willst, aber ich weiß es nicht. Ich kann nicht glauben, dass dein Besuch bloß sexueller Natur ist.«

»Vielleicht doch.«

»Da gibt es kein Vielleicht. Was willst du als Gegenleistung?«

»Was interessiert dich denn?«

Die Aktion, die dann folgte, war so provozierend wie ihre Stimme. Sie lehnte sich auf der Couch zurück und öffnete ihre Beine weit. Ihr Kleid rutschte hoch über die Schenkel, sodass ihr Geschlecht in all seiner goldfarbenen Glorie zu sehen war. Die pinkfarbene Köstlichkeit ihrer feuchten Labien lächelte Conway zwischen ihren Schenkeln an.

Conway blieb nicht unberührt bei diesem Anblick. Er fühlte, wie seine Rute wuchs und steif wurde. Während er sich überlegte, wie er am besten darauf reagieren konnte, schaltete er den Computer ab, wobei er wusste, dass er das nur tat, um Zeit zu gewinnen. Er konnte sie jetzt nehmen, sie würde sich nicht zur Wehr setzen. Ja, er hatte es schon gewusst, als sie ihn am Morgen angerufen hatte.

Er legte die Hände auf seinem Schreibtisch zusammen und sah ihr ins Gesicht, ehe er den Blick senkte und ihre Brüste betrachtete. Er ließ sich Zeit, bevor er den Blick weiter senkte, bis er die goldenen Wonnen bestaunte, die sie ihm so deutlich offerierte.

Andrea war eine Frau, die in allen Dingen der körperlichen

Lust Erfahrung gesammelt hatte. Sie würde sich diesem Mann bereitwillig hingeben, um ihn in ihren Plan einzubeziehen. Um den einen Bruder zu behalten, musste sie den anderen verführen. Das konnte nicht erfolgreich sein, aber eine angenehme Aufgabe war es trotzdem.

Eine Messingleuchte befand sich an der Wand gleich hinter seinem Kopf. Im kreisrunden Sockel konnte Andrea einen verzerrten Blick der ganzen Kabine sehen, auch ihren halb nackten Körper.

Aber Conway ließ sie zappeln. Vielleicht war es nur ihre Einbildung, aber sie hatte das Gefühl, dass sich jedes Härchen auf ihrem Körper aufrichtete – eine Reaktion auf seinen gierigen Blick.

Begierde legte sich wie ein Brautschleier über ihren Leib. Aber sie war keine Braut, eher ein Wesen, das den Sex nutzte.

»Gefällt dir der Anblick?«, fragte sie.

»Ja.«

»Wie sehr?«

»Sehr.«

»Zeige mir, wie sehr.«

»Nicht da«, sagte er, die Stimme tief und heiser.

Sie nahm das Aufrichten seines Penis in der Enge seiner Jeans wahr.

»Hier.« Er klopfte auf den Rand seines Schreibtischs. Um Platz für sie zu schaffen, schob er den Computer weiter zurück.

Triumphierend trat Andrea die goldenen Sandalen mit den hohen Absätzen von den Füßen, und nachdem sie den Gürtel geöffnet hatte, ließ sie ihr Kleid auf den Boden rutschen.

Ihr gefiel der Blick seiner Augen, er richtete sich im Moment auf ihre aufgerichteten nackten Nippel. Seine Zunge schlängelte sich über die Lippen, als könnte er den Geschmack ihrer Brüste genießen.

Die immer noch wachsende Beule in seiner Jeans verriet ihr, dass er jetzt keinen Rückzieher mehr machen würde. Er würde sie besitzen – oder würde sie ihn besitzen?

Ihre nackten Füße auf dem dicken Flor des Teppichs, ging sie langsam auf Conway zu, dabei schwenkte sie die Hüften und stieß ihren Unterleib leicht nach vorn. Sie strich sich mit den Händen über die Brüste, dann über den Bauch, und schließlich glitten die Hände hinunter zu ihrem Schoß.

Mit einem Blick sadistischer Lust fuhr sie mit den Fingern über die äußeren Lippen und zog sie auseinander, damit er die glitzernden inneren Lippen sehen konnte. Sie bemerkte, wie Conway einige Male vor Überraschung schlucken musste. Die Beule in seiner engen Hose wuchs weiter. Als forderte er vehement seine Freilassung, stieß sein harter Schwanz gegen den Reißverschluss.

Im schummrigen Licht der Kabine begegneten sich ihre Blicke. Seine Augen glänzten intensiv. Seine Gesichtshaut, gespannt über den hohen Wangenknochen und über dem kantigen Kinn, hatte eine vom Wetter gegerbte Farbe angenommen.

Er schob seinen Stuhl zurück, damit sie sich direkt vor ihn auf den Schreibtisch zwängen konnte. Die Oberfläche drückte kühl gegen ihren Po. Als er den Stuhl wieder vorrückte, legte er seine Hände auf ihre Knie und schob ihre Schenkel auseinander. Sie hatte sich seinen Blicken geöffnet und hielt die Labien weiter geteilt, sodass er einen ungehinderten Blick auf ihre inneren Köstlichkeiten werfen konnte.

Ein Ausdruck der Zufriedenheit huschte über ihr Gesicht, als sie hinunter auf seine Haare sah. Eine Weile sagte er nichts; er starrte nur auf ihr Geschlecht, als wollte er es studieren. Sie stellte sich vor, sich mit seinen Augen zu betrachten. Sie würde das leuchtende Pink ihrer Klitoris sehen, von feinen goldenen Härchen umrahmt, die offenen Falten der

Labien, die sich gewöhnlich schlossen und sich samten anfühlten, und schließlich die inneren Schamlippen, die von ihren sexuellen Säften schon längst silbern glitzerten.

»Ja«, murmelte er gegen ihren flachen Bauch. »Du hast eine sehr schöne Pussy.«

Sie hätte darauf geantwortet, aber dann stockte ihr der Atem, als Conway vom Stuhl auf seine Knie glitt, direkt zwischen ihre Beinen.

Seine Finger ersetzten ihre, sie zogen die äußeren Lippen auseinander, und dann spielte er mit ihnen, rieb an ihnen entlang, reizte ihre Klitoris und die Vagina.

Sie stützte sich mit den Handflächen auf dem Schreibtisch ab, damit sie sich ganz auf sein Verwöhnen konzentrieren konnte. Sie schloss die Augen und miaute vor Wonne. Ihre Beine blieben weit gespreizt.

Auch als seine Haare gegen die seidige Sanftheit ihrer Innenschenkel wischten, hielt sie die Augen geschlossen. Andrea war ein sexbetontes Wesen, sie konnte sich ihren Gefühlen ganz ausliefern. Ganz egal, was die wahren Gründe für ihren Besuch waren, dieser Mann würde zu schätzen wissen, was sie später noch mit ihm anstellen würde.

Sie begann zu schmelzen, als seine Zunge ihr Fleisch aufspürte; sie strich über die Labien und erwischte die Nervenenden ihres Verlangens. Aber diese Gefühle verblassten sehr schnell, als die Zunge sich in die Vagina schob. Ungeheure Lust erfasste sie, vielleicht auch deshalb, weil sie nicht damit gerechnet hatte. Seine Zunge war gewaltig.

Sie schlug die Augen auf. Fast, als hätte er erwartet, dass sie zu ihm nach unten schaute, gab er die Verwöhnaktion auf und blickte zu ihr hoch. Ohne erkennbare Emotion strich er mit seiner Zunge über seine Lippen. Dann streckte er ihr die Zunge heraus. Ja, sie war lang und breit, sehr lebendig und sah wie eine Schlange aus, die sich auf ein Festmahl freute.

Und sie würde nur zu gern dieses Festmahl sein. Schon der Anblick der Zunge ließ ihr den Atem stocken.

Als hätte er ihre Gedanken gelesen, senkte er noch einmal den Kopf und nahm die Arbeit wieder auf. Die Zunge drückte gegen die Klitoris, saugte an den Labien und stieß wieder in die nasse Vagina.

Verloren in der Intensität ihrer Leidenschaft, schloss sie wieder die Augen und stöhnte voller Entzücken. Noch nie hatte sie eine so kräftige, lange, breite Zunge erfahren. Als die forschende Spitze ihr offenes, nasses Geschlecht erreichte, stieß sie noch weiter vor – langsam, gefühlvoll, sinnlich, Zentimeter für Zentimeter. Dies, dachte sie, war ein Bonus, mit dem sie auf ihrer Mission nicht gerechnet hatte.

Tief in ihrer Kehle gurgelten Geräusche ihrer Lust. Alles, was sie bisher erlebt und gefühlt hatte, war nun bedeutungslos geworden.

Seine Zunge füllte sie. Seine Finger spielten geschickt mit den Labien, und ihre Klitoris nahm er zwischen Daumen und Zeigefinger. Er rollte sie hin und her, drückte und quetschte, während die anderen Finger das pinkfarbene Fleisch streichelten und reizten, bis sie es kaum noch aushalten konnte.

Im Takt seiner Zunge und ihrer Atmung hob und senkte sich ihr Po in einem schnellen Rhythmus auf der grünen ledernen Oberfläche des Schreibtischs. Ihre Hüften hoben sich in kurzen Zuckungen, um seiner Zunge zu begegnen. Jetzt war der Schreibtisch nicht mehr kühl; sie hatte ihm ihre eigene Hitze übertragen. Ihr Stöhnen und die raschen Bewegungen brachten sie zum ultimativen Erlebnis.

Sein Mund drückte sich nun fest auf sie, seine Lippen saugten, und die Zunge schlängelte sich tief in sie hinein. Andrea schrie auf, als sie von der Ekstase erfasst wurde.

Wieder und wieder schrie sie auf und stieß gegen seinen Mund, bis ihr Orgasmus abflaute. Er hielt die Labien noch mit seinen Lippen umschlungen, und die Zunge hatte sie noch nicht verlassen. Er wartete, bis er sicher war, dass sie die letzten Wellen des Höhepunkts aus sich herausgepresst hatte.

Als sie die Augen öffnete, begegneten sich ihre Blicke. Seine Augen waren verengt unter den blonden Brauen, als wollte er seine eigenen Emotionen zurückhalten.

Er richtete sich auf, und dabei berührten sich fast ihre Gesichter. Sie sah die glitzernde Feuchtigkeit ihrer eigenen Säfte auf seinen Lippen und roch ihren Duft, der an ihm haftete. Er küsste sie, und sie konnte sich selbst schmecken.

Er löste sich von ihrem Mund. Sie war außer Atem, und ihre Brüste hoben und senkten sich noch. Er stand vor ihr, atemberaubend gut aussehend. Sein kantiges Gesicht zeigte kein Lächeln. Andrea ahnte, dass ihre Bemühungen, sich unter Kontrolle zu halten, immer mehr schwanden. Aber es gab jetzt keinen Weg zurück mehr. Sie hatte immer noch eine Chance. Und sie hatte ihren Plan.

»Steh auf«, befahl er.

Sie rutschte vom Schreibtisch.

»Dreh dich um und beuge dich über den Stuhl«, sagte er. »Lege deine Hände auf den Sitz.«

Sie folgte ihm aufs Wort. Ihr Torso war tiefer als ihr Po. Sie wartete nicht auf den nächsten Befehl, sondern öffnete die Schenkel von selbst. Zwischen den Beinen lächelten ihn die nassen Lippen ihrer Pussy verlockend an. Sie schaute über die Schultern nach hinten und nahm etwas in seinen Augen wahr, das sie schon bei Philippe gesehen hatte. Es ließ sie vermuten, dass er an eine andere Frau dachte.

»Nun«, sagte sie ungeduldig. »Wirst du den ganzen Tag da stehen bleiben?«

Eine Furcht erregende Dunkelheit legte sich sofort über sein Gesicht, und für einen kurzen Moment verlor Andrea ihr Selbstvertrauen.

»Halt den Mund«, fuhr er sie an. »Und tu, was man dir sagt.«

Seine rechte Hand landete mit einem lauten Klatschen auf ihrer rechten Pobacke, dann schlug die linke Hand auf der linken Pobacke zu.

Sie kreischte und dachte im ersten Augenblick, sie sollte gehen. Aber dann erinnerte sie sich, warum sie gekommen war. Ich halte das schon aus, dachte sie, also blieb sie, wo sie war.

»Gut«, sagte Conway mit knirschender Stimme. »Du willst etwas von mir, oder du willst, dass ich etwas für dich tue. Gegenseitige Gefälligkeiten sind kein Verbrechen, heißt es. Dein Hintern und deinen Körper im Tausch für das, was du von mir willst. Einverstanden?«

Sie überlegte, ob sie ihm auf der Stelle erzählen sollte, was ihr vorschwebte, denn wenn ihr Plan gelang, würde er in jedem Fall davon profitieren. Aber sie entschied sich dagegen. Conway war ein Mann, der den Vorteil einheimsen und trotzdem nicht auf ihren Körper verzichten würde. Auf ihren nicht, und nicht auf den Körper des grünäugigen Mädchens.

»Wenn du meinst«, sagte sie.

Sie merkte, dass er an ihr vorbei an den Schreibtisch trat, und erinnerte sich, dass sie dort neben den Datenblättern ein Lineal aus Plastik gesehen hatte. Ihre Knöchel wurden weiß, als sie den Rand des Stuhls umfasste, und unwillkürlich knirschte sie mit den Zähnen. Philippe liebte es, ihren Hintern zu klatschen, und sie hatte nichts dagegen. Aber Conway hatte etwas an sich, was ihn von seinem Bruder unterschied. Sein Arm holte weiter aus, und der Schlag landete zielgenauer.

Schmerzen und Hitze vermischten sich, als das Plastiklineal ihren Po traktierte. Die meisten Schläge landeten auf der rechten Pobacke.

Ihr stockte der Atem, als sie sich gegen den nächsten Schlag wappnete.

»Nun, gefällt dir das, du treuloses Stück?«, fragte Conway.

Es kostete sie einige Mühe, aber Andrea brachte ein leises Wimmern zustande, obwohl sie in Wirklichkeit lieber vor Entzücken gestöhnt und ihren Po hin und her geschwenkt hätte.

»Gut«, sagte er. »Das sehe ich gern; eine Frau, die weiß, was sie verdient. Eine Frau, die weiß, wohin sie gehört.«

Conway hob wieder den Arm. Das Lineal zischte durch die Luft, und diesmal wurde ihre linke Pobacke rot.

Andrea spielte ihre Rolle. Sie wimmerte wieder, und es gelang ihr sogar, eine Träne ins Auge zu drücken. Köstliches Prickeln versammelte sich in ihrem Geschlecht und breitete sich im ganzen Unterleib aus.

»Da«, sagte Conway, hörbar zufrieden. »Du musst mal sehen, was für einen schön geröteten Hintern du hast.«

Andrea verdrückte noch ein paar Tränen mehr und schaute über die Schulter.

Conway hielt einen Spiegel auf ihren nackten Po gerichtet. Im Spiegel konnte Andrea die beiden hellroten Striemen sehen, die in ihr Fleisch brannten. Unterhalb der festen Backen lugte ihr Geschlecht, die Lippen so golden wie eine frisch gebackene Pastete um eine Füllung mit Erdbeeren.

»Du siehst nicht reumütig aus«, stellte er fest.

Das Spiegelbild ihrer roten Backen hatte sie derart fasziniert, dass Andrea vergessen hatte, angemessen unterwürfig oder wenigstens beschämt zu wirken. Aber der Anblick hatte sie mehr erregt als verängstigt. Doch für Conway war das die falsche Reaktion gewesen.

Sie wusste, dass sie ihn ein wenig anstacheln musste. »Nein, bin ich auch nicht«, sagte sie patzig. Wenn er darauf stand, sie wirklich hart zu behandeln, sollte es ihr recht sein. Die Erfahrung hatte sie gelehrt, dass sie es aushalten würde.

Sie hörte, wie er den Spiegel auf den Boden stellte, und sie ging davon aus, dass er wieder nach dem Lineal greifen würde. Mit den elastischen Bändern, die er über ihre Brüste klemmte, hatte sie nicht gerechnet.

Es fiel ihr leichter, jetzt überzeugend zu stöhnen, denn die Bänder schnitten in ihr Fleisch.

»Das klingt schon besser«, sagte er, und sie konnte seine Zufriedenheit aus der Stimme hören. »Ich habe den Eindruck, du kleines Luder, dass dein Hintern an härtere Sachen gewöhnt ist als das Lineal. Und ich vermute auch, dass deine Brüste noch nicht so viel auszuhalten hatten. Richtig?«

Es war das erste Mal, dass Andrea sich ein wenig furchtsam auf die Lippen biss. Seine Vermutung traf zu, und schon jetzt füllten sich die Nippel mit Blut, erstens wegen der Erwartung weiterer Schmerzen und zweitens wegen der bevorstehenden Erregung.

Er lachte. »Das habe ich mir gedacht! Nein, ich wusste es! Also versuchen wir's mal. Dies, meine liebe Andrea, ist alles nur für dich.«

Andreas Hände stützten sich immer noch auf der Sitzfläche des Stuhls. Das Lineal schlug von unten zu und traf die Nippel beider Brüste. Sie atmete tief ein und öffnete die Augen weit. Zu ihrer Überraschung schmerzte es nicht so sehr, wie sie geglaubt hatte. Weil der Schlag von unten kam, fehlte ihm die letzte Kraft, und statt des großen Schmerzes spürte sie nur ein Prickeln, das ihre Sexualität anspornte, statt sie zu unterdrücken.

Aber sie hatte gelernt, was für ein Typ Conway Patterson war, deshalb jammerte sie, dass er ihr starke Schmerzen zufügte, dass er brutal war und sie quälte.

Das gefiel Conway. Ihre Worte feuerten ihn an. Er setzte die

Hiebe auf ihre Brüste fort, bis er die Tränen in ihren Augen sah und seinen Schaft spürte, der sich gegen den Reißverschluss der Jeans rieb. Er wusste, dass die Zeit gekommen war, dass er seine Erektion nicht länger ignorieren konnte.

Tränen rannen über ihr Gesicht, doch in ihren Augen stand auch der Triumph. Andrea schluchzte weiter, selbst als sie schon hörte, wie seine Jeans zu Boden fiel.

Ihre Brüste waren so rot wie ihr Po, und sie keuchte auf, als seine Hände ihre Pobacken griffen. Warme Handflächen pressten sich in ihr heißes Fleisch, und kräftige Finger erweiterten die Kerbe und zogen die Backen auseinander. Jetzt war die kleinste Öffnung ihres Körpers seinen Blicken ausgesetzt, und seine Daumen pressten seitlich davon.

Was er beabsichtigte, war Andrea nicht fremd, aber sie hielt es für sinnvoller, ihn das nicht wissen zu lassen. »Bitte nicht«, rief sie. »Nicht da! Tu mir nicht weh!«

Barmherzigkeit war eine Tugend, die Conway nicht kannte, erst recht nicht in dieser Situation. Andrea hatte auch keine Rücksicht erwartet.

Sie streckte wieder die Arme aus und hielt sich mit den Händen am Stuhlrand fest. Die heiße, feuchte Eichel zwang sich zwischen ihre Backen.

Die Natur hatte ihn nicht nur mit einer großzügigen Zunge ausgestattet. Andrea stockte der Atem, als der dicke Kopf des Penis ihre Backen teilte und kräftig gegen den Schließmuskel drückte. Ohne Rücksicht auf ihr Wohlergehen stieß er mit Gewalt in den verbotenen Kanal.

Sie drückte die Beine durch, hielt sich jetzt an den Stuhllehnen fest und schrie auf. Wie vorhin im Umgang mit der Zunge, ließ er sich auch jetzt Zeit. Er nahm sich jeden Zentimeter einzeln vor. Bei jedem Stoß stöhnte sie auf, aber in Ekstase, nicht vor Schmerzen.

Noch bevor er sich ganz in sie versenkt hatte, fühlte sie sich prall gefüllt, als ob sie jeden Moment platzen würde. Aber sie schrie nicht mehr auf. Sie stöhnte weiter, als verwöhnte er sie auf köstlichste Weise.

»Du willst also, dass ich dir helfe.« Er sprach langsam, und es hörte sich so an, als hätte er überhaupt keine Mühe zu atmen.

»Ja.«

»Und du versprichst mir irgendeine Rothaarige, die meine Mutter für meinen Bruder angeheuert hat. Habe ich das richtig verstanden?«

Er rammte noch ein bisschen härter in die enge Passage hinein, und Andrea musste aufschreien, bevor sie antworten konnte. »Ja«, sagte sie dann.

»Wie sicher bist du denn, dass du dieses Versprechen auch einlösen kannst?«

Diesmal stöhnte sie wieder, und ihre Knie knickten ein wenig ein. »Ja, doch.« Das klang eher nach einem Wimmern und kaum als Antwort auf seine Frage.

»Dann, meine liebe Andrea«, sagte Conway und packte sie an den Schultern, »sind wir uns handelseinig.«

Sein Rückzug war fast so unangenehm wie sein Eindringen.

Andrea stöhnte wieder laut auf, dann keuchte sie dankbar, als er seinen Penis in ihre Vagina führte.

Ihr Geschlecht war gefüllt, aber er stieß weiter zu. Bald hatte er sie mit seiner ganzen Länge penetriert, und Andrea wusste, dass in ihr kein Platz mehr war.

Bei jedem Stoß schrie sie auf, als fügte er ihr Schmerzen zu, aber jeden Rückzug begleitete sie mit einem Schluchzen, das ihr Elend bezeugen sollte. Doch die ganze Zeit labte sie sich an den rauen Schamhaaren, die hart gegen ihren brennenden Po wischten, und an seinen Hoden, die, weich wie Daunen, gegen die seidigen Innenseiten ihrer Schenkel klatschten.

Sie wollte sich aufrichten, aber er hielt sie in dieser Position fest, und seine Fingerspitzen gruben sich tief in ihr Fleisch. Wenn er in sie hineinstieß, zog er sie an sich, und wenn er sich zurückzog, drückte er sie weg.

Ihre brennenden Brüste schwappten gegeneinander und gegen ihre Rippen. Haarsträhnen fielen ihr ins Gesicht, sodass sie um sich herum nichts mehr wahrnehmen konnte. Sie war in sich versunken, aber sie vergaß nicht, aufzuschreien oder zu wimmern oder an den richtigen Stellen zu schluchzen.

Dieser Mann hatte mehr genommen als nur ihren Körper; er war durch die Hülle eingedrungen und machte sich ihre Sexualität zunutze. Sie hatte seine wahnsinnige Zunge erlebt und genossen, und jetzt nutzte er ihre mehr als bereitwillige Vagina.

Wie würde er sich fühlen, dachte sie, wenn er wüsste, dass sie selbst jetzt, da er tief in sie hineinstieß, an seinen Bruder denken musste? Sie verglich die beiden, verglich ihre Längen und Umfänge und natürlich auch ihre Techniken, die noch wichtiger waren. Und wie würde er sich fühlen, wenn er wüsste, dass ihre klagenden, wimmernden Laute falsch waren, dass sie seine brutalen Hände und seinen noch brutaleren Penis liebte?

Alles, was geschah, würde es wert sein. Ihr ursprünglicher Plan war aus der Eifersucht auf die neue Rothaarige entstanden – und auf ihren Hass auf Venetia Salvatore.

Das waren ihre Antriebsfedern gewesen, aber jetzt hatte sie ihre Ziele verdrängt und genoss die perversen Bedingungen, die Conway gestellt hatte, damit sie ihn für ihre Pläne gewinnen konnte.

Obwohl sie ihn nicht sehen konnte, wusste sie, dass Conway die Augen geschlossen hatte und sein Orgasmus nahe war. Sie fühlte, wie sich sein Körper verkrampfte, als sein

Höhepunkt sich aus der Tiefe erhob. Die Stöße kamen schneller, und sein Atem klang harscher. Aus ihrer Kehle drangen Schreie, als wären sie ihrem Innern entrissen.

Die Wirkung der Schreie auf Conway faszinierte sie. Mit jedem qualvollen Wimmern gruben sich seine Finger tiefer in ihr Fleisch, intensiver, brutaler. Sie wusste jetzt mit Gewissheit, dass sein Orgasmus anrollte.

Die Brüste klatschten fester gegeneinander. Sein Körper rammte entschiedener in ihren, als sich seine Erlösung näherte. Ohne Rücksicht auf ihren wunden Po zu nehmen, stieß er mit seiner ganzen Kraft in sie hinein, dann ein letztes Mal, als er seine Schreie gegen ihre Haare ausstieß.

Sie fühlte, wie er in ihr pochte, dann warf er sich auf ihren Rücken und packte ihre schmerzenden Brüste, als die letzten Zuckungen seines Orgasmus abklangen und seine harten Schenkel gegen ihre stießen.

Es vergingen einige Augenblicke. Das Gewicht auf ihrem Rücken wurde von ihr genommen, als er aus ihr glitt. Sie verharrte in ihrer Position, bis sie wieder zu Atem gekommen war, dann leckte sie sich über die salzigen Lippen und öffnete nach längerer Zeit wieder die Augen.

»Einen Moment noch«, sagte er, als sie sich zu bewegen begann. »Bleibe noch eine Weile in dieser Position. Ich will dich noch ein wenig anschauen.«

»Aber warum?«, wimmerte sie, denn sie war entschlossen, ihre Rolle bis zuletzt zu spielen. »Hast du mich nicht schon brutal genug genommen?«

Er packte ihren Kopf und drückte ihn auf den Stuhlsitz, sodass ihr Hintern noch mehr erhöht war als bisher.

»Bleibe so«, ordnete er an. »Und höre auf das, was ich dir sage. Öffne deine Pussy mit deinen Händen. Ich will mir alles genau anschauen.«

Gehorsam, weil sie seine Teilnahme an ihrem Plan nicht gefährden wollte, folgte sie seinen Anweisungen und strich mit den Händen über das Delta zwischen ihren Beinen. Damit er genug sah, musste sie die Schenkel noch etwas weiter öffnen. Mit den Fingern strich sie über die glänzenden Falten ihrer Labien. Sie zog sie zu den Seiten und offenbarte ihm ihr Geschlecht.

Schweigend betrachtete er sie. Es dauerte eine Weile, bis er wieder sprach. »Ich kenne deine wahren Motive nicht, warum du diese Rothaarige loswerden willst. Schließlich kannst du jeden Mann haben, den du haben willst. Warum willst du unbedingt bei meinem Bruder bleiben?«

Er wartete nicht auf ihre Antwort, sondern fuhr fort: »Es ist mir auch egal. Ich nehme an, dass mein Bruder dich vernachlässigt und dass du alles mit dir machen lässt, um ihn zu behalten. Meine Mutter hat ihm also ein neues Spielzeug besorgt, mit dem er sich beschäftigen kann. Trauriger Mann, mein Bruder. Nun, sein Verlust ist mein Gewinn. Erzähl mir mehr von deinem Plan. Und bis dahin unterwirfst du dich mir. Dann werde ich dir geben, was du haben willst. Sind wir uns einig?«

Sie nickte eifrig und schaute ihn über die Schulter an.

Sie sah einen gemeinen Blick in seinen Augen, und sein Mund verzog sich zu einem hässlichen Grinsen. In diesem Moment erkannte sie, dass er ihren Plan akzeptierte, wenn sie bereit war, ihm seine Wünsche zu erfüllen. Sie nahm sich fest vor, zu Philippe zurückzukehren, sobald sie ihren Plan umgesetzt hatte.

Sie wischte sich die Tränen aus den Augen. »Okay«, sagte sie. »Wir sind uns einig.«

Achtes Kapitel

Das Haus, zu dem Philippe sich fahren ließ, war weiß mit grünen Fensterläden. Über der hohen Mauer in einem der begehrtesten Viertel der Stadt war nur das rot gedeckte Dach zu sehen.

Die Mauer war ebenfalls weiß, und Blüten hingen wie Trauben darüber. Bienen und Schmetterlinge flogen summend und flatternd von Blüte zu Blüte.

Das Weiß wäre zu grell gewesen, zu gleißend, wenn es die Blüten der Bougainvillaea sowie die dunkelgrünen Zypressen nicht gegeben hätte, die sich hinter der Mauer aufrichteten wie phallische Krieger. Sie spendeten Schatten und schufen einen willkommenen Kontrast zur weißen Mauer, dem roten Dach und dem blauen Himmel.

Die beiden Flügel des gusseisernen Tores öffneten sich automatisch. Er wurde erwartet. Das Auto fuhr hinein und über den gelben Kies der Zufahrt bis zu den geriffelten Säulen entlang der Vorderseite des Hauses.

Philippe sagte dem Fahrer nicht, wie lange er wegbleiben würde. Dies war nicht das erste Mal, dass sie diese Adresse anfuhren, und zweifellos würde es auch nicht das letzte Mal sein.

Die breiten Doppeltüren öffneten sich, als er sich ihnen näherte.

»Guten Tag, Sir. Es ist schön, Sie wiederzusehen.«

Gekleidet in ein weißes Hemd und eine weite blaue Hose, etwa so, wie man sich einen Eunuchen vorstellte, verbeugte sich der Mann, der die Tür geöffnet hatte. Er schwenkte in einer übertriebenen Geste den Arm und wies auf die Tür, die der gegenüberlag, durch die Philippe gerade eingetreten war.

Philippe erwiderte den Tagesgruß und schritt über den weißen Marmorfußboden, der so aussah, als würde er bei jeder Schuhberührung zerbrechen wie Eis.

Ein anderer Mann, so schwer und so dunkelhaarig wie der erste, öffnete die nächste Tür.

Mit jeder Tür, die sich öffnete und schloss, entspannte Philippe ein bisschen mehr. Die Verantwortung fiel von ihm ab, und man konnte die Welt da draußen vergessen. Hier, in der kühlen Abgeschlossenheit der Villa, war alles möglich. Für alle Fantasien wurde gesorgt.

Köpfe drehten sich nach ihm um, und das Lächeln vertiefte sich, als er den Innenhof betrat. Einige Frauen hatten sich rund um den blauen Pool versammelt; jetzt fassten sie sich an, und sie bewegten die fleischigen Lippen, als wollten sie Liebessäfte anziehen.

Nur wenige trugen irgendeine Kleidung. Im nördlichen Klima waren Kleider dazu da, die Kälte abzuwehren, aber hier würden sie die Ware verhüllen, die angeboten wurde.

Blondinen, Dunkelhaarige, Rothaarige – Letztere zogen seine Blicke am ehesten an; er schaute ihnen in die Augen, und freudig hoben sich seine Mundwinkel. Aber nachdem er ihnen in die Augen gesehen hatte, blieb nur noch Enttäuschung übrig. Gut, einige Augenpaare der rothaarigen Frauen waren grün, aber ihnen fehlte die Tiefe, und sie waren auch nicht so dunkel wie jene, an die er sich erinnerte.

Duftende Blumen und parfümierte Frauen griffen gemeinsam seine Sinne an und erhöhten seinen Sexualtrieb. Was er suchte, war nicht hier, aber er wollte sich eine Weile ablenken lassen. In einem verdunkelten Zimmer konnte er wenigstens so tun, als hätte er die Richtige gefunden.

»Philippe, Liebling.«

Volle Lippen, die viele Männer geküsst hatten, drückten sich nun mit einem geschwisterlichen Kuss auf seine Wange.

Er sah in ihre eisblauen Augen und in ein Gesicht, das gelebt hatte, lange gelebt hatte und immer noch sehr beeindruckend und erhaben war.

»Helga! Wie geht es dir?« Er nahm ihre Hand und küsste sie wie der Gentleman, als der er geboren war.

»Sehr gut«, antwortete sie. »Und wie geht es dir?«

»Gut genug.«

Auf solche Fragen antwortete er immer kurz angebunden. Seine Augen – und wahrscheinlich auch seine Gedanken, vermutete sie – waren woanders.

Er ging zurück und betrachtete die zahlreichen Damen, die so verfügbar und nackt um den Pool lagen. Auf eine Weise fühlte er sich zu ihnen hingezogen. Welcher Mann wäre das nicht? Auf eine andere Weise waren sie ihm gleichgültig. Was er suchte, war nicht da, jedenfalls nicht in der Gestalt, die er sich vorstellte.

»Perry ist da.« Helga sagte das mit leiser Stimme und wartete auf eine Reaktion von ihm, auf irgendein Zeichen, dass er sich darüber freute.

Er hörte auf, die herrlichen Brüste anzustarren, die krausen Härchen und die nackten Lippen bei denen, die ihre Scham rasiert hatten. Ein gewisses Interesse flackerte in seinen Augen, als er Helga wieder anschaute.

»Ist sie frei?«, fragte er.

Helga nickte. »Soll ich das arrangieren? Es dauert nur einen kurzen Moment.«

Er überlegte kurz, ob er ablehnen sollte. Aber er fühlte sich immer noch aufgewühlt vom Treffen mit Conway, und außerdem hatte er vergangene Nacht wieder von ihr geträumt, von der Frau mit den roten Haaren und den grünen Augen. Sie hatte einmal sein Leben ausgefüllt, aber nun füllte sie nur seine Träume aus. Egal. Vielleicht würde Perry es schaffen, seine privaten Gespenster zu vertreiben.

Er entspannte sich, nahm einen Fruchtsaft und schaute wieder zu den Mädchen, während er wartete.

Helga hatte die Mädchen instruiert, wie sie diesen besonderen Gast amüsieren sollten, und die Mädchen, professionell von den glänzenden Haarspitzen bis zu den lackierten Zehennägeln, hielten sich daran.

Nachdem sie geholfen hatten, ihn zu entkleiden, ließ er sich auf einer Liege nieder. Er hatte schon eine Erektion, die himmelwärts zeigte.

Keines der Mädchen hätte abgelehnt, alles zu tun, was er verlangte. Nasse Zungen leckten über trockene Lippen, während sie seinen nackten Körper betrachteten. Sie hoben ihre Brüste mit beiden Händen an oder reizten ihre saftige Klitoris mit Fingern oder Händen.

Er lag ausgestreckt da und beobachtete sie fast so intensiv, wie sie ihn musterten. Sie alle waren höchst attraktive Frauen. Er war ein gut aussehender Mann, und er schloss aus ihren Blicken, dass sie das auch so sahen. Sie lächelten ihn mit Lippen und Augen an, sie strichen mit den Händen über ihre Körper, quetschten ihre reifen Nippel und öffneten ihre Schenkel, damit er sehen konnte, was sie anzubieten hatten.

Seine Haut begann unter ihren Blicken zu kribbeln. Er versetzte sich in ihre Lage und sah sich durch ihre Augen.

Die Muskeln seiner Schultern waren gut geformt, aber nicht übertrieben ausgeprägt. Er hatte einen breiten Brustkorb, wenn auch nicht so fleischig wie bei einem schwereren Mann. Seine Taille wurde stark betont, und von dort schwangen kurvige Linien zu den Hüften.

Ihm gegenüber, etwas mehr als einen Meter von ihm entfernt, befand sich eine weitere Liege, auf der eine Blondine mit langen Beinen ausgestreckt lag. Ihre Liege stand andersherum, sodass er willkommene Einsichten genießen konnte.

Sie öffnete die Beine und bot sich ihm dar. Die junge Frau schien nur aus weißer Haut und pinkfarbenen Stellen zu bestehen. Ihre Muschi war komplett enthaart.

Rot lackierte Finger huschten wie kleine Vögelchen über ihre nackten Labien, dann fing sie an, sich zu seinem Entzücken zu befingern. Sie hielt ihre Lippen geöffnet und tupfte auf ihre Klitoris, die wie im Morgentau glänzte.

Mit den Fingern der anderen Hand streichelte sie ihre Brüste und zwickte die Nippel.

Er ließ seinen Blick wandern von den nass glänzenden Fingern, die ihre Pussy kosten, dann den Körper hoch bis zu den Brüsten.

Sie hatte einen guten Körper, breite Hüften, aber kein Anzeichen von überflüssigem Fett. Sie hatte eine schmale Taille, und ihre Brüste waren voll und schwer, gekrönt von dunkelrosa Nippeln. Der Nippel, mit dem sie gerade spielte, glühte in einem tieferen Rot als der andere.

Er studierte ihr Gesicht.

Durch verengte Augen sah sie ihn an. Sie hatte den Mund leicht geöffnet, und ihre Zunge leckte erst über die Oberlippe, dann nahm sie sich die Unterlippe vor. Die Zunge, dachte er, schien das Tempo der Finger in ihrer Muschi aufzunehmen.

Als er den Blick wieder auf ihr Geschlecht richtete, miaute sie wohlgefällig, dann quietschte sie, als sie einen Finger in ihre Vagina stieß. Aus ihren Lustlauten entwickelte sich ein lang anhaltendes Stöhnen.

Während seines Zuschauens wurde ihm bewusst, dass seine Erektion härter geworden war und langsam hin und her schwenkte. Es machte Spaß, dem Mädchen dabei zuzusehen, wie es sich selbst erregte.

Je mehr sie stöhnte, desto mehr wuchs sein Ständer. Er hörte, wie ihr Stöhnen in der Kehle zitterte.

Die Hand zwischen ihren Beinen begann sich schneller zu bewegen. Sie steckte jetzt zwei Finger in die offene Vagina, und der Daumen klopfte an ihre Klitoris.

Mit furioser Hingabe schob sie noch einen dritten Finger nach, dann rief sie mit tiefer Stimme: *»Finito. Finito.«*

Als wäre sie vor seinen Augen geschmolzen, fiel sie zurück auf ihre Liege. Ihre Brüste hoben und senkten sich, und wenn sie sich hoben, sahen sie wie jungfräuliche Hügel aus, die jetzt noch im Nachglühen der Eruption zitterten. Philippe sah voller Lust zu, wie sie von ihren Atemzügen bewegt wurden.

Langsam normalisierte sich ihr Atem wieder, und sie lag da und genoss die Sonne wie eine Eidechse.

Nur einmal schlug sie die Augen auf, lächelte vor sich hin, rollte sich von der Liege und ließ sich ins Becken fallen.

Spritzer aus dem blauen Pool landeten auf seinem Gesicht und auf dem Brustkorb, sie verharrten dort eine kurze Zeit, bevor sie von seiner Haut tropften. Einige Spritzer rannen hinunter in seine Schamhaare und umkreisten den Stamm seines Schwanzes. Als wollte er darauf antworten, zuckte der Penis leicht hin und her, und auf der Spitze tauchte ein durchsichtiger Sehnsuchtstropfen auf.

Gerade, als ein keck lächelndes chinesisches Mädchen sich mit gespreizten Beinen auf der Liege vor ihm niederließ und eine lange Kette mit Liebesperlen aus der Tasche zog, kehrte Helga zu ihm zurück. »Alles ist für dich bereitet«, sagte sie. »Bist du auch bereit?«

»Ja.« Er erhob sich. »Ich bin mehr als bereit.«

Das Nicken seines Penis schien die Aussage noch zu bestätigen. Im Gehen schwenkte er von einer Seite zur anderen, der purpurne Kopf immer voraus.

Das Zimmer, in das Helga ihn führte, war kühl und hatte Meerblick.

Eine leichte Brise drang von der See herein und bauschte die dünnen Vorhänge aus Musselin vor der Tür auf, die auf einen Balkon führte.

Helga nahm ihn an die Hand und trat mit ihm zum Bett. »Hier, mein Liebling. Ich helfe dir, dich zuzudecken.«

Sie zog das Betttuch zurück, und als wäre er wieder das kleine Kind, legte sich Philippe aufs Bett.

Kissen und Laken waren herrlich kühl und dufteten nach frischer Luft. Er schloss die Augen, atmete den Geruch des Bettes ein und nahm den Stoff des Lakens zwischen die Finger.

»Ich bin ja so froh, dass ich dich von der Schule zurückhabe, mein Liebling«, hörte er Helga sagen. »So froh.«

Schule, weiche Laken, sanfte Stimme. Damals war er sechzehn gewesen. Er erinnerte sich gut daran. Sechzehn, fast siebzehn. Mit den Gedanken in der Universität in London, wohin seine Mutter ihn schicken wollte.

Es war nicht nur ein heißer Sommer gewesen, auch sein Körper war heißer geworden, bewegt von neuen Emotionen und neuen Trieben.

Er fühlte Helgas kühle Finger, die über seinen Hals strichen. Er labte sich an ihrer Weichheit, und in seiner Vorstellung war er wieder jung, und Helga war seine Mutter.

Als sie sicher war, dass seine Gedanken in der Vergangenheit weilten, verließ Helga das Zimmer, wie sie es immer tat, wenn sie diese wichtige Phase in seinem Leben nachspielten – genau wie seine Mutter es all die Jahre getan hatte.

Er ließ sich von seinen Erinnerungen einholen, obwohl sein pochender Penis nicht zuließ, dass er sich seinen Träumen hingab. Der Penis war real, sehr hart und sehr bereit.

Er hörte, wie sich die Tür hinter Helga schloss. Im nächsten Moment wurde die Tür wieder geöffnet.

»Philippe, Philippe, ich bin's. Bist du wach?«

Er öffnete die Augen nicht, aber er antwortete. »Ja, ich bin wach.«

Seine Stimme klang wie im Traum, wie auch dieser Moment wie ein Traum war.

Als wäre sie aus feiner Gaze, konnte man ihre Schritte kaum hören, als sie ins Zimmer trat. Ihre Gegenwart schien nur ein Schatten in der Luft zu sein. Und doch war ihm ihre Anwesenheit sehr bewusst. Auch jetzt stand sein Penis aufrecht unter dem leichten Betttuch.

Er rollte sich auf den Rücken, aber er öffnete die Augen noch nicht.

»Ich habe dich heute beobachtet, Philippe. Du warst so anders als sonst. Du warst noch ein Junge, ein kleiner Junge. Jetzt bist du ein großer Junge.«

»Nein«, sagte er, wie er auch das letzte Mal reagiert hatte. »Nein. Ich bin sechzehn. Ich bin jetzt ein Mann.«

Sie lachte. Ihr Lachen war so leicht wie ihre Gegenwart.

»Dummer Junge. Natürlich bist du noch kein Mann. Du bist noch ein Junge.«

Er fühlte, wie ihre Finger über seine Stirn strichen, über die Wangen, die Nase, den Mund. Er stöhnte, als die Hand über den Hals streichelte und sich dann flach auf seine Brust legte. Es war immer gleich, jedes Mal.

»Nein. Ich bin ein Mann«, sagte er plötzlich.

Als sie sich über ihn lehnte, füllte sich sein Kopf mit ihrem Duft. Ihre Haare wischten wie die sanftesten Federn über seinen Brustkorb, als sie ihn küsste. Warme Lippen, süße Lippen, die ihn an viele Erlebnisse erinnerten, an Frauen. Heute war es ein vertrauter Geschmack, aber zu der Zeit damals war er ihm absolut unbekannt, damals, als er das rothaarige

Mädchen mit den grünen Augen kennenlernte. Und dieser feine Geschmack erregte ihn noch immer.

Sie hob den Kopf, und er öffnete auch jetzt noch nicht die Augen.

»Nein«, sagte sie. »Du bist immer noch ein Junge, Philippe. Aber nicht mehr lange. Deine Zeit ist gekommen, dass du zum Mann wirst. Deine Mutter hat mich zu dir geschickt. Sie hat dich mir als Jungen gegeben, aber wenn ich mit dir fertig bin, bist du ein Mann.«

Wie sehr ihn diese Worte bewegten, wie klar seine Erinnerung war, der Geschmack und die Berührung.

Ein Muskel verkrampfte in seinem Bauch, als sie mit einer Hand unter das Laken drang und über seinen geschmeidigen, harten Körper strich.

»Du bist so ein schöner Junge, Philippe. Wie ein junger Gott, dem man Opfer darbringt. Ich bin dieses Opfer, Philippe. Willst du mich annehmen?«

»Ich weiß es nicht«, sagte er, die Stimme belegt vor Not. »Bist du wirklich eine Opfergabe?«

Seiner Meinung war sie das nicht. Aber trotzdem zitterte seine Stimme, denn er wollte, dass sie das Opfer war.

Sie schob ihre Finger durch seine krausen Schamhaare. Sie berührte ihn mit ihrer ganzen Erfahrung, glitt sanft an seiner aufrechten Rute hoch, umkreiste sie, strich über die ganze Länge und tupfte sanft gegen die Eichel.

Er drückte fest die Augen zu, als sie das Laken wegzog.

Er fühlte, wie ihre Lippen seinen Körper küssten und wie ihre Haare über den Brustkorb strichen. Und er sog ihren Duft ein. Dieser herrliche Duft, der ihn ans Meer erinnerte, an das geliebte Meer mit den wogenden Wellen und den Unvorhersehbarkeiten, mit den Flauten und den Stürmen.

Ihre Hand umfasste seinen Penis, dann glitt sie zuerst behutsam am Stamm auf und ab.

Er nahm wahr, wie sie zwischen seine gespreizten Beine kletterte. Die Matratze senkte sich leicht unter dem Gewicht der Frau. Er konnte sie riechen und wusste, dass sie nackt war, aber er konnte sich nicht dazu bringen, sie anzusehen. Wenn er hinschaute, würde sein Traum zerplatzen.

Ihre Haare strichen über die Innenseiten seiner Schenkel, als sie den Kopf senkte. Ihr Mund saugte die weiche, geschmeidige Haut des Skrotums ein, und mit der Nasenspitze rieb sie gegen seinen Stamm.

Ihm stockte der Atem, dann brach ein Geräusch durch seine Kehle, das vielleicht ein Wort sein konnte. Was sie jetzt tat, weckte die alten Erinnerungen wieder, die alten Gefühle.

Plötzlich hob sie den Kopf, und ihr Mund verließ ihn. »Hat dir das gefallen?«

»Ja. Sehr. Macht mich das zu einem Mann?«

»Nein«, sagte sie mit einer Stimme, die provozierte und versprach. »Aber das hier wird dich zu einem Mann machen.«

Am Nervenbündel, das wie eine Krone auf der Spitze seines Penis thronte, spürte er die drahtigen kurzen Härchen ihres Schamnests. Im nächsten Moment hatten die fleischigen Lippen ihres Geschlechts ihn eingesaugt.

Er stöhnte genau wie damals, als er das erste Mal in dieser Situation gestöhnt hatte. »Isst du mich auf?«, fragte er.

Sie lachte. »Ja, das könnte man so sagen. Ich esse dich auf, oder ich verschlinge dich. Ich nehme dich als Junge in mir auf, und du kommst als Mann wieder heraus.«

Sein ganzer Körper glühte wie Feuer. Er fühlte ihre innere Wärme und wollte mehr. Seine Hüften bäumten sich auf und ruckten zu ihr hoch.

»So ist es gut, mein Liebling«, stöhnte sie. »Genau richtig. Gib mir deinen schönen Schwanz. Versteck ihn in mir. Mehr, mehr, mehr!«

Als seine Hüften wieder nach oben stießen, begann sie ihn zu reiten, wie man ein Pferd reiten würde, sie hüpfte auf seinem kräftigen Penis, der sich voller Lust in ihr versenkte.

Er konnte ihre heißen Labien spüren, die sich an ihm rieben, und die nassen Wände, die sich um sein Glied klammerten.

Tief in seinem Innern fühlte er etwas heranrauschen, heiß und flüssig. Damals hatte er das noch nicht so gut gekannt, nicht so offen, nicht so ehrlich, aber inzwischen war ihm bewusst, was mit ihm geschah. Es würde aus ihm herausschießen und seinen totalen Orgasmus einläuten.

Als er kam, schrie er auf, genau wie damals.

Sobald die letzten Zuckungen verklungen waren, öffnete er die Augen. Auch das war wie damals, als er dieses Wunder das erste Mal mit sechzehn erlebt hatte.

Perry lächelte. »Und nun, Philippe, bist du ein Mann.«

Er erwiderte ihr Lächeln. Sein Verlangen war gestillt – nur das eine nicht.

Perry trug eine rote Perücke, aber sie war eben keine natürliche Rothaarige, und sie hatte auch keine grünen Augen. Sie war nicht diese goldene Frau, deren Name Antonia war, die er und sein Bruder *Sea Witch* oder *Enchantress* genannt hatten. Aber für den Moment war sie alles, was er haben konnte.

Neuntes Kapitel

Die Hitze des Nachmittags schwächte sich zu einem warmen, dunklen Frühlingsabend ab. Nach dem Essen schlenderte Toni unter einem indigoblauen Himmel mit Myriaden von Sternen, angestrahlt von einem tief hängenden Mond, über Deck. Es war ein Anblick, den die Natur entworfen hatte, um die Menschen zu erfreuen, aber auch ohne diese Kulisse kroch die Erwartung in Toni wie schleichendes Wasser hoch.

Emira, dieses Wesen, dessen Kleider und Name nichts anderes als ein Schutz gegen das bildeten, was er wirklich war, hatte ihren Körper besessen und blieb in ihren Gedanken. Geschmeidig und hart wie Ebenholz hatte sein Körper auf ihrem gelegen, und sein Penis hatte sich durch die glitschigen Falten gedrückt und ihren Körper erobert.

Die Erinnerung an den Roten Turm und die Stimme im Schatten lebte auch wieder in ihr auf. Sie lag in der Kraft seiner Arme und hatte Emira gefragt, aus welchem Grund Madame Salvatore sie eingestellt hatte.

Er hatte sich zurückhaltend geäußert.

»Deine Aufgabe wird sich allmählich zeigen«, erklärte er. »Mehr kann ich dazu nicht sagen. Es gibt noch keine genauen Vorstellungen. Wenn du den Wünschen der Herrschaften entsprichst, wird sich alles ergeben.« Seine Stimme klang so tief wie der Ozean.

Die langen, schlanken Finger hatten ihre Haare aus dem Gesicht geschoben. Er hatte sie mit den vollen Lippen auf die

Stirn geküsst, und wie ein Kind hatte sie sich gewünscht, in einen tiefen Schlaf zu fallen. Aber ihre Neugier ließ sie noch nicht zur Ruhe kommen. Sie drängte weiter.

»Sie hat mich getestet. Aber wozu? Welchen Auftrag hat sie für mich?«

Die langen Finger spielten nicht mehr mit ihren Haaren. Anspannung ließ den schönen schwarzen Körper versteifen, der neben ihr lag, so seidig glatt und doch so hart und muskulös.

Toni fuhr mit einer Hand zwischen ihren Körpern entlang, die Handfläche flach gegen die stählerne Wand seines Bauchs. Mit verlockender Gewandtheit hatte sie die Finger um seinen stämmigen Schaft gelegt. Er streckte sich unter ihren Berührungen. Toni kuschelte sich fester an ihn. Seine Anspannung ließ nach, und die Erektion wuchs.

»Du bist sehr scharfsinnig, Antonia, und außerdem bist du unwiderstehlich. Ich bin davon überzeugt, dass du diejenige bist, die wir gesucht haben, aber nur Madame kann diese Entscheidung treffen. Bald werden wir es genau wissen.«

Dies war der Moment, in dem Toni den zuckenden Penis härter mit den Fingern umschlossen hatte. »Ich will es tun«, sagte sie plötzlich, und ihre Finger drückten so fest zu, dass der Schwanz in ihrer Hand heiß zu pulsieren begann. »Was immer es ist – ich will es tun.«

Emiras Lachen ging in ein Stöhnen über, eine direkte Aktion auf Tonis zupackende Finger. »Das höre ich gern, Antonia. Sehr gern sogar. Und die Lady wird sich auch freuen. Das wird ihre Entscheidung beschleunigen. Wenn es dir gefällt, das zu tun, was du gerade machst, offenherzig und liebevoll auszuführen, wird das deiner Mission helfen.«

Sein Penis pochte und schwoll in ihrer Hand an, bereit für alles, was sie von ihm haben wollte. Sie strich mit der anderen Hand über den eisenharten Brustkorb, atmete seinen Geruch ein, diese Mischung von Düften, die sie von Anfang an bei ihm wahrgenommen hatte; Parfüm und Männlichkeit.

»Ist das, was ich tun soll, gefährlich oder widerlich?«

»Ich glaube nicht, dass du es so empfindest, nicht bei deiner Einstellung zu den Dingen. Ich glaube, bei deinem Geschick und deiner Lust an sexuellem Erleben, wirst du große Befriedigung dabei empfinden – mehr, als du glaubst.«

Er hatte zu diesem Zeitpunkt mit den Fingern über ihren Po gestreichelt. Sie war zusammengezuckt, denn ihr Fleisch war noch überempfindlich nach den Peitschenhieben.

Er küsste sie und murmelte etwas Tröstendes, aber was er in ihr Ohr hauchte, konnte sie nicht verstehen.

Sie stöhnte und rutschte mit ihrem Körper näher an seinen heran. Seine Finger drangen in ihre Vagina ein. Sie reagierte sofort und spreizte die Beine.

»Gefällt dir das?«

»Ja«, hatte sie gemurmelt und die Augen geschlossen, um die Sensationen, die seine Finger auslösten, intensiver genießen zu können. Gleichzeitig drückte sie wieder seinen warmen Penis mit der ganzen Hand. »Es ist köstlich«, sagte sie. »Zu köstlich für Worte, genau richtig für Taten.«

Emira hatte den Atem ausgestoßen. Die Wärme in seinen Augen schien sie wie eine sanfte Brise zu berühren. »Hui«, machte er. »Ich glaube immer mehr, dass du diejenige bist, die Madame sucht.«

Toni hatte sich an ihn gekuschelt. »Und wird Madame darüber glücklich sein?« Sie streichelte Emiras Männlichkeit, die sich hüpfend von ihr entfernte, um dann zurück in ihre Hand zu zucken, damit Toni sie wieder streicheln konnte.

»Madame«, hatte Emira gesagt, »wird glücklicher sein, als sie seit langem war.«

Heute Abend war Toni auch glücklich.

Sie war froh, an diesem Ort zu sein, und aufgeregt, dass sie am Abend Madame Salvatore von Angesicht zu Angesicht sehen würde. Heute Abend fühlte sie sich gut, und nichts würde sie davon abhalten können, alles das zu sein, was von ihr erwartet wurde.

Mit Emiras Hilfe hatte sie ihren Körper vorbereitet, die Haare gestylt und zusammen mit ihm entschieden, was sie anziehen würde. Das Kleid, das sie ausgewählt hatte, war dunkelgrün und streichelte wie eine Welle über die Konturen ihres Körpers. Sie hatte die Haare mit einem Band zusammengefasst, was lässig und sexy aussah. Weil sie so lang waren, fielen sie trotzdem noch auf ihre Schultern. Ein paar Strähnen wurden von der Brise um ihre Wangen gepustet.

Das goldene Halsband und die Armbänder passten gut zum Kleid, und Emira hatte ihr goldene Kettchen um die Fesseln gelegt, die vermutlich auch einen doppelten Zweck erfüllen sollten wie die anderen Goldbänder.

Die Brise war kühl auf ihren nackten Schenkeln und dem Bauch. Weil ihr Kleid so durchsichtig war, hatte sie BH und Höschen angezogen. Aber wieder hatte Emira mit dunkler Stimme und noch dunkleren Händen geholfen, sie wieder auszuziehen. Jetzt fühlte sie sich fast nackt, und durch den Kuss der Brise stieg ihre Sinnlichkeit.

Heute Abend würde ihr die Welt gehören – jedenfalls fühlte sie sich so. Hinter der Anlegestelle konnte sie die dunkle Form der Insel erkennen, die wie ein schlafender Buddha mitten im Meer lag. In der Ferne sah sie auf der einzigen Erhebung der Insel den Roten Turm stehen, fast schwarz im dunklen Purpur des Abendhimmels.

Der Zauber des Abends wurde noch erhöht durch die Stimme, die sie inzwischen so gut kannte. »Madame möchte dich jetzt sehen.«

Emira war gekommen, um sie abzuholen; Marie in seinem Schlepptau. Das französische Mädchen sagte kein Wort und hatte den Blick auf den Deckboden gesenkt. Aus Hochachtung gegenüber Emira, dachte Toni.

Sie folgte ihnen die Treppen hinunter, über den Niedergang und zu Madame Salvatore.

Der Salon, den sie betrat, war mit einem cremigen goldfarbenen Teppich ausgelegt, der gut zum goldenen Teak der Wandtäfelung passte. Gedämpftes Licht funkelte aus den in das dunkle Holz der Decke eingelassenen Messingleuchten. An den Wänden standen goldfarbene Ledercouches, und eine weitere Garnitur befand sich in der Mitte des Salons.

Es gab zwei Pfeiler im Zimmer, einen an jedem Ende. Toni wusste, dass die Pfeiler die Masttopps beherbergten, obwohl sie eine solche Konstruktion noch nicht gesehen hatte. Um die Spitzen war eine Reihe von Messingringen befestigt, ebenfalls etwa in der Mitte der Pfeiler und noch einmal ganz unten. Sie wurde an den Roten Turm erinnert und wandte den Blick von den vielen Ringen. Wichtiger war die Frau, die vor ihr saß.

Venetia Salvatore war eine Frau von beeindruckender Schönheit und einer Eleganz, die einem den Atem raubte. Die Haare der Frau waren weiß wie frisch gefallener Schnee.

Sie hatte sehr intensive braune Augen, hohe Wangenknochen und die Lippen einer Frau, die lange und gut die Früchte und Lüste eines Lebens genossen hatte. Es war unmöglich, die Kosten ihrer Kleidung zu schätzen. Die Farbe erinnerte an Veilchen, und Gewebe und Stil waren eine grandiose Mischung von glänzenden eingewobenen Fäden in unterschiedlichen Tönen der violetten Farbe. Das Kleid fiel locker bis zu den Waden. Die Schuhe waren auf das Kleid abgestimmt. Schmuck aus Silber, Amethyst und Gold leuchtete um den Hals, an den Handgelenken, den Fingern und Ohren. Alles war außerordentlich wohltuend für die Augen und außerordentlich teuer.

Wie eine Königin, die ihre Untertanen betrachtet, saß sie mitten im Salon. Hinter ihr standen Carlos und noch einer wie er, nur ein wenig größer und ein wenig schlanker. Wie Carlos trug auch er einen winzigen Beutel aus weichem malvenfarbenem Gamsleder.

Toni schaute kurz zu Carlos, aber ihr blieb keine Zeit für wissende oder lüsterne Blicke. Ihr reichte der flüchtige Blick, um zu sehen, dass sein Glied gegen den kleinen Beutel stieß. Wie groß er wirkte. Er wäre bestimmt in der Lage, mit einem Ruck durch das weiche Leder zu stoßen.

Es kostete sie einige Mühe, ihre Augen von seinem zuckenden Schoß zu wenden und wieder zu Venetia Salvatore zu schauen.

»Dies«, sagte Emira mit einer fließenden Handbewegung, »ist Madame Venetia Salvatore.«

»Ja, danke.«

Das schien nicht die ideale Reaktion zu sein, aber Toni brachte es nicht über sich, einfach ›Erfreut, Sie kennenzulernen‹ zu sagen, oder auch nur ›Guten Abend‹. In ihrem Bewusstsein hatte sich eingenistet, dass sie die Frau war, die im Schatten geblieben war, als Toni den Roten Turm besucht hatte. Dies war die Frau, die angeordnet hatte, dass sie die Peitschenschläge ertragen und den Mann genießen sollte, der unter ihr lag.

Als könnte sie ihre Gedanken lesen, lächelte die Frau. »Antonia«, sagte sie. Tonis Verdacht wurde bestätigt. »Ich freue mich, dich zu sehen. Ich freue mich sehr. Du bist alles, was ich erwartet habe, und wenn ich Emira richtig verstanden habe, bist du bereit, alle Pflichten auszuführen, die ich für dich vorgesehen habe. Auch das erfreut mich, sehr sogar. Hast du irgendwelche Fragen?«

»Ja, habe ich«, begann Toni. »Ich möchte gern wissen, was das für Pflichten sind – ich meine die zusätzlichen Pflichten, die von mir erwartet werden.«

Wie eine alte römische Kaiserin hob Venetia Salvatore eine Hand mit üppig beringten Fingern. Ein goldenes Armband kreiste um ihr Handgelenk wie eine Schlange.

»Nicht jetzt«, sagte sie. »Ich werde später mit dir reden. Aber jetzt werden wir uns deiner Fähigkeiten erfreuen, die Aufgaben zu erfüllen, die ich dir stellen werde. Gestern habe ich deine Fähigkeiten aus der Dunkelheit erlebt, und heute möchte ich, dass sie öffentlich stattfinden. Ich werde dir jeden Tag neue Aufgaben stellen, und dabei werde ich dir die Köstlichkeiten der Lust und der Hingabe antrainieren, und jedes Mal werden sie mit einem anständigen Orgasmus enden.«

Die Anwesenden kicherten bei ihren letzten Worten, und hinter vorgehaltenen Händen mussten sie lächeln.

»Das reicht.«

Sofort trat Ruhe ein. Jeder stand starr da und wartete auf ihre nächste Anweisung.

»Emira. Marie. Bereitet sie vor.«

Toni war so fasziniert von der Frau und diesen samtbraunen Augen, dass sie kaum bemerkte, wie Maries und Emiras Finger plötzlich um ihre Taille griffen.

»Knie dich«, befahl Emira.

Maries und Emiras Hände lagen jetzt auf Tonis Schultern. Sie wurde nach unten gedrückt, bis ihre Knie im weichen Teppich versanken. Marie und Emira blieben seitlich von ihr stehen.

»Bist du bereit, die Aufgaben zu erfüllen, die ich dir übertragen werde?«, fragte Venetia Salvatore. »Wirst du mir ohne Fragen gehorchen, wirst du deinen Blick senken und dich komplett unterwerfen?«

Was von ihr verlangt wurde, ließ ihren Schoß zucken. Sie spürte ihren trockenen Hals, aber dann schaffte sie eine Antwort. »Ja«, sagte sie, »dazu bin ich bereit.«

Sie überraschte sich selbst mit dieser Aussage. Ein Teil von ihr wollte rebellieren, aber der andere Teil war bereit und willig, obwohl sie wusste, dass die neue Unterwerfung sich von der Art unterscheiden würde, die sie mit Julian erlebt hatte. Diesmal würde sie eine begeisterte Teilnehmerin sein. Sie würde ihren Spaß daran haben.

Venetia Salvatore nickte langsam und nahm Toni scharf in den Blick. »Es gibt Regeln und Bestrafungen. Bist du bereit, sie zu akzeptieren?«

Toni fühlte sich von der Stimme angezogen und kam sich beinahe wie eine Fliege vor, die ins Netz einer Spinne gelockt wird. Aber sie war eine willige Fliege. Sie wollte in die Falle gelockt werden.

»Ja«, sagte Toni, »ich bin bereit dazu.«

Die sinnlichen Lippen der Venetia Salvatore hoben sich zu einem Lächeln, und ihre Zähne blitzten weiß. Ihre Augen wirkten wie tiefe Teiche unter einem funkelnden Himmel. Entschlossenheit und Stolz hielten ihr Kinn hoch.

»Dann werde ich dir die Regeln erklären. Meuterei in jeder Form wird absolut nicht geduldet, wie das auf jedem Schiff gehandhabt wird. Aber deine Rolle ist nicht genau umrissen, und das ist noch milde ausgedrückt. Ich brauche deine Anwesenheit, die von den verschiedenen Leuten verschiedene Reaktionen auslösen wird. Wenn du dich mit diesen Leuten unterhältst, wirst du manche neue Dinge erfahren, und damit erweist du mir wichtige Dienste. Worin genau diese Dienste bestehen, wirst du rechtzeitig hören. Aber du kannst versichert sein, dass du nichts tun musst, was du nicht tun willst. Hast du das verstanden?«

»Ja, Madame.«

Es war Toni bewusst, dass sie fast wie ein Automat antwortete, ohne nachzudenken oder zu überlegen. Sie warf sich in dieses Abenteuer, wie sich ein Skifahrer in die Abfahrt stürzt. Wie lange war es her, dass sie London verlassen hatte? Wann war sie in Rom eingetroffen? Das war erst Tage her, und doch befand sie sich schon in einer Situation, die sie sehr einschränken konnte.

Venetia Salvatore sah unglaublich glücklich mit den Antworten aus, die Toni ihr gegeben hatte. Plötzlich lächelte sie. Es war ein warmes Lächeln, das ehrlich und offen zu sein schien.

»Willkommen, Antonia Yardley. Willkommen auf der *Sea Witch*. Willkommen auf den drei Inseln der Salvatores.«

Sie wartete nicht auf eine Antwort. Sie nickte Emira zu, der auf einer Seite von Toni stand. Marie stand noch auf der anderen Seite. Sie zogen Toni auf die Füße.

Es war Emira, der ihre Handgelenke festhielt, sie auf den Rücken hob und sie an den dünnen Ketten am Halsband befestigte.

»Genieße es«, flüsterte Emira ihr ins Ohr. Sein Atem war feucht und warm.

Die Bedenken, die sie möglicherweise gehegt hatte, zerstoben. Irgendetwas geschah mit ihr. Und sie wusste, dass diesmal etwas anderes geschehen würde, sie wusste nur nicht, was.

Schweigend schoben Emira und Marie sie nach vorn auf die Verkleidung des Masttopps zu. Sie lösten die Kette, die ihre Hände auf Halsbandhöhe hielt, drehten Toni um, sodass sie in den Salon blicken konnte, und banden die Handgelenke dann an einen der Messingringe über ihrem Kopf. Die Ketten, die so anheimelnd um die Knöchel klingelten, wurden auf die Rückseite des Pfeilers um einen Ring gelegt. Ihre Beine waren jetzt breit gespreizt.

Sie traten zurück und betrachteten sie. Im Salon war es still. Alle warteten auf die nächste Anweisung. Aber welche würde das sein?

Toni war an den Masttopp gebunden, aber sie hatte keine

Angst. Sie war immer noch bekleidet und in der Gesellschaft von Menschen, die sie anschauten, als hätten sie sie schon mal gesehen, als wäre sie etwas Besonderes und durchaus betrachtenswert. Doch was dann geschah, darauf war sie nicht vorbereitet.

Aus den Augenwinkeln nahm sie wahr, dass Venetia Emira und Marie zunickte.

Emira wies auf einen niedrigen Tisch mit hellen Intarsien und Perlmutt. Marie ging darauf zu und kam mit einer Schere zurück. Emira nickte, und Marie begann zu Tonis Entsetzen, ihr Kleid zu zerschneiden.

»Was machst du denn da?«, rief sie, empört darüber, dass ihr liebstes Kleid derart misshandelt und von ihrem Körper geschnitten wurde.

Venetia antwortete, und ihre Stimme hallte von den Wänden wider. »Du hast eine Zukunft an Bord der *Sea Witch* akzeptiert. Du hast meine Zukunft akzeptiert. Deine Vergangenheit ist vorbei. Deine Kleider gehören zur Vergangenheit. Es ist mehr als nur ein Symbol, dass wir deine Kleider zerschneiden. Du lässt sie hinter dir zurück – wie auch dein bisheriges Leben.«

Toni überlegte, was sie tun sollte, was es zu sagen gab. Sie biss sich auf die Lippe. Mit weit aufgerissenen Augen verfolgte sie die Wege der schneidenden Schere. Aber sie hielt den Mund. Den ganzen Nachmittag hatte sie gebraucht, bis sie dieses Kleid gefunden und gekauft hatte, aber das war in London gewesen, an einem grauen, trüben Tag, der lange hinter ihr lag, genau wie Julian und wie jetzt auch das Kleid, das nur noch eine Erinnerung war und zerfetzt zu ihren Füßen lag.

Sie war gefesselt und nackt. Sie presste ihre Pobacken zusammen, als ob sie damit verhindern könnte, dass ihr Geschlecht auseinanderklaffte. Aber die Lippen ihrer Pussy blieben geöffnet, die fleischigen Labien und Falten deutlich zu sehen.

Es lag eine elektrisierende Spannung über dem Raum. Sie war nicht zu sehen, aber sie war spürbar. Es gab nichts mehr zwischen ihr und den Betrachtern. Sie sahen sie, wie sie wirklich war, nackte Haut, festes, cremiges Fleisch und die rosafarbenen Stellen, die wie zerknitterte Seide zwischen ihren Beinen aussahen.

Erröten wäre eine Option gewesen, die irgendwo unter der ersten Hautschicht auf einen Befehl vom Gehirn wartete. Aber so nackt und entblößt, wie sie war, versuchte Toni, sich gegen die Röte zu wehren. Viel stärker war ihr Wunsch, die Beine zu schließen, um nicht länger den Blicken ausgeliefert zu sein, die auf ihr rotes Dreieck und das Pink ihres sehr feuchten Fleisches starrten. Aber das war keine Option. Sie war an den Pfeiler gefesselt, die Hände über dem Kopf, die Beine breit und die Knöchel irgendwo an den Seiten festgebunden.

Im Salon gab es kein Geräusch außer dem schnelleren Atmen, das sich so anhörte wie die auslaufenden Wellen im flachen Sand des Strands.

Venetia saß noch auf der Couch, direkt vor ihr. Sie hatte eine Hand zum Mund gehoben, und ein Finger tupfte nachdenklich gegen die Lippen. Sie betrachtete Tonis Körper.

Die Augen halb geschlossen, stand Toni da und sträubte sich gegen die Fesselungen. Ihre Hüften schwenkten von einer Seite zur anderen, während die Brüste durch das schnellere Atmen leicht anschwollen. Kühle Luft küsste ihr nacktes Geschlecht und dämpfte die Hitze ihres Verlangens. Sie war nackt, sie war verwundbar, aber sie war auch sehr begehrenswert.

Venetia sagte: »Und nun, Antonia, wirst du zu deiner Lust finden.«

Ob sie Zuschauer hatte oder nicht, Toni spürte, wie ihre Erregung stieg. In Erwartung der Dinge, die bald folgen würden, murmelte sie leise vor sich hin; sehnsüchtige Laute, die aus ihrer Kehle drängten. Ihre Hüften schwangen etwas stärker um den harten, kalten Pfeiler herum. Carlos verließ den Platz an der Seite seiner Herrin und stellte sich vor Toni.

Wenn es einen Konflikt zwischen ihrem früheren Bedürfnis nach Liebe und dem jetzigen Verlangen nach aufregendem Sex gegeben hatte, war er längst verflogen. Emira hatte Recht, dachte sie. Dieser neue Sex war wie ein Gourmetgericht. Wenn man ihn einmal geschmeckt und genossen hatte, brachte er den Hunger nach mehr. Sie lechzte danach, einen heißen, harten Körper gegen ihren zu fühlen, deshalb fiel ihr Blick auf Carlos' schwellenden Schoß. Sie leckte sich über die Lippen und wartete.

Mit Blicken, die Ehrerbietung oder gar Verehrung zeigten, starrte Carlos auf Tonis Körper. Er konnte nicht aufhören, ihre Brüste anzuschauen, und sein Atem beschleunigte sich, als er die offenen Labien sah und die glitzernde Klitoris. Nichts hätte ihn halten können – er musste sie haben. Und sie wollte, dass er sie nahm. Sie wollte ganz ihm gehören.

Er trat noch einen Schritt vor und bedeckte ihren Körper. Sein warmes Fleisch drückte sich hart gegen sie. Sein Schaft hob sich im malvenfarbenen Lederbeutel.

Er verengte die Augen, als er den Kopf senkte, um ihre Lippen zu küssen. Sein männlicher Geruch füllte ihre Nase. Der salzige Geschmack des männlichen Schweißes traf von seiner Oberlippe auf ihre, während sich ihre Zungen begegneten. Wie zwei Vögel, die sich unterm Himmel trafen. Sie saugte an seiner Zunge und er an ihrer, bis sie sich außer Atem voneinander lösten.

Sie warteten einen Moment, bis sie genug Luft geschöpft hatten, dann ging er stöhnend vor ihr auf die Knie.

Sie schrie begeistert auf, als seine Zunge über ihren Nabel leckte und dann eine feuchte Spur über den ganzen Bauch hinterließ. Langsam fuhr die Zunge hinunter und drückte ihre feuchten Schamhaare platt.

Sie verlor die Kontrolle über sich, schloss halb die Augen und keuchte entzückt, als die Zunge zwischen ihre offenen Lippen drängte und genussvoll das empfindsame Juwel hervorlockte, das zunächst unter der winzigen Kapuze verborgen war.

Toni krümmte den Rücken, und ihre Hüften stießen zuckend gegen seinen Mund, während ihr Po langsam gegen den Pfeiler hinter ihr klatschte.

Niemand im Salon gab auch nur den geringsten Laut von sich.

Venetia schaute zu, die Augen unergründlich, doch die Lippen lächelten.

Obwohl sie schon halb benommen von ihren eigenen Sensationen war, glaubte Toni, ihren Augen nicht trauen zu können, dass sie nicht wirklich die ältere Frau sah, die ihre Röcke hob, dass sie nicht wirklich den jungen Mann sah, der vor Venetia in die Knie ging und ihre Beine spreizte.

Dieser Anblick erhöhte noch Tonis eigene Emotionen. Sie konnte genau erkennen, dass Venetia kein Höschen trug, dass ihre Pussy so entblößt war wie Tonis. Der junge Mann setzte seine Zunge ein. Toni, ergriffen von dem, was sie sah und was sie fühlte, stöhnte laut auf. Sie wand sich unwillkürlich gegen die Fesseln, die sie banden.

Carlos hielt ihre Labien auseinander, damit seine Zunge tiefer eindringen konnte. Er strich mit der Spitze über die seidigen Konturen. Toni feuerte ihn an, sie wollte mehr haben und wartete auf den Schaft, der in sie stoßen sollte.

Als sie gerade dachte, dass er sie mit der Zunge fertigmachen würde, ohne dass er den pochenden Penis in sie versenkt hatte, musste sie hinnehmen, dass sich seine Zunge zurückzog; jetzt leckte er über ihren Bauch, die Rippen und schließlich über die Kurve ihrer Brüste.

Durch verengte Augen konnte sie die nackten, gespannten Beine des jungen Mannes sehen, der noch ein wenig näher zwischen Venetias Schenkel rutschte. Ein faszinierendes Bild, dachte Toni. Sex füllte ihre Augen und überflutete ihren Körper. Sie sah Sex, sie fühlte Sex, und ihr war so, als könnte sie im Sex ertrinken.

Als Carlos' Finger wunderbare Dinge mit ihren Nippeln anstellten, leckte die Zunge über die sanften Kurven darüber. Mit Daumen und Zeigefinger drückte er kräftig einen Nippel, während er den anderen wie ein hungriges oder gieriges Baby in den Mund saugte.

Toni schrie auf und zitterte bis in die Zehenspitzen, als seine Zähne an ihrem Fleisch nagten und die Brustwarzen von ihrem Körper wegzogen. Es war kaum zu glauben, welche Lust diese Qualen auslösten. Ihre Arme wurden steif, als er den Prozess wiederholte. Sie stieß Zischlaute durch zusammengebissene Zähne aus, als er in ihre geschwollenen Nippel biss, dann stöhnte sie, als er sie in den Mund saugte und sie zu neuen sinnlichen Höhen brachte.

Sie fürchtete, durch die schiere Lust ohnmächtig zu werden, deshalb öffnete sie die Augen, aber es gab keine Atempause für sie, die Gefühle blieben überwältigend. Ihr sexuelles Verlangen traf sie mit der doppelten Wucht, als sie wieder zu Venetia und ihrem jungen Mann schaute.

Venetia hatte inzwischen ihr Mieder geöffnet, und die dunklen Aureolen ihrer Brüste verschwanden abwechselnd im Mund des viel jüngeren Mannes. Seine Finger hatten sich in sie gegraben, und sein Kopf lag fest an ihre Brust gedrückt.

Toni war in ihrer eigenen Erregung verloren und stöhnte in ihrer Ekstase auf. Wie von selbst schlüpfte Carlos' Glied zwischen ihre Schamlippen. Sie seufzte, als seine Hände von ihren Brüsten wichen und nun über ihren Rücken streichelten. Der Seufzer ging in ein Murmeln des Entzückens über, als er ihre Pobacken in seine Hände nahm.

Er hielt Toni fest und nahm vorsichtig Maß, dann stieß er sein Becken vor. Toni ließ einen Jubelschrei hören, als die Krone des Penis in ihre Vagina trieb und seine rauen Schamhaare ihren Bauch kitzelten. Sie keuchte, atmete tief ein und starrte mit großen Augen in die Gesichter, die zuschauten.

Sie befand sich in Ekstase. Sie schloss die Augen wieder, und jenseits des Punktes, an dem es keine Umkehr mehr gab, stieß sie diese süßen, unverständlichen Laute aus, die nur zutage treten, wenn die Sinne alle Hemmungen weggepustet haben, die einem von der Gesellschaft aufgezwungen werden.

Jede Erregung, die sie bis heute gefühlt hatte, verblasste ins Bedeutungslose, als Carlos ihre Sinne attackierte. Es wirkte wie ein elektrischer Strom, als ihre Haut und sein Fleisch aneinanderrieben. Die Lippen der Vagina wölbten sich um das zuckende Glied, das sie aufspießte. Ihr saftiges Geschlecht schlang sich um den Schaft, als er sich tief in sie hineinbohrte.

Der harte Kontakt seines Schambeins lockte ihre Klitoris zur vollen Blüte, und das Glied, das ihr Geschlecht geteilt hatte, kündete seinen Orgasmus an, und Carlos stöhnte ekstatisch in Tonis Ohr.

Toni wurde durchgeschüttelt, sie fühlte sich befriedigt wie selten zuvor, und als Carlos sich aus ihr zurückzog, hing sie leblos wie eine Stoffpuppe an den Ketten.

Sie sah ihn lächeln und fühlte die klamme Hitze seines Körpers, als er sie küsste.

»Du bist eine sehr schöne Frau, Antonia Yardley«, sagte er mit seinem harten Akzent. »Und ich würde das immer wieder für dich tun, wenn du es möchtest, also auch, wenn mich niemand dazu auffordert.«

Seine dunklen Haare hingen feucht um Gesicht und Nacken, und sein eben noch so stolzer Schwanz hing schlaff zwischen seinen Beinen.

»Das werde ich mir merken«, murmelte sie und nutzte die Gelegenheit, den Mann und seinen Körper noch einmal eingehend zu betrachten.

Im Dunkel seiner Augen leuchtete eine Helligkeit, ein Schimmer wie bei einer Elfe oder bei einem schelmischen Jungen. Seine Lippen waren zum Küssen und Lieben gemacht, dachte sie, öffnete den Mund und lächelte. In diesem Moment hätte sie ihn am liebsten zurückgerufen, um ihn zu fragen, was er später vorhätte, und würde er gern zu ihr ins Bett kommen. Er könnte sie und Emira in eine Nacht mit unvergleichlichem Sex und mit einzigartiger Sinnlichkeit begleiten.

Aber Carlos, loyal bis zuletzt, war schon zu seiner Herrin zurückgekehrt, die wie eine Göttin auf ihrem Platz saß und alles um sich herum verfolgte.

Venetia Salvatore war gebieterisch und reich. Und nun wusste Toni auch, dass sie eine sehr sexuelle Frau war, die es liebte, ihren sinnlichen Vorteil zu ziehen, wann immer er sich anbot.

Das Heben und Senken von Tonis Brüsten ebbte langsam ab. Ein feiner Schweißfilm hatte sich über ihre Haut gelegt. Ihr Fleisch kribbelte noch, als wünschte sie sich mehr, als glaubte sie, noch mal kommen zu können. Sie sah die satte Befriedigung auf Venetias Gesicht. Toni nahm an, dass auch sie einen Orgasmus erlebt hatte.

»Nun«, sagte Venetia, während ihr junger Mann ihr Mieder zurechtrückte und ihren Rock nach unten strich, »hast du den Körper genießen können, den ich dir zur Verfügung gestellt habe. Genau wie gestern. Jetzt geht es um Ausdauer und Erdulden. Das Auskosten der Härte auf deinem weichen Körper. Um meinen letzten Bedingungen zu entsprechen, musst du die Härte nicht nur aushalten, sondern auch genießen. Du musst beweisen, dass du auch wirklich meinen Anforderungen genügst.«

Sie zitterte leicht, als Emira und Marie vortraten. Emira hielt inne und schaute fast liebevoll, aber auch ein wenig schelmisch zu Venetia. Ihre Blicke trafen sich. Eine unausgesprochene Nachricht schien zwischen der Frau und dem dunkelhäutigen Mann, der nicht ganz so aussah wie ein Mann, vereinbart worden zu sein, dachte Toni.

Emira – die safrangelbe Seidenbluse spannte sich über die geborgten Brüste, und der hautenge Rock rutschte auf einer Seite hoch – öffnete die Schnüre seiner Tunika, die bis zur Hälfte der Schenkel fiel. Seine Brüste, diese unglaublich harten und doch so perfekt gerundeten Implantate, drängten sich nach vorn. Toni hatte die fremdartige Attraktion schon gegen ihrem Körper gefühlt, und sie brauchte nur einen kurzen Blick darauf zu werfen, um sich daran zu erinnern, und dann spürte sie auch schon, wie warme Säfte aus ihrer Pussy rannen. Sie hätte seine Brüste in diesem Moment wieder gern angefasst.

Obwohl die Natur Emira als Mann vorgesehen hatte, schienen seine Brüste seltsam natürlich zu sein. Sie glänzten wie poliertes Teak, und die Nippel, fast zwei Zentimeter lang, waren schwarz wie Mitternacht.

Marie stand neben ihm, als Emira näher an Toni herantrat.

Sie lösten die Ketten und rieben ihre schmerzenden Arme. Emira, das Gesicht eine kühle Mischung aus weiblicher Anmut und männlicher Selbstsicherheit, nahm Tonis Gesicht in beide Hände und küsste sie lange auf den Mund.

Ob es Emiras Geruch war oder auch nur der Zauber des Augenblicks –Toni konnte der Hitze seiner Leidenschaft nicht widerstehen. Emiras Zunge brachte den Sex in ihren Mund, und sie spürte seine Härte an ihrem Körper. Emira war ein schönes Geheimnis, das Toni erdentrückt schien, aber zugleich auch herrlich animalisch.

Als der Kuss beendet war, ließ Emira ihren Kopf nicht los. Stattdessen strich er mit den Händen über ihren Körper und presste Tonis Lippen gegen seine weiblichen Brüste. Ein steifer Nippel drückte sich in Tonis Mund. Emira hielt ihren Kopf an seine Brust gedrückt.

Marie hatte Tonis Handgelenkskettchen wieder mit dem Halsband verbunden. Ihre Hände waren erneut hoch auf den Rücken gefesselt.

»Sauge meine wunderbaren Nippel in deinen Mund, Antonia, und sage mir, wie schön meine Brüste sind.«

Emira hörte sich wie in Ekstase an, aber sosehr er Toni auch dazu bringen wollte, dass sie seinen Körper bewunderte – es war zwecklos. Ihr Mund war mit seiner Brustwarze gefüllt, deshalb konnte Toni kein Wort herausbringen. Sie murmelte nur etwas tief in ihrer Kehle, aber dies schien Emira und die Zuschauer um sie herum zu überzeugen, dass Toni gefiel, was sie tat.

Als Emira schätzte, dass eine Warze lange und inbrünstig genug gesaugt worden war, schob er Tonis Kopf und Mund zum anderen Nippel. Beide Brüste waren ungewöhnlich fest, aber die Haut fühlte sich weich an. Toni war einem Brustimplantat noch nie so nahe gekommen, deshalb konnte sie keine Vergleiche anstellen. Aber sie war überrascht. Ihre Form war perfekt.

»Sauge diese auch, Antonia. Sauge sie so lange, bis ich dir sage, dass du aufhören sollst.«

Toni, verzweifelt und nass zwischen den Beinen, befolgte Emiras Befehl laut schlürfend und mit offensichtlicher Freude. Es war zwar seltsam, aber sie musste an Julian denken, obwohl sie sich nicht vorstellen konnte, was Emira und Julian gemeinsam haben konnten. Außer, dass sie sie beide Antonia nannten. Irgendwie klang es viel schöner, fast wie ein Liebeslied, wenn Emira den Namen aussprach.

»Genug.«

Es war das einzige Wort, das Venetia aussprach, aber Emira und Marie reagierten sofort.

Toni schnappte nach Luft, als sie Emiras Brust aus dem Mund nehmen konnte. Sie wurde zurück gegen den Pfeiler des Masttopps gedrückt. Was würde als Nächstes kommen?, fragte sie sich. Sie lösten die Fesseln um ihre Fußgelenke und drehten Toni um. Statt von den dünnen Ketten befreit zu werden, wurden die Ketten an ihren Armbändern wieder an die Messingringe über ihrem Kopf gebunden. Dann befestigten sie ihre Fußketten wieder wie zuvor, sodass ihre Beine sich um den Pfeiler schlangen. Ihr Po musste obszön herausgestreckt sein, wusste sie, Beine und Pobacken gespreizt.

Das Holz des Pfeilers fühlte sich kühl an den heißen Brüsten und am Bauch an. Sie drückte das Gesicht dagegen, und auch die Wange wurde gekühlt.

»Befestigt ihre Taille«, hörte sie Venetia sagen. »Bindet sie fest, und dann führt ihr das Gerät wieder ein.«

Sie hörte das Klirren einer Kette und fühlte deren Kühle, als Marie und Carlos sie um ihre Körpermitte legten und auf der anderen Seite des Masttopps einklickten. Jetzt waren Brüste und Bauch fest gegen den Pfeiler gedrückt.

Sie fühlte Emiras Finger, die drückten und streichelten, als wieder ein Gerät in ihren Anus geschoben wurde. Sie stöhnte, prall gefüllt durch den Gegenstand.

»Genug«, sagte Venetia wieder. »Nimm es jetzt heraus.«

Die Finger, die sie eben gefüllt hatten, zogen das Gerät wieder zurück, und Toni fühlte sich seltsam beraubt und plötzlich ganz leer.

»Ich glaube, es hat gute Dienste geleistet, Madame«, sagte Emira.

»Gut«, antwortete Venetia. »Dann kannst du die nächste Größe nehmen. Dadurch wird sie sich umso mehr freuen und noch aufnahmefreudiger sein.«

Woher Emira das neue, größere Gerät nahm, konnte Toni nicht sehen. Aber sie fühlte es, als Emira ihre Backen mit einer Hand spreizte und mit der anderen Hand das Gerät einführte.

Sie wand sich, wollte protestieren, dann erinnerte sie sich aber, dass sie Gehorsam und Unterwerfung versprochen hatte. Und als der Gegenstand seinen Platz gefunden hatte, war er auch nicht mehr so schlimm. Er füllte sie und erinnerte sie, dass sie eine solche Öffnung besaß, aber nur für die Lustgewinnung, nicht für Schmerzen.

Dann war Emira plötzlich weg, aber nur für einen Augenblick.

Sie konnte ihn aus den Augenwinkeln sehen. Ihre Blicke trafen sich. Marie stand da und hielt einen Champagnerkübel in den Händen, und aus dem Kübel ragte etwas heraus, aber Toni konnte nur einen schwarzen Griff sehen.

Emiras lange, exotische Finger schlangen sich langsam und sinnlich um den Griff, um den ein goldenes Band geschlungen war. Er zog es aus dem Kübel. Der Griff war ein Peitschenknauf, an dem drei verschiedene Wedel hingen. Von den federdünnen Enden tropfte Wasser zurück in den Kübel. Die Tropfen sahen wie Tränen aus.

Instinktiv presste Toni ihre Pobacken zusammen. Sie hatte die Augen weit aufgerissen, als Emira zu ihr trat.

»Die Kappe«, ordnete Venetia an.

Ein Hut oder eine Kappe wurde über Tonis Kopf gezogen. Der ganze Schädel war bedeckt, und der Stoff endete oberhalb der Nase. Das war keine gewöhnliche Kappe; Toni konnte nichts sehen.

»Ich werde dir keinen Knebel in den Mund schieben lassen, Miss Yardley«, sagte Venetia. »Wie im Roten Turm möchte ich auch jetzt herausfinden, dass du Disziplin akzeptierst. Ich will dich wimmern hören, ob in Schmerzen oder in Ekstase. Nicht schreien, nicht kreischen. Wenn du schreist, kann ich mit dir nichts anfangen, dann werde ich deine Kosten ersetzen und dir ein Ticket für den Flug nach Hause geben.«

Als Venetia eine Pause einlegte, um zu überprüfen, welche Reaktion ihre Worte auslösten, biss sich Toni auf die Lippen und dachte an London, an den Papierstapel auf ihrem Schreibtisch im alten Büro, und an ihren Rechner, der nie abgeschaltet wurde, an die regennassen Straßen, die elenden Nächte und die Snacks, die sie zum Fernsehen zu sich nahm. Dann dachte sie an Emiras samtweichen Phallus und seine eisenharten Brüste und an die Lust, die er ihr kurz vorher noch verschafft hatte. Sie würde noch eine Menge mehr ertragen können.

»Ich akzeptiere«, sagte sie, und während sie ein wenig zitterte, wartete sie auf den Kuss der nassen Wedel der Peitsche.

Sie zischten durch die Luft, bevor sie auf ihren nackten Po klatschten. Toni spannte die Muskeln an, biss sich auf die Lippe, schrie aber nicht auf.

Es entstand eine Pause, als ob derjenige, der die Peitsche schwang – vermutlich immer noch Emira –, auf weitere Instruktionen wartete.

»Fünf«, sagte Venetia. »Ich glaube, fünf sind angemessen.«

Fünf! Toni stockte der Atem. Ihre Fingernägel gruben sich in die Handflächen. Konnte sie fünf Schläge mit den Lederwedeln aushalten? Sie musste. Sie biss hart auf die Unterlippe und drückte die Augen fest zu, obwohl die Kappe sie sowieso daran hinderte, irgendwas zu sehen.

Wieder ein Zischen. Die Muskeln ihres Hinterns spannten

sich gegen das nasse Brennen des Leders und gegen das Gerät, das ihren Anus ausfüllte.

Ihr blieb keine Zeit zum Nachdenken, bevor der nächste Schlag auf ihren Po traf. Drei, vier und fünf folgten, bevor kühle Hände über ihre glühenden Backen strichen.

»Sie brennen schon ziemlich gut, Madame.« Das war Emiras Stimme. Dann würden wohl auch die Hände zu ihm gehören, dachte Toni.

»Lass mich mal sehen.« Das war Venetia. Toni wusste, dass sie näher herantrat, denn sie hörte das Rascheln des violetten Rocks und konnte den absoluten Luxus ihres Parfums riechen.

Obwohl es sich so anfühlte, als ob ihr Po in Flammen stünde, schüttelte sich Toni vor Lust, als die sanfte Hand von Venetia Salvatore über ihr Fleisch strich. Sie stöhnte laut auf, aber es war nicht der Schmerz, der ihr Stöhnen auslöste. Zwischen ihren Beinen zuckte es, eine unüberhörbare Not, dass sie sich nach einem Orgasmus sehnte. Sie wollte ihn wieder erleben und bettelte darum. Würde man ihr einen weiteren Höhepunkt gewähren, erregt, wie sie jetzt war?

Für sie spielte es keine Rolle, wer dabei war und zuschaute. Sie würde ihn überall haben wollen. Hauptsache, es würde bald geschehen.

Als wäre ihr Flehen erhört worden, hörte sie das Knistern, als der Stoff auf den Boden fiel.

Von ihrer Wirbelsäule breiteten sich Hände auf ihrer Haut aus, die entweder zu Emira oder Carlos gehörten. Sie massierten das Fleisch ihres Rückens. Sie schüttelte sich vor ungeduldiger Erwartung und wachsender Erregung. Die Hände streichelten jetzt über die brennenden Pobacken und hinterließen Eis, wo Feuer gewesen war.

Finger, die sowohl sanft wie kräftig waren, wanderten zu ihren Hüften, und ein mächtiges Glied stieß in ihre Kerbe und teilte ihre Backen.

Die Hände, die ihre Hüften massiert hatten, glitten weiter vor und bildeten ein breites ›V‹ unterhalb des Nabels. Ihre Hüften schwankten ein wenig, und obwohl sie durch die Kette um ihre Taille eingeschränkt war, spannte sie sich dagegen und hielt ihm sozusagen ihre Vagina hin, damit er sie besser sehen und leichter nehmen konnte.

Pure Freude erfüllte sie, als sie den samtenen Kopf des Penis an ihrem nassen Portal spürte. Sie gurrte wie eine Taube, den Kopf an die Kühle des Pfeilers gedrückt. Es spielte keine Rolle, dass sie ihn nicht sehen konnte; ihr genügte es, dass er sie penetrierte, dass sein mächtiges Werkzeug ihren Körper öffnete und sie sich an seiner Größe und Form laben konnte.

Ihre Vagina fühlte sich bis zum letzten Millimeter ausgefüllt. Das Gerät im Anus verstärkte das herrliche Hochgefühl in ihrer Pussy.

Als der Flaum seiner Schamhaare über ihre Pobacken schabte, teilten und kitzelten seine Finger ihre Labien und massierten ihre geschwollene Klitoris, bis ein weiterer Orgasmus zwischen ihren Lenden explodierte.

Hinter ihrer Maske war sie in ihren eigenen Sensationen verloren, und obwohl auch andere im Salon waren und zuschauten, wie sein Penis in ihr arbeitete und pochte, störte sie das überhaupt nicht.

Ihre Lust und ihr Höhepunkt waren die einzigen Gefühle, die sie in diesen Momenten interessierten, vielleicht auch deshalb, weil sie sich in der Dunkelheit befand. Ihr glühender Po war die Vorbereitung für die unglaubliche Wärme, die jetzt Besitz von ihrem Körper nahm.

Als der Penis sich aus ihr zurückzog, wurde ihr die Kappe entfernt, und Emira und Marie banden sie von den vielen dünnen Ketten los.

Marie lächelte, ebenso Carlos und Emira. Ihre Augen glitzerten auf eine seltsame Weise, als wüssten sie etwas, von dem Toni keine Ahnung hatte.

»Du musst dich dafür bei Pietro bedanken«, sagte Venetia, die Stimme so ernst wie ihr Ausdruck.

Pietro. Endlich wusste Toni seinen Namen. Er war also der Mann, dessen Penis sie gefüllt und sie zum Orgasmus gebracht hatte.

Sie konnte ihn sehen, wenn sie über ihre Schulter nach hinten schaute. Er stand wieder an der Seite seiner Herrin, deren Sexleben im Alter wahrscheinlich viel ergiebiger und abwechslungsreicher geworden war. Mit ihrer Sexualität verhielt es sich so wie mit altem Wein.

Venetia Salvatore hatte sich ihren Orgasmus durch seine Zunge besorgen lassen. Seine Erektion hatte Toni zum Höhepunkt gebracht, und er selbst hatte sich auch einen Orgasmus verschaffen können.

Venetia musste ihren verdutzten Ausdruck gesehen haben. »Ich habe nicht mehr die Energie, die ich früher aufbringen konnte«, sagte sie langsam und schien jedes Wort zu betonen. »Deshalb kann ich heute nur noch den sexuellen Höhepunkt erhalten, aber ich gebe ihn nicht mehr. Deshalb ist es sehr nützlich, dich hierzuhaben.«

Zehntes Kapitel

Andrea legte den Hörer auf und fühlte sich so warm wie die Sonne, die von der Terrasse hereinströmte.

Philippe war zu einem weiteren Geschäftsbesuch gegangen, nachdem er vorher in Santa Paula gewesen war. Er würde inzwischen auf dem Rückweg sein und nichts davon wissen, dass sie einen Pakt mit seinem Bruder geschlossen und mit mehr als nur einem Kuss besiegelt hatte.

Mit ihren silberberingten Fingern zog sie die aufgeblähten weißen Gardinen von ihrem Gesicht zurück, trat durch die Terrassentür und schaute hinaus auf das sanfte Grün des Meeres. Ihre Augen verzogen sich zu Schlitzen, fast so, als hasste sie die wechselnden Farben, hasste die stetig sich verändernde Oberfläche und die Wellen, die sich wanden und bewegten wie der Körper einer Frau.

Das Meer stand zwischen ihr und Philippe, das Meer und die Frau, die ihn in seinen Träumen verfolgte und ihn von seinem Bruder trennte. Es war traurig, dass sie sich ständig stritten, und sie konnte die Mutter gut verstehen, die sie wieder miteinander versöhnen wollte.

Aber wenn sie wieder zueinanderfanden, würde sie von Philippe getrennt sein, und das wollte sie nicht. Sie wollte ihn behalten, wollte, dass sie weiter ihre Spiele trieben, von denen auch abhing, dass sich seine Träume fortsetzten. Doch Venetia und Emira unternahmen alles, damit seine Träume einmal Wirklichkeit wurden. Das musste sie verhindern, und mit Conways Hilfe hatte sie eine Chance.

Es war erforderlich gewesen, die Wahrheit ein bisschen zu verbiegen, um Conways Einverständnis zu ihrem Plan zu erlangen. Es wäre unsinnig gewesen, das Mädchen mit den roten Haaren und den grünen Augen zu beschreiben. Andrea hatte nur gesagt, dass Venetia ein Mädchen für Philippe engagiert hatte. Das hatte schon gereicht: Conway hatte ins Telefon gebrüllt, sie sollte ihren Arsch in Bewegung setzen und zu ihm kommen. Er wollte von ihr hören, welchen Plan sie ausgeheckt hatte.

Nein, sie war auf Nummer sicher gegangen. Sie hatte sich so ausgedrückt, dass Conway den Eindruck haben musste, es ginge nur um einen harmlosen Streich, ein weiteres Revanchespiel unter den Brüdern.

Ihre Augen verengten sich, als sie den weißen Fleck von Jacht und Segel auf dem Weg zurück in den Hafen entdeckte. Das konnte nur die *Sea Witch* sein.

Wie ein Vogel, dachte sie, eine elegante Möwe oder ein fliegender Schwan auf dem Heimweg. Auf dieser Jacht befand sich das Objekt ihres harmlosen Streichs, das gleichzeitig eine Bedrohung ihrer Position und ihrer Sicherheit war.

Sie ließ die Gardine aus der Hand fallen. Falten hatten sich auf ihrer Stirn gebildet. Wie Wolken, die sich vor die Sonne schoben, aber die zurückfallende Gardine verbarg die Ursache ihrer Stirnfalten. Das Boot. Diese Frau. Die Frau, die der Frau aus Philippes Träumen so ähnlich war.

Sie wandte dem Meer und dem weiten blauen Himmel den Rücken zu. Sie zog die kirschrote Wickelbluse aus und strich mit den Händen über ihren Körper. Mit unverhohlener Bewunderung für den eigenen Körper betrachtete sie sich im Spiegel, warf die goldenen Haare zurück und rieb ihre festen Brüste in ihren Handflächen.

»Ich bin golden«, sagte sie zu ihrem Spiegelbild. »Meine Haare sind goldblond, und mein Körper ist fast golden.« Sie lächelte und fuhr sich mit einem pink lackierten Fingernagel zwischen die blonden Lippen. »Selbst meine Schamhaare sind golden.« Um sich besser betrachten zu können, stellte sie einen Fuß auf den Stuhl und schob eine Hüfte an den Ganzkörperspiegel heran.

Das Fleisch zwischen den von Blond umgebenen Schamlippen leuchtete rosa wie Erdbeeren. Sie nahm eine Brust in die Hand und spielte mit einem Finger um das Nervenzentrum ihres Geschlechts, diese süße, heimliche Stelle, die vor Sehnsucht so schnell hüpfen und schmerzen kann.

Wie eine Schere schlossen sich jetzt zwei Finger über die inneren Lippen, und der Daumen drückte und spielte mit der Klitoris. Die Manipulation der Finger brachte die federleichten Falten der inneren Labien zusammen. Es fühlte sich verlockend schmerzhaft an, herrlich angenehm.

Sie quetschte eine Brustwarze zwischen Zeigefinger und Daumen, was dazu führte, dass eine wunderbare Rhapsodie ihren Körper klingen ließ. Aber das reichte ihr noch nicht. Ihre Hand verließ die Brustwarze und langte nach der Haarbürste mit dem Silbergriff, die auf dem Frisiertisch lag.

»Zu blass«, sagte sie in einer seltsam grausamen Stimme, als sie das Pink ihres Geschlechts betrachtete. Ihre Finger hielten die äußeren Labien noch auseinander.

Ein eigenartiger Blick trat in ihre Augen, als sie weiter auf das Innere der Pussy starrte. Sie sah kalt zu dieser Stelle, fast anklagend, als wäre sie an all den schlechten, bösen Dingen schuld, die ihr widerfahren waren.

Ihr Gesicht wurde zu einer Maske der Bosheit, und Andrea schwenkte die Haarbürste durch die Luft, während ihre schmollenden Labien sich zu einer schmalen, geraden Linie schlossen.

»Ich werde es dir zeigen«, sagte sie, als wenn sie und ihr Geschlecht zwei völlig verschiedene Wesen wären.

Sie neigte ihr Becken so nah es möglich war, dem Spiegel entgegen, und während sie die Labien noch immer auseinanderhielt, begann sie, die steifen Borsten gegen ihr Geschlecht zu schlagen.

Sie stöhnte nach den ersten Schlägen auf, und ihr Körper verkrampfte nach jedem Hieb ein bisschen mehr. Ihr Geschlecht rötete sich von den Schlägen der Bürste, und selbst die inneren Labien wurden vom Druck ihrer Finger tiefer rot. Ihre Klitoris errötete wie eine noch nie gesehene Blume.

Sie schmeckte die eigenen Tränen und wusste, dass sie ihrem brennenden Fleisch ausgeliefert war. Plötzlich hörte sie auf, ihren Körper zu strafen. Sie drehte die Bürste herum und spürte nun die Borsten in der Hand, während der breite silberne Griff nach unten zeigte.

Sie betrachtete sich im Spiegel. Ihr Körper bewegte sich, nicht nur sanft, sondern weit ausholend und die Hüften schwenkend. Sie ritt auf der Härte der Haarbürste.

Sie murmelte tief vor sich hin, sah die wiegenden Pobacken und den silbernen Griff der Haarbürste, der kalt und hart in ihr schmerzendes Portal glitt. Sobald sie den Griff komplett versenkt hatte, begann sie zu miauen und die Hüften noch schneller zu bewegen. Je tiefer der Griff steckte, desto mehr quälten die Bürstenhaare ihre rot-heiße Klitoris.

Ihre Brüste schwangen. Sie benutzte die Bürste, um sich einen Orgasmus zu beschaffen; sie konnte bestimmen, ob sie den Vorgang verlangsamen oder beschleunigen wollte. Sie konnte sich ganz nach ihren Wünschen richten.

Sie sah und fühlte, was mit ihr geschah, und das brachte sie höher und höher auf den verschwommenen Gipfel ihrer Lust. Auf dem höchsten Punkt starrte sie in gleißendes Licht, und dann, wie bei der letzten Explosion einer Supernova, übermannte sie der Höhepunkt, und sie fiel bereitwillig auf die Erde zurück.

Jetzt, entschied sie, war es Zeit für eine Dusche. Unter der Wärme des prasselnden Wassers würde sie ihre Sorgen und ihre Verärgerung über Venetia Salvatore abwaschen. Sie würde sich mit den Händen streicheln, ihre eigenen Berührungen genießen und ihr prickelndes Fleisch quälen, damit sie bereit war, wenn Philippe zurückkehrte.

Beide Brüder, dachte sie. Ich habe beide Brüder gehabt. Dieser Gedanke befriedigte sie. Es verlieh ihr immer einen Triumph, wenn sie etwas wusste, von dem die anderen keine Ahnung hatten – Conway natürlich ausgenommen. Für den Augenblick würde sie dieses Wissen für sich behalten.

Vergiss es jetzt, sagte sie sich. Vergiss die *Sea Witch*, vergiss das rothaarige Mädchen. Denk an heute Abend. Denk an Philippe und seinen harten Körper, seine unermüdliche Sexualität, seine prickelnde Sinnlichkeit. Während sie darüber auf dem Weg zur Dusche nachdachte, begann sie zu singen.

Venetia Salvatore war an Land gebracht worden, auf ihre eigene Insel, und die *Sea Witch* war auf dem Weg nach Hause.

Toni, erfrischt und gestärkt, stand jetzt am Steuer, ihre Uniform so weiß wie die der übrigen Besatzung. Ein leichter Tau hatte sich über ihre Haut gelegt, und sie empfand einen gewissen Stolz auf ihr Halsband und die Armbänder, die von der Sonne bestrahlt wurden.

Emira stand neben ihr. »Mister Salvatore ist der Besitzer dieser Insel«, erklärte Emira. Er streckte einen langen Arm aus, und ein Finger zeigte auf eine Bucht, über der sich ein in der Sonne glänzender Hügel erhob, der wie die perfekte Brust einer Frau geformt war.

Toni schirmte die Augen mit einer Hand ab. »Was ist denn mit dieser Insel?«, fragte sie und zeigte hinüber auf ein Stück Land, das sich aus dem Meer erhob.

»Diese Insel gehört nicht unserem Mister Salvatore. Sie gehört seinem Bruder.«

»Ich verstehe. Und sehen sie sich oft?«

»Nur um zu streiten«, antwortete Emira.

»Streiten? Die beiden Brüder?«

»Manchmal. Aber die meiste Zeit versuchen sie, sich aus dem Weg zu gehen. Wenn sie sich begegnen, wird es schlimm. Jeder will den anderen übertrumpfen und will das an sich reißen, was der andere hat. Manchmal kann es ziemlich gewalttätig zugehen.«

Emira legte seine Arme auf das Steuerrad. Unter ihnen pochte die Maschine, die sie aus dem Hafen bringen würde. Neue Segel waren vor kurzem geliefert worden, und Emira wollte sie ausprobieren, und um das zu tun, mussten sie weiter hinaus aufs offene Meer.

So ungewöhnlich die ersten Stationen ihrer Bewerbung auch sein mochten, war Toni doch stolz, dass sie die Tests mit fliegenden Fahnen bestanden hatte.

Der Wind zauste ihre Haare, und die Hochstimmung erreichte ihre Wangen und belegte sie mit einer glänzenden, gesunden roten Farbe. Ihre Lippen wurden rosig.

Als sie den Kai verlassen hatten, wurden die Segel losgemacht, und die Maschine unter ihnen starb langsam ab. Wind bauschte die Segel, und die Möwen kreischten und schwirrten in der Bläue des Himmels. Gischt spuckte über den Bug.

»Nimm das Steuer«, ordnete Emira an.

Toni gehorchte.

Das Steuerrad ruckte ein wenig, und die Segel waren nicht mehr so aufgebläht wie vorher. Toni warf Emira einen Blick zu.

»Tut mir leid.«

Emira grinste. »Das wird dir noch mehr leidtun. Du weißt, dass wir keine Fehler tolerieren. Von niemandem. Mister Salvatore duldet keine Fehler, und Madame Salvatore auch nicht.«

Emira strich mit einer Hand über ihren Rücken und quetschte erst die eine Pobacke, dann die andere, bevor er sie nacheinander mit der flachen Hand klatschte.

Sie wusste, was er andeutete, war aber nicht sicher, wie sie dazu stand. Nackt dem Sex in einem mit Zuschauern gefüllten Zimmer zu frönen, war nicht so dramatisch gewesen, wie sie befürchtet hatte. Im Gegenteil; sie hatte sich im dem Salon mit dem goldenen Teppich wie eine Schlampe verhalten. Sie hatte sich einem Mann hingegeben, war gepeitscht worden und konnte auch jetzt noch einen glühenden Po aufweisen, aber das prickelnde Brennen erregte neue Sehnsüchte.

Wie lange wird es dauern, bis ich wieder die Peitsche spüren werde?, fragte sie sich.

Emira musste hellseherische Qualitäten haben, denn er beantwortete Fragen, die in Tonis Kopf herumschwirrten.

»Madame und Mister Salvatore fackeln nicht lange, bevor sie Strafen verhängen. Sie legen beide Wert darauf, dass ihre Anordnungen befolgt werden. Madame hat schon verfügt, dass man dich Antonia zu nennen hat. Es war schon mal eine Frau mit diesem Namen bei uns, und sie hatte ebenfalls rote Haare und grüne Augen.«

»Ist das der Grund, warum ich hier bin?«

Bisher hatte Emira ohne großes Herumdrucksen auf Tonis Fragen geantwortet, aber jetzt zögerte er.

»Ja, da besteht eine Ähnlichkeit«, sagte er. »Du rufst vielleicht alte Erinnerungen wach, und das könnte helfen, alte Wunden zu heilen.«

Toni hatte noch mehr Fragen, aber ein Ausdruck in Emiras Gesicht sagte ihr, dass sie keine Antworten mehr hören würde. Es würde sie nicht wundern, wenn er ihr gegenüber sogar plötzlich feindselig werden würde.

Sie wollte nicht riskieren, ihre Chance auf diesen Job aufs Spiel zu setzen, und außerdem stand sie am Steuer, und sie war für die Jacht verantwortlich. Vielleicht würde sie später noch einmal nachhaken. Aber nicht jetzt.

»Soll ich den Kurs halten?«, fragte sie.

Emira betrachtete den blauen Dunst der niedrigen Inseln, das Grün des Meeres und die blähenden Segel, bevor er zu Toni schaute.

»Das ist nicht nötig. Mister Salvatore wird erst in vier Stunden zurückkommen. Es ist ein schöner Tag. Ich glaube, wir haben genug Zeit für eine kleine Abwechslung. Stell den Kurs auf 180 Grad ein.«

Toni setzte den Kompass um drei Grad südlicher. Die Segel hingen schlaff da, als sie die Jacht wendeten, dann blähten sie wieder auf.

Es dauerte nicht lange, da lagen die gelbe Hauptinsel und der Kai hinter ihnen. Vor sich sahen sie die vielen kleinen Buchten, die mit ihrer Ruhe und dem sehr blauen Wasser lockten.

»Ich übernehme das Ruder«, sagte Emira. »Geh hinunter und mach was zu essen.«

Toni glitt auf eine Seite, damit Emira das Steuerrad übernehmen konnte. Der Wind ließ ihre Haare flattern und blies sie vor ihr Gesicht, dann drehte sie sich um, ging nach unten und begab sich in die Kombüse.

Sie schnitt große Stücke Brot ab, dicke Scheiben Käse und bereitete einen knackigen Salat zu. Weil sie so sehr mit ihren eigenen Gedanken beschäftigt war, hörte sie Mark nicht hereinkommen. Sie nahm ihn erst wahr, als er seine Hände auf ihre Schultern legte.

Seine Lippen küssten ihre Halsbeuge. Ein Hunger nach etwas anderem als Essen machte sich zwischen ihren Schenkeln bemerkbar. Die Härte seiner nackten Brust drückte warm gegen ihren Rücken. Sie spürte ihn deutlich durch die weiße Uniform. Seine Wange schmiegte sich an ihre. Seine Haare waren noch feucht; er roch nach Salz und Sex.

»Es tut gut, dich zu fühlen«, sagte er zwischen seinen Küssen. »Seit ewigen Zeiten warte ich darauf, dich endlich mal allein zu erwischen«, fuhr er fort und legte eine Hand um ihre Brust. »Und darauf habe ich auch gewartet.«

Sie hatte die Augen halb geschlossen. Ein tiefes Schnurren kam über ihre Lippen, als seine andere Hand in die tiefe Kerbe ihrer Schenkel glitt.

»Es fühlt sich gut an«, murmelte sie, schob Brot und Butter zur Seite und überließ ihren Körper dem sexuellen Hunger.

Die wirren Sensationen, die sich rund um ihr Geschlecht konzentrierten, lösten sich auf und schlichen über ihren Körper. Wärme bedeckte ihre Haut mit einem angenehmen Pink. Wie das Meer und die Gezeiten, so wirbelten sie gegeneinander. Seine Schultern ragten über ihre hinaus, und sie spürte den kräftigen Brustkorb auf ihrem Rücken. Um die Rundungen ihrer Pobacken spürte sie eine vertraute Härte, die sanft anklopfte und ihre Ritze suchte. Mit Absicht und Lust hob sie den Po an und drückte gegen seine Beule. Sie hörte, wie er tief Luft holte.

Ihr eigener Atem beschleunigte sich auch, und ihre Liebessäfte begannen zu rinnen. Kleine heiße Wellen der Leidenschaft folgten der Spur seiner Küsse rund um Hals und Nacken. Wenn er Luft ausstieß, spürte sie es dicht an ihrem Ohr.

Sie war so sehr in ihren erregten Schwingungen verloren, dass sie sich nicht umdrehte. Seine Finger strichen über ihre Brüste, dann hinunter über ihren Bauch und noch weiter hinunter zu dieser geheimen Spalte zwischen den Beinen.

Sie bewegte sich ein wenig. Ihre Beine öffneten sich, damit sie ihm etwas mehr Platz zum Manövrieren bieten konnte. Schließlich erwartete sie seine Hände und die Finger.

Ihr Reißverschluss gab ein ratschendes Geräusch von sich, als er ihn nach unten zog. Seine Finger strichen wieder über ihren Bauch und kreiselten um ihre seidigen Schamhaare. Von dort war es nur ein kurzer Weg bis zu den samtenen Falten ihrer Labien, die er genüsslich mit den Fingern teilte.

Seine Berührungen waren zärtlich. Sie konnte es kaum erwarten, dass er mit den Fingerspitzen über ihre Rosenknospe strich.

In einem Akt purer Provokation stieß sie ihre Pobacken gegen ihn und ließ sie um sein verlockend hartes Glied kreisen. Toni spürte, wie es sich streckte, ein wildes Tier in einem Käfig, das unbedingt in die Freiheit wollte, um sie zu besitzen und zu penetrieren.

Er stöhnte in die Weichheit ihrer Haare, die sich gelöst hatten und nun auf ihren Schultern lagen. Sie griff nach seinen Händen und presste sie hart auf ihre Brüste. Ihr war, als würde sie in ihren eigenen Begierden ertrinken. Sie schloss die Augen und stellte sich vor, wie seine Härte durch ihr verborgenes Portal drang und es teilte wie ein Bug die Wellen.

Sie achtete nicht mehr auf Brot, Käse und Salat. Ihre Konzentration aufs Essen war verschwunden. Sie wandte sich um und nahm seine braunen Augen kaum wahr, auch nicht das vom Wetter gegerbte Gesicht, aber dann spürte sie seine Lippen, die sich hart auf ihre pressten. Toni legte beide Hände flach auf die ausgeprägten Konturen seines Brustkorbs und zitterte vor Entzücken, als ihre Finger seine Haut befühlten und gegen seine harten Brustwarzen stießen.

»Wo ist deine Uniform?«, fragte sie, überrascht, dass er nur Shorts trug.

Er lächelte, und als er den Kopf senkte, fiel ihm sein blonder Haarschopf vor die Augen.

»Ich bin nicht im Dienst«, antwortete er. »Aber ich habe

Ausschau gehalten, weil ich dich allein für mich haben wollte. Ich wusste, dass es mir irgendwann gelingen würde.«

»Aber ich fühle mich jetzt overdressed«, sagte Toni und warf einen Blick auf die Kombüsentür, die im Moment geschlossen war.

»Dagegen kannst du doch was unternehmen«, sagte Mark lachend. Er hob die Augenbrauen und schaute hinunter auf ihren offenen Hosenschlitz.

Sein Ausdruck und sein Körper waren unwiderstehlich.

Toni lächelte. »Ja, du hast Recht«, sagte sie ein wenig zögerlich. »Wenigstens die Hose kann ich ausziehen.«

Sie streifte ihre Halbstiefel ab. Sie hatten weiche Sohlen, damit die Decks nicht beschädigt wurden. Dann zog sie die Uniformhose aus. Ein Höschen trug sie nicht. Die Elastizität der Hose rieb sich sanft an der Haut, deshalb brauchte sie keine Unterwäsche.

Marks Penis dehnte sich sofort in Umfang und Länge aus, als er auf Tonis cremige Schenkel und die kurzen, krausen Schamhaare starrte.

Ihr Top behielt sie an. Auf eine eigenartige, unbeschreibliche Weise war es verletzlicher und schamloser, von der Taille an nackt zu sein, als sich ganz entblößt zu zeigen. Halb nackt stand sie da, dem kühlen Gebläse der Klimaanlage ausgesetzt, aber der heiße Blick der Geilheit in Marks Augen ließ sie glauben, dass sie in Flammen stünde.

Fest und fordernd suchte ihre Zunge nach seiner, und während der Suche schob sie eine Hand zu seinem Reißverschluss. Das hatte sie bald erledigt, und da lag er nun sinnlich, heiß und pochend in ihrer Hand. Wie ein urzeitliches Tier schien er über einen eigenen Willen zu verfügen, er wusste, was er wollte und wohin er wollte – und er hatte es eilig.

Mark zog seine Shorts hinunter, bis sie zu seinen Füßen lagen.

Ihre Blicke trafen sich. Er wankte nicht, kein einziges Mal. Das Smaragdgrün ihrer Augen flackerte, als er ihre Labien teilte.

Alle ihre Sinne schienen sich auf einen Schlag genau an dieser geheimen Stelle einzufinden. Sie begann zu stöhnen und vergaß die Welt um sich herum, vergaß auch, welchen Auftrag sie auszuführen hatte. Sie interessierte sich nur noch dafür, was sie in diesem Augenblick tun musste.

Mit seinen kräftigen Händen hob er sie auf die Anrichte, sodass sie mit dem Po in der Nässe des Salats saß. Es war kein unangenehmes Gefühl, denn ihr Fleisch war warm, und die Arbeitsfläche aus Edelstahl war nicht nur nass, sondern auch kühl.

Ein idealer Sitzplatz, dachte sie, und nun konnte er loslegen.

Wie von selbst öffneten sich ihre Beine. Sie sah an sich hinunter und gewahrte die pinkfarbene Rosenknospe, die sich aus dem Busch der tizianroten Haare erhob.

Mark, die Augen verengt, die Atmung hechelnd, blickte auch auf diese Stelle. Dann begann er behutsam, als wollte er eine getigerte Katze streicheln, die sich vor einem offenen Feuer ausgestreckt hatte, die Finger durch die kurzen Schamhaare zu streichen.

Aber für ihre Pussy brannte kein Feuer, sie sah nur einen flammenden Stab der Leidenschaft, der sich erwartungsvoll dem Ziel näherte.

Toni konnte dem pochenden Tanz seines steifen Schafts nicht widerstehen und glitt mit den Fingerkuppen über den glitzernden Kopf des Penis. Sie streichelte über die ganze samtene Länge und klammerte mit fast ehrfürchtigem Schutzinstinkt die Finger um den Stab und drückte leicht zu.

Verrückt vor Gier, schwoll er in ihrer Hand weiter an und

hüpfte im Takt ihrer rhythmischen Fingerbewegungen zu einer Melodie, die nur er hören konnte.

Sie sah ihn, sie fühlte ihn, aber mehr noch fühlte sie ihre eigene Lust, als die Eichel über ihre Pussy streichelte, sie kitzelte, die Lippen spreizte und sich genug Zeit ließ, um Toni nicht zu kurz kommen zu lassen, nicht nur wegen ihrer Lust, sondern auch wegen seiner Neugier.

Er neckte die weichen pinkfarbenen Falten, tupfte mit dem Daumen gefühlvoll über die Klitoris, die sich noch weiter unter ihrer Kapuze erhoben hatte, denn sie hatte sich geöffnet wie eine Rose im Sommer.

Unter den geschwollenen Brüsten konnte sie den süßen, salzigen Geruch seiner Haare wahrnehmen, als er sich vor sie bückte. Aus irgendeinem Grund, den sie nicht wusste, fragte sie sich, welche Farbe sein Haar haben würde, wenn er in einem nördlichen Klima lebte, in dem die Sonne es nicht bleichen konnte.

Aber diese Frage beschäftigte sie nur einen Wimpernschlag lang. Die Kombüse wäre heiß wie ein Ofen gewesen, wenn es keine Klimaanlage gegeben hätte, aber es war immer noch heiß genug. Ihr Körper fühlte sich wie Feuer an, und Mark war es, der die Flamme gezündet hatte.

Sein Kopf kuschelte sich zwischen ihre Beine, und seine Augen befanden sich auf einer Höhe mit der festen Form ihrer pinkfarbenen Klitoris, die sich stolz aus dem cremigen Fleisch erhob.

Sie fühlte den Kuss ihrer Haare auf dem Rückgrat, als sie den Kopf in den Nacken warf und das Weiß ihrer Kehle sehen ließ. Sein Mund küsste ihr Fleisch, saugte das Gewebe und leckte mit der Zunge langsam darüber, wobei er den empfindsamen Kopf der Klitoris leckte. Er schob ihre Schenkel weiter auseinander, sah ihre Säfte rinnen und bereitete sie für seinen Angriff vor.

Sie warf den Kopf noch weiter zurück und konnte ihr Abgleiten in die völlige Hingabe nicht mehr kontrollieren. Ganz egal, wer hereinkam und was er wollte, sie würde sich nicht bremsen oder aufhalten lassen, bis sie die endgültige Erlösung erreicht hatte.

Mit übertriebener Festigkeit hielt sie seinen Kopf mit beiden Händen und stöhnte vor Lust, als seine Nase über den empfindsamen Knopf rieb und seine Zunge sich tief in ihre Vagina bohrte.

Gerade als sie glaubte, dass ihre Zeit gekommen war, erhob er sich. Wieder trafen sich ihre Blicke.

Er hielt den Penis in einer Hand und führte ihn ein, während zwei Finger seiner anderen Hand ihre Lippen auseinanderzogen, damit er genug Platz für sein Eindringen hatte. Fast als nachträglicher Gedanke, der sich aber als sehr nützlich erwies, legte er seine Hoden auf die glatte Stahloberfläche der Arbeitsanrichte.

Sanft drang sein Glied ein. Es war hochwillkommen und wurde durch die Nässe rund um den Eingang ermutigt. Er stieß hinein, zog sich zurück und drang wieder ein, und mit jedem Stoß wurde er schneller, bis er wusste, dass sie bereit war und garantiert ihren Orgasmus erleben würde.

Er unterdrückte einen Schrei, indem er die Lippen fest aufeinanderpresste, als er diesmal noch härter und tiefer in sie hineinstieß. Seine Hoden schabten hörbar über die Edelstahlplatte und den nassen Salat, wenn er sich in Toni versenkte. Seine Hände hielt ihre Pobacken umklammert und ließen sie nicht zurückweichen, wenn er wieder voller Wucht zustieß.

Er grunzte seinen Höhepunkt hinaus und stöhnte vor Lust. In ihr zuckte sein Penis mit einem unglaublichen Rhythmus, der so alt sein musste wie die Welt selbst. Sie hielt ihn an sich gepresst, bis sein heftiges Atmen sich wieder normalisiert hatte und die letzten Echos seines Orgasmus über seinen Schaft zitterten. Schließlich entspannten sich seine Muskeln. Ihre Körper glänzten vom Schweiß.

Obwohl Toni ihre Kleider wieder gerichtet und mit den Händen glatt gestrichen hatte, bedachte Emira sie mit einem wissenden Blick, als sie mit Brot, Käse und einer gut gekühlten Flasche Chardonnay zurückkam.

Die dunklen Augen, die sie nun schon bei so vielen Gelegenheiten nackt gesehen hatten, tasteten ihren Körper ab. »Du solltest dich aufbewahren, Antonia.«

»Für was?« Tonis Stimme klang ruhig, aber es war unmöglich, an das Geschehen mit Mark zu denken und nicht zu erröten.

Emira betrachtete sie genau, aber seine Antwort ließ noch auf sich warten.

»Für diesen Abend. Für das Barbecue.«

Irgendwie glaubte Toni nicht, dass es das war, was Emira ihr hatte sagen wollen.

»Wird Madame Salvatore anwesend sein?«

»Natürlich.«

»Und Mister Salvatore?«

»Ja. Heute Abend wirst du ihn das erste Mal sehen.«

»Was ist mit seinem Bruder?«

Emira seufzte, und auf seiner Stirn grub sich eine tiefe Falte ein. »Mr Patterson? Ja, Mr Conway Patterson wird auch da sein.«

»Ich freue mich darauf. Soll ich meine Uniform tragen?« Sie hoffte wie verrückt, dass Emira das verneinte.

»Nein, nein«, sagte Emira rasch. »Aber ich suche dein Kleid für dich aus.«

Toni spürte den plötzlichen Drang, Emiras Gesicht zu studieren. Wie üblich raubte ihr seine Schönheit fast den Atem. Und wie üblich, war es unbewegt, und doch lag ein Blick in diesen dunklen Samtaugen, der Toni darüber nachdenken ließ, was sie an diesem Abend erwarten konnte.

Sie wollte mehr über die Natur des Barbecues wissen, deshalb hakte sie nach. »Ich will mal ganz vorsichtig fragen«, begann sie. »Ich werde wohl keine Wäsche tragen, nicht wahr?«

»Du hast korrekt geraten«, sagte Emira lächelnd.

»Ah!«, rief Toni aus. Dies würde ein Abend sein, auf den sie sich nur freuen konnte.

Elftes Kapitel

Die *Sea Witch* wurde vom Lagerfeuer am Strand mit rotgelber Farbe angeglüht und bewegte sich in der Bucht leicht auf und ab. Wie gedämpfte Seufzer schlugen die Wellen an, und das Meer leuchtete wie Silber im Mondschein.

Am Strand war das Barbecue in vollem Gange, es gab viel zu essen und viel zu trinken. Die Nacht hatte ihren eigenen Zauber, den Toni fast schmecken konnte. Ihre Haut kribbelte vor Erwartung, und ihre Gedanken sprühten wie der ganze Körper und besonders die Augen.

Mit Emiras Hilfe hatte sie geduscht. Emiras Hände hatten sich auf ihrem Körper unglaublich langsam, aber wirkungsvoll bewegt, als die langen Finger den Schaum über ihre Brüste rieben, über die schwungvollen Kurven ihres Rückens und in die Kerbe ihrer Pobacken.

Sie hatte in einer Mischung aus Überraschung und Entzücken gemurmelt, als Emira sich nackt vor sie gekniet und den Seifenschaum von Tonis Schamhaaren geleckt hatte. Er hatte die Härchen in den Mund gesaugt, während die Zunge ihr empfindliches Gewebe gereizt hatte.

In der Dusche rannen Wasser und Schaum an ihnen beiden hinab. Emira hatte einen starken Arm unter ein Bein von Toni geschoben, sodass Tonis Zehen gegen die glitschigen, kühlen Fliesen drückten. Emira hatte die Knie ein wenig gebeugt und war dann mit seinem mächtigen Schaft zwischen ihre Beine geglitten, dann hatte er verspielt ihre Labien geteilt.

Sie war von diesen Sensationen fast geschmolzen, sie hatte gestöhnt und sich an seine Schultern geklammert, die wie altes Mahagoni geglänzt hatten, tiefbraun und sehr hart.

Er hatte sie fest gepackt, weil er sie mit dem einen Standbein in der Balance halten musste, ihr Geschlecht weit und offen wie eine Blume.

Während die Strahlen des Wassers auf sie beide niederprasselten, presste sich der Peniskopf heiß und hart gegen ihr Fleisch, und als sich ihre Lippen trafen, war er in sie eingedrungen.

Wie schwarzer Kaffee und cremige Sahne standen sie umklammert da, sich windende, taumelnde Körper, überwältigt von süßen Sensationen, die in den Epizentren ihrer Sinne explodierten.

Es war gut gewesen, dachte sie bei sich, sehr gut sogar, und sie zitterte ein wenig, als sie sich noch einmal an die Orgasmen erinnerte, die sie erlebt hatten.

Danach hatte Emira ihr bei der Kleidung geholfen. Oder genauer – er hatte ihr geraten, was sie tragen sollte.

»Strandkleidung«, hatte er gesagt.

»Bikini?«, hatte sie unschuldig gefragt, obwohl sie ahnte, dass diese Nacht alles andere als unschuldig verlaufen würde.

»Nein, nicht heute Abend. Etwas Hübsches, nichts Formelles. Was sagst du dazu?«

Das Kleid, das er inspizierte und hochhielt, war eine weiße Tunika mit langen Ärmeln. Das Teil endete eine Handbreit unter ihrem Po.

»Ohne Unterwäsche?«

Emira schaute vom Kleid zu ihr. »Es ist ein feines Teil«, sagte er und fasste mit seinen dunklen Fingern unter den Saum. Er dachte einen Augenblick nach.

Im nächsten Moment war er verschwunden – immer noch nackt. Sekunden später war er wieder da.

»Dies«, sagte er mit einer Stimme, von der sie wusste, dass sie keinen Protest zuließ, »ist genau richtig.«

Und jetzt war sie hier. Sie trug die weiße Tunika, die fast durchsichtig war, und die Nippel drückten sich durch den Stoff. Darunter trug sie einen einteiligen *catsuit,* aber ohne Stretchmaterial, sondern ausschließlich aus weißem Fischnetz, das sie von Kopf bis Zehen bedeckte. Ihr Körper fühlte sich an, als steckte er in einer Falle.

Nicht, dass der *catsuit* viel verbarg. Wenn die Brise ihre Tunika erfasste, waren Schoß und Po entblößt, wenn auch nicht ganz nackt. Zwischen ihren Schenkeln betonte das enge Fischnetz die Lippen ihres Geschlechts, wodurch ihre Spalte tiefer aussah, als sie in Wirklichkeit war.

Emira war hochzufrieden gewesen.

Andere Augen, die sie mit kurzen Blicken auf ihren entblößten Körper ertappte, sahen ebenfalls beeindruckt aus.

Sie hielt ihr Gesicht in den Wind. Die Luft war kühl, denn die Brise wehte vom Meer herein. Es würde nicht viel länger so angenehm bleiben. Dann würde die Hitze der Sahara nordwärts getrieben, und die Hitze brachte den Sandstaub mit, der sich in Türritzen und Nasenlöchern festsetzte. Kurz darauf würde es unerträglich heiß, aber noch war es angenehm warm.

Eine Stimme brach in ihre Gedanken. »Wie wäre es denn, mal kurz ins Wasser zu springen?«

Der Ruf kam plötzlich, und Toni war überrascht, als sie sah, wer gerufen hatte. Maries Stimme und Lächeln schienen freundlicher als sonst zu sein.

»Nun«, sagte Toni und klopfte mit den Handflächen gegen ihre heißen Wangen, während sie auf die üppige Figur der braunäugigen Marie schaute. »Es wird tatsächlich wärmer. Ich hätte nichts dagegen.«

Marie sah so scharf aus, dass sie jeden heiß machen konnte. Ein praller Busen und glänzend rote Nippel lugten über einer Tunika aus roter Seide, die ihr nur bis zum Dreieck ihrer Schenkel reichte. Toni sah einen Busch aus gekräuselten Haaren.

»Ja, gut«, sagte Toni dann, stellte ihr Weinglas ab und entsorgte den Rest des Hühnerbeins, an dem sie genagt hatte.

Der weiche Sand ging in groben Kies über, als Toni der Französin zu einem aufragenden Felsgestein folgte. Glitzerndes Mondlicht spielte auf dem Wasser.

Sie entfernten sich vom Barbecue. Der Rauch des Feuers und das Aroma von Essen und Holzkohle schwanden. Toni begann sich zu wundern.

»Wohin gehen wir?«

Marie drehte sich nicht um. »Hier entlang. Da ist es mehr privat.«

Schwarze Schatten wurden von den Felsgruppen auf den Strand geworfen. Sie hatten eine kleine Bucht zwischen hohen Felsen vor sich, und es gab auch keine Lampen mehr, nur noch den Mondschein. Keine Geräusche mehr, nur noch das Schwappen der Wellen.

»Das ist hübsch hier«, sagte Toni, streifte ihre Tunika ab und verfolgte das Spiel der Wellen.

Etwas tauchte auf einem der Felsen auf. Sie nahm die Bewegung aus den Augenwinkeln wahr und wollte gerade fragen, was da los wäre, aber da wurde sie schon von mehreren Händen gepackt.

Sie wehrte sich und rief, und für einen Moment konnte sie auch entkommen, weil die Hände nur ihre Tunika gefasst hatten. Die unbekannten Angreifer warfen die Tunika weg. Tonis Freiheit hielt nicht lange an, und obwohl sie sich wieder zur Wehr setzte, gelang ihr diesmal die Flucht nicht.

»Lasst mich los«, schrie sie, überrascht von der Kraft ihrer

Angreifer, denn sie waren beide Frauen. Maries große Brüste und ihre prallen Pobacken klatschten beim Gehen zusammen. Sie war deutlich fleischiger, als man bei einer Frau ihrer Größe vermuten konnte. Die andere Frau war größer, hatte blonde Haare und lange Beine. Die Blonde war eine Schönheit, obwohl ihre Augen kalt blickten, und ihre Mundwinkel hingen nach unten.

»Was macht ihr mit mir?«, schrie Toni, aber dann wurde ihr Schrei von einer Hand auf ihrem Mund – wahrscheinlich war es die Blondine – abgewürgt.

Es gab ein hässliches reißendes Geräusch, als der *catsuit* aus Fischnetz von ihren Schultern gerissen wurde. Fetzen wie Schnüre hingen an ihr hinab, und sie wurden auch als Schnüre benutzt, um sie zu fesseln. Ihre Brüste hüpften nackt und frei, als die Frauen Tonis Arme auf den Rücken zogen und dort zusammenbanden. Ihre Hände wurden noch einmal zusätzlich gefesselt.

Toni riss die Augen weit auf, und nicht willkommene Gefühle rauschten durch ihre Adern, als Marie eine von Tonis Brüsten drückte.

»Marie! Was machst du da?«, fragte die große Blondine, ihre Stimme leise, aber direkt an Tonis Ohr.

Das Gesicht der Französin kam näher. »Ich kümmere mich um *numero uno«*, sagte sie, dann biss sie blitzschnell in Tonis Kinn. Marie verzog verächtlich ihr Gesicht. Triumph funkelte in ihren Augen.

»Wovon redest du überhaupt, du dumme Gans?«, schimpfte die Blondine, die ihre Fingernägel in Tonis Wange grub.

Marie antwortete nicht, stattdessen zog sie weitere Fischnetzfetzen auf Tonis Rücken, um die Fesselung noch zu verstärken.

Toni wand sich, krümmte den Rücken und streckte die Brüste vor. In einer kurzen, scharfen Bewegung wandte sie den Kopf und befreite ihren Mund von der Hand der blonden Frau. »Was soll das bedeuten?«, rief sie. »Wer bist du?«

Starke Arme legten sich um sie. Die Hand drückte wieder auf ihren Mund, bevor ein Fetzen des Fischnetzes als Knebel benutzt wurde.

Ein wissendes Lächeln umspielte das Gesicht der Blonden, aber es war ein kaltes, kalkuliertes Lächeln, das Toni an die Nordsee im November erinnerte. Die Blonde ruckte den Kopf zu ihrer Kollegin. »Wie sie kümmere ich mich auch um die Nummer eins.«

Toni schüttelte den Kopf und versuchte zu sprechen. Es waren nicht ihre Nacktheit und die Fesselung, die sie besorgten. Es war die Tatsache, dass dieser Zwischenfall offenbar zu einem Plan gehörte, von dem sie nichts geahnt hatte. Jemand hatte ihr eine Falle gestellt, und sie war hineingetappt.

Dies war nicht der Rote Turm, wo ihr die Gründe für die Fesselung erklärt worden waren. Sex und Sinnlichkeit. Aber diese Frauen waren nicht nur nicht sinnlich, sie hatten ein Ziel vor Augen und schienen es todernst zu meinen.

»Noch zehn Minuten, dann wird die Flut uns erreicht haben.« Dabei schaute die Blonde hinaus aufs Meer.

Marie schaute auch hinaus, dann seufzte sie und beäugte Toni lüstern von Kopf bis Fuß. Sie hatte irgendwas geplant, und ihre blauen Augen verwandelten sich in kalten Stahl. Als könnte sie nicht erwarten, herauszufinden, wie Tonis Körper schmeckte, fuhr sie sich mit der Zunge langsam über die Lippen. Unfähig, ihre eigenen Reaktionen zu kontrollieren, fing Toni an zu zittern. Marie, die das bebende Fleisch sah, schien zu frohlocken.

»Dann müssen wir etwas finden, um uns bis dahin zu

beschäftigen, nicht wahr?« Ihre Stimme klang gedämpft und trotzdem so rau wie das Rauschen der Wellen.

»Aber Marie«, sagte Andrea, »so viel Zeit haben wir nicht. Wir wollen doch nicht erwischt werden.«

»Halt den Mund, du Närrin. Natürlich haben wir Zeit. Schau sie dir doch an«, murmelte sie mit offensichtlicher Bewunderung. »Schau dir diese festen hübschen Brüste an und die harten kleinen Nippel. Findest du nicht auch, dass wir ihren Körper genießen sollten, während wir warten? Willst du sie nicht ausprobieren? Schau sie an, sie ist uns ausgeliefert, und doch zeigt sie keine Angst. Ich glaube sogar, dass sie die Situation genießt. Schau doch nur hin!«

Obwohl sie verwirrt und benommen von dem war, was mit ihr geschah, schaute Toni an ihrem Körper hinunter. Es war zum Teil der Nachtluft und der leichten Brise geschuldet, dass ihre Brüste mit einer Gänsehaut übersät waren. Und ihre Nippel, hart wie Kieselsteine, waren stark erigiert.

Eine goldblonde Strähne schob sich vor Tonis Sichtfeld, und dann stöhnte sie laut auf, als Andrea einen von Tonis Nippeln in den Mund saugte. Andreas Lippen waren heiß und fest, und ihre Zunge umkreiste die dunklere Aureole von Tonis Brustwarze.

Sie konnte die subtilen Botschaften, die ihre Brust zum Rest ihres vibrierenden Körpers schickte, nicht ignorieren, und Toni bog sich zurück, sodass ihre Brust hart gegen Andreas Mund und Gesicht stieß.

Die Französin lachte. Keine Sekunde lockerte sie den Griff um Tonis Handgelenke.

»Wie schmeckt ihre Brust?«, fragte sie, und das melodische Lachen schwang noch in ihrer Stimme mit.

Andrea löste den Mund einen Zentimeter von Tonis glitzernder Brustspitze. »Hmm, sie schmeckt sehr gut«, murmelte sie, als hätte sie einen Trüffel im Mund, den sie gleich schlucken würde. »Wie eine Kirsche. Probier du doch auch mal.« Im nächsten Moment nahm sie Tonis Nippel wieder in den Mund.

Mit weit geöffneten Augen starrte Toni in Maries boshaft grinsendes Gesicht, bevor auch sie den Kopf beugte und die andere Brustwarze in den Mund nahm. Wieder raste eine unwiderstehliche Botschaft des beginnenden Deliriums durch Tonis Körper. Jetzt wurde an beiden Brüsten gesaugt, genagt, geleckt und geknabbert.

Toni schwankte ein wenig, als beide Münder an ihr saugten. Die beiden Frauen drückten sich an sie. Zähne bissen leicht zu, und die Pfeile, die hinunter zu ihrer Vulva schossen, trieben ihren Kreislauf an. Sie schrie nach mehr.

Panik trat an die Stelle des Entzückens, als die saugenden Lippen und die forschenden Zungen ihre empfindlichsten Nervenenden reizten. Sie hatte sich nicht mehr unter Kontrolle, warf den Kopf zurück und schrie. Der Fetzen Fischnetz war längst eingeweicht, sodass er als Knebel nicht mehr zu gebrauchen war. Ihr Stöhnen wurde nur noch lauter.

»Halt den Mund«, knurrte Marie und gab ihr eine Ohrfeige.

Andrea hob den Kopf und stieß gegen Maries Schulter. »Sieh zu, dass du ihr das Maul stopfst«, sagte sie wütend, aber auch mit Angst in der Stimme. »Der Lärm kann jemanden auf uns aufmerksam machen, bevor wir abhauen können.«

Marie schniefte. Sie starrte immer noch auf Tonis Brüste, und ihre Zunge strich wieder über ihre Lippen. »Du gerätst rasch in Panik, Andrea. Dazu besteht kein Grund, aber damit du Ruhe gibst, werde ich sie hiermit zum Schweigen bringen.«

Sie hakte ihr Bikinioberteil aus. Ihre großen, weichen Brüste sackten ein wenig und rieben gegen Tonis Brüste, während Marie den BH zusammenknüllte und Tonis Mund knebelte.

»Lege sie doch hin«, meinte Marie dann. »Wir können viel mehr schöne Dinge mit ihr anstellen, wenn sie auf dem Rücken liegt.«

Die Hände auf dem Rücken zusammengebunden, den Mund mit einem Knebel gestopft, legten sie Toni in den Sand, der von der Sonne des Tages noch warm war. Es war das einzige Stück Sand an dieser Stelle.

Das Fischnetz war bis zur Taille zerrissen, aber es bot ihr doch einen erstaunlichen Schutz von dort abwärts. Ihre Brüste waren es, die den beiden Frauen ausgesetzt waren, und Toni zitterte wieder, bevor eifrige Münder nach ihren Nippel schnappten.

Andrea und Marie strichen mit den Händen über Tonis Hüften, sie drückten zwischen ihre Beine, pressten gegen die Innenseiten der Schenkel und öffneten sie weit.

Die Hände griffen nun unter sie, kneteten ihre Backen und quetschten ihr Fleisch, während andere Hände gegen Tonis Schenkel klatschten.

Während sie an ihrem Busen knabberten und saugten, stießen sie gemurmelte Laute aus, und diesmal schien es sie nicht zu bekümmern, dass jemand vielleicht das Stöhnen und die geilen Schreie hören könnte.

Die Hände wanderten zu Tonis Delta, sie gruben sich in das Fischnetz hinein, das ihr Geschlecht bedeckte. Sie öffneten die glitschigen Labien, was ihnen durch die Karos im Stoff auch ganz gut gelang. Durch eine andere Öffnung neckten sie ihre Klitoris, und wenn sie die Karos auseinanderzogen, konnten sie die Finger hindurchstecken und Tonis Pussy necken und quälen, wie es ihnen gefiel.

Mit geschlossenen Augen dachte Toni über ihre Möglichkeiten nach, mit der Situation fertigzuwerden. Sie brauchte nicht lange zu überlegen. Was ihr einfiel, war frisch und faszinierend, neu und berauschend. Erst kürzlich hatte Venetia Salvatore ihr eine Lektion im Roten Turm erteilt, und Toni hatte sie ausgehalten und sogar genossen.

Mit mentaler und körperlicher Entschlossenheit rief sie die Kräfte ab, die sie im Roten Turm hatte freisetzen können. Ihr Stöhnen war kaum mehr als ein Lustgemurmel, weil es vom Knebel gedämpft wurde, aber für ihre Zuhörerinnen war es so gut wie unmöglich, die wahre Natur der Laute zu erkennen.

Unter den forschenden Fingern, die jetzt durch das Fischnetz bohrten und in ihre Vagina eindrangen, wand sie sich wie vor ein paar Minuten, als sie ihre Klitoris gereizt hatten. Aber diesmal waren die Bewegungen auf ihre Sinnlichkeit abgestimmt. Sie labte sich an den Fingern der beiden Frauen und ließ das Becken kreisen, als eine Frau mit der Daumenkuppe über Tonis Klitoris strich und die andere Frau geschickt mit den Fingern in die Vagina stieß.

Ihre Pobacken pressten sich zusammen, als andere Finger den engen rosa Ring ihres Anus und die glitschige Nässe des dunklen Hafens erforschten. Mit entschlossener Hartnäckigkeit drückten sie durch die offenen Karos des Fischnetzes in die Öffnungen hinein, ohne sich um ihre Reaktionen zu kümmern, und Zärtlichkeit war ihnen unbekannt. Sie waren nur auf ihre eigene Lust aus, auf ihre eigene Befriedigung.

Aber diese zahlreichen Botschaften, die ihre Finger sandten, brausten nun durch Tonis Körper und verdrängten die Furcht, die sie vielleicht anfangs noch empfunden hatte. So egoistisch, wie die beiden Frauen sich verhielten, war Toni auch in der Verfolgung ihrer eigenen Lust. Sie krümmte den Rücken wieder, damit ihre Lippen und Zähne sich umso intensiver in ihre Nippel verbeißen konnten.

In den Winkeln ihrer Gedanken wurde ein leiser Triumph geboren. Welche Lust sie auch durch ihre Attacken erreichen wollten, Toni erhielt die zehnfache Ekstase von ihnen. Ganz egal, was sie mit ihr anstellten, ihr Körper reagierte darauf mit purer Sexualität.

Verloren in ihrem Entzücken, stießen die Finger härter in sie hinein; die Frauen labten sich an Tonis ruckenden Hüften und brachten sie höher und höher, einem gewaltigen Orgasmus entgegen, der ihre Hände nässte und den Sand unter ihren aufbäumenden Pobacken.

Da sie selbst mit ihren Emotionen beschäftigt waren, dauerte es eine Weile, bis sie begriffen hatten, was geschehen war. Als Toni die höchste Spitze erreicht hatte, schwante es ihnen.

»Sie ist gekommen!«, rief Andrea. Ihre Finger schlafften ab, und ihr Mund, gerötet von den eifrigen Arbeiten an Tonis Brüsten, klaffte überrascht auseinander.

Marie hob auch den Kopf und starrte Andrea an, dann sah sie hinunter auf Toni. »Kleines schmutziges Luder«, murmelte sie, aber trotz ihrer Verärgerung schien sie ach ein wenig neidisch zu sein.

»Diese Kuh! Dafür könnte ich sie klatschen«, knurrte Andrea.

Marie schaute hinaus aufs Wasser und auf ein Objekt, das sich gleich hinter den Felsen auf und ab bewegte. »Warum tust du es dann nicht? Viel Zeit bleibt dir nicht mehr, denn die Flut setzt bald ein.«

»Das genügt«, brummte Andrea. »Dreh sie um.«

Toni wehrte sich, so sehr es ging, als die Frauen sie über den Sand wälzten. Bisher hatte sie den groben Sand nur auf dem Rücken gespürt, jetzt biss er sich auch in ihre Brüste.

»Im Boot liegt ein Seil«, rief Marie. Ihr nackter Busch befand sich auf der Höhe von Tonis gefesselten Händen, als sie sich auf sie setzte. »Ich bleibe auf ihr sitzen, bis du mit dem Seil zurückkommst.«

Als Andrea mit ihren langen Beinen über den Sand lief, wirbelte sie ganze Staubwolken auf.

Es dauerte nicht lange, bis sie zurück war.

»Warum benutzt du das Ding nicht, um ihre Füße festzubinden?«, fragte Marie, als Andrea das Seil um Tonis Hals legte und Marie das Seilende reichte.

»Nein, nicht nötig, dafür ist schon gesorgt.«

In dem Moment fühlte Toni, wie Andreas Finger am Fischnetz rissen, das noch ihre Beine bedeckte. Sie zerrte die einzelnen Streifen bis hinunter zu den Knöcheln, und dort band sie die Fetzen zusammen. Toni war absolut hilflos.

Marie erhob sich von Tonis Rücken, das Seil in der Hand und um Tonis Nacken gespannt.

Ihre Schatten fielen über Toni, und sie hörte die beiden Frauen seufzen. Sie nickten zufrieden, als sie auf die hilflose Gestalt im Sand schauten.

Eine Hand, sie nahm an, dass es Andreas Hand war, klopfte ihr auf die Pobacken, die noch vom Fischnetz bedeckt waren. Aber nicht mehr lange, dachte Toni.

Es gab ein reißendes Geräusch, und wie sie schon vermutet hatte, wurde ihr das Fischnetz vom Hintern gerissen, aber ein paar Fetzen spannten sich noch um Hüften und Schenkel.

Die Hand streichelte jetzt über die nackten Backen, und zwei Finger schoben sich zwischen die Halbkugeln.

»Bist du bald fertig?«, hörte sie Marie fragen.

»Geduld«, gab Andrea zurück. »Ich will doch nur, dass wir alles richtig machen.«

»Was willst du denn jetzt noch?«

»Ich will, dass ihr Hintern höher liegt als der Rest ihres Körpers. Hilf mir, sie da drüben auf den Felsen zu bringen.«

Sie trugen und zogen Toni hinüber zum Felsen, den Andrea ausgesucht hatte. Er war klein und rund und höchstens einen Meter hoch. Sie drapierten sie auf den Felsen, aber Gesicht und Füße steckten im Sand. Ihr Po war unnatürlich hoch gereckt und starrte in den Mond.

»Wunderbar«, hörte sie Andrea sagen.

»*C'est belle*«, ließ sich Marie vernehmen. »Aber du wirst dir die Hand wund hauen.«

»Werde ich nicht.«

»Ein Paddel!«, rief Marie. »*Voilá!* Ich konnte ja nicht wissen, dass du auch ein Paddel vom Boot mitgebracht hast.«

Toni brauchte sich nicht davon zu überzeugen, was Andrea mitgebracht hatte. Offenbar lag ein kleines Boot hinter den Felsen, deshalb warteten sie auf die Flut. Zur Ausstattung des Boots würden Paddel gehören. Panik ergriff sie für einen kurzen Moment, bevor sie sich wieder zusammenriss und sich daran erinnerte, was Madame Salvatore ihr über Sinnlichkeit und das Aushalten von Schmerzen gesagt hatte.

Trotz des Wissens, was bald geschehen würde, spürte sie ein nasses Rinnsal, das aus ihrer Vagina rann und zwischen den Schenkeln für eine schleichende Wärme sorgte.

Sie drückten sie fester gegen den Felsen, und ihr Po schwenkte leicht hin und her, bevor sie den ersten Schlag hinnehmen musste. Ihr Po brannte, und Andrea schlug immer wieder zu.

Als aus dem langsamen Brennen ein Feuer wurde, stöhnte sie, und ihr Körper wand sich. Niemand, und erst recht nicht die beiden, die ihr diese Behandlung zuteilwerden ließen, konnte ahnen, wie sie mit der Bestrafung fertigwurde.

Nicht nur ihr Po brannte, sondern auch ihr Geschlecht, das sie fest gegen den Felsen presste. So verlässlich wie immer, hatte sich ihr Epizentrum vom letzten Orgasmus erholt und erhob sich nun in Erwartung des nächsten.

Sechs Schläge des Paddels landeten auf ihren Pobacken, bevor Andrea eine Pause einlegte.

»Da siehst du es«, sagte sie mit voller Zufriedenheit. »Siehst du, wie pink sie geworden ist? Selbst im Mondschein kannst du sehen, wie ihr Hintern Farbe angenommen hat.«

»Die Backen sehen glühend heiß aus«, sagte Marie. »Darf ich mal anfassen?«

»Natürlich. Du kannst dir die Hände an ihnen wärmen. Wenn sie keine Wärme mehr hat, sorge ich für neue.«

Mit genüsslicher Langsamkeit legte Marie ihre Handflächen und Finger auf Tonis Po.

Toni zitterte unter der Berührung; ihr Fleisch erschauerte, als wäre es von Eisklumpen umgeben. Sie fühlte, wie Maries Finger ihre Backen teilte. Vielleicht suchte sie dort nach der Wärme.

»Bist du noch nicht fertig?«, fragte Andrea. »Ihr Hintern kühlt schon ab, er ist nicht mehr so schön rosa, wie er eben noch war. Geh mal weg, dann gebe ich ihr noch mal sechs.«

»Nein«, widersprach Marie. »Lass mich.«

Toni hörte Andrea laut seufzen, bevor sie widerwillig das Paddel an Marie weitergab. Toni ahnte, dass Maries Schläge härter sein würden als die ihrer Freundin.

Sie schloss die Augen und machte sich gefasst auf die neue Welle der Attacken.

Als der erste Schlag auf ihrem Po landete, versteifte sich der ganze Körper. Wie zuvor sammelte sie tief in sich ihr ganzes Reservoir an sexueller Erregung.

Die Auswirkungen der ersten sechs Schläge waren noch nicht verschwunden; sie verbanden sich jetzt mit den härteren Schlägen, die aus großer Höhe zu kommen schienen und voller Wut auf ihre Backen knallten.

Marie gönnte sich keine langen Pausen zwischen den

Schlägen. Toni war so benommen, dass sie nicht mitzählen konnte. Es mochten sechs Schläge sein, aber vielleicht waren es auch acht.

Ihre Brüste schwangen, weil Toni sich so weit hin und her bewegte, wie es die Fesselungen erlaubten. Sie konzentrierte sich mit ganzer Kraft und übertrug die Sensationen vom Po zur Klitoris, die sanft über den Felsen unter ihr rieb.

Schweiß bedeckte ihren Körper mit einem feinen, silbrigen Film. Sie zitterte wieder, als der Po unter dem Paddel hin und her schwang. Wie eine gewaltige Welle, die über den Bug einer schnellen Jacht hereinbrach, wurde sie vom nächsten Orgasmus durchgeschüttelt, gerade, als der letzte Paddelschlag sie traf und sie ein letztes Mal über den harten Felsen rieb.

»So!«, rief Marie. »Fertig!«

»Gut«, sagte Andrea. »Das hat mir gut gefallen. Jetzt geht es mir schon viel besser. Aber noch besser ginge es mir, wenn Venetia Salvatore sie gar nicht erst hierher geholt hätte. Aber jetzt sollten wir keine Zeit mehr verlieren.«

»Ja«, stimmte Marie zu. »Die Flut hat eingesetzt. Wir müssen gehen, und sie auch. Wir müssen zum Boot.«

Sie hoben Toni auf die Füße. Sie stolperte ein wenig, nachdem sie so lange in der liegenden Position hatte aushalten müssen. Ihr Po brannte, und sie hatte von den beiden zwei Orgasmen erlebt. Sie spürte eine einsetzende Müdigkeit.

»Nun komm schon.« Andrea ruckte an dem Seil, das noch um Tonis Hals hing.

»Ich schätze, ihm ist es egal, wie sie aussieht«, sagte Marie, die das Paddel unter den Arm klemmte und Toni von oben bis unten musterte.

Toni fragte sich, wer ›er‹ war, aber sie konnte nicht fragen, weil Maries Bikinitop noch in ihrem Mund steckte. Ihre Blicke wandten sich von der einen Frau zur anderen. Andrea betrachtete sie ebenso ausgiebig wie Marie, aber das war ihr egal. Andrea, nahm sie an, musste einen Grund für diesen Coup haben. Sie würde alles tun, um sie loszuwerden.

»Ich nehme an, wir könnten ihre Fußfesseln lösen, aber ich habe eine bessere Idee. Schließlich war ich auf der Jagd nach ihr, deshalb kann ich auch entscheiden, wie wir sie verpacken. Gib mir das Paddel. Ich bringe es zurück zum Boot und bringe eines der Ruder zurück.«

Marie runzelte die Stirn, reichte Andrea aber das Paddel, das ziemlich leicht war, nur für kurze Strecken in ruhigem Gewässer gedacht.

Andrea schubste Toni, sodass sie wieder in den Sand fiel, dann lief sie schnell zum Boot und war auch bald zurück. »Du musst ihre Hände vorn zusammenbinden«, sagte sie zu Marie. »Warte, ich helfe dir.«

Zwei Paar Hände packten Tonis, lösten die Fesseln und banden sie auf dem Bauch wieder zusammen.

Andrea hob das Ruder und legte es auf die Länge von Tonis Körper. Hände und Füße wurden um das Ruder befestigt, und jetzt sah es so aus, als wäre Toni die Beute, die sie im Dschungel erlegt hatten.

»Fertig?«, fragte Andrea, die auf der Höhe von Tonis Kopf stand.

»Ich bin bereit«, antwortete Marie, die am Fußende auf ihren Einsatz wartete.

Sie schwangen das Ruder auf ihre Schultern, und Toni hing da, gefangen, gefesselt und geknebelt, und auch das Seil um ihren Hals band sie an die Länge des Ruders.

Eine Brise vom Meer kühlte ihren glühenden Po, als sie von den Frauen zum Wasser getragen wurde. Ihr Kopf hing nach unten, aber sie konnte die Sterne sehen, als sie weiter hinunter zum Strand getragen wurde.

Dies mochte nicht die Nacht sein, wie sie sich diese Nacht vorgestellt hatte, aber sie hatte sie überlebt. In Wirklichkeit konnte sie triumphieren. Wenn sie lebend aus diesem Abenteuer herauskam, gab es für sie kein Halten mehr.

Aber dann mahnte sie sich – noch wusste sie nicht, was ihr sonst noch drohte in dieser Nacht.

Zwölftes Kapitel

»Du hättest sie im Auge halten sollen. Du bist sehr leichtsinnig gewesen, mein lieber Mann, sehr leichtsinnig.«

Venetia Salvatore ging auf dem Steinboden in der kühlen Dunkelheit des Roten Turms auf und ab. Sie war wütend, und in ihrem Alter wollte sie nicht mehr wütend werden müssen. Die Wut ließ das Blut in ihr Gesicht schießen, was für ihren Teint nicht gut war. Sie klopfte mit den Handflächen leicht gegen ihre Wangen, um die rosa Farbe zu verjagen, und bei den Bewegungen klirrte ihr Schmuck wie wütende Ketten.

»Es tut mir leid, Madame. Es tut mir außerordentlich leid. Ich akzeptiere jede Bestrafung, die Sie mir auferlegen.«

Gewöhnlich stand Emira stolz und aufrecht da, aber nun sah er wie ein Häufchen Elend aus. Er schämte sich, und er hatte eine böse Niederlage erlitten. Er kniete vor ihr, nackt, den Kopf gebeugt. Da er wusste, dass sie wütend war, hatte er draußen schon seine Kleidung abgelegt. Er wusste auch, dass er bestraft werden würde. Sein glänzender dunkelbrauner Körper würde alle möglichen Strafen über sich ergehen lassen müssen, bis sie die Wut aus ihrem System getrieben hatte.

Seine herrliche Männlichkeit, gewaltig in Länge und Umfang und schwarz wie Ebenholz, hatte sich schon in stiller Erwartung der Bestrafung aufgerichtet. Die vollen Hoden hingen wie üppige dunkle Früchte zwischen seinen geschmeidigen, kräftigen Beinen. Ihre Stimme schallte über seinem Kopf. Laut und schrill.

»Oh, ja, du wirst bestraft werden, darauf kannst du dich verlassen.«

Ihre Augen funkelten giftig, und sie hatte die Hände zu Fäusten geballt. Die Liebe zu ihren Söhnen und die Wut darüber, dass ihre Pläne durchkreuzt worden waren, brannten tief in ihrem Innern.

Er hatte die Strafe verdient, weil er die größte Schuld auf sich geladen hatte. Trotzdem ließ sie den Blick über seine Gestalt schweifen, um sich an seiner Nacktheit zu erfreuen und an seiner Bereitschaft, sich ihr zu unterwerfen. Als Reaktion auf die schiere Männlichkeit seines Körpers und auf die sanfte Weiblichkeit seines Gesichts öffnete sich ihr Mund, dann umfasste sie ihre Brüste und strich mit den Händen über ihre Taille und die ausladenden Hüften. Sie stellte sich vor, dass ihre Hände seine wären, und ihre Erregung war auch seine.

Emira ließ den Kopf hängen und hielt den Blick auf den Boden gerichtet oder auf Venetias umherwandernde Füße. Dann, direkt vor ihm, verharrten die Füße. Er hatte seine Herrin immer schon wegen ihrer perfekten Proportionen bewundert, und ihre Füße gehörten dazu. Ihre exquisiten Zehennägel befanden sich direkt in seinem Blickfeld, zierlich und vibrierend vor Sexualität.

Er seufzte tief, dann ließ er sich nach vorn fallen, die nackten, glänzenden Backen in der Luft, den Kopf auf dem Boden. Er legte seine Hände auf ihre schönen Füße, dann küsste er jeden Zeh einzeln, wo sie unter den Riemchen ihrer Sandalen hervorlugten.

Zwischen den atemlosen, bewundernden Küssen versuchte er zu erklären, was nicht zu erklären war.

»Madame ... ich kann nur sagen, dass ich auf so etwas nicht vorbereitet war. Ich weiß nicht, wohin sie gegangen ist. Ich weiß, dass ein Fischerboot aus dem Dorf gleich hinter den

Felsen ins Wasser gelassen wurde, und dann war es plötzlich wieder weg – ich muss annehmen, dass sie auf diesem Boot ist. Das wird überprüft. Martin und Mark haben das Schnellboot genommen und werden sie schnell eingeholt haben, falls sie wirklich darauf sein sollte.«

Sein Mund verweilte über dem kleinen Zeh.

Venetia schaute zu ihm hinunter. »Sehr ärgerlich, mein lieber Mann, sehr ärgerlich. Alles war vorbereitet! Mein Sohn hätte sie gestern Abend kennenlernen können. Und mein zweiter Sohn hätte sie auch gesehen. Der entscheidende Teil meines Plans hätte in die Wege geleitet werden können. Jetzt ist alles gescheitert, und sie ist verschwunden. Das kann ich nicht zulassen, absolut nicht zulassen.«

»Es tut mir leid, Madame. Sehr leid. Ich entschuldige mich und bedauere zutiefst. Ich bin Ihr Sklave. Ich bin immer Ihr Sklave gewesen und werde es auch immer sein. Tun Sie mit mir, was Sie wollen. Strafen Sie mich, wie Sie es für angemessen halten. Mein Körper gehört Ihnen.«

Seine Aktionen unterstrichen seine Worte, als er sich auf dem Boden ausstreckte. Seine dunkle Gestalt fiel wie ein Schatten auf den roten Steinboden.

Er schloss die Augen, als die Füße in den Sandalen näher traten. Er hörte ein leises Klacken, als sie ihre Sandalen auszog, dann fühlte er, wie ein scharfer rot lackierter Zehennagel in seine Seite stieß.

»Verdammt bist du, Emira!«

Er verzog das Gesicht bei jedem Tritt ihres zierlichen, schönen Fußes, nicht so sehr, weil der Zehennagel jedes Mal ein bisschen Haut abschürfte, sondern weil bei jeder Berührung sein Penis härter wurde. Er füllte sich immer mehr mit Blut, dabei lag er gefangen zwischen seinem Körper und dem Steinboden.

»Madame …«

Sie hatte sich bewegt. Er hörte das Rascheln ihres Umhangs, als sie sich bewegte, und roch die pulsierende Mischung ihres Parfums und ihres Körpers.

Ihm stockte der Atem, als er ihren Fußballen auf seinen muskulösen Schultern spürte. Dann setzte sie die ganze Sohle auf seinen Rücken, gefolgt vom anderen Fuß. Obwohl sie nicht schwer war, drückte ihr Gewicht ihn auf den kalten Steinboden. Er stöhnte, aber nicht vor Schmerzen, nur vor Lust. Ihre Füße waren kalt auf seinem Rücken, und ihr Parfum stieg ihm zu Kopf. Ihre Gegenwart elektrisierte ihn wie immer.

Schweigend trat sie über seine harten Muskeln bis hinunter, wo der Rücken schmäler wurde und auf die Hügel seiner Backen stieß, braun und glänzend wie Kastanien.

Nein, ihr Gewicht nahm er kaum wahr, sie trat vorsichtig auf, als sie vom Rücken zu den Backen ging, immer nur einen Schritt nach dem anderen.

Er stöhnte, blieb aber regungslos liegen, als ihr Zeh in die Kerbe dazwischen fuhr. Er stöhnte noch mehr, behielt seine Regungslosigkeit aber bei, als der Zeh nun in die Enge seines Anus stieß.

Venetia mochte leicht sein, aber sie war auch kraftvoll, und das traf auch auf den Zeh zu. Er grub sich in die Öffnung. Er spannte nicht die Muskeln an, sondern blieb ganz entspannt und ließ es klaglos geschehen, dass sie ihn an dieser Stelle enterte. Mit jedem Stoß des Zehs schwoll sein Glied stärker an, und die Härte rieb sich gegen den Stein des kalten Fußbodens. Er spreizte die Finger, die Handflächen flach auf dem Boden. Er hielt die Augen geschlossen und den Mund geöffnet.

Venetia hörte nicht auf, ihn mit dem Zeh zu reizen. Dies war ihre Bestrafung für sein Versagen. Sie wollte ihn missbrauchen, wollte jemanden für die unerwartete Entwicklung büßen lassen. Mit zunehmender Geschwindigkeit penetrierte sie ihn weiter mit dem Zeh, und ihr war genau bewusst, dass sein Penis, gefüllt von Blut und Erregung, unter seinem Körper lag.

Sanft, um seine liebste Passagierin nicht zu stören, begann Emira sich an den Steinen des Fußbodens zu reiben. Sein Stöhnen wurde noch einmal lauter, denn er spürte, dass sein Orgasmus unmittelbar bevorstand.

Venetias Augen blitzten, und als sie sprach, war es fast ein Zischen. »Noch nicht, mein lieber Mann. Deinen Höhepunkt hinauszuzögern gehört zur Bestrafung.« Ihr Zeh zog sich zurück. »Öffne deine Beine.«

Er gehorchte. Sie barg ihre Zehen in der Wärme seines Skrotums.

Schmerzvoll schrie er auf, dann stöhnte er wieder, als sie mit den Zehen gegen die Hitze seiner Genitalien stieß, die sich zwischen seinen Beinen zusammengezogen hatten.

»Du wirst noch nicht kommen, nicht wahr, Emira?«

»Nein, Madame.« Seine Stimme klang von der Mühe, sich zurückzuhalten, wie erstickt.

»Hat sich deine Erektion beruhigt?«

»Ja, Madame, aber ganz verschwunden ist sie noch nicht.«

»Gut«, sagte sie. »Das freut mich.«

Lächelnd vor Zufriedenheit, schob Venetia nun beide Füße mit den Zehen gegen seinen Hodensack und weidete sich an dessen Wärme. Obwohl ihre Zehennägel sein empfindsamstes Fleisch leicht kratzten, war sie bemüht, ihm keine Schmerzen oder Verletzungen zuzufügen.

Als sie glaubte, seine Begierde hinreichend angestachelt zu haben, stieß sie den Zeh wieder in seinen Anus.

Diesmal ließ sie ihm keine Zeit, sich gegen ihr Eindringen zu wappnen. Sie rammte den Zeh in die Öffnung und zwang ihn hinein, wie ein Mann eine Frau zwingen würde. Seine

Schultern und der Kopf hoben sich vom Boden, er stieß einen Schrei aus, aber sie wich nicht zurück.

Immer wieder stieß sie zu. Er ruckte gegen den Boden, aber er nahm weiterhin Rücksicht auf sie und achtete darauf, dass sie sich auf seinem Rücken halten konnte. Sie war grausam zu ihm, sie fügte ihm Schmerzen zu und bereitete ihm Lust, und er vergaß nie, dass sie seine Herrin war, seine Wohltäterin, sein Idol.

Die Muskeln angespannt, das Kinn verkrampft, wimmerte er leise in den Boden hinein. Er krallte seine Finger in die Handflächen. Sie hatte ihn benutzt und missbraucht, hatte ihre ganze Frustration an ihm ausgelassen, nur an ihm. Darin sah er eine Ehre, tröstete er sich – mehr noch, es war auch ein Zeichen von Liebe.

Es lief ab wie immer: Sein Körper reagierte auf ihre Nähe und auf die Grausamkeiten ihrer Aktionen. Es lag an ihr, was sie mit seinem Körper anstellte, wie sie sich mit ihm Vergnügen verschaffte. Doch ihr Vergnügen war auch sein Vergnügen. Er war wie Wachs in ihren Händen, und seine Begierde, ihr Sklave zu sein, war so stark wie immer.

Das Verlangen stieg in ihm hoch, nahm Form an, erhob sich wie eine Spirale, die immer höher stieg und ihn mitnahm, bis er nicht mehr höher steigen konnte. Er erreichte den Gipfel und wurde zum Höhepunkt geschüttelt. Der ganze Körper bebte, und es dauerte eine Weile, bis die letzten Zuckungen abgeklungen waren.

Der Zeh noch immer aktiv, schaute Venetia seinen Erschütterungen und seinem Zittern mit kaum merkbarer Befriedigung zu. Erst als sie sicher sein konnte, dass sein letztes Zittern vorüber war, trat sie vorsichtig von seinem Rücken hinunter.

»Jetzt ich«, sagte sie. »Knie dich hin.«

Sein Gesicht strahlte vor ungetrübter Verehrung, als er zu

ihr aufschaute. Er murmelte seinen Dank und strich mit den Händen über ihre Beine bis hinauf zum Delta. Seine Blicke richteten sich auf ihre Pussy.

Sanft und doch kräftig, leidenschaftlich und doch einfühlsam, saugten seine Lippen an ihrem Fleisch. Er atmete ihren Geruch ein, und sie schnurrte vor Wonne. Seine Hände – die Handflächen so zart wie Rosenblüten – streichelten ihre Schenkel von den Knien zu den Hüften.

Als er ihr Geschlecht mit der Zunge teilte, drückte er die Hände auf ihre Pobacken und zog sie behutsam auseinander.

Seine Zunge bewegte sich blitzschnell wie ein schlanker Fisch in die Falten ihres feuchten, glitschigen Fleisches, er leckte über die Rosenknospe und drang in ihre Vagina ein, die nach Honig und Salz schmeckte.

Er wusste, dass sie über ihm mit ihren Brüsten spielen würde und die eigenen Nippel reizte, sie drückte und in die Länge zog, als wären sie Knöpfe, an denen sie ihre Empfindungen regulieren konnte. Ihre Brustwarzen waren außergewöhnlich empfindlich. Wenn sie mit ihnen intensiv genug spielte, konnte sie sich schon zu den Höhen der Ekstase bringen.

Wie eine kochende See schimmerte sie über Emira, ihre Hüften kreisten um seinen Mund, und er tauchte mit Nase und Zunge tiefer in sie ein.

Ihre Hände verließen ihre Brüste und strichen nun durch Emiras Haare. Als sich ihr Orgasmus näherte, griffen ihre Finger fester zu, und ihre Nägel bohrten sich in seine Kopfhaut.

Mit einem wuchtigen Gefühlsausbruch, der wie ein heller Schleier über sie fiel, begann sie zu zittern, ihre Schenkel und Hüften zuckten, und seine Zunge saugte den Rest ihres Höhepunkts aus ihr heraus.

Ihre klammernden Finger gaben ihn schließlich frei.

Er schaute zu ihr hoch. Sie lächelte nicht, aber sie war nicht mehr so wütend wie zuvor. Sie sah nur nachdenklich aus, dachte Emira.

»Wir müssen sie finden, mein lieber Mann. Das weißt du, nicht wahr?«

»Ja«, antwortete er. »Das weiß ich.«

Später an diesem Tag wartete Emira auf die Rückkehr von Mark und Martin.

Auf ihren Gesichtern stand ihre Erfolglosigkeit geschrieben.

»Nicht auf dem Fischerboot?«

»Nein.«

Emira warf die Hand voll Gebetsperlen, die er hoffnungsvoll in einer Hand umschlossen hatte, in die Luft. Er sah ihnen nach, wie sie von der Sonne beschienen wurden, bis sie kurz darauf auf den Boden fielen.

Er war nicht glücklich. Er hatte einen bestimmten Verdacht, aber er wusste noch nicht, wie er darauf reagieren sollte.

Er schaute hinaus zum fernen Horizont und zu den anderen Inseln jenseits der drei, die der Familie Salvatore gehörten. Vielleicht war Antonia gar nicht so weit weg.

»Emira.«

Er schaute hinter sich zur Terrasse der weißen Villa, die von der untergehenden Sonne rosa angestrahlt wurde.

Philippe, Weinglas in einer Hand und Andrea am anderen Arm, schauten zu ihm hinunter.

Philippe lächelte. Sein glückliches Lächeln war zweifellos auch auf den Genuss des Weins zurückzuführen. Andreas Lächeln war viel offener, fast triumphierend. Er sah einen

Blick in ihren Augen, der Emira einen Stich ins Herz versetzte und seinen Verdacht untermauerte.

Andrea war eine Schönheit, aber besitzergreifend, eifersüchtig und gefährlich. Doch er würde seinen Verdacht nicht aussprechen. Er erwiderte das Lächeln. »Ich bin gleich da.«

Er wusste mehr oder weniger, was sie vorhatten, was Andrea in Philippes Ohr geflüstert hatte. Sie würden zu dritt sein; Philippe, Andrea und er. Ein angenehmer Abend lag vor ihnen.

Dreizehntes Kapitel

Conway Patterson lebte nicht in einer feudalen Villa auf seiner zerklüfteten Insel. Wenn er das Meer hinter sich ließ, kletterte er die Klippen hoch, vorbei an den vereinzelten Bäumen, und badete in den herrlichen Wasserfällen, oder er legte sich zur Entspannung in das hohe grüne Gras.

Der klassische und betörende Zweimastsegler *Enchantress* war und blieb sein Zuhause; ihm würde etwas fehlen, wenn er nicht das leichte Schwanken fühlte, das ihn an eine allzu leidenschaftliche Frau erinnerte, die weder von ihm noch von der See genug bekommen konnte.

Er hatte es der Besatzung überlassen, die Ware zu übernehmen, die die reizende Andrea ihm versprochen hatte. Auch als sie dann an Bord war, hatte er nicht den Nerv, zu ihr zu gehen, um sie kennenzulernen.

Andrea konnte es nicht wissen, und auch sonst niemand, aber er wurde von der grünäugigen, rothaarigen Frau fast so heftig verfolgt wie sein Bruder Philippe – nur, dass er keinen Schlaf wegen ihr verlor. Aber sie war oft da und schwirrte irgendwo in seinem Hinterkopf herum.

Deshalb hielt er sich zunächst noch von der Frau zurück, die ihr so ähnlich sehen sollte. Stattdessen verließ er die *Enchantress* und ging den schmalen Weg hoch, der an den Felsen vorbei nach oben führte. Je höher er stieg, desto kräftiger zerzauste die Meeresbrise seine Haare – aber sie sorgte auch für klare Gedanken.

Nun hatte er diese Frau, aber was sollte er mit ihr anstellen?

Eine Menge, dachte er. Viele Dinge, denn sie hatte vieles zu verantworten. Es war eine Frau mit roten Haaren und grünen Augen gewesen, die ihn und seinen Bruder auf die Wege der Liebe geführt hatte, die Männer und Frauen so sehr entzückten. Und es war auch sie gewesen, die sie beide verletzt hatte und die Ursache für den Streit zwischen den Brüdern war.

Oh, ja, die Frau war für vieles verantwortlich gewesen. Natürlich war sie nicht die richtige Frau mit den roten Haaren und den grünen Augen. Wahrscheinlich gab es sonst auch kaum Ähnlichkeiten zwischen ihnen. Wenn er sie das erste Mal sah, würde er vielleicht noch einmal über eine Bestrafung nachdenken, quasi als Stellvertreterin für die Frau, die all das Ungemach ausgelöst hatte. Aber in diesem Moment gingen ihm Revanchegelüste durch den Kopf, er stellte sich ihre nackte Gestalt vor und wusste, dass er sie strafen konnte, wie es ihm gefiel.

Der Gedanke raubte ihm den Atem. Oben auf der Klippe blieb er stehen, atmete tief durch und lachte gegen den Wind, als er spürte, wie sein steif gewordener Schaft gegen die raue Baumwolle seiner engen Shorts stieß.

Was hatte sich seine Mutter dabei gedacht, diese Frau hierhin zu bringen? Welche Reaktion hatte sie von ihm erwartet, wenn er von der Existenz der Rothaarigen erfuhr? Ihm fielen keine Antworten auf seine Fragen ein. Er und sein Bruder waren ganz vernarrt in die ursprüngliche Rothaarige gewesen, benommen von ihrem Aussehen, ihrem Duft und ihrer überwältigenden Leidenschaft.

Er erinnerte sich gut an seine Jugend, an seinen Übergang vom Jugendlichen zum Mann – das war in ihren Armen geschehen. Er erinnerte sich, wie sie auf ihm gelegen und wie sie ihren Körper gegen seinen gerieben hatte, ihre Haare wie ein Vorhang zwischen ihnen, ihre sanften Brüste auf seinem harten Brustkorb, ihr flacher Bauch gegen seinen muskulösen.

Selbst jetzt, als er an den anmutigen Schwung ihres Rückens dachte, schlug sein Herz schneller. Er sah ihren Po vor sich, knackig, fest und herrlich gerundet. Ihre Haut, erinnerte er sich, hatte geglüht, als wäre sie mit einem goldenen Schimmer überzogen. Seine Gedanken allein brachten Verlangen in seine Lenden, und er spürte, dass dieses Verlangen nicht so schnell schwinden würde.

Er schloss die Augen, warf den Kopf zurück, zog den Reißverschluss nach unten und ließ seine Erektion ins Freie.

Nach zwei, drei leichten Berührungen seiner Finger zuckte der Penis, bevor er seine Ladung in den Wind schoss. Das war eine Art der Befriedigung, die ihm die Frau von damals nicht hatte nehmen können.

Er zog den Reißverschluss wieder hoch. Er fühlte sich jetzt glücklicher und lockerer, und er schalt sich einen Esel, dass er keinen Blick auf das Mädchen geworfen hatte, das seine Mutter für Philippe bereithielt. Er lächelte, dann begann er zu lachen.

Die Muskeln seiner Oberschenkel spannten sich, als er sich breitbeinig gegen den Wind stellte und zu den schroffen Felsen um sich herum lachte. Wer ihn sah, konnte ihn für einen jungen Herkules halten.

Unten lag die *Enchantress*, rotbraun glänzend im türkisfarbenen Wasser der Marelda Bucht. Die Segeljacht war eine Pracht, und die bezaubernde Bucht gehörte ihm allein.

Da unten war auch eine Frau mit Augen so grün wie das Meer und mit roten Haaren. Sie gehörte auch ihm. Aber das wusste sie noch nicht.

Toni wand sich, aber viel mehr konnte sie nicht tun. Sie war fast nackt, gefesselt und wusste, dass man sie in einen Schrank gesperrt hatte. Es war tiefe Nacht gewesen, als sie hier angekommen war. Der Knebel steckte noch in ihrem Mund und verhinderte ihr Schreien, aber sie glaubte auch nicht, dass ein Schreien irgendwas an ihrer Situation geändert hätte.

Gestern Abend war alles leise und gedämpft abgelaufen; sie hatten die Ruder benutzt und sich nicht getraut, den Außenbordmotor einzuschalten, weil Marie und die andere Frau nicht die übrigen Gäste des Barbecues auf sich aufmerksam machen wollten.

Toni überlegte, warum Marie und Andrea so sehr bemüht waren, sie loszuwerden. Sie zweifelte nicht daran, dass sie das kurze Zwischenspiel am Strand nicht weniger genossen hatten als sie selbst.

Warum hatten die Frauen sie hierhin gebracht? Außer dem Anflug von Eifersucht in Maries Blicken, als sie gerade mit Emira auf der Insel angekommen war, fiel ihr kein Grund ein. Toni seufzte, entspannte sich und fügte sich zunächst in das Unabänderliche.

Plötzlich hörte sie, wie draußen eine Tür geöffnet und wieder geschlossen wurde.

Toni empfand keine Furcht, sie war nur angespannt und vielleicht auch ein bisschen aufgeregt. Was immer nun mit ihr geschah, musste eine Verbesserung ihrer Situation sein, eingesperrt in einem Schrank wie etwas, was selten oder gar nicht mehr benutzt wurde.

Sie hörte Schritte, die auf und ab gingen. Dann hielten sie inne, bevor sie wieder hin und her gingen.

Warum öffnete niemand die Tür des Schranks, zum Teufel?

Ihr Geduldsfaden wurde immer dünner. Eine Art Panik überfiel sie. Sie wollte wissen, wer da draußen war, und ruckte mit der Schulter gegen die Schranktür. Sie wiederholte das einige Male, die Tür ratterte in ihren Scharnieren.

Ohne Vorwarnung wurde die Tür weit geöffnet. Da sie gerade wieder mit der Schulter hatte zustoßen wollen, fiel Toni seitlich hinaus. Ihr Kopf landete auf einem Paar nackter Füße, dann gingen die Füße auseinander, und ihr Kopf lag dazwischen auf dem Boden.

Ihre Haare schwebten wie eine rote Wolke um ihren Kopf, und obwohl sie ihn nur kurz hatte sehen können, wusste sie, wer sie anstarrte und wie verdutzt er war, sie gefunden zu haben.

»Du bist das!«, rief er krächzend, als hätte ihm jemand die Gurgel abgedrückt.

Klar bin ich es, dachte sie. Wer denn sonst?

Zuerst wand sie sich von einer Seite zur anderen, dann hielt die den Atem an und blieb ruhig liegen. Ihre Augen glühten wie Smaragde, als sie nach oben schaute. Er hatte stark ausgeprägte Waden, dieser Mann, und kräftige Schenkel. Und dazwischen hingen seine festen Hoden wie übergroße Früchte. Aus den Früchten erwuchs ein harter, stolzer Stab, der sich vor ihren Augen aufrichtete. Sie sah, wie der Mann auf sie hinabstarrte, die Augen groß, der Mund weit offen.

»Ich glaube es nicht«, sagte er. »Ich kann es einfach nicht glauben.«

Ich auch nicht, dachte sie, aber es war nicht ihre missliche Lage, mit der sich ihre Gedanken nun beschäftigten, seit sie die reifen Früchte zwischen seinen Schenkeln gesehen hatte. Sie lechzte danach, sie zu küssen, zu lecken und zu saugen.

Wie reif sie aussahen, wie saftig und ausgesprochen appetitanregend. Während sie auf dieses Bild starrte, musste sie daran denken, was Emira ihr beim Betreten der Insel gesagt hatte – wie sich ihre Geschmacksnerven entwickeln würden, wie sie ein Gourmet werden könnte, wenn sie alles mal probierte, was ihr vorgesetzt wurde.

Nun, diese Früchte wurden ihr tatsächlich vorgesetzt, und Toni wollte sie unbedingt schmecken. Ihr Lechzen brachte Bewegung in ihren Unterleib. Mit absichtlicher Langsamkeit rieb sie ihre Schenkel gegeneinander, und bald spürte sie die sexuellen Sekrete, die warm und nass zwischen ihre Beine rannen. Ihre Brüste hoben und senkten sich schneller, auch eine Reaktion auf das, was sie sah und worauf sie hoffte.

Er bewegte sich nicht. Allmählich schien er seinen Gesichtsausdruck kontrollieren zu können, aber seine Erektion nicht. Sie schien einen eigenen Willen zu haben und würde eigene Wege gehen.

Sie starrte auf die eiserne Härte und war so fasziniert von ihr, wie der Mann von ihr war.

»Wen haben wir denn da?«, fragte er schließlich. Man sah und hörte ihm an, dass er immer noch verdutzt war.

Sie versuchte, es ihm zu sagen, versuchte, Worte am Knebel vorbei zu formulieren. Aber bis auf ein dumpfes Murmeln kam nichts aus ihrem Mund. Sie sah, wie er lächelte, dann beugte er die Knie, sodass sein Skrotum schwer und heiß über ihrer Stirn schwebte.

Jetzt konnte sie es gut sehen, die dunkle dicke Ader, die eine Seite von der anderen trennte. Sie konnte ihn auch riechen, und trotz ihrer Fesseln begann sie sich vor ihm zu winden, sie murmelte auch wieder unverständliche Worte, immer noch darauf wartend, dass sie die Hitze seines Fleisches in den Mund nehmen konnte.

Seine Finger griffen in das Bikinitop, das Marie ihr als Knebel in den Mund geschoben hatte. Er zog es behutsam heraus. Die Spitze seines Penis tupfte sanft auf ihre Stirn. Er war warm, die Spitze feucht.

Sie keuchte, rang nach Luft und atmete tief ein. Sie sah in seine Augen, die den Blick erwiderten – blaue Augen, wie der Himmel im April. »Was mache ich hier?«

Er hob die Augenbrauen und sah sie überrascht an. »Das ist alles, was du wissen willst?«

»Nein. Wer bist du?«

Lächelnd fragte er: »Du kennst mich nicht?«

»Natürlich kenne ich dich nicht.«

Er veränderte seine Position, und jetzt konnte sie seine Augen nicht mehr sehen. Wieder hing der schwere Sack prall und heiß über ihrer Nase.

»Nein, vielleicht kennst du mich nicht«, hörte sie ihn sagen, und so seltsam es auch klingen mag – sie hatte Mitleid mit ihm. »Natürlich. Du kannst mich gar nicht kennen. Du bist nicht sie. Aber du siehst aus wie sie. Viel zu sehr.« Sein Gesicht verdunkelte sich, aber sie wusste nicht, was der Grund dafür war. »Wie unglücklich für dich.« Das sprach er leise aus, und von seinem Akzent war nichts mehr zu hören.

»Warum?«, rief sie. »Warum ist das unglücklich für mich, und wer ist ›sie‹?«

Ihr Schrei wurde von der sanften Hitze seines Fleisches gedämpft. Seine Hoden, weich wie Samt, lagen heiß und erstickend über ihrem Mund.

»Du hast doch, was du wolltest«, hörte sie ihn sagen. »Du hast nun, was du immer gewollt hast. Ich will, dass du ihn leckst. Es ist schon lange her, seit du das zuletzt getan hast. Mach schon. Leck ihn, sauge ihn und schmecke ihn. Vielleicht erinnerst du dich ja an ihn.«

Wenn der Anblick und sein Geruch sie nicht schon erregt hätten, und wenn sein Skrotum nicht direkt über ihren Lippen baumelte, wäre sie entschlossen gewesen, ihm zuzurufen, dass er sie mit einer anderen Frau verwechselte. Aber in ihrer Position war es ihr unmöglich zu rufen, und seine *hardware* war einfach unwiderstehlich.

Das Gewicht seines Hodensacks presste gegen ihre Nase, und die Härchen des Beutels kitzelten ihr Gesicht. Sie öffnete den Mund. Trotz möglicher Zweifel streckte sie die Zunge heraus und leckte über den harten Schaft, bevor er sich über sie senkte und zwischen ihre Lippen drängte.

Sie saugte an seiner Haut, und das weiche Fleisch fühlte sich warm auf ihrer Zunge an.

Während sie saugte, setzte sie die Zunge ein, um die Haut des Beutels im ganzen Mund einzuspeicheln. Je länger sie das tat, desto größer wurde ihr Verlangen, desto mehr wollte sie, dass er sie berührte und dass sie ihn mit den Händen streicheln konnte.

Er berührte sie nicht, und weil sie immer noch mit den zerfetzten Streifen des Fischnetzes gefesselt war, konnte sie ihre Finger nicht um seinen Penis schlingen, der irgendwo über ihren Brüsten zucken musste.

Sie krümmte den Rücken und hoffte, dass er dadurch auf sie aufmerksam wurde. Wie ein gewaltig angeschwollener Bergbach rauschte die Begierde in ihr, und ihr gefesselter Körper wand sich vor seinen Augen. Aber trotzdem berührte er sie immer noch nicht.

Toni blieb in ihrer erniedrigten Position sich selbst überlassen und saugte immer mehr von ihm in ihren Mund. Sein Körper ruckte vor ihrem Gesicht auf und ab, und sie hörte ihn hoch über sich stöhnen.

Ihre Zunge stieß und leckte, während ihre Zähne knabberten und die Lippen ihn tiefer hineinsaugten. Ihr Mund nahm so viel von ihm auf, wie ihr möglich war.

Sie stieß sanft gegen sein Fleisch, und ihre Zunge versuchte, in die pulsierende Röhre einzudringen, die bald seine Erlösung zur Gliedspitze schießen würde.

Prall gefüllt mit ihrer heißen Fracht, versteifte sich die Röhre. Zentimeter für Zentimeter fühlte sie, wie die Ladung hochstieg und sich versprühen wollte.

Mit einem Knie dicht an ihrer Wange hielt er sie fest, damit sie nicht ausweichen konnte. Er ruckte jetzt härter gegen ihren Mund, saß fast auf ihrem Gesicht und versuchte, auch noch den Hodensack in sie hineinzuschieben.

Er zuckte gewaltig, und nun pressten beide Knie gegen ihre Wangen. Noch ein mächtiger Stoß seiner Lenden, dann schoss eine warme Nässe über ihre Brüste. Er schrie laut und lang auf; das hörte sich wie der Schrei eines leidenden Tiers an, das endlich wieder in Freiheit war.

Eine Weile bewegte er sich nicht. Er hockte da und kreiste mit dem Becken über ihrem Kopf. Man konnte beinahe glauben, dass er seine Position beibehielt, um nicht in ihr Gesicht sehen zu müssen. Denn noch wusste er nicht wirklich, wer sie war und was sie war.

Dann waren es einige einzelne Härchen seines Hodensacks, die sie kitzelten und zum Niesen brachten. Dabei schloss sich ihr Mund so fest um seinen abgeschlafften Penis, dass er es für besser hielt, ein wenig von ihr abzurücken.

»Bindest du mich nicht los?«, fragte sie.

Er hatte sich in einen Sessel gesetzt, und von dort betrachtete er sie nachdenklich, die Ellenbogen auf die Armlehnen gestützt, die Finger beider Hände unter seinem Kinn. Aus irgendeinem Grund brauchte er Zeit für seine Antwort.

Seine Art gefiel ihr nicht, und der Klang seiner Stimme war streng. »Alles zu seiner Zeit. Wenn ich es will. Nicht, wann du es willst.«

Er warf den Kopf zurück, damit die Haare aus seinem Gesicht flogen. Sie waren von einem hellen Braun und fielen wie eine Löwenmähne von seinem Schädel. Die Sonne hatte die Haare fast weiß gebleicht.

Er studierte sie mit den Augen. Seine Blicke tasteten ihren Körper ab. Wimpern so goldfarben wie Septembermais gaben ihr den Gedanken ein, dass seine Augen wie Kornblumen blühten. Seine Lippen bewegten sich gegeneinander, als ob sie Toni gerade schmecken wollten.

»Warum kann es nur dann sein, wenn du es willst?«, fragte sie.

Er sah sie verächtlich an, fast grausam. Instinktiv wusste sie, dass er grausam sein wollte. Alles, was er mit ihr tun würde, konnte nur grausam sein.

Obwohl er ihr Unbehagen genoss, ahnte sie eine Schwäche in ihm. Die bloße Tatsache, dass sie rote Haare und grüne Augen hatte, schienen irgendwie einen Nerv von ihm getroffen zu haben. Seine Blicke huschten von den Augen zu den Haaren und wieder zurück. Immer wieder. Als wollte er ihr Aussehen leugnen – und seine Erinnerungen.

»Wie heißt du?«, fragte er.

Plötzlich hörte er sich ernsthaft interessiert an, als wenn das, was hinter seinen blauen Augen lauerte, nichts als ein Traum gewesen wäre.

»Antonia Yardley«, antwortete sie.

Sein Mund stand eine Zeitlang offen. »Ich kann es nicht glauben! Meine Mutter hat nicht nur eine Frau engagiert, die so aussieht wie diejenige, die sie zuvor engagiert hat, sie hat auch noch eine mit diesem Namen gefunden! Das ist gespenstisch – das ist unglaublich!«

»Heißt das, du befreist mich jetzt?«, fragte Toni. Sie spürte das Unglaubliche in seiner Stimme.

Sein Wunderglaube verflog rasch.

»Nein«, sagte er entschlossen, und dabei schüttelte er den Kopf so heftig, dass die hellen Haare flogen. »Sie hat dich für meinen Bruder engagiert, nicht für mich. Das ist der Nachteil, wenn man der Zweitgeborene ist – man kriegt immer nur das, was übrig bleibt. Die Reste. Nun, dieser Kerl hier macht das nicht mit. Absolut nicht.«

»Ich verstehe nicht«, sagte sie, und in ihrer beginnenden

Sorge hetzten die Worte nur so aus ihr heraus. »Ich bin hier, weil ich auf einem Segelboot angeheuert worden bin. Das ist alles, was ich weiß. Ich wurde nicht ausschließlich für deinen Bruder engagiert, jedenfalls weiß ich nichts davon.«

Er sprang blitzschnell auf die Füße, und sie schrie voller Angst auf.

»Tu mir nicht weh!«

Sein brauner Wildlederstiefel stieß in ihre Seite. »Du wirst genau das tun, was man dir sagt«, fuhr er sie an. »Genau, wie es auch die erste Antonia gemacht hat.«

Er sah die Überraschung auf ihrem Gesicht und lachte, bevor er fortfuhr: »Oh, das hast du wohl nicht gewusst, was? Die erste Antonia hatte auch rote Haare und grüne Augen. Sie hat sogar so ausgesehen wie du, und nun trägst du auch noch ihren Namen.« Er schüttelte den Kopf. »Ich kann es nicht glauben. Ich kann es einfach nicht glauben.«

»Ich weiß nicht, was hier gespielt wird«, begann sie, aber er war schlecht drauf und schaute mal in diese Richtung und mal in jene, als hätte er Angst, sie anzusehen, ihren Körper, ihre Haare, ihre Augen.

»Komm schon«, sagte er und packte ihre Schultern mit der Kraft eines Schraubstocks. »Zurück in den Schrank, bis ich dich wieder brauche.«

»Aber ich will nicht ...«

Ihre Worte verloren sich in dem Knebel, den er gewaltsam zurück in ihren Mund schob. Dann verfrachtete er sie mit beiden Händen und einem Stoß seiner Füße zurück in den Schrank.

Diesmal konnte sie nicht sitzen; er legte sie auf den Schrankboden, zog ihre Beine gerade, band einen Strick um ihre Füße und befestigte ihn an einem Haken über ihr.

Es war Toni bewusst, dass er ihre Brüste sehen konnte, den glatten Bauch und das Dreieck ihrer Schamhaare. Wenn er sich ein wenig bückte, würde er auch ihre kleinen festen Backen und den Schlitz zwischen ihren Beinen sehen können.

Er stand bewegungslos vor ihr und starrte in ihre Augen. »Ich halte es nicht mehr aus, in sie schauen zu müssen«, sagte er schließlich und schüttelte wieder den Kopf.

Er wandte ihr den Rücken zu und zog eine Schublade des Schranks auf, in dem sie lag. Er kramte eine Zeitlang in der Schublade, dann drehte er sich wieder zu Toni um. Er hielt ein schmales Seidentuch in der Hand, aber es war breit und lang genug, um als Augenbinde zu dienen.

Zuerst wehrte sie sich, dann gab sie auf, denn ihr Widerstand führte dazu, dass er ihr ein paar Schläge auf den Hintern versetzte.

»Hör auf, hör auf«, schrie er sie an. »Oder ich werde dir den Hintern ordentlich versohlen.«

Sie hörte auf, obwohl sie eigentlich Lust hatte, ihm die Stirn zu zeigen, denn sie hatte in seiner Stimme etwas vernommen, was sie beinahe dazu bringen sollte, sich ernsthafter zur Wehr zu setzen, damit er einen Anlass hatte, sich noch einmal mit ihrem Körper zu beschäftigen. Aber was war, wenn sie sich irrte? Sie würde darüber nachdenken. Es sah so aus, als würde ihr viel Zeit zum Nachdenken bleiben.

Jetzt war sie nicht nur gefesselt und geknebelt, sondern lag auch noch mit verbundenen Augen im Schrank. Sie wusste, dass er sie jetzt betrachtete. Dann hörte sie, wie die Tür geöffnet und wieder geschlossen wurde.

In der einsamen Dunkelheit dachte sie über die andere Antonia nach. War es richtig zu vermuten, dass dieser Mann einer der Brüder war, von denen Emira ihr erzählt hatte?

Sie verlor das Gefühl für Zeit, aber sie ahnte nach einer Weile, dass es wieder Nacht geworden war. Die Geräusche schwanden oder wurden schwächer und seltener. Selbst die Wellen, die gegen den Bug schwappten, schienen von der

Dunkelheit gedämpft zu werden, und man hörte weder Menschen noch Seemöwen. Alles war still, aber nicht immer ereignislos.

Hin und wieder öffnete sich die Tür, und dann spürte sie die Spritzer einer Ejakulation auf Brüsten und Bauch. Jedes Mal hob sie ihren Körper an, weil sie ihm zeigen wollte, dass sie die Wärme in sich brauchte und nicht auf sich.

Aber die Zeit stand auf ihrer Seite. Irgendwann würde er sie losbinden müssen, denn dann würde er sie nehmen wollen, wie sie es sich wünschte. Jedenfalls hoffte sie darauf.

Obwohl sie ihn nicht sehen konnte, wusste sie, dass er ihr nicht widerstehen konnte. Wer immer die andere Frau gewesen war und was immer sie mit ihm angestellt hatte – auch sie war unwiderstehlich gewesen.

Vierzehntes Kapitel

Schlaf konnte er nur finden, wenn er den Schrank geöffnet und sie angeschaut hatte.

Wenn er danach einschlief, versank seine Erinnerung in die Träume, die er als junger Mann gehabt hatte, als seine Mutter die Frau mit den roten Haaren und grünen Augen für ihn und seinen Bruder engagiert hatte.

Er erinnerte sich noch sehr gut an die tiefroten Haare, die ihm auf die Brust gefallen waren, wenn sie ihn auf den Bauch geküsst hatte, bevor sie den Kopf seines jungfräulichen Penis verschlungen hatte.

Nur der Gedanke an ihren Mund reichte aus, um ihn aufschreien zu lassen, um seinen Körper zu strecken und den Rücken zu krümmen. Das Blut schoss durch die Adern und in seinen steif werdenden Schaft.

Schweiß lag über ihm wie ein feuchtes Spinngewebe, als er wach wurde. Sein wieder aufflackerndes Verlangen zwang ihn, aus dem Bett aufzustehen, die Schranktür zu öffnen und die Frau wieder anzuschauen.

Wie schön sie doch war, goldfarbene Haut und herrlich nackt, abgesehen von den paar Fetzen des Fischnetzes, das im kompletten Zustand bestimmt ein sehr verführerisches Outfit gewesen sein musste. Seltsam, dachte er, diese lumpenartigen Fetzen über ihrer Haut machten ihren Körper nur noch unwiderstehlicher.

Am Morgen kam ein stämmiger Mann mit braunen Schlitzaugen, einem breiten Mund und einem kahlen Schädel herein, nahm ihr die Augenbinde ab und löste den Strick um ihre Füße. Sein Gesicht mit den hohen Wangenknochen sah wie gemeißelt aus, und seine Haut hatte die Farbe von Milchkaffee.

Von der Taille aufwärts war er nackt; seine Muskeln waren prall und wie eingeölt, und kräftige Adern zogen sich durch sie hindurch. Seine Hose war weit und schwarz, die Füße waren nackt. Vom Hinterkopf hing ein blauschwarzer Zopf, der an einem Ohr vorbeifiel.

Als er sich bückte, um Toni aus dem Schrank zu holen und mit den gewaltigen Armen aufzurichten, klimperte ein Ohrring in diesem Ohr, als sollte ihre Freilassung gefeiert werden.

Sie blinzelte ins Licht, verlor den Kampf mit dem grellen Schein und drückte die Augen wieder zu, als er sie ins Badezimmer trug.

Behutsam setzte er sie auf einem gepolsterten Sitz ab, nahm den Knebel aus dem Mund und löste die Stofffetzen, die ihre Hände so unüberwindlich gefesselt hatten und deren Reste jetzt noch an ihrem Körper klebten.

Schmerzend und blinzelnd nach ihren Qualen im engen, dunklen Schrank, stöhnte sie leise vor sich hin und leckte über die trockenen Lippen.

»Was passiert jetzt?«, fragte sie.

»Pst«, machte er und legte einen schlanken Finger über die Lippen. »Nicht reden, sonst muss ich dich bestrafen.«

Da ihr Mund sich wie ausgetrocknet fühlte, war Toni ganz froh, dass sie nicht sprechen durfte. Taube Arme und Beine waren ein weiterer Anlass, dem Mann zu gehorchen. Sie konnte sich nicht vorstellen, sich noch einmal wie ein verschnürter Truthahn in dieses enge Gefängnis einsperren zu lassen.

Es war eine entsetzliche Folter gewesen, die sie nicht noch einmal erleben wollte. Und doch, als das warme Wasser über ihre Brüste floss, begann es in ihr zu kribbeln. Das Bild seiner schweren Hoden in ihrem Mund drängte sich auf.

Er nahm Öl aus einem kleinen Schrank und rieb ihre Oberarme damit ein. Das erste angenehme Gefühl seit langem, dachte sie. Es war hoch willkommen.

Sie musste immer noch blinzeln, weil sie die Augenbinde so lange hatte tragen müssen, und sie stöhnte leise vor sich hin, während er ihre Haut massierte. Immer wieder fuhr sie sich mit der Zunge über die trockenen Lippen, und als sie einen tiefen Atemzug nahm, sog sie das Aroma des verkrusteten Samens über ihren Brüsten ein.

Langsam ging es ihr nach der Massage ihrer Arme wieder besser. Sie sprach das aus, was ihre Gedanken am meisten beschäftigte.

»Wer ist er?«, fragte sie. »Wer ist der Mann, der mich damit geschmückt hat?« Sie wies auf ihre Brüste. »Ist er der Bruder von Philippe Salvatore?«

Der stämmige Mann mit den fernöstlichen Augen stieß einen Seufzer aus und blickte um sich, als wollte er sichergehen, dass niemand lauschte.

Seine nackten Muskeln streckten sich und zogen sich wieder zusammen, als er das Öl in ihre Haut rieb und dabei die letzten Fischnetzfetzen entfernte. Sie saß jetzt nackt da.

»Mister Patterson, Missy.«

»Und wer ist Mr. Patterson? Ist er der Bruder von Mr Salvatore?«

»Ja, Miss. Aber er heißt nicht Salvatore. Mister Conways Vater war Australier, und Mister Philippes Vater war Italiener. Unser Herr hier ist Mister Conway Patterson, und die

Enchantress ist sein Boot – das Boot, auf dem Sie sich befinden. Aber das waren jetzt genug Fragen.«

»Was ist die Position des Schiffs?«

»Wir liegen auf Mister Pattersons Insel, Missy. Ihm gehört nicht nur das Boot, sondern auch die Insel.«

Sie erinnerte sich daran, dass Emira ihr die einzelnen Inseln gezeigt hatte.

»Und das hier ist die Insel, die Mister Patterson gehört?«

»Ja, Missy, so ist es.« Der Mann schien sich sehr unbehaglich zu fühlen, dass er so unverblümt über seinen Arbeitgeber sprechen sollte.

»Und sie haben beide ein Segelboot. Das ist aber nicht sehr brüderlich, oder?«

»Das, Missy, geht mich nichts an.«

Sie wollte was erfahren, aber sie kam nicht weiter. Sie unternahm noch einen Versuch. »Ich habe gehört, dass sie sich nicht gut verstehen. Stimmt das?«

Dunkle Augen betrachteten sie voller Unbehagen, aber sie sah auch Furcht in seinem Blick. Seine Zunge wischte über seine Unterlippe, und er schluckte schwer, bevor er antwortete. »Nein, sie kommen nicht gut miteinander zurecht, Missy. Das war schon immer so. Ihre Mutter versucht, sie einander näherzubringen, aber das klappt nicht.«

»Warum nicht?«

Die warmen Hände, die so angenehm über ihre Arme gerieben hatten, hielten inne. »Ich sollte nicht darüber reden, und Sie sollten nicht danach fragen.«

Irgendwie hatte sie den Eindruck, dass der Grund für den Streit der Brüder etwas mit ihr zu tun hatte. Aber wie war das möglich? Bis sie hier eingetroffen war, um ihre neue Stelle anzutreten, hatte sie die Männer noch nie gesehen.

Sie hielt eine kaffeebraune Hand fest, bevor der Mann die Massage fortsetzen konnte.

»Was hat das alles mit mir zu tun?«, fragte sie.

»Ich weiß es nicht.« Er hob die Schultern. Dann klang seine Stimme plötzlich härter. »Und wenn Sie mir weiterhin Fragen stellen, bleibt mir nichts anderes übrig, als Sie zu bestrafen. Ich habe meine Anweisungen.«

Ihre Neugier besiegte ihre Vorsicht. Toni war entschlossen, mehr zu erfahren. Bestrafung oder nicht, sie hakte nach. »Aber hat es was mit mir zu tun?«

Dies, so schien es, war eine Frage zu viel. Er legte eine Hand auf ihren Mund, und seine Finger drückten gegen ihre Wangen. »Genug! Sie sind ein böses, ungehorsames Mädchen. Ich werde Sie bestrafen.«

Er nahm die Hand von ihrem Mund, aber eine heftige Angst drehte ihr fast den Magen um. Ihr Herz schlug schneller.

»Nicht wieder in den Schrank«, bettelte sie und bereute ihre Neugier. »Bitte, nicht in den Schrank.«

Er belächelte ihre Angst, und seine dunklen Augen schienen mitzulächeln. »Nein«, sagte er, aber das Lächeln verschwand sofort wieder, »ich werde Sie nicht zurück in den Schrank legen, wenn Sie die Bestrafung ohne Fragen akzeptieren.«

Sie blickte von ihm zum Schrank, dessen Türen noch offen standen, wahrscheinlich von den sanften Bewegungen des Schiffs. Sie war dankbar für seine Nachsicht und atmete erleichtert auf – ganz egal, was jetzt noch kommen würde.

»Ja, werde ich«, sagte sie und schüttelte sich. Zum zweiten Mal legte sie eine Unterwürfigkeit an den Tag, die ihr sonst fremd war. Sie senkte den Kopf, schaute auf ihre nackten Füße und wartete auf das, was folgen würde.

»Gut«, sagte er. »Jetzt werden Sie erfahren, was es heißt,

Gehorsam zu üben. Legen Sie sich hin«, befahl er und wies auf den Boden.

Sie gehorchte und legte sich hin, den Kopf auf ihren Händen. Der Boden war glatt und glänzte und fühlte sich an ihrer nackten Haut sehr kühl an. Sie zitterte, schloss die Augen und wartete auf das, was der Mann sich für sie ausgedacht hatte.

Sie spürte als Erstes seinen Fuß auf sich, mit dem er sie härter auf den Boden drückte.

Als Nächstes schob er ein Bündel von Hand- oder Badetüchern unter ihre Hüften, sodass ihr blanker Po höher lag, unglaublich verletzlich.

In ängstlicher Erwartung klemmte sie die Backen zusammen, dann drückte sie die Augen noch fester zu.

Beruhige dich, forderte sie sich auf. Wieder erinnerte sie sich an Emira, der ihr gesagt hatte, alles zu genießen, was aufgetischt wurde, und an Madame Salvatore, deren Ratschlag gewesen war, auszuhalten und zu genießen.

Die Worte, die in ihrem Kopf zirkulierten, halfen ihr zu entspannen. Sie schlug die Augen auf und löste den Krampf ihrer Pobacken. Durch den schweren Fuß des Mannes war ihr Oberkörper auf den Boden gedrückt, als sie das Zischen der Peitsche durch die Luft hörte, und im nächsten Moment fühlte sie das Brennen und Stechen auf ihrem erhöhten Po.

Instinktiv biss sie auf die Lippe, um einen Aufschrei zu unterdrücken. Die Peitsche hatte richtig zugebissen, und es hätte sie nicht gewundert, wenn sich ein roter Striemen über die cremige Weiße ihres Hinterns eingemeißelt hätte.

Halte durch, sagte sie sich. Das Wort schwirrte ihr im Kopf herum. Nur ein Wort, aber was für eine Aufgabe! Warme Spuren breiteten sich von dem Striemen der Peitsche aus.

Noch bevor der zweite Schlag niederging, hob sie den Po, um ihm entgegenzugehen.

Trotzig hielt sie die Augen geöffnet, und sie hörte auch auf, sich in die Unterlippe zu beißen. Sie würde nehmen, was kam, würde es akzeptieren und es irgendwann genießen.

»Ich werden Ihnen noch sechs weitere geben«, sagte der stämmige Mann. »Sie werden sie mit mir zählen. Jedes Mal, wenn ich die Peitsche auf Ihren schönen Hintern klatsche, halten Sie einen Finger hoch, dann zwei, dann drei und so weiter. Haben Sie das verstanden?«

»Ja«, antwortete sie.

»Sir«, sagte der Mann plötzlich. »Wenn ich Sie bestrafe, heißt es immer ›Sir‹. Wenn irgendjemand Sie bestraft oder benutzt, heißt es ›Sir‹. Haben Sie das verstanden?«

»Ja, Sir.« Ihre Unterlippe zitterte bei der Antwort. War der Schrank wirklich noch schrecklicher als das hier?

»Gut«, sagte er. »Aber um sicherzugehen, dass Sie mich verstanden haben, lege ich noch einen Schlag dazu, weil Sie so ignorant waren und mich nicht korrekt angesprochen haben. Sie werden also sieben Schläge erhalten. Ist das klar?«

»Ja, Sir.«

Es gelang ihr, nicht zu zittern, nicht auf die Lippe zu beißen und nicht die Augen zu schließen. Aber sie ballte die Hände zu Fäusten. Dass die Erniedrigung zur Strafe hinzukam, verstärkte noch ihre Entschlossenheit, jede noch so kleine Lust aus dem zu ziehen, was ihr angetan wurde.

Der Fuß auf ihrem Rücken presste sie immer noch hart auf den Boden, während sie die Peitsche sirren hörte, kurz bevor ihr Po wieder brannte. Sie klemmte ihre Backen zusammen, ihre Hüften zuckten, aber statt zu schreien, stieß sie nur ein kontrolliertes Zischen aus.

Gehorsam hob sie eine Hand mit einem ausgestreckten Finger.

»Sagen Sie ›danke, Taras‹«, wies der Mann sie an.

»Danke, Taras«, sagte sie.

Die Peitschte sirrte wieder, und wieder zuckten die Hüften, und die Pobacken zogen sich zusammen, als ein weiterer Schlag ihr Fleisch zum Glühen brachte.

Sie hielt zwei Finger hoch.

»Sie müssen mir wieder danken«, sagte er, als er die Peitsche leicht über ihren Po zog und in die Kerbe zwischen den Backen drückte.

Sie zuckte und quietschte, schaffte es aber zu sagen: »Danke, Taras.«

Es war unmöglich, sich auf die Unterlippe zu beißen und trotzdem zu reden, also unterließ sie den Biss.

Wieder und wieder zischte die Peitsche durch die Luft, und wieder und wieder hielt sie die korrekte Zahl von Fingern hoch und dankte ihrem Peiniger. Als er ihr vier Schläge verabreicht hatte, wechselte er die Seite.

»Damit diese liebliche Backe nicht weniger spürt als die andere«, erklärte er. »Es ist nicht fair, die Schläge ungleichmäßig zu verteilen. Dies ist ein Job, der anständig getan sein will, und ich bin ein Mann, der seine Aufgaben ordentlich erfüllt.«

Tränen brachen aus ihren Augen. Ihr Fleisch brannte, und sie konnte sich gut vorstellen, wie rot es jetzt leuchtete und wie warm es sich anfühlen musste, wenn jemand seine Hand darauflegte.

Jetzt hielt sie beide Hände hoch, damit sie die Schläge sechs und sieben genau angeben konnte. Schließlich dankte sie ihm zum letzten Mal für die Bestrafung.

Obwohl er den Fuß von ihrem Rücken nahm, hatte sie das Gefühl, dass man von ihr erwartete, auf dem Boden liegen zu bleiben, bis er ihr den Befehl gab, sich aufzurichten. Sie atmete schwer, und eine leichte Schweißschicht bedeckte ihren Körper. Ihr war heiß, aber der Po war noch heißer.

Sie fühlte, wie die kühle Sohle seines nackten Fußes die Hitze von ihren geröteten Halbkugeln nahm.

»Ah«, sagte er nicht ohne Begeisterung. »Ihr Hintern ist schön angewärmt. So müsste der Hintern jeder Frau sein. Sie lernen schnell. Das ist sehr gut. Ja, sehr gut. Es gibt noch viele Dinge, die Sie lernen müssen, viele Prüfungen, denen Sie sich unterziehen werden. Werden Sie Ihr Bestes geben, diese Prüfungen zu bestehen?«

»Ja, Taras«, sagte sie durch Lippen, die nicht mehr trocken waren. »Ja, das werde ich.«

Sie meinte es ernst. Venetia hatte ihre Gründe, sie zu engagieren. Es gab auch einen Grund für die Quälereien im Roten Turm und für die Ratschläge, die sie ihr gegeben hatte. Inzwischen konnte sie sich nicht mehr über den Job sicher sein, den sie hier ausfüllen sollte, aber Toni beschloss, alles auszuhalten, was man ihr aufbürdete.

»Das Bad«, sagte er schließlich. »Es ist bereit für Sie.«

Seine Hände waren nun wieder sanft, und sie spürte seine glatten Muskeln an ihrem nackten Körper, als er sie aufhob und behutsam in das warme, parfümierte Wasser setzte. Sie sank hinein, und ohne sie zu fragen, begann Taras, ihre Haare zu waschen und ihren Körper einzuschäumen.

Seine Berührungen wirkten lindernd, und die Wärme des Wassers flößte ihr ein Gefühl des Wohlbehagens ein, eine köstliche Dekadenz trotz des brennenden Hinterns.

Durch halb geschlossene Augen beobachtete sie das Spiel seiner Rückenmuskeln, als er ihre Füße einschäumte und den Schaum zwischen die Zehen schob oder als er mit einer Hand durch das warme Wasser fuhr, um ihre schmerzende Pussy zu waschen und zu laben.

Der Mann hatte was Exotisches an sich. Der ferne Osten und ein Anflug von Dramatik spiegelten sich in seinem Gesicht wider, auf seinem Körper und in seiner Kleidung. Seine Berührungen erinnerten an die eines verehrenden Eunuchen oder an Szenen, die sich in einem thailändischen Tempel abspielen könnten. Seine Haut war glatt; es gab kein Härchen auf seinem Körper, um vom glänzenden Fleisch abzulenken, von den festen Bizeps und dem harten, flachen Bauch; nicht auf der Oberlippe, nicht unter den Armen und nur wenige auf seinem Kopf.

Nachdem sie an diesen Stellen seine nackte Haut registriert hatte, dachte sie über seinen Penis nach. War er wirklich ein Eunuch? Wuchs sein Penis aus einer glänzenden, unbehaarten Haut, wie sie den übrigen Körper bedeckte?

Sie betrachtete sein Gesicht, warf Blicke auf seinen Torso und auf seine Hose. Von ihrer Lage konnte sie dort nichts erkennen. Seine Hose war aus weiter Baumwolle gefertigt, die sich vorne ausbeulte, wenn er sich tief bückte und streckte. Heute konnte sie also keine Erkenntnisse sammeln, aber vielleicht später, bei einer anderen Gelegenheit?

»Gibt es irgendwelche Kleider für mich hier?«, fragte sie, nachdem sie zurück in dem Raum waren, der bestimmt als Kabine des Kapitäns diente.

»Das nehme ich an«, antwortete er uninteressiert. Er zog eine Grimasse, als er die Reste des Fischnetzanzugs einsammelte. »Ich nehme an, Mister Patterson und Christopher werden Ihnen sagen, was Sie anziehen sollen. Bis dahin können Sie sich an den zahlreichen Parfüms bedienen. Es gibt auch einige Make-up-Artikel, wenn Sie wollen.«

Er wies mit dem Kopf auf ein langes Regal, auf dem viele Flaschen mit pink- und malvenfarbenen Inhalten standen. Alle Nuancen von Rot waren zu sehen, und dann gab es auch noch mehrere schwarze Flaschen.

Sie warf einen kurzen Blick in den Spiegel, und als sie sich nach ihm umdrehte, war er gegangen.

Sie war allein mit ihrem Spiegelbild. Es nahm sie einen Moment lang gefangen und zog ihren Blick an, und ihr war, als betrachtete sie eine Fremde. War dieses Wesen, so groß und schlank und ausgesprochen lieblich, dasselbe Mädchen, das sich in London in einem langweiligen Job eingesperrt gefühlt hatte, angekettet an einen langweiligen Mann?

Es gab keinen Zweifel – einige sexuelle Veränderungen waren mit ihr vorgegangen.

Eine neue Geschmeidigkeit hatte sie erfasst, und ihre Haut leuchtete vom gesunden Gold, das frische Luft und warme Sonne mit sich brachten.

Sie wandte dem Spiegel den Rücken zu, und als sie über die Schulter schaute, sah sie die rosa Striemen, die sich auf ihrem Po abgezeichnet hatten. Sanft strich sie eine Linie mit einem Finger nach. Sie verzog das Gesicht, als sie die Hitze spürte.

Wie eine Schranke teilten die Striemen ihr altes Leben vom neuen. Niemals hätte sie jemandem in London erlaubt, sie auf diese Weise zu züchtigen – aber niemals hätte sie auch in London die Chance gehabt, dass ihr solche Dinge überhaupt widerfahren konnten.

Aber es waren nicht nur die körperlichen Dinge, deren Veränderung sie mit eigenen Augen sehen konnte. Es gab auch sonst noch etwas an ihr, was neu war und was nur sie erkennen konnte. In den sinnlichen Zentren ihres Seins gab es eine neue Aufgewecktheit, ein konstantes Kribbeln in den Nippel und in ihrem Geschlecht, das sich nach unaufhörlichem Sex sehnte, nach unendlicher Erregung und immer wieder neuen Erfahrungen.

Wozu Conway Patterson sie auch immer hierhin gebracht hatte, sie war bereit dazu, aber sie fragte sich, ob er auch bereit für sie war.

Sie lächelte ihrem Spiegelbild zu. Er konnte ihr nichts tun, woraus sie nicht ihre Lust beziehen würde. Deshalb war sie sicher, dass sie erfolgreich sein würde.

Mit einem Seufzer der Befriedigung und einem Kick voller Erwartung spannten sich ihre Bauchmuskeln an. Nackt, wie sie war, setzte sie sich mit den rosa Striemen ihres Hinterns auf die weiche blaue Satinbettdecke. Sie bewegte sich unter ihr, und sie musste lachen und strich mit beiden Händen darüber.

Was für Witz! Ein Wasserbett auf einem Schiff, das auf dem Wasser flutete. Eine verrückte Idee.

Sie sah sich den Rest der Kabine an. Dunkles Holz, glänzendes Messing und Kristall. Alles deutete auf Wohlhabenheit hin, die so alt war wie viktorianischer Brandy.

Haken aus Messing und Ankerketten dekorierten die Wände, und vor einem Bullauge stand ein massiver Kartentisch, komplett mit einer verstellbaren Leuchte, ebenfalls aus Messing. Weitere Haken befanden sich darüber und noch mehr Ketten. Die Oberfläche des Kartentischs bestand aus Plexiglas, und darunter, wusste Toni, würde sich eine zusätzliche Lampe befinden, damit man die Karten besser lesen konnte.

Durch ein großes Bullauge aus buntem Glas schien die Sonne herein und warf rote, grüne und blaue Flecken auf den weißen Teppich. In der Luft lag ein Geruch aus Öl, See und Mann. Sie schloss die Augen und atmete den Geruch tief ein, und in ihren Lenden machte sich das vertraute Gefühl bemerkbar.

Das Bett stand dem Spiegel gegenüber, und als sie die Augen wieder aufschlug, sah sie sich selber, nackt, lüstern und sorglos, wer sie so sah.

Ihre Nippel, dunkelrot und aufgerichtet, reckten sich dem Spiegel entgegen. Das Bild hatte etwas Verlockendes an sich, und fast wie von selbst öffneten sich ihre Schenkel, um das rosa Fleisch und die roten Schamhaare zu sehen. Sie lächelte sich im Spiegel an. Gesicht und Sex lächelten zurück.

Es genügte ihr nicht, ihren eigenen Körper zu betrachten. Ihr Körper war zum Genießen da, und sie lechzte danach, ihn ein wenig zu genießen. Sie hatte ziemlich lange schon darben müssen, jetzt wurde sie ungeduldig, und als hätten ihre Finger das Sagen, strichen sie um ihre Brüste, und ein Finger und ein Daumen legten sich um einen stolzen Nippel.

Sie summte vor Lust, öffnete den Mund und hielt den Kopf ein wenig höher. Durch halb geschlossene Augen schaute sie zum Spiegel. Sie sah die Brustwarzen, die sich aufrichteten, die vorgereckten Brüste und den glänzenden Schein ihrer offenen Pussy.

Es störte sie nicht, dass ihr Po glühte. Die Finger der anderen Hand strichen über den Bauch und spielten mit ihren fleischigen Falten. Wie eine Harfenspielerin mit ihrem Instrument, dachte sie.

Als lauschte sie einer fremden Melodie oder einem unsichtbaren Musiker, begann sie leicht zu schwingen.

Immer schneller arbeiteten ihre Finger, und immer kürzer wurde ihr Atem. Die Finger, die den Nippel pressten, quetschten jetzt härter, und in ihrem Unterbewusstsein waren es nicht ihre Finger, weder die an den Brüsten noch die in ihrer Pussy. Sie gehörten einem anderen, einem Mann, und zwar dem, dessen Skrotum auf ihrer Stirn gelegen hatte, bevor sie es mit Lippen und Zunge hatte verwöhnen können.

Ihre Säfte klebten an den Fingern, die in ihren rosa Furchen pflügten. Wie ein plötzlich eingeschalteter Springbrunnen schoss ihr Orgasmus von den Lenden hoch, ließ ihre Brüste prickeln und süße Laute aus ihrem Mund murmeln.

Sie war befriedigt – für den Moment.

Sie zog ihre Finger zurück und öffnete die Augen, deren

Blick sofort aufs Spiegelbild gerichtet war. Als sie jetzt aufstand und über die Schulter schaute, waren die Wangen ihres Gesichts genauso gerötet wie ihre Backen.

Sie setzte sich wieder, und als sie gerade überlegte, hinauszugehen, um zu erfahren, ob sonst noch jemand an Bord war, öffnete sich die Tür, und das Meeresgrün ihrer Augen traf auf das Kornblumenblau seiner Augen.

Er trat ein, der Mann von gestern Abend, der Mann mit den kräftigen Schenkeln und dem vollen Skrotum. Sie erkannte die Haare wieder und den anklagenden Blick seiner Augen. Der Rest seines Körpers war nicht zur Betrachtung freigegeben, denn diesmal war er bekleidet, frisches Hemd, ausgefranste kurze Denimshorts, die seine dicken Oberschenkel umspannten, auf denen feine goldene Härchen schimmerten.

Aber auch in diesem Auftritt verlangte er Beachtung. Dies, wusste Toni jetzt, war Conway Patterson, der Halbbruder von Philippe Salvatore.

Obwohl sie sich gerade erst zu einem glücklichen Abschluss gebracht hatte, brachte sein Anblick eine neue Nässe in ihre inneren Labien und in die Kerbe zwischen den Pobacken. Ihre Nippel standen aufrecht und einsatzbereit.

Der Mann neben ihm, schätzte sie, musste Christopher sein. Seine Anwesenheit löste bei Toni eine gegensätzliche Reaktion aus – sie erschauerte.

Er war groß, mit langen Gliedmaßen und einem langen Körper. Er war ganz in Schwarz gekleidet, und er trug sogar Handschuhe. Ihn umgab etwas Böses, Unheilvolles, Zwingendes. Er brachte sie zum Zittern, vielleicht vor Angst, vielleicht aber auch aus lüsterner Vorfreude.

Sie nahm ein leichtes Zittern bei Conway wahr, als der sie

unentwegt anstarrte. Sie war sich auch der ausgebeulten Kraft in seinen Shorts bewusst. Er lächelte nicht, während er sie anschaute. Er sah nachdenklich aus, als erinnerte er sich an etwas vor langer Zeit. Vielleicht war es Hass, was sie in seinen Augen sah, vielleicht aber auch Furcht, aber was immer es war, sie mahnte sich, ihm gegenüber vorsichtig zu sein.

»Das sind die Kleider, die du tragen sollst«, sagte Conway.

Der Mann in Schwarz trat vor und legte einzelne Kleidungsstücke auf das Bett. Dabei starrte er ihren Körper von oben bis unten an. Unter seinen Blicken zitterte ihre Haut, dann wandte sie sich der Kleidung zu.

Ihre Finger berührten den kurzen Rock und das enge Top. Beide waren schwarz, und der Stoff fühlte sich gut an.

Sie sah wieder zu Conway. Ihre Augen funkelten grün. »Warum bin ich hier?«, fragte sie.

Im ersten Moment schien ihm keine Antwort einzufallen. Es war, als wäre er in ihren Augen ertrunken. Irgendwann hatte er seine Kontrolle zurückgefunden, aber dann strahlte er wieder Hochmut und Härte aus.

»Weil ich dich hierhaben will. Du gehörst hierhin.«

Sie runzelte die Stirn. Der ursprüngliche Grund für ihre Anwesenheit war für einen Job gewesen, aber gerade seine letzten Worte lösten Zweifel daran aus und brachten auch ein wenig Angst in ihre Gedanken.

»Ich gehöre hierhin?«, murmelte sie zweifelnd, die Stirn immer noch in Falten gelegt.

»Ja«, sagte der Mann in Schwarz. »Mit der Zeit wirst du erkennen, dass du wirklich hierhin gehörst, und dann wirst du es wissen.«

Wissen? Was würde sie wissen?

Aber wenn sie sich die beiden Männer ansah, war ihr klar, dass es unsinnig war, Fragen zu stellen. Sie wollte die Verwirrung in ihrem Kopf auch nicht vergrößern. Sie würde erst durch das Erleben herausfinden, was sie meinten.

Conway Patterson trat zurück und stützte einen Ellenbogen auf ein Regal. Er schaute zu, als der Mann in Schwarz die weiteren Schritte unternahm. Aber er hörte nicht auf, Toni anzustarren. Dann sprach er wieder, während Christopher sich mit den Kleidungsstücken beschäftigte.

»Ich habe gehört, dass Taras Anlass hatte, dich zu bestrafen. Trifft das zu?«

Toni senkte Kopf und Blick. Ihre Wangen erröteten, diesmal vor Verlegenheit. »Ja.«

»Bück dich, ich will mir die Striemen ansehen.«

Trotz ihrer Entschlossenheit, alles hinzunehmen, was man ihr zumutete, vertiefte sich die Röte noch auf den Wangen, als sie den Kopf hob. Ihr Trotz war dabei, ihre Bereitschaft zu besiegen.

»Nun mach schon, was man dir sagt, Mädchen!« Christopher packte eine Hand voll ihrer Haare und zog sie auf die Füße, schwang sie herum und drückte ihren Kopf aufs Bett.

Sie kreischte. Die dünnen Haken, die an ihrem Halsband befestigt waren, und ihre Armbänder begannen leicht zu klirren.

»Sei ruhig«, blaffte Christopher sie an und klatschte ihr eine flache Hand mit den Handschuhen auf ihren Po.

»Öffne die Beine«, befahl Conway. »Ich will deine Möse zwischen diesen Striemen sehen. Ich will wissen, was röter ist – dein Haar oder dein Arsch.«

Bevor sie gehorchen konnte, stieß Christopher ein Bein zwischen ihre Schenkel, und mit seinem Fuß trat er einen ihrer Füße zur Seite. Dann wich er zurück, damit Conway einen Blick auf Tonis Po werfen konnte.

Einen Moment lang herrschte Schweigen. Sie konnte die

Blicke der Männer spüren; sie brannten in ihr Fleisch, wie es die Peitsche getan hatte.

»Sind die Backen warm?«, fragte Conway.

Sollte sie darauf antworten?

Ihr blieb keine Zeit dazu. Christophers behandschuhte Hand strich über ihren Po.

»Ja. Taras hat gute Arbeit geleistet. Selbst durch den Handschuh kann ich die Hitze ihres kleinen süßen Hinterns spüren.«

Er gluckste. Conway gluckste auch und schien zufrieden.

Aber welche Gefühle hatte Conway?, fragte sich Toni. Was fühlte er, wenn er sie ansah? Würde er jetzt mehr machen als in der Nacht, als sie im Schrank gelegen hatte? Würde er sie nehmen und seinen harten Schaft in sie hineinstoßen?

Sie hörte eine Bewegung und wusste, dass Conway sich bewegt hatte. Dann spürte sie die Kühle seiner Hand, die nun ebenfalls über ihre Pobacken strich.

Sie stöhnte auf und wand sich unter der Wärme seiner Handfläche und unter den federleichten Berührungen seiner Finger. Jetzt ließ sich die Erregung zwischen ihren Schenkeln nicht länger aufhalten.

»Ist das kleine Luder nass?«, fragte er Christopher.

Christophers Finger hatten noch ihre Haare gepackt. Jetzt musste sie die andere Hand aushalten, die zwischen ihre Beine griff, und mit dem dicksten Lederfinger drückte er durch ihr nasses Portal. Ein Schlürfen von Säften war zu hören, und eine glitschige Nässe lief an den Innenseiten ihrer Schenkel entlang.

»Sehr«, rief Christopher. »Soll ich es ihr besorgen?«

»Ja. Jetzt.« Conways Stimme klang trunken vor Macht. Er hatte über ihre sexuellen Nöte zu befinden, und sie hatte keine Chance, sich dagegen zur Wehr zu setzen.

Sie stöhnte wieder, wand sich gegen die Hand, die ihre

Haare gepackt hielt, und ruckte gegen den forschenden Daumen und einen eindringenden Lederfinger.

Während sie sich wand, stand Conway hinter ihr und studierte ihren von Striemen gezeichneten Po, der sich schamlos gegen Christophers Finger wälzte.

Sie ritt auf seinen Fingern und verlor sich in den Wellen ihrer Lust. Ihre Brüste klatschten bei jeder Bewegung des Hinterns sanft gegeneinander. Ihr Höhepunkt ballte sich in ihrem Zentrum und jagte von dort durch den ganzen Körper.

Gerade, als sie den höchsten Punkt ihrer Ekstase erreicht hatte, spürte sie Conways nackte Hand, die auf ihren kreisenden Po klatschte. Sie schrie auf, teils aus Entzücken, teils aus Verwirrung. Wieder und wieder klatschte die Hand auf ihre nackten Pobacken. Aber sie konnte sich nicht gegen Christophers eindringende Finger wehren, deshalb behielt sie das Kreisen des Hinterns bei, und sie konnte auch nicht ihre quietschenden Schreie abstellen, bis sie ihren Orgasmus erreicht hatte, diesmal verbunden mit einer Mischung aus Lust und Schmerz.

Hinter Atem und befriedigt, lächelte sie hinter dem Vorhang ihrer vor dem Gesicht hängenden Haare. Sie hatte ausgehalten, und sie hatte Lust genossen – genau, wie Venetia von ihr verlangt hatte.

Christopher, dessen Finger immer noch ihre Haare hielten, wirbelte sie herum, bis sie wieder auf dem Bett saß. Erst jetzt ließ er ihre Haare in Ruhe.

Toni schaute hoch zu ihm in die kalten und doch irgendwie verlockenden Augen, die farblos zu sein schienen, obwohl sie vielleicht einmal hellblau gewesen waren. Sie schüttelte sich und senkte den Blick, als er den Griff einer schwarzen Peitsche unter seinem schwarzen Gürtel hervorzog.

Nicht wieder auspeitschen, nicht so schnell nacheinander, dachte sie.

»Zieh die Kleider an«, sagte er.

Christopher ließ die Peitsche einige Male dumpf in den Lederhandschuh klatschen, während er direkt vor ihr stand.

Sie schüttelte sich, erhob sich vom Bett und folgte der Anweisung.

Der Rock war sogar noch kürzer, als sie geglaubt hatte. Von hinten mussten die roten Backen gut zu erkennen sein, und von vorne war ihr rotes Schamhaar zu sehen.

Sie schaute von einem Mann zum anderen. Conway betrachtete sie auf eine nachdenkliche, abwesende Weise, und Christopher beobachtete sie kalt, der Mund nur ein schmaler Strich, die Peitsche unaufhörlich in die linke Handfläche klatschend.

»Und jetzt das Top, Mädchen.«

Die Peitsche klatschte noch lauter in die Hand.

Sie beschleunigte ihre Bewegungen, denn ihr war bewusst, dass sie Gefahr lief, die Peitsche erneut auf ihrem geschundenen Fleisch zu spüren.

Das Top war ärmellos, und der Ausschnitt so tief, dass der Stoff die Brüste kaum bedeckte. Sie blickte an sich hinunter; perfekte Brüste, obszön zur Schau gestellt, Begierde hervorrufend.

Ihr Atem kam ruckweise. Benommen von ihrer eigenen Erregung sah sie, wie ihre Brüste sich immer schneller hoben und senkten.

Sie war nicht in der Lage, ihre Kontrolle zurückzugewinnen, als sie sah, wie die in schwarzes Leder verpackten Finger nach ihren Brustwarzen griffen und abwechselnd zwickten.

»Da«, sagte Christopher mit unüberhörbarer Befriedigung. »Jetzt stehen sie stolz hervor. Sie zeigen sich uns auf geradezu schamlose Weise.«

Sie zitterte, und ihre Augen glitzerten. Was sollte sie davon halten?

Conway beantwortete ihre Frage. »Wir sind zum Essen eingeladen. Meine Mutter befiehlt, und ich und mein Bruder gehorchen. Ich werde dich in diesem Aufzug mitnehmen. Du bist jetzt so angezogen, wie ich es will. Ich werde dich als meinen Besitz vorzeigen. Mit meinem Bruder hast du nichts zu tun. Ich werde ihm deinen roten Hintern zeigen und ihm sagen, wie sehr du es liebst, ein bisschen rau behandelt zu werden. Genau wie die andere Antonia, die Frau, die wir vor dir miteinander geteilt haben. Ich werde ihm sagen, dass ich Recht hatte und du die harte Art bevorzugst, genau wie sie. Das wird ihn wütend machen, und ich werde meinen Spaß haben.«

Er schniefte verächtlich, als er das sagte, und deshalb und auch wegen des Bildes, das er von ihr zeichnete, liefen Schauer über ihren Rücken. Jetzt war ihr das Verhältnis zwischen den Brüdern klar. Etwas an ihr erinnerte die Männer an eine Frau, die sie mal gekannt hatten, und jetzt wusste sie, dass sie nicht nur so aussah wie diese Frau, sondern mit ihr auch noch den Namen gemein hatte. Aber die Hintergründe konnte sie auch jetzt noch nicht begreifen.

»Komm schon«, sagte Christopher und befestigte eine Kette an ihrem Halsband. »Du wirst an Deck gebraucht.«

Conway folgte ihnen.

Oben auf Deck ging der Nachmittag in den Abend über. Die Sonne leuchtete blutrot am Horizont, und der Mond war zwar erst schwach zu sehen, aber bereit, das Kommando zu übernehmen.

»Fang an!«, rief Conway.

Christopher zog Toni zu der schmalen Bedienungsplattform oberhalb des Bugs.

»Knie dich hin«, befahl er.

Sie kniete sich auf das Kreuzgitter der Plattform und hielt sich mit den Händen am Holzgeländer links und rechts fest. Dicht unter ihr schäumte das Wasser.

Christopher fixierte die Kette vom Halsband an dem tiefsten Punkt des Ausschnitts ihres Tops, dann befestigte er die Kette an ihren Armbändern. Es sah so aus, als sollte sie als Galionsfigur der Segeljacht dienen.

Die Maschine wurde angeworfen, und die Matrosen machten die Leinen los. Die *Enchantress* bewegte sich weg vom Kai.

Der Wind spielte mit ihren Haaren. Toni nahm ein paar tiefe Atemzüge, um ihre Angst zu bekämpfen. In dieser Position war sie die Galionsfigur, die Gestalt des Glücks, die die Wellen noch vor dem Bug teilte.

Als der Motor abgestellt wurde und die Segel sich blähten, spannte sie die Finger um das glatte Holz des Geländers. Sie schaute übers Meer und dann hoch zum Himmel. Hoffentlich blieb alles ruhig. Jetzt schon küssten einzelne Gischtspritzer ihre Brüste. Sie würde richtig nass werden. Wurde die See rauer, würde sie noch viel nasser werden.

Der Mond stieg auf, und das Wasser wandelte sich von Grün zu Silber. Auch ihre Haut nahm das sanfte Glühen des Mondscheins an. Myriaden von Tropfen besprenkelten sie, und Toni dachte, dass sie wahrscheinlich aussah, als wäre ihr ganzer Körper mit Perlen geschmückt.

Das Schiff hievte sich energischer durch die Wellen, als sie die größte Ausdehnung des Wassers zwischen den beiden Inseln erreichten.

Der Bug tauchte tiefer hinab in die Wellen. Toni keuchte laut auf, als sie bis zur Taille ins Wasser getaucht wurde, dann keuchte sie wieder, als der Kurs der Jacht verändert wurde. Der Bug hob sich, und ihre Nippel reagierten auf die kühle Brise.

Bald hatten sie das tiefste Wasser hinter sich gelassen. Die Hafenlichter von Venetias Insel lagen vor ihnen. Oben auf dem Hügel reckte sich der Rote Turm in den Nachthimmel.

Allein schon der Anblick bescherte Toni ein Gefühl der Erleichterung, gepaart mit Erregung. Es war nicht so, dass sie sich vor Conway fürchtete, es lag eher daran, dass sie wusste, was sie von Venetia und Emira erwarten konnte. Conway und sein Bruder waren noch unbekannte Größen.

Sie hatte viele Fragen im Kopf, und einige davon würden vielleicht im Roten Turm beantwortet.

Fünfzehntes Kapitel

Weil er sich nicht mit dem Gedanken anfreunden konnte, seinen Bruder am Esstisch der Mutter zu sehen, war Philippe in die Dunkelheit der Insel verschwunden.

Im Gehen zog er sein Jackett aus und warf es über eine Schulter. Das reichte aber noch nicht, um sein Unbehagen abzulegen. Ungeduldig zupfte er an seiner Krawatte und lockerte sie. Dann öffnete er den obersten Hemdenknopf.

Ihm war heiß. Nicht, weil die Nacht so heiß war, sondern weil der Gedanke an seinen Bruder ihn so werden ließ.

Die Straße war staubig, und obwohl er wusste, dass er auf dem Weg zu seinem Boot war, wollte er nicht wirklich hin. Es war noch eine lange Strecke bis dahin, doch er brauchte das Meer und die salzige Luft, um seine Gedanken zu klären.

Hinter sich hörte er Reifen, die Staub aufwirbelten.

»Brauchen Sie den Wagen, Sir?«

Philippe wollte sich eigentlich nicht aufhalten lassen. Er wurde von seiner Unruhe getrieben. Aber je schneller er am Meer war, desto besser.

Er langte nach dem Türgriff. »Bring mich zum Anlegeplatz, Emilio.«

»Ja, Sir.«

Das Auto schnurrte davon, und als die nächtlichen Formen an ihm vorbeirauschten, desto mehr entspannte sich Philippe. Im Innenspiegel begegnete er dem Blick seines Fahrers.

»Mir ist nach frischer Luft, und ich könnte auf den Anblick meines Bruders verzichten.«

Er wandte seine Aufmerksamkeit wieder den Bildern zu, an denen sie vorbeifuhren. Wenn er das nicht getan hätte, wäre ihm vielleicht das Zucken im Auge des Fahrers aufgefallen, und er hätte ihn womöglich gefragt, was los wäre. Aber so sagte er nichts.

Emilio, der seit langer Zeit für die Familie arbeitete, gefiel es nicht, dass sein Chef so übermüdet und überarbeitet aussah. Er musste irgendwas sagen. Zuerst leckte er sich die Lippen, während er überlegte, wie er es sagen sollte und welche Konsequenzen das für ihn haben könnte. Aber ganz egal, was Venetia auch dachte, er musste es loswerden.

»Ihre Mutter ist nicht gut auf Ihren Bruder zu sprechen. Er hat sich etwas genommen, das für Sie vorgesehen war.«

Philippe hörte auf, sich die schlafende Landschaft der Insel anzuschauen, und richtete den Blick auf seinen Fahrer. Seine Stirn legte sich in Falten. »Wovon redest du?«

Emilio räusperte sich, bevor er weitersprach. Venetia würde ihn wahrscheinlich bestrafen. Aber daran war er sowieso schon gewöhnt, und außerdem genoss er das Brennen der Peitsche auf seinem Hintern.

»Antonia Yardley. Ihre Mutter hat sie als Ergänzung der Crew der *Sea Witch* angeheuert, während Sie in Padua waren. Sie dachte, Antonia wäre genau richtig für Sie. Aber Ihr Bruder hat sie einfach gestohlen – oder besser: Ihre Freundin Andrea hat sie gestohlen und Ihrem Bruder ausgehändigt.«

Philippe beugte sich vor. Er hatte verstanden, was Emilio ihm gesagt hatte, aber er wusste instinktiv, dass es einen Grund für seine Mutter geben musste, das Mädchen anzustellen, und für seinen Bruder einen Grund, Antonia zu stehlen.

»Wie sieht sie aus?« Seine Stimme zitterte, als er das fragte.

Seine Fingernägel gruben sich in den Rücken von Emilios Sitz.

»Sehr schön. Ja«, sagte Emilio, nachdem er ihre Gestalt in seinem Gedächtnis abgerufen hatte. »Ungewöhnlich schön. Sie ist etwa dreiundzwanzig Jahre alt, schätze ich, und sie hat rote Haare und grüne Augen.«

Emilios Blicke huschten von der Straße zu Philippes Gesicht im Innenspiegel. Er sah, dass die klassischen Gesichtszüge seines Chefs gefroren schienen. »Mister Philippe? Geht es Ihnen gut?«

Philippe antwortete nicht.

»Bring mich zum Liegeplatz der *Enchantress* meines Bruders.«

»Ja, Sir.«

Der Rest der Fahrt verlief schweigend. Philippe starrte weiter aus dem Seitenfenster, aber er hatte keine Augen für die dunklen Schatten, den hellen Mond oder die wechselnden Muster in Silber und Schwarz, die von den Reihen der dunkelgrünen Zypressen geworfen wurden.

Er sah nur die Frau seiner Träume und seiner Vergangenheit vor sich. Die grünen Augen sahen wie ungeschliffene Smaragdstücke aus. Ihre Haare waren so rot wie ein englischer Herbst. Und dann hieß sie auch noch Antonia. Das hörte sich nach irgendeiner Erfindung an, die mit der Wahrheit nichts zu tun haben konnte. Hatte seine Mutter das alles für ihn arrangiert, oder war diese Frau ein Double der Frau, die ihn vom Jugendlichen in die Welt der Erwachsenen geführt hatte?

Erst wenn er sie gesehen und kennengelernt hatte, würde er es wissen. Aber Conway war eingeschritten. Conway schritt immer ein und trieb ihn noch in den Wahnsinn. Das war damals so gewesen, als Philippe leichtsinnig erzählt hatte, dass Antonia eine ganz reizende Liebhaberin war. Conway hatte gelacht und sich lustig über ihn gemacht. Er hatte gesagt, dass sie dekadent und verdorben wäre. Und dann hatte er alles darangesetzt, seine Behauptung auch noch zu beweisen.

Conway hatte ihn durch die Tiefen des Roten Turms ins Verlies geleitet. Dort hatte er ihn gefesselt und ihn gezwungen, dabei zuzusehen, wie Antonia sich auf den dicken Penis eines derben Bauern aus dem Dorf gesetzt hatte. Auf Conways Anweisung hin hatte ein anderer Bauer die runden Backen ihres Hinterns geteilt und seinen Schaft in den engen Eingang gezwängt.

Selbst jetzt noch konnte er sich an die gewaltigen Proportionen des Mannes erinnern und an das obszöne Schwingen seiner prallen Hoden, als er sie von hinten unerbittlich rammte.

Conway selbst lieferte die letzte Aktion dieser Szene. Philippe erinnerte sich, wie sein Bruder auf Antonia hinunterlächelte und sie sein Lächeln erwiderte. Ihre Augen leuchteten, als sie Conways gewaltigen Penis in die Hand nahm. Wie rot und köstlich ihre Lippen waren, und wie ihre Zunge die pralle Eichel des jungen Schafts geleckt hatte.

Er hatte schreien wollen, daran erinnerte er sich noch ganz genau. Aber er konnte nicht – sein Bruder hatte ihn nicht nur gefesselt, sondern auch geknebelt. Die Szene hatte sich in seinem Blickfeld abgespielt, aber die Beteiligten hatten ihn nicht sehen können.

Mit schmerzlicher Klarheit erinnerte er sich, wie sie Conway aufgenommen hatte, und obwohl er wütend über das war, was Conway ihm zumutete, hatte er den Blick nicht zur Seite wenden können.

Sein Bild von der Frau war mit einem Mal zerstört, zerschmettert wie eine Ikone. Und doch verfolgte sie ihn immer noch in seinen Träumen.

Als sie den Kai erreichten, befand sich die *Enchantress* schon etwa eine Meile weit draußen.

Philippe stieg aus dem Auto, trat auf die Kaimauer und schaute hinaus aufs Meer. Allmählich klarte der scharfe Geruch des Meeres seine Gedanken auf, aber die bitteren Erinnerungen konnte er ihm nicht nehmen.

Das Weiß des Masttopplichts hob und senkte sich mit dem Wogen der See. Gebannt von seinen Gedanken und auch von dem, was er sah, starrte Philippe hinaus zur Segeljacht seines Bruders. Durch das Mondlicht konnte er sehen, wie die Segel gerefft wurden, dann hörte er das Anspringen des Motors. Kein guter Skipper kam mit den Segeln zum Liegeplatz, und ganz egal, was er sonst war, ein guter Skipper war sein Halbbruder in jedem Fall.

Als sich das Boot dem Ufer zuwandte, verspannte sich Philippes Kinn. Es kam ihm vor, als bestünden seine Beine aus Eis. Im Mondlicht sah er eine Gestalt, von der er geglaubt hatte, dass er sie nie wiedersehen würde.

Er konnte sich von der Stelle, an der er stand, nicht wegbewegen. Seine Hände hingen hilflos an den Seiten, und er presste sein Kinn so heftig zusammen, dass sich sein Gesicht wie Marmor anfühlte.

Die *Enchantress* hatte ihre eigene Galionsfigur. Nicht eine aus Holz und aufdringlich angemalt wie diese auf den Bugs der segelnden Barken aus vergangenen Zeiten, o nein. Diese hier, von seinem Bruder ausgewählt, war aus Fleisch und Blut, und die auffällige Gestalt hatte sich längst in seine Erinnerung eingemeißelt.

Sein Herz schlug schwer gegen seinen Rippenkorb. Angestrahlt vom Mondlicht, glitzerte ihre Haut fast wie Glas.

Er sah, wie ihre Haare um den Kopf flogen, vom Wind zerzaust, besprenkelt von der Gischt. In der Dunkelheit sah sie schwarz aus. Wenn der Wind und das Mondlicht sie einfingen, schien sie zu brennen. Aber es waren ihre Augen, die er sehen wollte. Selbst jetzt, wenn er nur an sie dachte, erhob sich sein Penis stolz aus seinen schmerzenden Lenden. Solche Sensationen hatten ihn oft in der Stille der Nacht besucht, wenn sie in seinen Träumen zu ihm gekommen war. Jetzt war sie wieder hier, und sie befand sich in der Gewalt seines Bruders.

Er musste sie aus der Nähe sehen. Er musste mit ihr allein sein. Aber wie sollte er das anstellen?

»Emilio«, sagte er leise. »Verstecke dich und den Wagen.«

Emilio schaute vom Wasser zu Philippe, aber er äußerte keine Einwände.

Als das Auto nicht mehr zu sehen war, trat Philippe in die Schatten. Er sah zu, wie die *Enchantress* anlegte, und von seinem Standort aus sah er, wie sein Traum wahr wurde.

Sie war genau so, wie er sich erinnerte. Ihre Haut war nass, aber durchscheinend. Unter dem Licht, das von der Hafenanlage verbreitet wurde, leuchteten ihre roten Haare. Er sah, wie sie den Kopf zurückwarf und aufs Innere der Insel schaute, und das war der Augenblick, in dem er ihre Augen sah – sie waren grün. Sein Entschluss stand fest.

Er hörte Gelächter auf dem Boot seines Bruders. Er schnappte auf, dass die Besatzungsmitglieder darüber spekulierten, was Conway später mit dem Mädchen anfangen würde, noch bevor Venetia oder Philippe sie in die Hände bekamen. Er hörte auch Kommentare, was sie bereits mit dem Mädchen angestellt hatten. Philippe konnte nicht vermeiden, dass er auf das Gehörte reagierte. Sein Penis schwoll noch mehr an.

Dem Lachen folgte Stille, als sein Halbbruder hinunterging und sich umzog, um sich im Roten Turm zu präsentieren.

Die Mannschaft bereitete sich auch auf einen fröhlichen Abend vor, aber von ihr wurde für das, was sie plante, keine formelle Tracht erwartet. Sie hatten nicht viel Zeit zu vergeuden. Philippe trat aus seinem Versteck hervor und lief auf den Bug der *Enchantress* zu.

Toni, die inzwischen spürte, wie die Energie aus ihrem Körper gesogen wurde, sah ihn, öffnete den Mund und schloss ihn wieder. Ihre Blicke trafen sich, und seine Lippen lockten ihr Fleisch mit willkommener Wärme, als er ihre Nippel in den Mund saugte. Es war so angenehm und völlig unerwartet, dass Toni zu stöhnen begann, aber ganz leise, um ihre Peiniger nicht zu alarmieren. Irgendwas an diesem Mann sagte ihr, dass sie sich nicht fürchten musste.

In diesem seltsamen Moment kam sie sich wie eine Meeresgöttin vor, die eine Verehrung von einem ihrer Anhänger erfuhr.

So eingeschränkt sie auch war, schaffte sie es doch, den Kopf zu senken und die Nase in sein Haar zu reiben, wobei sein Geruch in ihre Gedanken drang. Während er liebevoll wieder an ihren Brustspitzen lutschte, küsste sie seinen Nacken, wo dunkle Haare über seiner Haut lagen.

Völlig geräuschlos, die Lippen noch auf ihren Brüsten, löste er ihre Ketten.

Sie war steif, nachdem sie so lange in derselben Position ausgeharrt hatte, aber es gelang ihr, die Gliedmaßen zu strecken und sich in seine Arme fallen zu lassen. Ihre nackten Brüste drückten sich gegen sein Hemd, als sie auf den Boden glitt. Sie waren jetzt beide nass, und ihre Nippel waren hart vom ständigen Kontakt mit dem kalten Wasser.

Einen kurzen Moment lang hielt Philippe sie in seinen Armen, dann stöhnte er auf. Die Wärme ihres Fleisches schien durch seine Kleider zu dringen, und er roch die berauschende Mischung aus Frau und Meer, als er sein Gesicht in ihre Haare drückte. Diese Frau war echt. Sie war nicht mehr der Traum, das Überbleibsel seiner Erinnerungen; sie war hier, und ihre Brüste waren herrlich nackt und pressten sich gegen seinen Oberkörper.

Aber sie durften keine Zeit mehr verlieren. Er nahm ihre Hand, dann liefen sie von Bord und durch die dunklen Schatten, bis der Kai hinter ihnen lag.

Sie lief auf nackten Füßen und hielt seine Hand fest umschlossen, als sie ihm durch den Zitronenhain folgte, wo der Duft der reifenden Früchte schwer in der Luft hing.

Das Mondlicht fiel durch die Blätter auf das Gras, das laut raschelte, als sie darüberliefen. Sie waren beide hinter Atem und hielten an, und Toni hatte zum ersten Mal die Gelegenheit, in das Gesicht des Mannes zu schauen, der sie gerettet hatte.

Er starrte ihr auch in die Augen, und sie nahm vage wahr, dass seine Hände sanft über ihren Rücken streichelten. Sie hatte keine Zweifel, wer er war.

»Du musst Philippe Salvatore sein.«

Er nickte, und dabei fiel sein Blick wieder auf ihre nackten Brüste, die sich mit jedem Atemzug hoben.

»Du hast mich gerettet.«

Er nickte wieder. Sein Atem beschleunigte sich, aber der Blick verharrte auf ihrem Busen. Seine Hände waren warm und feucht auf ihren Schulterblättern, und seine Finger strichen über das Rückgrat und weiter hinunter zu ihrem Po. Er nahm jede Backe in seine Hand.

»Ich danke dir«, sagte sie wunderbar zart und stieß einen Schwall Luft aus.

Er hob den Blick von ihren Brüsten und schaute ihr in die Augen. Sie sah Verehrung in diesem Blick, aber da war auch noch etwas anderes. Seine Stimme zitterte, als er sprach. »Emilio sagt, dass du Antonia heißt.«

Sie nickte. »Ja«, flüsterte sie.

Die Zitronenbäume schüttelten sich in einer plötzlichen

Brise. Zwischen diesem Windzug und dem nächsten beugte er den Kopf und küsste sie.

Seine Lippen waren so warm wie seine Hände. Selbst sein Brustkorb fühlte sich an ihren kühlen Brüsten warm an.

Sie trennten sich voneinander, beide außer Atem, aber die Trennung war nur von kurzer Dauer.

Er legte seine Hände auf ihre Schultern, dann zog er die Ärmel des Tops bis zu den Ellenbogen hinunter, sodass sie die Arme kaum noch bewegen konnte.

Sie stöhnte und schmiegte ihren Körper an seinen. Sie spürte seinen Atem leicht auf ihrem Gesicht, als seine Lippen zu ihrem Hals wanderten. Von dort nahmen sie eine Spur nach unten auf. Er beugte den Kopf zu ihren Brüsten, dann küsste er jeden Nippel. Dabei zog er das Top bis zur Taille.

Er hauchte zarte Küsse über ihren Bauch, während seine eifrigen Hände das Top und den Rock nach unten zogen, bis sie zu ihren Füßen lagen. Er richtete sich auf. »Das Gras ist kühl«, raunte er in ihr Ohr, »aber es ist sehr weich. Möchtest du dich hinlegen?« Seine Stimme schien wie die eines unerfahrenen Jungen zu zittern.

Sie schaute aufs Gras, dann wieder hoch zu ihm.

Er knöpfte sein Hemd auf. Seine Blicke, die sie mit Sehnsucht erfüllten, wandten sich nicht von ihr ab.

Mit einem Lächeln ließ sie sich auf den Boden sinken, und wie eine entspannende Venus von Milo lag sie auf der Seite, einen Ellenbogen gebeugt, ihr Kinn in der Hand.

Langsam streifte er das Hemd ab. Obwohl der Mond seine bronzefarbene Haut mit einem Muster aus silbernem Licht und tanzenden Blättern zeichnete, sah sie, dass seine Haut glatt und gespannt über den Muskeln war.

Er öffnete den Reißverschluss und zog seine Hose über die Hüften und die festen Oberschenkel, dann war er nackt. Er war schön. Animalisch und absolut maskulin!

Sie konnte seine Nacktheit riechen, die Süße seines Körpers, und sie konnte sich von der Geschmeidigkeit des Gewebes überzeugen. Er war zweifellos eine Schönheit, und sie begehrte ihn vom ersten Moment an. Das Verlangen stieg in ihre Lenden, und sie hob ein Knie an, damit sie den Innenschenkel gegen ihre Pussy drücken konnte.

Philippe war einer der schönsten Männer, denen sie bis heute begegnet war. Ihre Zunge strich über die trockenen Lippen, als sie seinen Körper bewunderte.

Sein Gesicht war nobel geschnitten, und der Körper passte zu diesem Gesicht. Er hatte keine wuchtige Gestalt, aber jeder Muskel war athletisch geprägt. Sie liebte die wellenförmigen Bewegungen von Armen, Schenkeln und Waden.

Sein Penis erhob sich lang und hart gegen seinen Bauch. »Zeige dich mir«, raunte er. »Wie du es früher immer gemacht hast.«

Sie runzelte die Stirn. »Aber wir sind uns noch nie begegnet.«

Er schien sie nicht zu hören, oder vielleicht wollte er sie auch nicht hören.

Es spielte keine Rolle. Sie betrachtete ihn wieder von oben bis unten; das war ein Augenschmaus, auf den sie nicht verzichten wollte.

Langsam folgte ihre Hand den Kurven zu ihren Hüften. Dann hob sie ein Bein, wodurch sie ihm ihr Geschlecht zeigte.

Er stöhnte auf, und sein Penis sprang sie an.

Sie schaute auf die Länge ihres eigenen Körpers, auf die schlanke Taille und die fließenden Kurven. Wechselnde Muster von Licht und Schatten zeichneten die Konturen immer wieder neu, dafür sorgten die Brise und die raschelnden Blätter.

Der Duft der Zitronen trug ein zusätzliches Element zur

Szene bei, und das Gras um sie herum kitzelte ihre kribbelnde Haut.

Während sein Penis mit einer frischen Blutzufuhr anschwoll, kniete er sich zwischen ihre Beine und starrte fasziniert auf die Köstlichkeiten, die sie ihm so schamlos darbot. Er ließ die Hände auf den Innenseiten ihrer Schenkel liegen und atmete den Moschus ihrer Erregung ein.

»Es ist genauso, wie ich mich erinnere«, sagte er, die Stimme gedämpft und voller Honig. »So fest und doch so weich. Furcht erregend. Unwiderstehlich.«

Er streckte eine Hand aus. Seine Finger griffen in ihre Schamhaare, dann nahmen sie die Spur auf, die ihm aus seinen Träumen und aus der Erinnerung bekannt war, und strich abwechselnd über die Labien.

Sie summte vor Lust, dann begann sie zu schnurren und ließ die Hüften kreisen, während Philippe mit beiden Händen ihre Lippen teilte, damit er den inneren Schatz besser sehen konnte.

Sie warf den Kopf zurück, als seine Zunge über die weichen Innenseiten ihrer Schenkel leckte, bevor sie über die Labien strich und sanft über die Klitoris tupfte, die sich von ihrer Kapuze befreit hatte.

Während sie ihren Kopf noch mit einer Hand stützte, bedeckte sie eine Brust mit der anderen Hand. Sie drückte sie, quetschte den sehnsüchtig wartenden Nippel und verstärkte den Druck noch einmal, als Philippes Zunge in ihr warmes Portal eindrang.

Sie spannte die Beine gegen seinen Kopf an und fühlte seine klammen Haare an ihren Schenkeln. Sie hielt ihn auf diese Weise gefangen, genauso, wie sein Bruder sie gefangen hatte. Er brachte ihr Lust, und sie gab ihm nichts.

Sie öffnete die Augen und blickte auf seinen dunklen Kopf, der sich so bereitwillig in ihre Falle begab. Mund und Zunge fuhren fort, sie zu lecken und zu saugen, als wäre sie eine exotische Frucht, die man nur einmal im Leben genießen konnte. Sie stöhnte, als Schauer des Entzückens über ihre Haut rannen, dann, als der Mond hinter einer Wolke verschwand und das gesprenkelte Licht, das durch den Zitronenhain fiel, in völlige Dunkelheit überging, fiel sie zurück ins Gras.

Sie lockerte die Griffe um seinen Kopf, und als sein Mund von ihrem Geschlecht nach oben wanderte, begann seine Zunge ihren Körper zu erforschen.

Er leckte mit breiter Zunge, und ihre Schamhaare wurden zu glitschigen, nassen Strähnen. Die Zunge leckte über ihren Bauch. Am Nabel hielt er kurz inne und tauchte seine Zungenspitze hinein.

Als er endlich bei ihren Brüsten angekommen war, leckte er deren Umrisse, dann saugte er einen Nippel in den Mund und streichelte den anderen mit seiner Hand.

In dem Moment, in dem seine Lippen ihre küssten, wühlte sich seine Penisspitze in ihre Spalte, und ohne nachzuhelfen, fand er den Weg in ihre Vagina.

Sie keuchte, schnurrte wohlig und hob ihre Hüften an, um ihm zu begegnen.

Der Mann, der auf ihr lag und sie völlig bedeckte, hatte eine weiche, glatte Haut und war wunderbar männlich.

Seine Schamhaare mahlten gegen ihre, als er in sie hineinzustoßen begann. Er zog sich zurück und stieß wieder zu. Ihre Hüften ruckten von unten kräftig gegen ihn, und ihre Lustschreie verloren sich in den eigenen Haaren, als sie den Kopf von einer Seite auf die andere warf. Sie verfiel in ein köstliches Delirium.

Wieder und wieder musste sie nur zu bereitwillig das ganze Gewicht seines Körpers aushalten, um den alles verschlingenden Stab aufzunehmen, dieses fantastische Gerät, das durch ihre Furche pflügte und ihre unteren Lippen teilte, wie es der Pflug mit dem Boden macht. Wie die Erde, so klammerte sich auch ihr Fleisch um ihn.

Als sie immer wieder ihm entgegenruckte, um tiefer mit seinem Körper vereint zu sein, nahm Philippe die Hände von ihren Brüsten und zwängte sie auf ihren sich wölbenden Rücken, dann schoben sich die Hände tiefer und griffen in ihre Pobacken, zwei Hand voll.

Jetzt lenkten seine Hände ihre gewaltigen Anstrengungen. Mit jedem Stoß hob er sie höher gegen sich. Als wäre ihr Körper nur eine Ergänzung seines eigenen, folgte sie seiner Führung und ließ ihre Hände über seinen Rücken gleiten, hinunter bis zum Hintern, dessen harte Muskeln sich bei jedem Stoß spannten.

Während seine Hände ihre Backen griffen und sie damit an sich zogen, bohrten sich ihre Finger in seinen Hintern und zerrten ihn fester an sich heran, weil sie wollte, dass er noch tiefer in sie hineinstoßen konnte.

Ihre Schreie wurden vom Wind fort getragen, doch sie übertönten die Windgeräusche, als sie von ihrem jeweiligen Orgasmus durchgeschüttelt wurden.

Ihr gegenseitiges Stoßen hielt noch eine Weile an, bis der letzte Hauch der Ekstase verraucht war. Sie hielten sich fest, ein Körper hart auf dem anderen, ein Mund am Ohr des Partners. Sie waren erschöpft, aber nur für den Augenblick. Es würde sich eine neue Situation ergeben, und sobald sich sein Schwanz wieder erhob, dachte Toni …

Während ihre Brüste sich hoben und senkten, dachte sie über die Person nach, die ihr so ähnlich sah, und welches Ereignis dazu geführt hatte, dass er sich von ihr verfolgt fühlte.

Sie streichelte über sein Haar, als wäre er ein Kind, und sie ahnte, dass er in einen leichten Schlaf gefallen war und wahrscheinlich auch in seine Träume. »Ich wusste, du würdest zurückkommen«, murmelte er.

Sie traute sich nicht zu sagen, dass sie nicht die Frau war, von der er träumte. Es hatte was Zauberisches, jemand anders zu sein. Es war, als lebte sie in einer Fantasiewelt, die sie nach freien Stücken betreten oder verlassen konnte. Aber zugleich hasste sie es, zu lügen.

»Ich bin sehr froh, hier zu sein«, sagte sie leise, aber sie war nicht sicher, ob er sie hörte. Trotzdem fuhr sie fort, die Stimme so verträumt wie ihre Augen. »Sehr froh sogar. Von London bis hierhin ist eine Menge geschehen. Ich kann kaum glauben, dass ich immer noch ich bin.«

Er lachte; es war ein tiefes, zärtliches Lachen direkt an ihrem Ohr. Die ganze Nacht, dachte sie, war warm und zärtlich gewesen.

Über den Gipfeln der Bäume konnte sie die Sterne sehen, den Mond und die Schwärze des Himmels. Philippes Kopf ruhte warm und schwer auf ihrer Brust, und seine Haare fühlten sich sanft an. Er schlief wie ein Kind, das einen vergessenen Traum träumte, und murmelte verliebte Worte im Schlaf.

Sie lächelte vor sich hin. Sie würde das sein, was und wen er in ihr sah.

Vor kurzer Zeit hatte sie die Spuren ihres alten Lebens zerstört und war hergekommen, um das Abenteuer zu finden. Vielleicht hatte sie es auf diesen Inseln und bei dieser Familie gefunden.

Sechzehntes Kapitel

Der Speisesaal des Roten Turms war in früheren Zeiten einmal ein Spähposten der Kreuzzügler gewesen, die Decke war gewaltig hoch und bildete ein imposantes Gewölbe. An einem Ende des Saals befand sich eine Galerie auf Steinpfeilern, die zu anmutigen Bogengängen führten. An den Enden der Galerie gab es jeweils eine Treppe, deren Farbe an frische Honigwaben erinnerten und deren Schwung so aussah, als wären es zwei Arme, die einen umspannen wollten.

Am anderen Ende des Saals hing ein Wandteppich mit gewaltigen Ausmaßen. Er stellte eine pralle, nackte Helena von Troja dar, umgeben von ihren zahlreichen Verehrern, alle mit strotzenden Bizeps, aber mit eher mickrigen Anhängseln ausgestattet.

Rüstungen standen wie lebende Wächter zwischen quadratischen Stützpfeilern; ihre steifen, toten Hände hielten ihre Speere hoch, die, wenn man von den Schnitzereien und den verzierten Spitzen ausging, eher für Feierlichkeiten hergestellt worden waren und nicht als Kampfwaffen.

Strahlen der untergehenden Sonne warfen einen Glanz auf die Steinwände, und in den Strahlen sah man aufgewirbelten Staub tanzen.

Ein langer Tisch war mit einer Decke aus italienischer Spitze bedeckt, und darauf standen silberne Kerzenleuchter, die aus der Barockzeit stammten und zum Besteck passten. Das Geschirr war weißes Meißen, und die Weinkelche bestanden aus venezianischem Glas aus dem siebzehnten Jahrhundert, handgeblasen und klar wie Eis.

Schwere Sessel aus Zedernholz mit Satinsitzkissen und Rücken, die wie eine Leier geformt waren, standen mit den exakt gleichen Abständen voneinander und zum Tisch. Alles funkelte. Alles war perfekt.

Nicht weniger perfekt war Venetia; sie trug ein Kleid aus silbernem und malvenfarbenem Chiffon, das ganz sanft war und bei jeder Bewegung zu wirbeln schien, es reichte ihr bis zu den Fesseln. Der Kragen war steif und hoch und rahmte ihren Kopf ein wie eine Austernmuschel die Perle. Streifen von Reliefstickereien liefen von unten nach oben wie die Strahlen der Sonne, nur, dass diese Strahlen purpurn leuchteten. Alle liefen auf ihr Gesicht zu, auf die braunen Augen, die hohen Wangenknochen und den Mund, der im Laufe der leidenschaftlichen Jahre viele Sinnlichkeiten gekostet hatte.

Sie hielt lächelnd die Arme zu ihrem jüngsten Sohn ausgebreitet. »Mein Liebling Conway. Wie geht es dir, mein lieber Junge?«

Sie drückte ihn an ihren Busen, und eine Hand streichelte über seinen Nacken.

Falten des weichen Stoffs fielen hinunter zu den Ellenbogen. Ein silbernes Armband wand sich wie eine Schlange den Arm hoch.

Höflich küsste Conway zuerst die eine Wange, dann die andere. Man merkte der Geste an, dass sie eher einem Ritual entsprang als einer Zuneigung. Jemand, der die Familie nicht kannte, mochte die Szene als nebensächlich betrachten, sogar kalt, aber Venetia empfand eine tiefe Liebe zu ihren Söhnen. Aber in ihrem Alter beschränkte sie ihre körperliche Demonstration auf die beiden Diener Pietro und Carlos, die sie mit allem versorgten, was sie brauchte.

Bei dieser besonderen Gelegenheit betrachtete sie ihren

Sohn mit etwas mehr als mütterlicher Liebe. Ausnahmsweise betrachtete sie ihn mit Argwohn, obwohl sie dabei immer noch lächelte. Aber es war ein festgefrorenes Lächeln, das sie einsetzte, wenn sie etwas Bestimmtes erreichen oder haben wollte.

Ihre mit Ringen geschmückte Hand blieb auf der Schulter ihres Sohnes, und die Finger bohrten sich in seine Haut, als wollte sie nicht zulassen, dass er sich von ihr befreite. »Und was hast du so getrieben?«, fragte sie.

Er verspannte sich. Die Stimme seiner Mutter klang glatt wie Seide, aber sie konnte ihn nicht täuschen. Venetia Salvatore, diesen Namen trug sie seit ihrer ersten Ehe, war klug.

Er reagierte auf ihre Unaufrichtigkeit mit seiner eigenen.

Er warf den Kopf herum, dass seine Locken flogen, und grinste. Sein Ohrring klimperte fröhlich, und dann zeigte er seine weißen Zähne in einem breiten Lächeln. Und doch war da ein Glanz in seinen Augen, der nicht dazu passte. Er war gegenüber seiner Mutter so misstrauisch, wie sie ihm. Das Mädchen war nicht mehr da. Das hatte er festgestellt, bevor er das Boot verlassen hatte. Dieses Wissen nagte an ihm. Seine eigene Mutter war seine Hauptverdächtige. Antonias Verschwinden musste irgendwie von ihr arrangiert worden sein, aber er konnte sie natürlich nicht fragen. Stattdessen gab er sich überlegen und selbstbewusst.

»Wie du befohlen hast, habe ich deinen Anwaltstypen besucht. Dabei habe ich auch meinen Bruder gesehen. Aber das weißt du natürlich schon längst.«

»Ja, das weiß ich. Ich habe Guido genau instruiert. Schließlich ist es die Aufgabe einer Mutter, dafür zu sorgen, dass ihre zerstrittenen Söhne wieder Frieden schließen.«

Sie lächelte immer noch, sagte aber nichts mehr. Er wusste, dass sie darauf wartete, mehr von ihm zu hören. Natürlich würde er ihr mehr berichten. Aber niemals würde er ihr alles erzählen.

Er atmete tief ein, bevor er wieder etwas sagte. »Ich habe mich unterhalten lassen. Ein kleines besonderes Vögelchen flog mir plötzlich über den Weg.«

»Eine Frau?«

»Ja, eine Frau.«

Er erwähnte nicht, wer sie war, aber es hätten entweder Andrea oder Antonia sein können.

»Ich verstehe«, sagte seine Mutter, die nichts von ihrer Selbstsicherheit verloren hatte. »Ich habe auch eine Frau hier.«

Conway stutzte. Die Dinge, die er mit dieser Frau Antonia noch hatte anstellen wollen, kamen ihm in den Sinn. Sein Gesicht fühlte sich plötzlich warm an, und er wusste, dass seine Wangen rot geworden waren, und das hatte nichts mit dem Sonnenuntergang zu tun.

»Du? Ist es eine, die ich kenne?« Er bemühte sich, ganz unaufgeregt zu klingen, fast uninteressiert. Aber das schien ihm nicht zu gelingen.

Ihr Lächeln wandelte sich zu einem wissenden Grinsen.

Er blinzelte und räusperte sich, bevor er seine Frage wiederholte: »Wer ist es?«

Diesmal klang seine Stimme drängender.

Langsam wandte sich seine Mutter von ihm ab. »Folge mir«, befahl sie.

Als ihre Absätze über den glatten Steinboden klackten und der sinnliche Stoff des Kleids um sie herumschwirrte, ballte er die Fäuste. Aber er folgte ihr. Er musste ihr folgen.

Sie führte ihn unter eine der geschwungenen Treppen zur Galerie hindurch und dann zu einer dunklen, mit eisernen Nägeln beschlagenen Holztür.

Sie öffnete sie, trat ein, und er folgte ihr.

Der Unterschied in der Beleuchtung war atemberaubend.

Das Gleißen von poliertem Glas zwang ihn dazu, die Hände vor die Augen zu halten. Der Raum war achteckig, und alle Wände waren mit Spiegeln verkleidet.

Es gab keine Fenster, keine blutroten Strahlen der untergehenden Sonne, denn der Raum befand sich im Keller des Roten Turms.

Plötzliche Bewegungen schienen die Spiegelwände zum Leben zu bringen. Aber sie hatten kein eigenes Leben. Die Bewegungen waren nur reflektiert. In der Mitte des Raums hing eine nackte Gestalt, die Arme über dem Kopf ausgestreckt, an eisernen Ketten, die an einem Haken an der Decke befestigt waren.

Conway keuchte, als er die blauen Augen und das blonde Haar erkannte. Ohne es zu wollen, rief er ihren Namen.

»Andrea!«

Er war mehr als überrascht, sie dort vorzufinden, schließlich hatte er mit einer anderen Frau gerechnet. Die Art und Weise, wie sie dort ausgestreckt stand, betonte die runde Reife ihrer Brüste, den flachen Bauch und den Flaum ihrer Schamhaare.

»Conway!«, rief sie.

»Ruhe!« Venetia beobachtete das Paar genau. Jetzt waren ihre Vermutungen bestätigt, und das erfreute sie überhaupt nicht.

»Ich habe das nicht verdient«, rief Andrea.

»Ruhe!«, wiederholte Venetia. Ihre Wangen wurden rot, als ihre Stimme von den Wänden zurückgeworfen wurde.

»Ich habe es für dich getan, Conway«, wimmerte Andrea. »Ehrlich, Liebling. Ich habe es für dich getan.«

»Lügnerin«, wetterte Venetia. »Du hast es für dich getan! Du hast gewusst, wie Philippe auf Antonia reagieren würde, oder wenigstens hast du damit gerechnet. Du hast geglaubt, dass du weißt, wie meine beiden Söhne auf sie reagieren würden. Du hast es nicht für sie getan, sondern nur für dich. Du hast um deine eigene Position gefürchtet. Sage mir jetzt, wer dir geholfen hat, Antonia aus meiner Obhut zu stehlen. Sage es!«

Conway stand hilflos da, den Mund geöffnet.

Venetia hatte plötzlich eine Menge zu tun.

Andrea atmete schwer; ihre Blicke verfolgten so gut es ging, womit Venetia beschäftigt war.

Aus einem silbernen Eimer, der auf einem Dreifuß stand, zog Venetia eine Peitsche heraus. Sie war mit einem silbernen Griff ausgestattet, der hell glänzte, und vom Lederriemen tropfte Wasser auf die weißen und silbrigen Fliesen.

»Nein!«, schrie Andrea, die Augen weit aufgerissen. Ihre Haare fielen über den Rücken.

»Ja«, rief Venetia und hob ihren Arm.

Conway stand wie gelähmt da. Er hätte Venetia aufhalten können, wenn er gewollt hätte. Aber er wollte es nicht. Andrea sah so lieblich aus. Ihr langer, schlanker Körper wand sich einmal zu dieser Seite und dann zur anderen, um das zu verhindern, was nun kommen würde. Ihre Augen weiteten sich, als sie den Hals verrenkte, um die Peitsche auf dem sirrenden Weg nach unten zu verfolgen.

Er fühlte eine Spannung in seinem Bauch, und ein Schwall Blut schoss in seine Lenden. Sein Herz schlug plötzlich schneller in seiner Brust.

»Jetzt«, rief Venetia, und der durchsichtige Stoff des Kleids umhüllte sie wie eine Regenwolke, als die Hand mit der Peitsche anhielt, »kannst du mir sagen, wer dir geholfen hat, Antonia zu entführen.«

»Nein!«, rief Andrea. Ihre Augen starrten Conway an. »Nein, das werde ich nicht.«

Die Peitsche sirrte durch die Luft, und das geschah durch die Spiegelwände gleich mehrfach. Sie landete mit einem scharfen Geräusch auf dem Fleisch. Andrea schrie auf und drehte sich an ihren Ketten.

Conways Penis schwoll noch an, als er auf den roten Striemen quer über Andreas sonst weißem Po starrte.

Wieder zischte die Peitsche durch die Luft. Der schlanke Körper wand sich, um dem brennenden Kuss auszuweichen, aber wieder traf der Lederriemen ihren stolzen Po, und ein weiterer Striemen gesellte sich zum ersten.

Venetia trat dichter vor Andrea und nahm mit ihren krallenartigen Fingern das Gesicht der jungen Frau in die Hand. »Wirst du es mir jetzt sagen?«

Andrea, deren Haare vom Schweiß an ihrer Haut klebten, schüttelte den Kopf.

»Nun, dann brauchst du also noch ein paar Schläge mehr, was? Und damit du der Peitsche nicht so leicht ausweichen kannst, wird mein Sohn dich festhalten. Conway!«

Conway, wie betäubt vom Anblick der schönen Andrea, die so nackt und gestreckt dastand, dass alle Kurven wie übertrieben aussahen, sprang sofort zur Stelle.

Er trat vor, wobei ihm bewusst war, dass sein Penis gegen den Reißverschluss seiner schwarzen Hose kämpfte – er trug sie nur, um seiner Mutter zu gefallen. Er blickte kurz in Andreas Augen, bevor er ihr den Rücken zuwandte, sich bückte und zurückging, bis ihre Füße sich vom Boden erhoben hatten und sie ausgestreckt auf seinem Rücken lag.

Er legte eine Hand um ihre Taille, und nun war sie Venetias Schlägen ausgeliefert, während Conway den Druck des nackten Körpers auf seinem genießen konnte.

Noch einige Male hörte er das Zischen der Peitsche und das Klatschen auf ihren Pobacken. Er spürte Andreas Zucken und Winden und hörte sie in sein Ohr wimmern.

Venetia wiederholte ihre Frage immer wieder.

Aber Andrea blieb bei ihrem Nein.

Conway hatte das Gefühl, dass Andrea auf seinem Rücken schwerer wurde, als presste sie ihren Körper absichtlich stärker gegen seinen.

Er hörte auch ihre zunehmende Kurzatmigkeit.

Was ihn anbetraf, konnte er seinen Penis spüren, der hart gegen den Hosenschlitz pochte.

Noch zweimal surrte die Peitsche. Andrea jaulte wie ein geschlagener Hund. »Mein Po ist schon ganz wund«, jammerte sie.

Conway gelang es, über die Schulter in ihr Gesicht zu schauen. Er versteckte sein Grinsen vor ihr und seiner Mutter. In Andreas Augen schimmerte ein seltsames Licht, und obwohl ihre Wangen tränenüberströmt waren, hörte sich ihr Stöhnen nach Ekstase an und nicht nach Schmerz.

»Dann sage ihr, was sie wissen will«, flüsterte Conway.

Andrea antwortete nicht darauf, aber sie sah ihn von der Seite mit einer gewissen Verschlagenheit an.

»Wirst du es mir jetzt sagen, Mädchen?«, rief Venetia. Ihre kühle Hand testete die Wärme auf Andreas Backen.

»Ihnen nicht«, stöhnte Andrea plötzlich. »Ihnen werde ich es nicht sagen, aber ich würde es Conway verraten.«

Conway sah das Zögern in den Augen seiner Mutter. Und Andrea sah es auch.

Es war eine Störung von außen, die Venetia zu einer Entscheidung zwang.

Einer der Spiegel – es war derjenige auf der Innenseite der Tür, die von außen mit Nägeln beschlagen war – öffnete sich, und Emira trat ein.

Seine Augen waren geweitet, und er sah beunruhigt aus. Davon abgesehen, passten das Abendkleid in Goldlamé und die zehn Zentimeter hohen Absätze gut zu seiner dunklen Haut. Ohrringe in Gold und Schwarz drehten sich, und goldener Lidschatten betonte seine großen Augen.

»Madame! Ich muss mit Ihnen reden.«

Venetia runzelte die Stirn. »Hat das nicht Zeit?«

»Nein«, antwortete Emira und warf einen Blick auf das nackte Mädchen mit dem geröteten Po, der auf Conways Rücken so ungewöhnlich präsentiert wurde. »Nein, Madame, es hat keine Zeit.«

Venetia stieß einen Seufzer aus, und nachdem sie ihren Sohn kurz angeschaut hatte, drückte sie ihm die Peitsche in die Hand.

Langsam ließ er Andrea von seinem Rücken rutschen, dann stand sie wieder auf den Füßen.

»Gib ihr noch mal drei, bevor sie dir den Namen nennt – wenn sie ihn nennt. Die selbstsüchtige kleine Lady braucht wohl die Züchtigung, schätze ich.«

In einem Nebel aus Chiffon verließ Venetia den Raum, und Emira folgte ihr.

Andrea begann leise zu lachen.

Conway sah sie an.

Provozierend schwenkte sie nun den Po, der so rot leuchtete wie der Sonnenuntergang.

»Conway, Liebling! Wie sehr ich mich freue, dich zu sehen. Befreist du mich von diesen Ketten, oder willst du mir zuerst mit deinem Penis eine Freude machen?«

Sie verengte die Augen und strich sich mit der Zunge über die reifen Lippen, während sie das sagte.

Er lächelte, stellte sich hinter sie, sein nackter Oberkörper warm und hart an ihrem Rücken. Sie schloss jetzt die Augen ganz und ließ ihre Haare vor sein Gesicht flattern. Er küsste die weichen Grübchen zwischen Hals und Schulterblättern. Mit der freien Hand – in der anderen hielt er die Peitsche – langte er um sie herum und umfasste ihre Brüste.

»Das fühlt sich gut an«, murmelte sie mit tiefer, sinnlicher Stimme. »Gibst du mir noch mehr?«

»Ja«, sagte er heiser. »Ich werde dir mehr von dem geben, was du gehabt hast, mehr und besser. Und die ganze Zeit wirst du angekettet sein und kannst nichts dagegen unternehmen. Fantastisch, findest du nicht auch?«

»Großartig«, raunte sie, und Conway wusste, dass es eine ehrliche Antwort war.

»Aber zuerst«, fuhr er fort und quetschte dabei so kräftig ihren Nippel, dass sie aufschrie, »will ich wissen, wer dir geholfen hat. Habe ich Recht, wenn ich an Marie denke?«

»Ja, könnte sein.«

Er quetschte ihren Nippel noch viel stärker. »Habe ich Recht?«, beharrte er.

Andrea verzog das Gesicht, dann lächelte sie.

Wissend erwiderte er ihr Lächeln. »Du magst also Schmerzen, du heißes kleines Luder.«

Venetias Peitschenschläge hatten nicht zum Erfolg geführt. Das würde seiner Mutter nicht gefallen, dachte er. Sie konnte es nicht ausstehen, wenn sich jemand vom Personal den Regeln widersetzte. Nun, er war hier allein mit Andrea, und dies war seine Chance, das auszunutzen.

»Also gut«, sagte er plötzlich und trat ein paar Schritte zurück. »Ich werde dich nicht mehr belästigen.«

»Aber du wolltest mir mehr geben«, rief Andrea voller Panik. »Du wolltest mir deinen Schwanz geben, während ich gefesselt bleibe.«

»Dann sage mir die Wahrheit. Jetzt sofort! Sonst bekommst du nichts mehr.«

Andrea zögerte noch einen kurzen Moment, dann seufzte sie. »Ja, gut«, sagte sie. »Es war Marie, die mir geholfen hat.«

Er nickte, sein Lächeln ein bisschen schief und triumphierend. »Fein. Ich habe gedacht, dass sie es war.«

Für ihn spielte es keine Rolle, wer Antonia zu ihm gebracht

hatte. Die Person, die Antonia von seinem Segelboot *Enchantress* genommen hatte, interessierte ihn viel mehr. Wer war das gewesen, und wo war das Mädchen jetzt? Hier würde sie nicht sein, nicht im Roten Turm. Das stand für ihn fest.

Aber seine Geilheit bedrängte ihn, brachte ihn in Not. Sein Penis schmerzte ihn jetzt, und Andrea stand zur Verfügung und war mehr als willig.

Langsam und mit beiden Händen, also auch mit der Hand, die immer noch die Peitsche hielt, öffnete er den Hosenschlitz. Seine Rute sprang heraus, hart und fordernd.

Mit weit aufgerissenen Augen und voller Hoffnung quietschte Andrea vor Entzücken und öffnete ihre Beine. Ihre Brüste hoben und senkten sich, je schneller sie atmete. »Oh, bitte«, stöhnte sie, »bitte, bitte, bitte.«

Mehr brachte sie nicht heraus.

Mit einem Lächeln im Gesicht und mit pochendem Penis trat Conway näher an sie heran, die Peitsche noch in der Hand. »Zuerst«, sagte er mit unverhohlener Gier, »erhältst du die drei Schläge, die Venetia angeordnet hat.«

»Wirklich?« In Andreas Stimme schwang Begeisterung mit, und die zeigte sich auch in der Art, wie sie die Beine wieder schloss und ihren Po herausstreckte. Sie ließ ihn nicht daran zweifeln, dass sie die Peitsche von ihm spüren wollte. Sie wusste, dass sie einen attraktiven Po hatte, perfekt gerundet.

Conway stand wie gebannt da. Die beiden Pobacken wiesen eine dunklere Röte auf als zuvor. Neugierig streckte er eine Hand aus und befühlte das Fleisch mit den Fingerspitzen. Sie zitterte unter seiner Berührung, und sein Schwanz hob sich.

Er bedeckte eine Backe mit der ganzen Hand. Die Hitze ihrer Haut wärmte seine Handfläche. Das wiederholte er mit der anderen Backe, und er spürte, wie sich sein Bauch anspannte und sein Glied zuckte.

»Bitte«, stöhnte Andrea. »Oh, bitte, lass mich nicht länger warten.«

Er antwortete nicht. Er steckte die Peitsche unter seinen Arm und benutzte beide Hände, um ihre Backen zu teilen. Andrea grunzte vor Entzücken, als er einen Finger einsetzte, um die Enge ihrer kleinsten Öffnung zu testen.

Um seinen Finger herum zog sich die Öffnung zusammen, dann weitete sie sich, als handelte es sich um ein lebendes Ding, das Nahrung brauchte.

Während er die Backen auseinanderhielt, schob er einen Finger tiefer in sie hinein, ohne viel Sympathie für ihre Proteste des Unbehagens zu zeigen.

Aber Andrea fühlte sich auch nicht wirklich unbehaglich. Sie wand sich an den Ketten wie eine Gliederpuppe. Die unteren Lippen verengten sich um ihn, als wollten sie ihn in sich hineinsaugen.

»Da will ich auch hinein«, sagte er mit heiserer Stimme.

»Oh, ja, bitte«, antwortete sie.

»Aber zuerst sollst du die drei zusätzlichen Striemen erhalten.«

»Ja«, murmelte sie, »ja.«

Er zog den Finger heraus, nahm den Peitschengriff in die Hand und versetzte ihr die drei weiteren Schläge, die Venetia angeordnet hatte.

Bei jedem Schlag schrie sie auf. Conways Augen funkelten. Er hörte die Lust in diesen Schreien.

Ihre Backen waren jetzt tief gerötet.

Conway konnte nicht länger warten. Er warf die Peitsche auf den Boden, packte Andreas Hüften und hob ihre Füße vom Boden. Ihre Handgelenke waren noch oberhalb ihres Kopfes zusammengekettet. Als sie ihm den Po entgegenstieß, drückte er sein Glied in ihren Anus, und er fühlte, wie sich ihre Muskeln um den Schaft zusammenzogen.

Um sie herum reflektierten die Spiegel die Szene, das Anheben ihres Hinterns, die sich windende Form ihres schlanken Körpers. Er konnte ihre Augen sehen, in der Ekstase geschlossen, und den weit geöffneten Mund sowie die hin und her schwingenden Brüste.

Und er konnte sich selbst sehen, das Gesicht verzerrt, als er in sie hineintrieb. Er hielt sie so kräftig an den Hüften gepackt, dass er deutliche rote Stellen hinterließ, was man erst sah, als er die Position der Hände veränderte.

Er gab sich nicht die Mühe, sich um ihre Befriedigung zu kümmern. Von dem, was er bisher bei ihr erlebt hatte, wusste er, dass Andrea ihre Lust aus anderen Quellen bezog. Andrea liebt den Schmerz, die Peitsche.

Noch ein wuchtiger Stoß, dann kam er.

Sie schrie auf, und als es vorbei war, nahm er die Hände von ihren Hüften und setzte ihre Füße wieder auf den Boden.

»Das war fantastisch«, keuchte sie.

»Ja, fantastisch«, bestätigte er, obwohl es für ihn nicht anders oder besser gewesen war als die üblichen Begegnungen mit Frauen dieser Art.

Er ging auf die Tür zu.

»Aber was ist mit mir?«, rief sie. »Was ist mit meiner Befriedigung?«

Andrea sah entsetzt aus, als er sich umdrehte und sie anschaute. Er schätzte, dass es ein ungewohnter Zustand für sie war, unbefriedigt zurückgelassen zu werden. Das musste eine echte Qual für sie sein. Diese Erkenntnis ließ ihn lächeln, und für einen Moment hatte er sogar das Verschwinden Antonias vergessen.

Er beschloss, seine Haltung beizubehalten. »Was soll mit dir sein?«, fragte er und stieß die Hände in seine Hosentaschen. Im V-Ausschnitt seines Hemds glitzerte ein kleiner Goldbarren an einer feinen dünnen Goldkette.

In den Spiegeln sah Andrea wahnsinnig enttäuscht aus. »Löst du nicht meine Ketten, damit ich wieder frei bin?«

»Nein«, sagte er, »das kann ich nicht.«

»Du musst es tun!« Ihre Stimme kreischte, und er wurde an die schwarz gekleideten Frauen erinnert, die in den kleinen Fischerdörfern rund ums Mittelmeer ihre Kinder mit diesem Kreischen anschrien.

»Ich habe dir doch gesagt, dass ich das nicht kann«, sagte er ungerührt. »Ich habe die Schlüssel nicht.« Er hob die Schultern, dann blies er ihr einen Kuss zu. Er winkte ihr zu und sah, wie sie ihm offenen Mundes nachstarrte.

So werde ich sie in Erinnerung behalten, dachte er und grinste von Ohr zu Ohr.

Draußen nahm er einen tiefen Atemzug, und die Falten auf seiner Stirn vertieften sich, als er sich fragte, wo er Antonia finden könnte.

Siebzehntes Kapitel

Philippe hätte zum Roten Turm gehen und Venetias Einladung zum Essen folgen sollen, aber das tat er nicht.

Als er wach wurde und der Mond strahlend hell hoch oben am Himmel stand, kam Philippe auf die Füße, zog sich an und nahm Toni an die Hand.

»Wohin gehen wir?«, fragte sie, als er ihr das offene Top und den Rock reichte, der nicht einmal ihren Po bedeckte.

»Zur *Sea Witch*«, antwortete er.

Die Dämmerung lag wie ein malvenfarbener Schleier am Horizont, als sie durch das hohe Gras des Zitronenhains liefen, auf die Stelle zu, an der er die *Sea Witch* geankert hatte.

Da er gewusst hatte, dass sein Bruder auch kommen und am Hauptkai festmachen würde, hatte er sich eine alte Anlegestelle für sein Boot ausgesucht, um seinem Bruder wie üblich aus dem Weg gehen zu können.

»Es ist ein schönes Gefühl, sie zu sehen«, sagte er zu Toni, als sie hinter einer Biegung die glänzend weiße Jacht im Mondschein bewundern konnten. Sie blieben gebannt an einer Stelle stehen, an der grober Sandkies in spitze, harte Steine überging.

Toni war außer Atem. Sie standen nur ein paar Zentimeter auseinander, aber sie konnte die Hitze seines Körpers spüren. Sie schien sie zu umschlingen und sie näher an den Körper heranzuziehen.

Sie schaute auf zu ihm und bemerkte, dass er sie ebenfalls ansah. Bewunderung lag in seinen Augen. Dann schwand der Ausdruck, und als er auf ihre nackten Brüste starrte, wurde die Bewunderung durch Verlangen ersetzt.

Wie schon zuvor war der Halsausschnitt des Tops, das sie trug, bis unter die Brüste gerutscht. Sie standen schon fest und aufrecht, aber durch die kühle Luft reckten sie sich noch kecker. Die steife Brise reizte die Nippel zu harten Knöpfen, die sich gegen seinen Brustkorb rieben, als sie sich an ihn presste.

Die Brise streichelte auch über ihre nackte Scham, aber dadurch wurde ihre Gier, die Philippe in ihr entfacht hatte, nicht gelöscht. Eine Weichheit lag in seinen Augen und auf seinem Gesicht, aber eine Härte drängte gegen ihren Bauch, als er Toni in die Arme nahm und sich bückte, um sie zu küssen.

Er klammerte sie fest gegen sich, und sie erwiderte seinen Druck nur zu bereitwillig. Sein Körper war warm. Ihre Brüste waren abgekühlt, deshalb war sie dankbar für seine Nähe.

Sie schmiegte sich an ihn und murmelte lustvolle Laute, als seine Hände über ihren Rücken strichen und die Backen mit beiden Händen fassten. Der Rock verbarg nichts. Seine Hände waren unter dem Rock, und auch sie wärmten ihr Fleisch.

Vielleicht lag es an der Wärme seiner Hände oder an der Hitze des Moments, aber sie musste ihm sagen, womit sich ihre Gedanken beschäftigten. Sie erinnerte sich an seine gemurmelten Worte, als er neben ihr eingedöst war. »Ich werde alles sein, was du willst, dass ich bin«, sagte sie. »Alles und jede. Auch die Frau, über die du in deinem Schlaf gesprochen hast. Die mit den roten Haaren und grünen Augen.«

Sofort bedauerte sie ihre Worte. Seine Hände bewegten sich nicht mehr. Sie fühlte, wie sein Körper starr wurde, als hätte das Blut aufgehört, durch seine Adern zu fließen.

Zwischen ihnen tat sich eine Lücke auf. Sie wurde noch größer, als seine Hände den Rücken nach oben strichen. Er schien die Distanz zwischen ihnen zu wollen. Sein Blick wurde plötzlich härter.

»Was meinst du?«

»Ich weiß es nicht«, sagte sie und hob die Schultern. Ihr Herz begann zu rasen. »Ich weiß es wirklich nicht. Ich meine, ich weiß nur, dass ich dich an eine Frau erinnere, die du mal gekannt hast. Auf deinen Bruder scheine ich auch diese Wirkung zu haben. Es waren Venetia und Emira, die das angedeutet haben, und es war Venetia, die mich angeheuert hat, weil ich rote Haare und grüne Augen habe. Ich hatte gedacht, sie wollte mich haben, weil ich ein guter Seemann bin. Aber das ist nicht der Grund.«

Philippes Augen wurden rund und weit. Auch seine Lippen öffneten sich. Er schien wie vom Donner gerührt.

Sie mochte es nicht, dass er sie so anschaute. »Philippe?«

Sie griff mit einer Hand nach seinem Gesicht, aber er wich zurück.

»Es tut mir leid. Ich brauche Zeit, um das zu verarbeiten. Jetzt, da du von ihr gesprochen hast, fühle ich mich verwirrt. Ich weiß nicht, ob ich will, dass du sie bist, oder ob ich das nicht will.« Er schüttelte den Kopf, als wollte er versuchen, die alten Erinnerungen zu vertreiben, die alten Rivalitäten zwischen ihm und seinem Bruder.

Toni runzelte die Stirn. Auch sie schüttelte den Kopf. »Ich wusste, dass sie mich aus irgendeinem Grund angestellt hat. Den Grund aber hat sie mir nie genannt. Ich weiß nur, dass er etwas mit dem Riss zwischen dir und deinem Bruder zu tun hat. Aber wie ich diesen Riss kitten könnte, davon habe ich keine Ahnung. Selbst mein Name hat irgendeine Bedeutung in dieser Angelegenheit. In London nennen mich alle, die mich kennen, Toni, nur meine Mutter nicht. Sie nennt mich immer Antonia. Oh«, fügte sie rasch hinzu, »und Julian. Er hat mich auch immer Antonia genannt.«

Philippes Haare fielen nach vorn und rahmten sein Gesicht ein, als er den Kopf senkte und ratlos zu Boden schaute. Er schien nach irgendwas in seinem Gedächtnis zu suchen. Seine Hände hingen schlaff an den Seiten hinab. »Ich weiß es nicht«, murmelte er.

»Ich auch nicht«, sagte Toni.

Plötzlich fühlte sie den Drang, mehr herauszufinden. Sie langte wieder nach ihm.

Er stand verdutzt da, wich aber nicht mehr vor ihr zurück. Seine Augen waren dunkler als vorher, sie leuchteten dunkelgrün, fast wie ihre. Nach seinem Ausdruck zu urteilen, war er nicht weniger verwirrt als sie.

»Zuerst«, sagte sie mit ihrer zartesten Stimme, »erzähle ich dir von Julian und London und warum ich überhaupt hergekommen bin. Danach kannst du mir über diese andere Frau mit den roten Haaren und den grünen Augen erzählen. Ist das ein annehmbarer Vorschlag?«

Er starrte sie einen Moment lang an, und sie hätte ihn jetzt mit den Armen umschlingen und an sich ziehen können, um ihn zu küssen und auf der Stelle noch einmal seinen Körper zu genießen. Aber das wäre zu einfach gewesen und hätte ihr nicht weitergeholfen.

Sie hatte geglaubt, diese eine Person sein zu können, von der er gemurmelt hatte, aber jetzt wusste sie, dass sie das nicht konnte. Was oder wer immer ihn in seinen Träumen verfolgte, musste ausgetrieben werden. Sonst würde er nie wieder frei sein, und sie vielleicht auch nicht. Wenn sie gezwungen war, in dieser Familie nicht sie selbst sein zu können und in die Schuhe einer anderen Frau schlüpfen sollte, könnte sie nicht hierbleiben. Auf der anderen Seite wollte sie nicht zurück nach London.

Obwohl er sie nicht gedrängt hatte, erzählte sie ihm von Julian und ihrer Affäre in London. Als sie die Geschichte beendet hatte, umgab ihn eine Stille, die er nicht zu brechen wagte. Sein Kinn war kantig geworden. Es dauerte noch eine Zeit, ehe er die Stimme erhob.

»Du siehst so sehr wie sie aus.«

»Die andere Antonia?«

Er nickte.

»Erzähle mir von ihr.« Ihre Stimme war sanft wie ihre Hand, die über sein Gesicht strich und die Konturen seiner Lippen nachzog.

Durch ihre Finger begann er zu reden. »Ich hatte meine Schule beendet und hielt mich in Rom auf, bevor ich zur Uni gehen würde. Wie du sicherlich gesehen hast, ist meine Mutter eine Frau mit Charme und Sinnlichkeit. In Abwesenheit meines Vaters fühlte sie sich veranlasst, meinen Übergang vom Jugendlichen zum Mann zu organisieren. Dabei hatte ich schon einige Erfahrungen mit Mädchen. Aber sie sagte, das wären nur Fummeleien mit Amateurinnen gewesen. Nur eine echte Frau könnte mich zu einem echten Mann machen. Und so kam es, dass sie Antonia eines Abends an mein Bett brachte.

Ich weiß nicht, wo sie herkam. Ich weiß nur, als ich sie im Glühen der untergehenden Sonne sah, nackt, mit roten Haaren und grünen Augen, hatte ich das größte Erlebnis meines Lebens bis dahin.

»Ich muss erschrocken ausgesehen haben, aber ich war es nicht. Meine Sprachlosigkeit rührte von ihrer Schönheit. Vielleicht war sie auch der Szenerie geschuldet – die Röte der Sonne, die das Grün des Meeres schluckte. Ich weiß es nicht genau, ich spekuliere nur. Aber da stand sie, rothaarig und grünäugig – genau wie du. Und ich lag nackt in meinem Bett.«

Toni stand wie gebannt da. Sie gewahrte, dass seine Augen glasig waren und er weder sie noch das Boot oder das Meer sah. Er sah nur sie, während er sich an seine erste richtige sexuelle Erfahrung erinnerte. Seine Stimme klang so verschwommen wie der Dunst, der vom Wasser aufstieg.

»Ihre Haut war cremig«, sagte er mit einem unverhofften Blick auf sie. »Genau wie deine. Ihr Haar war wie ein Feuer im Sonnenlicht, und für einen Moment fragte ich mich, ob sie echt war oder auf Befehl meiner Mutter aus dem Meer hochgestiegen war. Ich erinnere mich, wie ihre Haare auf meinen Brustkorb fielen. Meine Haut brannte, und mein Schwanz schwoll an und reckte sich nach ihr. Sie küsste meinen Mund, und mir kam es so vor, als würde ich ertrinken. Ich fuhr mit meinen Händen durch ihre Haare und hielt ihr Gesicht fest.

»Sie löste sich von meinem Griff. Sie sprach kein Wort. Sie lächelte nur und zeigte kleine Gesten. Ihre Lippen küssten und leckten meinen Hals, mein Brust, meinen Bauch und meinen Schoß. Sie nahm mein Glied in den Mund, und ich füllte ihn sofort. Ich habe mich nicht zurückhalten können. So etwas hat noch niemand mit mir gemacht.

Aber sie schimpfte nicht. Sie war geduldig, und unter ihren Fingern und Lippen kehrte meine Erektion zurück.

Sie gab mir zu verstehen, dass es nun meine Aufgabe war, sie zu reiten. Sie legte sich auf den Rücken und öffnete die Beine. Ich erinnere mich noch sehr lebhaft daran, wie rot ihre Schamhaare geleuchtet haben, wie feucht sie war und wie rot die Farbe ihres Geschlechts war. Weil ich schon in ihrem Mund gekommen war, war ich entspannter, als ich sonst gewesen wäre. Ich ließ mir also Zeit. Ich spielte mit ihren Brüsten, küsste und saugte die Nippel und leckte und küsste sogar ihre Pussy. Die ganze Zeit versuchte ich, so rücksichtsvoll und sanft mit ihr zu sein, wie sie mit mir gewesen war.

Als meine Erektion wieder so steif war wie zu Beginn, stieß ich in sie hinein. Ich erinnere mich, dass die Frau gestöhnt hat, und einen Augenblick lang geriet ich in Panik, denn ich wollte ihr nicht wehtun.

›Ist alles in Ordnung?‹, fragte ich sie. ›Habe ich dich verletzt?‹

Sie lächelte mich an. Nicht nur mit dem Mund, sondern auch mit den Augen. Sie schüttelte den Kopf, hielt meinen Hintern umklammert und stieß meine Hüften voller Wucht auf ihre hinab. Zugleich krümmte sie den Rücken und hob ihr Becken an, mir entgegen.

Das war der Moment, in dem ich kam. Es war eine irre, Schwindel erregende Erfahrung, als wären alle Lichter der Welt ausgegangen und auf einen Schlag wieder angeknipst worden. Sie bildeten jetzt einen Glorienschein.

Es war unbeschreiblich. Der schönste Moment meines Lebens. Ich werde ihn nie vergessen.«

Schweigend starrte er hinaus aufs Meer und auf die glitzernden Lichter der anderen Inseln.

Einen Moment lang hatte er sich in der Vergangenheit seiner Jugend befunden, dachte Toni. Aber jetzt war er wieder bei ihr. Sie nutzte den Augenblick, um ihn anzusprechen. Dabei legte sie eine Hand auf seinen Schoß. Sein Penis war hart und zuckte unter ihrer Berührung.

»Hast du sie noch einmal gesehen?«

»Ja«, antwortete er. »Noch einige Male. Es mag sich altmodisch anhören, aber es war eine Tradition in meiner Familie – in vielen italienischen Familien –, dass ein junger Mann von einer erfahrenen Frau in die körperliche Liebe eingeführt wird. Meine Mutter bestand darauf, dass der Wunsch meines verstorbenen Vaters erfüllt wurde – dabei ist sie keine Italienerin, sondern eine Amerikanerin.«

»War der Sex mit der Frau bei den folgenden Gelegenheiten auch so gut wie beim ersten Mal?« Sie stellte die Frage, während ihre Finger den Reißverschluss seiner Hose nach unten zogen.

»Ja«, antwortete er. Seine Stimme klang jetzt heiserer, als sie den Penis aus dem Versteck holte und der warmen Nachtluft aussetzte.

Ihm stockte der Atem. Er warf den Kopf in den Nacken. Jede Sehne in seinem Hals, jede Ader, trat dick hervor. Er schloss die Augen, aber der Mund blieb leicht geöffnet.

»Sah sie mir sehr ähnlich?«, fragte Toni, während sie den Stamm mit den Fingern umfasste und mit dem Daumen über die Kuppe strich.

»Ja, sehr«, rief er keuchend.

Toni begann die Finger am Schaft entlangzureiben. Mit der freien Hand öffnete sie die Knöpfe seines Hemds und strich zärtlich über die Haare auf seiner Brust. Er war nicht zu üppig behaart, aber ausreichend, um die Kurven seiner Brustmuskeln zu betonen.

»Sind meine Haare wie ihre?«

»Ja.«

»Und meine Augen?«

»Ja.«

Verloren in der Süße des Augenblicks, sah er nicht den Spieltrieb in ihren Augen. Von ihrer Hand fest umschlossen, wuchs sein Penis, und sie wusste genau, was sie mit ihm tun wollte.

Ihr Plan nahm langsam eine Form an. Sie begann, die Verärgerung zwischen den Brüdern zu verstehen.

Ihre Hand bewegte sich schneller, und sie wusste, dass es nicht mehr lange dauern würde, bis er kam.

»Und mein Mund?«

»Ja«, antwortete er, »ja, ja.«

Seine Stimme zitterte so sehr wie sein ganzer Körper. Sie

befand sich auf den Knien, und seine Eichel wurde von ihrem Mund umspült.

Sie fummelte in seiner Hosenöffnung und fand die weiche Wärme seiner Hoden. Als ihr Kopf über dem Stamm auf und ab ging, nahm sie den samtenen Beutel in die Hand und drückte leicht zu, und mit der anderen Hand hielt sie seine linke Pobacke gepackt.

Ohne ihr Reiben des Stammes zu unterbrechen, zog sie seine Hose nach unten, bis sein Schoß völlig entblößt war. Dann, als sie die Kehle öffnete, um seinen Erguss aufzunehmen, stieß sie einen Finger in seinen Anus.

Begleitet von einem lauten Schrei, stieß er seine Hüften hoch. Sie presste die Kehle gekonnt um seinen Schaft, und als sie ihren Finger in ihm leicht drehte und seine zuckenden Bälle fester packte, spürte sie die warme Süße seines Honigs, der ihr heiß in die Kehle sprühte.

Sie leckte die letzten Tropfen, die aus seinem Schwanz kamen, bevor sie sich wieder auf die Füße stellte.

Er sah sie mit einem überraschten Ausdruck an, dann strich er ihr mit den Fingern durch die Haare und hob die Hand mit einem Büschel ihrer Haare, als wollte er Länge und Struktur überprüfen. Plötzlich stieß er einen zufriedenen Seufzer aus, ließ die Haare aus der Hand fallen und küsste sie auf den Mund.

»Ich schmecke nach dir«, sagte sie.

»Das freut mich«, gab er zurück. »Ich will nicht, dass du nach einem anderen schmeckst.«

Alarmglocken läuteten in ihrem Kopf. Dieser Besitzanspruch war ihr noch von Julian in schrecklicher Erinnerung. Sie fand, sie sollte ihm das erklären.

»Ich weiß nicht«, murmelte sie.

Der beunruhigende Blick trat wieder in seine Augen. »Du bist genau wie sie!«, rief er. »Du lässt meinen Bruder genau die Dinge tun, die er auch mit ihr getrieben hat. Das wird dir gefallen, wie es ihr gefallen hat.«

»Philippe.« Sie berührte seinen Arm.

Er schlug ihre Hand weg.

Vielleicht wäre alles noch schlimmer geworden, vielleicht aber auch nicht – jedenfalls fuhr Emira mit dem roten Auto bis ans Ende der Anlegestelle.

Seine Schuhe klackten laut, als er zu ihnen lief. Die See war stürmisch, und die Gischt erwischte den Saum seines Kleids.

Emira schaffte nicht den ganzen Weg und blieb in größerem Abstand zu ihnen stehen. Er starrte auf Tonis nackte Brüste und auf den Busch roter Schamhaare, der unter dem Saum des schwarzen Rocks hervorlugte.

Er nahm auch wahr, dass Philippe seine Hose wieder richtete.

»Meine Herrin, Madame Salvatore, hat mich geschickt, Sie zu suchen.«

Er sagte es zögerlich, und man hörte ihm an, dass er damit rechnete, noch einmal die Peitsche zu spüren, wenn er die beiden nicht mitbrachte.

»Ich werde nicht hingehen«, sagte Philippe abrupt, sah aufs Meer und dann hoch zum Himmel. »Ich fahre zur Calabri Regatta. Der Wetterbericht hat zwar einen Sturm vorhergesagt, aber ich lasse mich nicht davon abhalten. Ich vertraue meinem seemännischem Geschick und der Erfahrung meiner Mannschaft. Ich habe auch beschlossen, dass Antonia mich begleitet.«

Er blickte nicht zu Toni, als er das sagte, aber sie schaute zu ihm. Sie ahnte, dass noch ein Tumult in ihm tobte, doch sie war zuversichtlich, dass alles gut ausgehen würde.

»Meine Herrin wird nicht erfreut sein«, rief Emira.

Zu Tonis Überraschung legte Philippe einen Arm um ihre Schultern und drückte sie fest an sich. »Das ist mir egal. Dies wird einer der wenigen Anlässe sein, dass ich sie enttäuschen muss. Richte ihr bitte meine Grüße und meinen Respekt aus.«

Emira stand wie gelähmt da.

Seine stark geschminkten Wimpern blinkten hektisch.

Philippes Nähe verlieh Toni ein wunderbares Gefühl der Sicherheit. Sein Geruch und die Härte seines Körpers lockten ihr Fleisch.

Emira sah nervös aus. Wie immer sah auch er gut aus. Er trug ein weißes, fließendes Kleid von einem Goldring um den Hals gehalten. Toni erinnerte sich, einmal das Bild einer ägyptischen Königin gesehen zu haben, die so gewandet war. Nefertiti hieß sie. Aber sie war nicht so schön wie Emira. Emiras männliche Hormone gaben seinen Gesichtszügen eine größere Kraft, auch wenn er im Moment sichtlich irritiert war.

»Was soll ich ihr sagen, wenn sie mit Ihnen Kontakt aufnehmen will?«, fragte er.

Philippe wandte sich an Toni und küsste die Süße ihrer Haare. Seine innere Unruhe hatte sich gelegt. »Sie hat meine Nummer. Ich werde bei der Regatta sein. Sage ihr, dass sie ein sehr gutes Clubhaus dort haben. Sie wird sehr willkommen sein.«

Emira, die Augen so dunkel wie seine Stimmung, seufzte schwer, dann drehte er sich um und kletterte wieder über die groben Steine, erneut der spritzenden Gischt ausgesetzt.

Toni hatte die Stirn gerunzelt. Sie mochte Emira und bemitleidete ihn. Sie wollte nicht daran denken, welche Folgen ihn im Roten Turm erwarteten.

»Ich hoffe, Venetia wird nicht zu sehr enttäuscht sein«, sagte sie leise.

Achtzehntes Kapitel

Als sie noch drei Meilen vom Ufer entfernt waren, konnten sie schon die Masten der Luxussegelschiffe sehen und die grellweißen, schlanken Motorjachten, deren Maschinen Treibstoff soffen und deren Besitzer mehr Geld als Verstand hatten.

Nicht, dass jeder, der sich für eine Segeljacht entschied, ein sparsamer Mensch war, weil der Wind nichts kostete – die Jachten, die an der Calabri Regatta teilnahmen, waren genauso teuer wie ihre motorisierten Schwestern.

Während der Nacht war die See stürmisch gewesen, und der Wind hatte selbst bei einem Minimum von Segeln laut geheult. Graue Wolken hingen auch jetzt noch tief am Himmel, aber im Süden waren die ersten blauen Stellen zu sehen, als der Wind sich zu drehen begann.

Toni hatte in den Armen ihres Geliebten eine wunderbare Nacht verbracht, aber er hatte während des Schlafs immer noch gemurmelt. Sie hatte gehört, wie er ihren Namen gesagt hatte, aber sie wusste natürlich nicht, ob er sie damit gemeint hatte oder die Antonia, die ihn vom Jüngling zum Mann gemacht hatte.

Sechsmal hatte er sie in der Nacht genommen. Jetzt schlief er noch, während sie an Deck gegangen war und ihre nackte Haut vom frühen Morgendunst auffrischen ließ, und damit vertrieb sie auch die Gerüche des Sex, die vielleicht noch an ihr hafteten.

Um dem geschäftigen Treiben im Hafen auszuweichen, bis

sie schließlich einlaufen mussten, hatten sie in einem Abstand von drei Meilen draußen geankert, auch wenn der Wind noch stärker geworden war.

Mark winkte ihr zu. Die frühe Morgensonne beschien seine blonden Haare. Sie winkte zurück. Nachdem er irgendwelche Befehle zu jemandem am Heck gerufen hatte, verschwand er im Ruderhaus.

Das Klirren der Kette war zu hören, dann das Spritzen von Wasser, als der Anker ins Wasser platschte. Gleich darauf war es wieder still.

Sie hielt eine schützende Hand über die Augen, um gegen die Sonne zum Heck zu sehen. Eine Gestalt mit breiten Schultern bückte sich über die Reling. Toni wusste, dass der Mann sich davon überzeugen wollte, dass die Kette nichts beschädigt hatte. Er schaute über seine Schulter nach hinten, und sie sah seine kohlschwarzen Augen. Sie erkannte ihn sofort. Er war Emilio, der Mann, der sie und Emira am Tag ihrer Ankunft vom Flugzeug abgeholt hatte.

Als er sie sah, schien er für einen Moment wie erstarrt zu sein. Dann aber geriet er in Bewegung. Die Aufgabe, die er bis zu Tonis Anblick so konzentriert erfüllt hatte, brachte er hektisch zu Ende. Jetzt lief er Toni entgegen, seine Augen so schwarz wie verbranntes Holz.

Die Sonne strahlte ihn von hinten an, und so wirkte er größer auf Toni, als sie ihn in Erinnerung hatte. In ihrer Verwirrung und plötzlichen Angst vergaß sie, dass sie nackt war.

Emilios Gestalt schien sie zu umfassen. Seine massiven Arme packten sie. Seine Hand packte ihren Hinterkopf, sodass ihr Schrei nach Hilfe von seinem Brustkorb gedämpft wurde. Ihre Füße verloren den Grund, als er sie an die Stelle trug, an der er gestanden hatte, wo die Ankerkette zurück ins Wasser gesenkt wurde.

Es lagen und hingen genug Stricke und Seile herum. Emilio knebelte sie und band ihre Handgelenke zusammen. Er hob ihr die gefesselten Hände über den Kopf, sodass ihre Brüste nach vorn gedrückt wurden. Die Ankerkette lag schlaff da; er wand sie um Tonis Füße.

Ein Glitzern der Macht blitzte in seinen schwarzen Augen auf. Der breite, zügellose Mund nahm fast sein ganzes Gesicht ein. »Jetzt«, sagte er, während er sie gierig anschaute, »werde ich mir das nehmen, was ich mir bei deiner Ankunft nur ansehen konnte. Emilio lässt sich nicht ungestraft reizen. Emilio wird sich nehmen, was er haben will.«

Toni wehrte sich gegen die Fesseln und wand ihren Körper. Der Knebel bestand aus Hanf; er war rau und schmeckte nach getrocknetem Gras. Die Stricke, die ihre Handgelenke banden, waren aus Nylon und wurden fester, je mehr sie sich wand.

Als seine massigen Hände ihre Brüste packten, begann Toni zu zittern. Sie versuchte zu schreien, aber es kam nur ein gedämpftes Murren heraus, das Murmeln einer Frau, deren Schicksal besiegelt schien.

Seine Hände waren warm und grob wie Schmirgel. Toni verzog das Gesicht, als er ihre Nippel quetschte. Er stieß ein tiefes Seufzen aus und rieb seine Nase zwischen ihre Brüste. Es war, als könnte er nicht genug von ihrem Geruch bekommen, als könnte er nicht genug von ihrem Körper zu packen kriegen.

Sein Kopf und Körper schienen sie zu ersticken, er griff ihre Brüste an und ihre Sinne. Er roch nach Schweiß und Salz und den durchdringenden Aromen der Gewürze in den nordafrikanischen Kasbahs, nach bitterem Kaffee und schwarzem Tabak.

Er war nackt bis zu den Hüften und trug nur eine weite schwarze Hose, die an Piraten und an Eunuchen erinnerte. Sein Fleisch war warm und drückte sanft gegen ihres. Er war so viel größer und breiter als sie, dass Toni sich fast so fühlte, als hätte er sie umzingelt.

Während er seine Hände in ihren Rücken presste, saugte er zärtlich an ihren Nippeln. Sie stöhnte. Seine Lippen fühlten sich weich an. Sie fühlte, wie seine Zungenspitze gegen die Brüste stieß, und ein leichter Flaum auf seiner Oberlippe reizte die empfindsame Haut, während seine Zähne nagten wie ein lutschendes Lamm.

Trotz der Tatsache, dass Emilio sich ihr aufdrängte, konnte sie nicht verhindern, dass sie auf ihn reagierte. Gut, Philippe hatte sie während der Nacht immer wieder genommen, sanft und mit bezaubernder Technik, und am liebsten behandelte er sie, als wäre sie ein Püppchen aus kostbarem Porzellan. Das, nahm sie an, war der Grund, warum ihr Trieb jetzt wieder anstieg.

Philippe hatte große Leidenschaft. Sie konnte diese Passion in ihm spüren, in den Venen gleich unter der Haut, aber auch in seinem Verhalten. Er war liebenswürdig, er war behutsam im Umgang mit ihr, und doch spürte sie, dass etwas fehlte. Dies hier, dachte sie, war genau das, was sie jetzt brauchte.

Dieser massige Mann, der nach Verdorbenheit und Dekadenz roch, zwang sich ihr auf, zwang sie zu sündigen, wollüstigen Erfahrungen.

Keuchend nahm er den Mund von ihren Brüsten, sah ihr in die Augen und lockerte für einen Moment den Knebel.

Wie schwarz seine Augen waren. Wie sie von der Hitze des Augenblicks glühten, wie die Begierde aus ihnen sprang, die schiere Lust.

»Du hast dem Halbmann die ganze Zeit deine Brüste gezeigt«, sagte er. »Dem Mann, der Frauenkleider trägt. Und du hast mich gezwungen zuzusehen, und ich habe zugesehen. Ich wollte deine Brüste haben. Ich habe von ihnen geträumt, und jetzt habe ich sie. Ich will alles mit ihnen anstellen. Philippe wird solche Dinge nicht mit dir machen. Diese anderen Dinge stellt er nur mit anderen Frauen an, mit dir nicht. Aber sein Bruder würde es tun. Deshalb hassen sie sich so sehr. Sie brauchen eine Frau, die alles für sie ist, die in dem einen die Sanftheit weckt und im anderen die Perversitäten.« Er lachte, dieser kluge Mann, der die einzelnen Mitglieder der Familie genau beobachtet hatte und genauer über sie Bescheid wusste als sie selbst.

Jetzt endlich wusste Toni, warum sie hier war. »Aber ich kann ihnen beides geben, das weiß ich. Ich brauche nur die Chance, es ihnen zu beweisen. Kannst du ihnen das nicht sagen, Emilio? Kannst du nicht zu ihnen gehen und ihnen sagen, dass ich ihnen alles sein will, was sie haben wollen?«

»Versuche nicht, Emilio an der Nase herumzuführen, Weib. Versuche erst gar nicht, mich reinlegen zu wollen. Nichts wird mich davon abhalten, das mit dir durchzuziehen, was ich machen will. Absolut nichts. Wenn du willst, kannst du schreien. Niemand wird dich hören – nicht um diese Zeit. Nur Emilio ist wach – Emilio und du.«

»Du verstehst das nicht, Emilio. Aber du hast Recht, ich kann dich nicht davon abhalten, das zu tun, was du dir vorgenommen hast. Ich kann dich nicht abhalten, und ich werde es auch nicht tun.«

Er lachte. »Du willst mich nur am Quatschen halten, was? Vielleicht glaubst du ja, ich könnte meine Meinung noch ändern. Ich kenne Frauen. Ich weiß, dass sie zu viel reden, und manchmal gefällt es ihnen nicht, was Emilio mit ihnen anstellt.«

»Du irrst dich, Emilio. Du irrst dich ganz gewaltig.«

Aber Emilio schien seinen eigenen Gedanken nachzuhängen und über seine Absichten noch einmal nachzudenken. Er bückte sich unter einem Holm, und als er sich wieder aufrichtete, hatte er noch mehr Stricke in den Händen. »Schöne kurze Stricke«, sagte er, teuflisch grinsend. »Pass mal auf, was ich damit anfange.«

Der Wind ließ seine Haare übers Gesicht fliegen, und sie schaute zu und verzog das Gesicht, als er begann, ein kurzes Stück um ihre Brust zu wickeln. Sie schrie auf, aber er ließ sich nicht beirren. Jede Brust stand nun fest umschlungen, und ihre Nippel leuchteten rot.

Sie rieb ihre Schenkel gegeneinander, nicht weil dies eine Art Protest für sie war, sondern weil ihr Geschlecht brannte, und ihre Brüste schrien nach Beachtung.

»Keine Proteste«, rief er und gab ihr einen Klaps auf den Po. Seine Hand war hart und gewaltig. Ihr Po schmerzte.

»Das war kein Protest. Ich will nur erfahren, was du als Nächstes mit mir machst.«

Er grinste und hob beide Hände hoch. In den Fingern hielt er zwei Segeltuchbänder; sie waren dünn, fein und flatterten in der Brise.

Seine Augen glitzerten, als er ihr den Knebel wieder in den Mund schob. »Diese süßen Bänder wickle ich um deine Nippel«, sagte er. »Na, was hältst du davon?«

Durch den Hanfball in ihrem Mund konnte sie sich nicht äußern.

Er lachte über die Unfähigkeit, ihm zu antworten, denn er war an ihrem Empfinden auch nicht interessiert. Was er mit ihr anstellte, betraf seine eigene Befriedigung und hatte mit ihrer nichts zu tun.

Zuerst zwickte er wieder ihre Nippel und saugte sie dann in den Mund, bis sie eine Länge erreicht hatten, die für seinen Zweck genau richtig war.

»Jetzt sind sie bereit«, sagte er lächelnd.

Er ließ das erste Segeltuchband flattern. Er lachte wieder, dann wickelte er das Band um einen langen, blutroten Nippel.

Toni stöhnte. Er wiederholte die Prozedur mit der anderen, ebenfalls in die Länge gezogenen Brustwarze. Dann trat er einen Schritt zurück und bewunderte sein Werk. »Wunderbar«, raunte er und leckte sich über die Lippen.

Als sie glaubte, nun entspannen zu können, zwang er sie auf die Knie und legte die Ankerkette über ihre Beine, die sie auf dem Deck festhielt. Wieder hob er ihre Arme über den Kopf. Jetzt wusste sie genau, was er vorhatte.

Sein Schoß befand sich auf einer Höhe mit ihren Brüsten. Er ließ seine Hose fallen, und ein Dämon von einem Schwanz sprang heraus.

Er war purpurn, gewaltig, mit dicken Adern versehen und von einem dicken Pilzkopf gekrönt.

Da ihr Mund schon gefüllt war und Emilio den Knebel offenbar an Ort und Stelle belassen wollte, gab es nach Tonis Erkenntnis nur eine Möglichkeit für Emilio.

Der Schaft klopfte heiß und klebrig auf ihre gefangenen Brüste. Emilio drückte die Brüste mit den Händen zusammen und stieß den Schaft dazwischen.

Toni knurrte, als die Stricke und Bänder an ihr zerrten. Über sich hörte sie ihn ekstatisch grunzen, während er sein mächtiges Glied auf und ab rieb.

Er stieß gegen das Brustbein. Ihre Nippel brannten, und ihre Brüste fühlten sich so schwer an, als müssten sie platzen. Die ganze Zeit stöhnte und grunzte er und stieß und rutschte hin und her, bis es aus ihm heraussprühte. Er schrie auf, als wollte er den kreisenden Möwen seinen Triumph zurufen.

Weiße Gischt bedeckte ihre Brüste. Er trat einen Schritt von ihr zurück. Seine Freude über den Coup hielt nicht lange an. Heimlich schaute er über seine Schulter, dann sah er Toni wieder an.

Sie versuchte ihm zu sagen, dass sie niemandem etwas davon erzählen würde.

Er überlegte eine Zeitlang und schien nicht zu wissen, was er nun tun sollte. Dann war er nach einem Seufzer zu einem Entschluss gekommen. Er nahm ihr den Hanfball aus dem Mund.

Toni keuchte und musste sich räuspern, bevor sie sprechen konnte. »Ist das alles, was du wolltest?«

Er nickte. »Wirst du es sagen?«

Sie schüttelte den Kopf. »Es sei denn, du willst, dass ich es erzähle.«

»Aber du könntest es ...« Er schaute aufs Meer.

»Nein«, sagte sie.

Er löste ihre Stricke, und mit einem Blick des Bedauerns befreite er auch ihre Brüste wieder. Seine Spritzer waren noch zu sehen, sie tropften wie schmelzender Schnee von ihren Nippeln.

»Keine Sorge«, sagte sie und lächelte ihn an. Sie deutete mit dem Kopf zum Wasser. »Das ist ganz schnell abgewaschen.«

Bevor er seine Meinung ändern konnte und sie vielleicht doch wieder festband, trat sie schnell auf die verchromten Treppenstufen, die zur Schwimmplattform führten. Von dort sprang sie ins Wasser.

Emilio stand da und sah ihr einen Moment zu. Er hatte den Mund weit geöffnet und schien überrascht zu sein, dass sie sich so schnell von ihren Qualen erholt hatte. Er glaubte ihr auch, dass sie nichts erzählen würde.

Toni tauchte unter die Wasseroberfläche, entschlossen, das kurze Frühmorgenbad zu genießen. Und sie war auch entschlossen, mehr Feuer in Philippes Sextrieb zu entfachen. Natürlich war da auch noch Conway.

Das Wasser war zuerst ziemlich kühl, aber als sie eine Weile geschwommen war, fühlte es sich schon wärmer an. Sie öffnete die Beine, damit das Wasser alle Spuren der vergangenen Nacht wegwaschen konnte. Es umspülte ihre intimsten

Stellen, säuberte ihre Schamhaare und die Labien, brachte ihre Brüste zum Leben zurück und die Nippel zu neuer Härte. Sie tauchte immer wieder unter und wälzte sich in der salzhaltigen Frische herum, dann tauchte sie zehn Meter weiter von der Jacht entfernt auf, als sie eigentlich beabsichtigt hatte.

Sie schaute hinauf zur Jacht und runzelte die Stirn. Ihr Herz schlug schneller. War es ihre Einbildung, oder ließ sich die *Sea Witch* von der Strömung treiben? Als Panik in ihr aufstieg, mahnte sie sich, ruhig zu bleiben. Aber das war leichter gesagt als getan.

Denk nach, forderte sie sich auf.

Mit plötzlicher Klarheit tauchte sie hinunter in das kühle grüne Wasser. Sie konnte jetzt den Anker der Jacht sehen, der über den Meeresboden geschleift wurde. An dieser Stelle bestand der Meeresboden aus Steinen und Schieferschindeln, jedenfalls war leicht zu erklären, warum der Anker keinen Grund fand. Die *Sea Witch* trieb auf die Insel zu. Ihr Anblick auf Deck, so vermutete Toni, hatte Emilio von seiner Aufgabe abgelenkt, und jetzt würden sie und die Jacht den Preis dafür zahlen müssen.

Atemlos tauchte sie wieder auf. Als sie genug Luft geschöpft hatte, schrie sie um Hilfe.

Niemand hörte sie.

Sie stellte sich vor, dass die Crew beim Frühstück saß; sie hatte Zeit, weil Philippe sich noch nicht hatte sehen lassen.

Die Strömung trieb zum Land und war schnell. Toni konnte nur hoffen, dass jemand bemerken würde, dass sie ein Problem hatten, bevor sie auf Grund liefen.

Aber was war mit ihr?

Es gab sowohl eine Oberflächenströmung wie eine Unterströmung, und während die Jacht landeinwärts getrieben wurde, hatte die Unterströmung ihre Beine erfasst und zog sie seewärts.

Sie versuchte, dem Land entgegenzuschwimmen, aber natürlich folgte ihr die *Sea Witch*. Ihre Arme krümmten sich zu einem perfekten Kraulstil und teilten die trügerische Oberfläche. Ihre Beine traten aus, und sie schluckte nicht nur Luft, sondern auch Meereswasser.

»Ich schaffe es nicht!«, kreischte sie. Trotz ihrer Anstrengungen war sie in die entgegengesetzte Richtung getrieben worden. Sie spürte, wie die Unterströmung an ihren Gliedmaßen zerrte, sie nach unten zogen und weiter hinaus aufs Meer.

Wasser treten, mahnte sie sich, dann spuckte sie entsetzt, weil sie wieder einen Mund voll Meereswasser geschluckt hatte. Jetzt denke einfach mal richtig nach!, schimpfte sie.

Was sie gerade erfuhr, wurde in allen Lehrbüchern geschildert, sie hatte die Fragen gelesen und die Antworten gewusst. Leider aber schien das, was sie gelernt hatte, nichts mit dieser Situation zu tun zu haben.

Geh weiter, spornte sie sich an.

Sie hatte die Augen geschlossen, und ihre Beine fühlten sich so an, als wären sie auf dem Meeresboden an kräftigen Elastikstreifen festgebunden. Toni spürte, dass sie schwächer wurde, aber sie trat immer noch Wasser.

In ihren Fingerspitzen und den Zehen breitete sich Taubheit aus. Ihre Kraft ließ nach, aber sie war zu erschöpft, um ängstlich zu sein.

Das Meer schien sie zu verschlingen. Das Wasser leckte an ihren Ohren und zog sie allmählich nach unten. Die Sonne schien wieder, aber dann legte sich ein großer Schatten davor. Sie hörte Geräusche, und sie fragte sich, ob sie von Engeln kamen und sie schon im Himmel war.

Als sie aus dem Wasser gehoben wurde, war sie zu matt, um sich zu fragen, wessen Arme sie trugen. Sie murmelte nur ihren kaum hörbaren Dank, sah aber nicht die Überraschung im Gesicht des Mannes.

Und den Schock in seinen Augen.

Sie glitt wieder in die Bewusstlosigkeit, aber vorher hatte sie noch vage die Schieflage des Decks bemerkt. Die Segel flatterten, und die Jacht, auf der sie sich befand, drehte seewärts.

Dann aber nahm sie nichts mehr wahr, bis sie die Frische der gesteiften weißen Kissen roch und die Kühle der Baumwolllaken auf ihrer Haut spürte.

Wie aus weiter Ferne meinte sie, eine Gestalt an der Tür zu erkennen, eine sehr stille Gestalt.

Langsam wandte sie den Kopf, und dabei spürte sie die Nässe ihrer Haare an der Wange. Ihr Blick traf auf die Augen von Conway Patterson, und plötzlich fühlte sie sich hoffnungslos verloren.

Sie wandte sich ab von ihm und seufzte. »Was kommt jetzt als Nächstes?«, fragte sie leise.

Sie hatte noch im Hinterkopf, was Emilio gesagt hatte – Conway brauchte jemanden, der die Zärtlichkeit aus ihm herauskitzelte. Aber gab es diese Zärtlichkeit überhaupt bei ihm? Sie wusste es nicht, und in ihrem jetzigen Zustand war sie auch nicht in der Lage, das herauszufinden.

Sein Schatten fiel über sie, und wenn sie die Kraft hätte, weiter von ihm wegzurollen, hätte sie es getan. Aber sie hatte gerade mal die Energie, ihr Gesicht zu verziehen, dann schloss sie die Augen und hoffte, dass er sie allein ließ.

Sie spürte seine Hand auf ihrem Kopf. Zu ihrer Überraschung streichelte er über ihre Haare.

»Mein Bruder hat wirklich geglaubt, dass du Antonia bist«, sagte er nachdenklich. »Als wäre sie noch dieselbe Frau wie damals, als wir picklige Jünglinge waren.«

Er lachte, aber sie glaubte zu hören, dass es ein anderes Lachen war als das bei ihrer ersten Begegnung. Hatte ihre Schwäche irgendwas tief in ihm ausgelöst? Sie konnte es nicht wissen, aber wenn der Panzer, den er um seine Seele gelegt hatte, auch nur ein bisschen brüchig geworden war, sollte sie das als eine Art Ermutigung aufnehmen.

Sie hatte Mühe mit dem Sprechen, aber sie schaffte es. »Mein Name ist Antonia, aber ich bin nicht jene Antonia, von der ihr beide so besessen wart.«

Seine Finger strichen über ihre Wange. Als wollte er ihre Gesichtszüge mit einem weichen Bleistift nachzeichnen, folgte er der Linie ihrer Augenbrauen, der geraden Nase und der Kurven ihrer Lippen.

»Ja, ich weiß. Ich weiß auch, dass du nicht sie bist. Er glaubt, dass sie ihn in seinen Träumen verfolgt hat. Er ist nicht ganz dicht, mein Bruder. Er hat sie behandelt, als wäre sie aus Glas, er schien zu glauben, dass sie es so haben wollte.«

»Wollte sie es denn nicht so haben?« Tonis Stimme war kaum mehr als ein Flüstern.

»Nicht, wenn sie bei mir war.«

Das Schneidende in Conways Stimme ließ Toni zusammenzucken, aber sie glaubte, dass er eher sich von seiner Behauptung überzeugen wollte als sie.

Seine Finger strichen nun über ihr Schulterblatt und begannen, das Laken ein wenig nach unten zu schieben.

Mit ihrer Kraft am Ende und ihren verschwommenen Gedanken konnte sie sich nicht gegen ihn wehren. Was immer er mit ihr anstellen wollte, konnte er ihretwegen tun. Sie hatte keine Möglichkeit, es zu verhindern. Aber ein Gedanke, eine Furcht, beherrschte sie noch.

»Bitte«, sagte sie mit einem leisen Wispern. »Sperre mich nicht wieder in den Schrank. Das will ich nicht noch einmal erleben. Alles, nur das nicht.«

Es fiel ihr schwer, die Augen offen zu halten, aber sie konnte sehen, dass sich sein Gesichtsausdruck veränderte. Er sah wieder so aus wie vor kurzem, als er sie auf den Armen aus dem Wasser getragen hatte, wenn ihr das auch nicht bewusst war, denn sie hatte die Augen geschlossen gehabt.

»Dir hat es im Schrank nicht gefallen?« Er hörte sich überrascht an.

»Nein.«

Er zögerte, dann hakte er nach: »Und der Rest davon auch nicht?«

Ihr gelang ein Lächeln. »Das habe ich nicht gesagt.«

Er zögerte wieder, als müsste er über eine bestimmte Sache nachdenken. »Seltsam«, murmelte er. »Das hat sie auch gesagt. Ich habe gar nicht mehr daran gedacht, bis du davon gesprochen hast. Aber jetzt erinnere ich mich wieder. Ihr hat der Schrank auch nicht gefallen. Das haut mich um.«

Er hob das Laken von Tonis Brüsten und schob es hinunter bis zur Taille. Sie atmete tief ein, als er mit den Händen ihre Brüste bedeckte. Ihr Körper mochte zwar müde sein, aber ihre Nippel erhoben sich, als hätten sie nichts mit dem Rest von ihr zu tun.

»Er hat mir von ihr erzählt«, brachte sie heraus. »Philippe hat mir gesagt, dass eure Mutter sie angeschleppt hat, um euch beide in die Welt der Liebe einzuführen, und wie ihr immer eifersüchtig aufeinander gewesen seid. Er hat mir auch gesagt, dass die andere Antonia gegangen ist und ihr euch gegenseitig die Schuld dafür gegeben habt.«

Conway schaute auf ihre Brüste, deren Nippel er zwischen Fingern und Daumen zwickte. Jetzt sah er wieder in ihre Augen. Nur mit Mühe gelang es ihr, sie offen zu halten und seinen geheimnisvollen Blick zu erwidern. Trotz ihrer misslichen Lage konnte Toni es nicht vermeiden, sich an seinen intensiven blauen Augen und den langen Locken seiner von der Sonne gebleichten Haare zu erregen.

»Es war seine Schuld«, behauptete er, um sofort in den Angriff überzugehen, und dabei quetschte er ihre Nippel noch quälender. »Es war seine törichte Art, typisch für ein Weichei, die ihr nicht gefallen hat. Frauen mögen es ein bisschen rau. Sie wollen einen Mann wie einen Mann erleben. Ist es nicht so?«, fragte er plötzlich und stieß seinen Daumennagel in ihre Brustwarze.

Sie stöhnte auf und überraschte sich selbst, als sie den Körper wölbte, ihm entgegen. »Nicht unbedingt«, gab sie zurück. »Mir gefällt beides. Ich liebe die Zärtlichkeit eines Mannes, aber ich mag auch seine dunklere Art. Ich bin bereit, deine Spiele mitzuspielen, aber du musst auch meine mitspielen.«

Er wurde sehr still. Seine Augen starrte sie ungläubig an. »Beides kann ich nicht. Ich kann es einfach nicht.«

Sie schloss die Augen und schüttelte den Kopf. Ihr gelang wieder ein Lächeln. »Das ist auch nicht erforderlich«, sagte sie leise, und seine Hände schoben das Laken bis hinunter zu den Beinen. »Ihr seid zwei verschiedene Männer. Einer ist so, der andere ist anders, und doch pflegt ihr sowohl die Zärtlichkeit wie eure Vorlieben für Perversionen. Wie der römische Gott Janus schaut ihr in beide Richtungen – genau wie Emira. Aber in seinem Fall schaut er zu beiden Geschlechtern, während ihr euch nur in Facetten voneinander unterscheidet.«

Es war, als seine Finger sich zwischen ihre Beine drückten, dass sie versuchte, ihre Arme zu heben, aber das schaffte sie nicht. Auch wenn sie fast ertrunken wäre – Conway hatte nicht darauf verzichtet, ihre Handgelenke an den Bettseiten festzubinden. Wieder hatten die Goldarmbänder einen Zweck erfüllt.

Sie seufzte. Bei dieser Gelegenheit würde sie keine aktive Rolle übernehmen können, ganz egal, was er mit ihr vorhatte. Sie würde einfach daliegen und ihn machen lassen.

»Was willst du mit mir tun?«, fragte sie.

»Was immer ich will«, antwortete er. »Hast du was dagegen?«

Sie schüttelte den Kopf. »Nein«, sagte sie. »Ich habe Philippe ertragen, dann kann ich auch dich ertragen.«

Sie sah ihn lächeln. In seinen Augen funkelte eine neue Freude, als er sich ihr wieder zuwandte.

»Gut«, sagte er, »denn egal, wie laut du protestierst, ich werde tun, was mir gefällt.«

Wie eine warme Welle breitete sich Entspannung in ihr aus. Sie schloss wieder die Augen. Ihre Schamlippen wurden geöffnet, und ihre inneren Blütenblätter entfalteten sich wie bei einer exotischen Blume, als er ihre Beine spreizte und die Füße an den bronzenen Bettpfosten befestigte.

Sie befand sich in einer absolut hilflosen Lage, und er hätte alles mit ihr machen können, was ihm gerade in den Sinn kam – und doch hatte sie keine Angst. Conway mochte es vielleicht nicht zugeben, aber sie hatte auch bei ihm irgendetwas ausgelöst, genau wie bei seinem Bruder. Wenn er sie wirklich brutal behandeln wollte, brauchte er sie nur in den Schrank zu sperren. Aber das hatte er nicht getan. Seine Zärtlichkeit würde sich auch bei ihm durchsetzen.

Er ließ sie für eine Weile allein und ging ins Bad. Sie hörte das Geräusch von fließendem Wasser, aber sie konnte nicht definieren, womit er im Bad beschäftigt war.

Ihr Blick fiel auf den Bademantel, der auf dieser Seite der Tür hing und wie ein Pendel hin und her schwang. Der Rhythmus der Wellen. Sie schätzte, dass sie in den Hafen einliefen, bevor sie von einem weiteren Sturm erwischt wurden.

Als er aus dem Bad zurückkam, hielt er eine Schüssel in einer Hand, einen Rasierpinsel und einen Rasierer in der anderen. Seine Absicht war klar.

»Das wird dir gefallen«, sagte er und küsste sie auf die

Stirn, dann auf die Lippen und schließlich auf den reifen Hügel ihrer Scham.

Sie stöhnte wohlig auf, als die Wärme der Seife durch ihre Schamhaare zog. Wenn sie den Kopf höbe, könnte sie sehen, dass der bisher so dichte Busch jetzt flach und nass auf ihre Haut gepresst wurde.

Als er sie eingeschäumt hatte, hielt er den Rasierer hoch und jonglierte ihn zwischen den Fingern. »Er ist sehr scharf«, sagte er mit einem schiefen Lächeln. Aber seine Augen blickten fröhlich. Sie nahm das als gutes Zeichen und redete sich gut zu, keine Angst haben zu müssen.

Noch zärtlicher, als sein Lächeln versprochen hatte, zog er die Stahlklinge durch die eingeschäumten, nassen Haare. Die Klinge war kalt, aber sie fühlte nichts von der Schärfe. Als er die Haare abschnitt, fühlte sich die Haut darunter kühler an, als hätte sie eine Jacke ausgezogen.

Der Schamhügel stellte für den Rasierer noch keine Schwierigkeit dar, aber als er sich den verborgenen Lippen zuwandte, hielt er sie mit den Fingern zurück und zog den Rasierer leicht über die Labien, bis alle Haare verschwunden waren.

Er tupfte sie trocken und legte das Handtuch beiseite, damit er sein Werk bewundern konnte.

Toni schloss die Augen. Wenn sie vorher nackt gewesen war, hatte dies nichts mit dem Gefühl zu tun, das sie jetzt empfand. Ihr Geschlecht wurde von Nacktheit umgeben, wurde von einer Kühle erfasst, die sich auf der ganzen Region, die bisher unter dem roten Mäntelchen ihrer Haare verborgen war, bemerkbar machte. Wie sehe ich jetzt da unten aus?, fragte sie sich.

Als ob er ihre Frage gehört hätte, antwortete Conway. »Siehst du, jetzt habe ich dich völlig entblößt. Ich kann alles von dir sehen. Philippe hätte das nie mit dir gemacht. Wie fühlst du dich?«

Mit einer Hand hob er ihren Kopf. Mit der anderen Hand hielt er einen Spiegel vor ihre geschorene Pussy.

Sie keuchte. Wie verletzlich sie aussah. Wie nackt und entblößt. Ihr kam es fast wie ein symbolischer Akt vor, als hätte er ihren weltlichen Schutz entfernt und könnte nun bis in ihre Seele schauen.

Sie fühlte sich angezogen vom Anblick ihrer eigenen nackten Genitalien, die außen so jungfräulich weiß und innen so sündig rot aussahen.

Wie ein Mund mit vollen Lippen, dachte sie, und ihre Labien schienen zu lächeln.

Es war schwer, nicht hinzuschauen, und beinahe unmöglich, nicht auf ihre Erregung zu reagieren. Die Hitze der Begierde fegte durch ihren Körper. Conways Finger brannten sich wie glühend heiße Stäbe in ihren Nacken. Die Zwillingsspitzen ihrer nackten Brüste wuchsen ihrem Mund entgegen. Im Spiegel konnte sie die geschwollenen Labien sehen, und zugleich verhärteten sich ihre Nippel.

Plötzlich fühlten sich ihre Lippen sehr trocken an. Genüsslich, als kostete sie ihre nackten Labien, strich sie mit der Zunge über den ganzen Mund.

Conway verzog das Gesicht, was sehr ungewöhnlich für ihn war. Schließlich war dies die Art, wie er seinen Sex liebte. Aber sie hatte Emilios Worte nicht vergessen. Conway hatte zwei Seiten in sich, genau wie sein Bruder.

Sein Kinn schien kantiger zu sein, als er ihren Kopf zurück aufs Kissen fallen ließ. Er legte den Spiegel beiseite.

Mit geschlossenen Augen legte sie sich flach auf den Rücken. Er bedeckte ihr Geschlecht mit der Wärme seiner Hand und drückte kräftig zu. Sie hielt die Augen geschlossen, aber wie von selbst hoben sich ihre Hüften, als wollte sie ihm sagen, dass sie mehr davon brauchte. Ihre Reaktion blieb nicht unentdeckt.

»Das gefällt dir, was?«, fragte er.

Ihr fiel auf, dass er überrascht zu sein schien. »Ja.«

Der Druck seiner Hand schwächte sich ab, doch seine Finger begannen jetzt mit ihrem Geschlecht zu spielen, sie streichelten, rieben und pressten, erforschten die Falten ihres Fleischs, als wäre sie ein Spielzeug, das man ihm gerade gegeben hatte.

Sie stöhnte laut, und obwohl ihre Zeit im Wasser sie völlig ausgelaugt hatte, fand sie die Kraft, auf ihn zu reagieren.

»Ich geh jetzt in dich rein«, sagte er entschlossen und schob einen Finger in die feuchte Wärme ihrer Vagina.

Ihre Hüften ruckten wieder hoch. »Dann mach es doch«, spornte sie ihn an.

Er zog seine Hand zurück.

Sie hörte das Rascheln, als er seine Kleider auszog, und sie erinnerte sich an den prallen Hodensack und die weiße Kolumne seines stolzen Penis.

Es gelang ihr ohne große Mühe, die Augen halb zu öffnen. Ihr Atem kam schneller, und die Hitze, die ihren Körper ergriff, intensivierte sich.

Conway hatte sein schwarzes T-Shirt und die schwarze Hose ausgezogen.

Ein silberner Schädel und zwei gekreuzte Knochen pendelten auf den blonden Haaren seines Brustkorbs. Wie ein heimlicher Schatz, dachte sie, als sie seinen Oberkörper bewunderte, aber dann änderte sie ihre Meinung. Sein wahrer Schatz erhob sich wie ein Pfeil aus dem buschigen Netz seiner goldenen Haare.

Als wäre sie in silbriges Zellophan verpackt, leuchtete die Eichel im Halbdunkel der Kabine. Eine Perle seines Samens schob sich wie eine Krone aus dem Schlitz und zitterte bei jedem Zucken seines Penis.

Die stolze Erektion zeigte direkt auf sie, und die Perle seines Lusttropfens veränderte die Form und fiel dann auf den Boden.

Jetzt war es für Toni unmöglich, die Augen zu verschließen. Sie konnte den Blick nicht von der lebendigen, purpurnen Stange wenden, die aus dem blonden Dickicht sprang, so dick und so lang, dass sie nach ihr lechzte.

Darunter hingen seine Nüsse, schwer und verlockend. Sie erinnerte sich, dass sie von einem hellen Haarflaum umgeben waren. Sie erinnerte sich auch an den Geschmack, und wie von selbst öffnete sich ihr Mund.

»Erinnerst du dich?«, fragte er.

»Ich erinnere mich.«

»Das freut mich.« Mit der rechten Hand strich er über die pulsierende Rute, und die linke umfasste die goldenen Hoden, als wären sie zu schwer, von allein zu hängen. »Wenn du dich nicht erinnert hättest«, fuhr er fort, »würde ich dir auf die Sprünge helfen, damit du nicht vergisst, wie sie schmecken.«

»Ich erinnere mich«, sagte sie und leckte sich wieder über die Lippen. Wie reif sie aussahen, wie heiß, wie weich, und doch so unglaublich maskulin.

Er nahm ihren Blick wahr und lächelte.

War es seine frühere Grausamkeit, die sie in seinen Augen sehen konnte, oder rührte sich da etwas anderes? Begriff er allmählich, dass sie auch die Dinge genießen konnte, die er genoss?

Ihr Blick fixierte sich auf seine kräftige Erektion, während sie an ihren Fesseln rasselte. Es war deutlich zu sehen, dass sein Stamm vor ihren Augen dicker und härter wurde. Offenbar wollte er, dass sie sich wehrte; sie sollte ihr ungezügeltes Verlangen nach ihm leugnen.

Sein Schatten fiel über sie, und sie zitterte vor Spannung. Wie kann es sein, dachte sie, dass ich mich so erhitzt fühle und doch zu zittern anfange?

»Ich werde dich nehmen, wie Philippe dich nehmen würde«, sagte Conway, die Zähne strahlend weiß in dem bronzefarbenen Gesicht.

»Aber meine Hände und Füße sind gefesselt, das würde Philippe nie tun.« Schon während sie das sagte, war ihr bewusst, dass es vergebliche Liebesmüh sein würde. Er würde ihre Ketten nicht lösen, und so seltsam es auch war – sie wollte es gar nicht.

Sein Lächeln verdunkelte sich. Er schüttelte den Kopf, und doch raubte sein Anblick ihr den Atem. Fast wie seine Finger, die ihre Nippel gequetscht hatten.

»Das ist eben der Trick«, sagte er. »Der Unterschied. Ich nehme dich, wie er dich nimmt, aber ein wenig verfeinert.« Seine Hände ließen von ihren Brüsten ab, sie strichen über ihre Rippen und die Hüften.

Sein Blick konzentrierte sich auf die rasierte Scham. Er drang grob mit den Fingern zwischen die Labien, die so süß geschwollen und erregt waren.

Sie spürte das Prickeln, das er in ihr ausgelöst hatte, und sie stellte sich vor, was er von seiner Position aus sehen konnte – ihr Geschlecht, das tiefe Pink mit dem silbrigen Glanz.

Dann nahm er seine Hände von ihr.

In der warmen Enge der Kabine, wo die Reflektionen des Sonnenlichts auf dem Wasser über die Decke tanzten, verband ihr Conway Patterson die Augen und steckte einen Knebel in ihren Mund.

»Mit diesen zusätzlichen Verfeinerungen wirst du intensiver schätzen können, was ich mit dir anstelle. Und wenn ich fertig bin, wirst du nicht nur wissen, dass ich im Vergleich zu ihm der bessere Mann bin, sondern auch erfinderischer bin als er.«

Der Knebel steckte in ihrem Mund fest, bevor sie auch nur

noch ein Wort hatte sagen können, und mit der Augenbinde erging es ihr nicht anders.

Was dann geschah, überraschte und erregte sie zugleich.

Von Kopf bis Fuß bedeckte er sie mit seinem Körper. Ihre Brüste hoben sich gegen seinen Torso, dann wurden sie von seiner Härte gequetscht.

Seine Wärme lullte sie ein wie eine Decke. Sie lag in der Dunkelheit da, und sie konnte jetzt die Konturen seiner Muskeln besser fühlen.

Sie atmete seinen Geruch ein und erinnerte sich an Emira. Wie dumm sie doch gewesen war, dass sie Emiras Geschlecht nicht von Anfang an wahrgenommen hatte. Conway zu riechen und sich an Emiras harten Körper zu erinnern, förderte bei ihr neue Reaktionen zutage. Ihre Hüften hoben sich, während sein Becken gegen ihren Bauch stieß und sein Glied die unteren Lippen spaltete.

Zuerst klopfte nur die Spitze des Penis zwischen den jetzt so nackten Lippen an. Wie eine riesige forschende Zunge küsste die Eichel ihre schlüpfrigen Falten, dann nahm er neuen Schwung und drang tiefer.

Der samtene Hodensack strahlte eine Hitze aus, die sie zwischen den Innenseiten ihrer Schenkel spürte.

Er hielt inne, als wollte er das Einsaugen ihrer Vagina noch etwas länger genießen. Die Eichel verharrte und lotete die Tiefe ihrer Höhle aus.

Toni spannte ihre Bauchmuskeln an. Ihr Po hob sich vom Bett. Die Augenbinde hatte ihr zwar die Sicht genommen, aber sie brauchte sein Gesicht nicht zu sehen, um zu wissen, wie er sich fühlte. Sein wunderbarer pulsierender Schwanz verriet ihr das. Der Druck in ihm musste intensiv sein. Die Haut seines Schafts würde ein tieferes Purpur annehmen.

Sie hob den Körper an, um ihm zu begegnen, um ihn noch

viel tiefer in sich einzusaugen, damit er ihr das geben konnte, was sie brauchte.

Der Knebel, der sie zum Schweigen zwang, ermutigte sie, seinen Körper zu locken, sich zu heben, denn das war die einzige Möglichkeit, mit ihm zu kommunizieren. Sie wusste, dass sie auf dem richtigen Weg war.

Wieder krümmte sie den Rücken und hievte ihm ihre Hüften entgegen. Diesmal war sie unwiderstehlich. Er musste sie einfach nehmen.

Als er in sie hineinpflügte, schlüpften seine Hände unter sie und griffen ihre perfekten Halbsphären. Eine Hand und ein Finger näherten sich der hinteren Öffnung. Toni wand sich wie schon zuvor, aber diesmal wurden ihre Bewegungen nach oben gelenkt, direkt zu Conways Hüfte.

Doch es blieb dabei, die Bewegungen wurden von ihm manipuliert und dirigiert, nicht von ihr. Als er sie mit seinem Penis komplett gepfählt hatte, glitt sein Finger ungehindert in ihr Rektum.

Wieder wölbte sie den Rücken, bog ihn weiter zurück und schrie ihren Protest gegen den Knebel. Doch trotz ihrer anfänglichen Zurückhaltung spannten sich die Muskeln ihres Hinterns und umschmiegten den Eindringling, als wäre er hochwillkommen.

Sie fühlte, wie eine Hand von ihrem Po abließ, und sie wäre vor Lust fast ohnmächtig geworden, als eine ihrer Brüste die ungeteilte Aufmerksamkeit dieser Hand erfuhr; die Handfläche presste dagegen, und Finger und Daumen quetschten den Nippel. Der Finger, der so tief in ihr steckte, blieb, wo er war.

Sinfonien von wirbelnder Sinnlichkeit schwebten herum und betörten ihren Körper.

Anspannung erfasste ihren Bauch, als die ersten prickelnden Kreise sich um ihre geschwollene Klitoris schlossen. Sie konnte diesen Mann nicht sehen, sie konnte nichts zu ihm sagen, aber sie musste sich eingestehen, dass er ihr ungeheure Lust bescherte.

Seine enorme Erektion füllte ihre Vagina. Es war, als nähme sie an einem lukullischen Mahl teil, könnte aber nichts mehr zu sich nehmen. Und doch nahm sie mehr. Der Finger in ihrem Anus schickte Speere elektrischer Stromstöße durch ihren Körper, als er ihn drehte und tiefer bohrte.

»Nun denn«, murmelte Conway mit selbstgefälliger Stimme, in der ein wenig Tyrannei mitschwang, »wie fühlt sich meine Invasion an? Mein Schwanz in deiner Pussy und mein Finger in deinem Arsch, eh?«

Er stieß mit beiden zu, als wollte er sie erinnern, womit ihm die Invasion ihres Körpers gelungen war.

Weil sie unmöglich ihre Meinung äußern konnte, streckte sie den Kopf, und ihre Kehle streckte sich mit, verletzlich wie alle entblößten Teile ihres Körpers.

»Gut«, sagte er, »es ist mir auch nicht wichtig, ob es dir gefällt oder nicht. Ich will nur, dass du durchhältst. Mir soll es gefallen, dir nicht.«

Sie hörte ihn, aber sie wusste, dass er nicht die Wahrheit sagte. Sie wusste auch, dass es ihn mehr als verwirren würde, wenn ihm klar wäre, was sie wirklich empfand. Aber vielleicht wäre Venetia sehr glücklich damit.

Als Lustwelle auf Lustwelle ihren Körper überspülte, spürte Toni, dass noch etwas anderes über sie hinwegfegte. Es war die Erkenntnis ihrer eigenen inneren Energien, ihrer Begierden, die nun durch ihre Adern floss. Sie gewahrte, dass ihre inneren Muskeln sich um die beiden Invasoren spannten, als gehörten sie irgendwie zum eigenen Körper.

Die Anspannung schien sie zu verlassen. Der Mann, der immer noch in sie hineinstieß und ihren Hintern spaltete, schien auch irgendwie verändert zu sein – und dafür hatte sie gesorgt, ganz egal, was er sagte.

Die ersten leichten Erschütterungen des bevorstehenden Orgasmus ließen sie versteifen, und ihr Kopf rollte von einer Seite auf die andere. Die Säfte ihrer weiblichen Ejakulation flossen an seinem Penis vorbei.

»Du kannst nicht kommen!«, hörte sie Conway schreien. »Das darfst du nicht!«

Aber da war es schon vorbei, und nach einigen weiteren Stößen gelangte er auch zu seiner Erlösung.

Ihre Augen waren immer noch verbunden, und der Knebel schluckte ihr Murmeln, als sie über die Last von Conways schwerem Körper auf ihren Brüsten klagte.

Er lag da, die Lippen an ihrem Hals, der Atem seiner Stimme sanft wie eine Feder. »Das kann dir nicht gefallen haben«, sagte er wieder. Er bewegte sich nicht, bis das Schiff plötzlich ruckte. Er und ein paar Instrumente fielen auf den Boden. Dichter Regen prasselte gegen die Scheibe.

»Verdammtes Wetter«, knurrte er, hielt sich an der Bettseite fest und richtete sich auf. »Ein Sturm nähert sich«, sagte er, als eine weitere Welle gegen die Bootseite krachte. Er nahm ihr die Augenbinde ab und sah ihr für einen kurzen Moment in die Augen. Ihr Blick hielt seinem stand, schließlich schaute er auf den Boden. Es dauerte eine Weile, bis er sein Selbstvertrauen zurückgefunden hatte. Jetzt erst entfernte er ihren Knebel.

»Ein Sturm nähert sich«, wiederholte er barsch, aber er sah sie nicht an.

»Nein«, sagte sie. »Er nähert sich nicht. Er ist schon da.«

Neunzehntes Kapitel

Alte Erinnerungen, die einen zu oft und zu lange beschäftigen, können das Urteilsvermögen beeinträchtigen und die Konzentration stören.

Das mochte der Grund sein, warum es dem Kurs, den Conway gewählt hatte, an Genauigkeit mangelte. Aber es konnte natürlich auch sein, dass der Sturm zu wild geworden war und die Wellen mit unerwarteter Wucht gegen das Boot klatschten.

Warum auch immer – die Segel waren gerefft, und mit Maschinenkraft allein pflügte die *Enchantress* durch sechs Meter hohe Wellen. Von Zeit zu Zeit war der Bug nicht mehr zu sehen, als das Wasser über die Decks preschte.

Alle hatten sich in Taucheranzüge gezwängt und Schwimmwesten angelegt. Halteleinen waren entlang der Reling aufgehängt worden, und zwei Steuermänner kämpften mit dem Ruder.

Böen trieben die Segeljacht vor sich her. Dunkles Gewölk ließ den Tag wie die Nacht aussehen, und immer wieder zuckten Blitze auf und verbanden den Himmel mit dem Wasser.

Es blieb keine Zeit, Anweisungen zu erteilen. Conway schrie zwar, aber seine Stimme verlor sich im tosenden Sturm.

Als der Ausleger herumschwang und die beiden Steuermänner umgeworfen wurden, war es Toni, die zu ihnen rannte, um einen der leeren Plätze einzunehmen. Conway folgte ihr, damit er ihr helfen konnte.

Taras hob die beiden leblosen Körper der anderen Steuermänner auf, packte sie unter seine mächtigen Arme und brachte sie aus dem Gefahrenbereich. Dann kam er zurück und sicherte den Ausleger, bevor der Baum auch noch Toni und Conway ausschalten konnte.

Welle auf Welle krachte aufs Deck, während Toni und Conway versuchten, das Schiff auf geradem Kurs zu halten und in die Sicherheit des Hafens zu führen.

Wäre der Sturm nicht so heftig gewesen, oder hätte er wenigstens nicht stets die Richtung gewechselt, hätten sie kein Problem mit ihrer Aufgabe gehabt. Doch dann wurden sie von einer masthohen Welle erwischt, das Boot legte sich auf die Seite, und Conway und Toni wurden hinunter geschleudert.

Wieder fand sich Toni im Wasser wieder, aber diesmal waren die Wellen höher, und sie war nicht mehr so frisch wie beim ersten Mal. Salzwasser schlug über ihrem Kopf zusammen, und sie dachte, das Ende könnte nicht mehr weit weg sein.

Aber sie hatte nicht mit Conway gerechnet. Sie spürte seine Arme, die sie von hinten packten, und seine Stimme sagte ihr, dass sie sich an ihn klammern sollte. Körper an Körper, hoben und senkten sie sich wie Zwillingskorken im Wasser.

Aber die See war stark.

Es ist hoffnungslos, dachte Toni. Sie hatte nicht einmal die Kraft, es auszusprechen.

Jedes Gefühl von Zeit – oder Angst – schien verzerrt zu sein. Sie waren hilflos, aber sie klammerten sich noch aneinander. Erst als sie das letzte Quäntchen Kraft verließ, nahm sie den gelben Strahl eines Topplichts wahr und dann das Dröhnen von kräftigen Dieselmotoren.

Andere Arme nahmen sie auf, bevor sie abrutschen konnte. Behutsame Hände zogen ihre Kleider aus und rieben ihren Körper mit warmen, weichen Tüchern trocken.

Ein Duft stieg ihr in die Nase, der ihr vertraut schien, aber im Nebel ihres Unterbewusstseins konnte sie den Geruch nicht zuweisen.

Rote Fingernägel huschten wie Sternschnuppen über sie, als warme Hände ihre Haut massierten.

»Mein Liebling Antonia«, hörte sie eine Stimme sagen. »Du brauchst viel Wärme, und ich werde sie dir geben.«

In der Enge ihres Bewusstseins nahm sie die Wärme der weichen Tücher auf, die dann durch weiße Handflächen ersetzt wurden, die nach Sandelholz rochen. Die dunklen Finger wussten, wie man den Körper einer Frau bearbeitete und wie schnell er auf sexuelle Erregung reagieren würde.

»Emira?«

Süße Lippen küssten ihren Hals, und eine zärtliche Hand strich über ihre Haare. »Ja, ich bin es, Emira«, sagte die dunkle Stimme. »Emira weiß, wie er dich wärmen kann.«

Toni hätte gern gelächelt. Sie versuchte, die Augen zu öffnen, aber das gelang ihr nicht. Seltsam genug – aber es war Conway, der sie auf diesen Moment vorbereitet hatte. Sie brauchte nicht zu sehen, was Emira mit ihr anstellte, und sie brauchten auch nicht zu sprechen.

Seine Hände strichen über die Schwellung ihrer Brüste, bevor er sie sanft umfasste. Toni stieß gurrende Geräusche der Wonne aus. Nicht nur, dass Emiras Hände warm waren, sie wussten auch genau, was sie zu tun hatten. Sie ließen das Blut wieder durch ihre Adern pulsieren, das sich hart und pochend in ihrem Schoß und in den Brustspitzen sammelte.

»Es geht mir schon besser«, miaute Toni, und ihr Körper regenerierte mit dem alten, vertrauten Gefühl.

Sie atmete das Parfüm ein und nahm den Luxus ihrer Umgebung wahr. Dickes weißes Leder verkleidete die Decke. Die Wände schienen zu leuchten. Die üppige Einrichtung der Kabine übertraf alles, was Toni bisher gesehen hatte.

»Wo bin ich?«, fragte sie durch geschwollene Lippen.

Emira kam ihrem Mund sehr nahe. Seine Stimme war tief, und in seinem Atem stellte Toni orientalische Gewürze und einen schweren Wein fest.

»Wir sind auf der *Adonis*. Das ist Madame Salvatores Motorjacht. Du wärst fast ertrunken.«

»Ja«, sagte Toni schwach. »Ich weiß. Habt ihr auch Conway aus dem Wasser geholt?«

»Ja, es ist alles in Ordnung. Die *Enchantress* hat ihren Mast verloren, aber ein Fischerboot hat sie in den Hafen gezogen.«

»Gut, das ist eine schöne Nachricht. Es wäre entsetzlich, wenn wir so gute Männer verloren hätten.«

Emira lächelte. »Das sieht Madame Salvatore auch so.«

Toni gelang ein Lächeln. Sie wusste genau, was Emira meinte. Venetia Salvatore hatte diese jungen Männer nur aus einem einzigen Grund um sich geschart. Sie waren zu ihrem persönlichen Service da, zu ihrem ganz persönlichen Service.

Hinter Emira und neben Venetia stand Philippe und sah zu, wie sich Toni unter Emiras geschickten Händen wand.

Tonis Haare waren immer noch feucht. Sie lagen wie ein riesiger Heiligenschein um ihr liebliches Gesicht. Sie hatte die Lippen leicht geöffnet, und sie schnurrte wie eine zufriedene Katze.

Für Philippe war sie sein Traum; ein Traum, der seiner ersten sexuellen Erfahrung entsprungen war. Nein, dachte er dann, das trifft nicht ganz zu, denn sie ist nicht die andere Antonia. Diese Antonia hier war real.

Venetia stand zwischen ihren beiden Söhnen. Fasziniert schaute sie dem nackten Mädchen zu, das sich den dunklen, erfahrenen Händen des großen schwarzen Mannes hingab. Hoffnung keimte in ihrem Herzen auf. Sie hasste die Animositäten zwischen ihren Söhnen, besonders, weil sie selbst den Anlass für die Feindseligkeiten geliefert hatte.

Es war ihre Loyalität zu Philippes Vater gewesen, die Ursache für den Zwist geworden war. Sie hatte ihm versprochen, Philippe ebenso in die körperliche Liebe einführen zu lassen, wie der Vater und all seine männlichen Vorfahren es erlebt hatten. Sie hatte ihm das auf seinem Totenbett versprochen.

Natürlich hätte sie Conway nicht auch diesem Ritual unterwerfen müssen. Sein Vater war Australier. Aber alles, was sie dem einen Sohn gewährte, sollte auch der andere haben. Ihre Söhne waren die Freude ihres Lebens, aber im Nachhinein dachte sie, es wäre besser gewesen, für jeden Sohn eine eigene Frau zu finden. Der Ärger hatte damit begonnen, dass sie sich auf eine Frau für beide Söhne beschränkt hatte.

Die alte Antonia mit den roten Haaren und den grünen Augen war gut in ihrem Job gewesen. Aber weil Philippe und Conway noch sehr jung gewesen waren, hatte sie nur eine Seite ihrer Charaktere angesprochen. Mit der neuen Antonia, davon war Venetia überzeugt, würde in jedem Mann die vollständige Natur zum Vorschein kommen.

Conways Mund war leicht geöffnet, als er zuschaute, wie Emira seine Handflächen einsetzte, um Tonis Schenkel zu öffnen. Schon jetzt sah Conway die junge Frau mit anderen Augen an. Bei ihrer Ankunft war es Andrea gewesen, die ihn aufgehetzt und behauptet hatte, die neue Antonia wäre nur zum Vergnügen seines Bruders engagiert worden. Inzwischen wusste er, dass das nicht zutraf.

Wärme und Verlangen beherrschten Tonis Körper. Sie murmelte lüstern und bewegte sich ausgelassener, als ihre Erregung anwuchs. Ihre Nippel leuchteten flammend rot, und ihre Armbänder klirrten, als sie die Arme ausstreckte.

Emiras dunkle Finger mit den roten Fingernägeln verharrten auf den vollen weißen Lippen. Zwischen ihnen glänzte es klebrig, und als Emira die Labien auseinanderzog, sah man das rosa Gewebe.

Venetia hörte, wie ihre Söhne geräuschvoll die Luft anhielten.

Unauffällig zog sie sich zurück, überzeugt davon, dass ihre Aufgabe erfüllt war. Außerdem wusste sie, dass Pietro und Carlos auf sie warteten.

Toni, wild vor Verlangen, schlug die Augen auf. Selbst in ihren erotischsten Träumen hatte sie sich eine solche Szene nicht vorstellen können.

Drei Männer blickten auf sie hinab, starrten auf ihr Gesicht und auf ihren Körper.

Einer von ihnen war Philippe, dessen Gesicht die klassische römische Form hatte, wie man sie auf alten Münzen sehen konnte. Seine Augen funkelten wie Saphire. Er lächelte sie an.

Neben ihm stand Conway. Er strahlte eine Jungenhaftigkeit aus, die ihr sehr behagte. Das Unmenschliche in ihm schien verschwunden, und er sah immer noch so überrascht aus wie zuvor, als sie es zusammen in der Kabine der *Enchantress* getrieben hatten.

Die tiefen, dunklen Augen Emiras betrachteten sie immer noch liebevoll, und der breite Mund hörte nicht auf zu lächeln.

»Vielleicht«, sagte Toni zögernd, »kann mir jetzt jemand genau erklären, um was es in dem Job geht, den ich hier übernommen habe.«

Emira sah erst Philippe an, dann Conway. Verunsichert schauten sie wieder auf Toni.

»Du kannst es ihr sagen«, meinte Philippe zu Emira. »Du kannst es viel besser erklären als ich.«

»Ja«, stimmte Conway zu. »Es klingt besser, wenn es ...«

Er brach ab und lachte. »Entschuldige. Ich wollte sagen – wenn es von einer Frau kommt.«

Einen kurzen Moment lang legten sich Falten über Emiras Stirn.

Toni bemerkte es und fühlte sich gerührt. Sie griff nach Emiras Hand und drückte sie.

»Sie meinen wahrscheinlich, dass ich als Wanderer zwischen den Geschlechtern besser verstehe, was die beiden brauchen. Sie erwarten, dass du ihnen alles bist, geliebte Frau und sexuelle Partnerin. Es wird dir gelingen, die beiden Brüder zu versöhnen, denn die Bewerbungsgespräche hast du mit fliegenden Fahnen bestanden.«

Emira legte eine Pause ein, starrte auf die leuchtend roten Haare und sah tief in die grünen Augen. »Nun«, fuhr er dann fort, und ein besorgter Blick trat in seine Augen. »Bist du einverstanden mit der Beschreibung deines Jobs? Bist du bereit, deinen Dienst anzutreten?«

Toni streckte sich und strich sich über die Haare, die fast wieder trocken waren. Das kommt davon, weil mein Körper so heiß ist, dachte sie. Und von mir aus kann er noch heißer werden. Sie lächelte.

»Beide Brüder«, sagte sie und fügte hinzu: »Und dann noch einen dritten Mann meiner Wahl.«

Die Männer sagten nichts. Sie starrten nur, und als die Motoren der Jacht ansprangen, zogen sich die Männer aus, und drei stolze Erektionen sprangen in Tonis Augen.

Ende